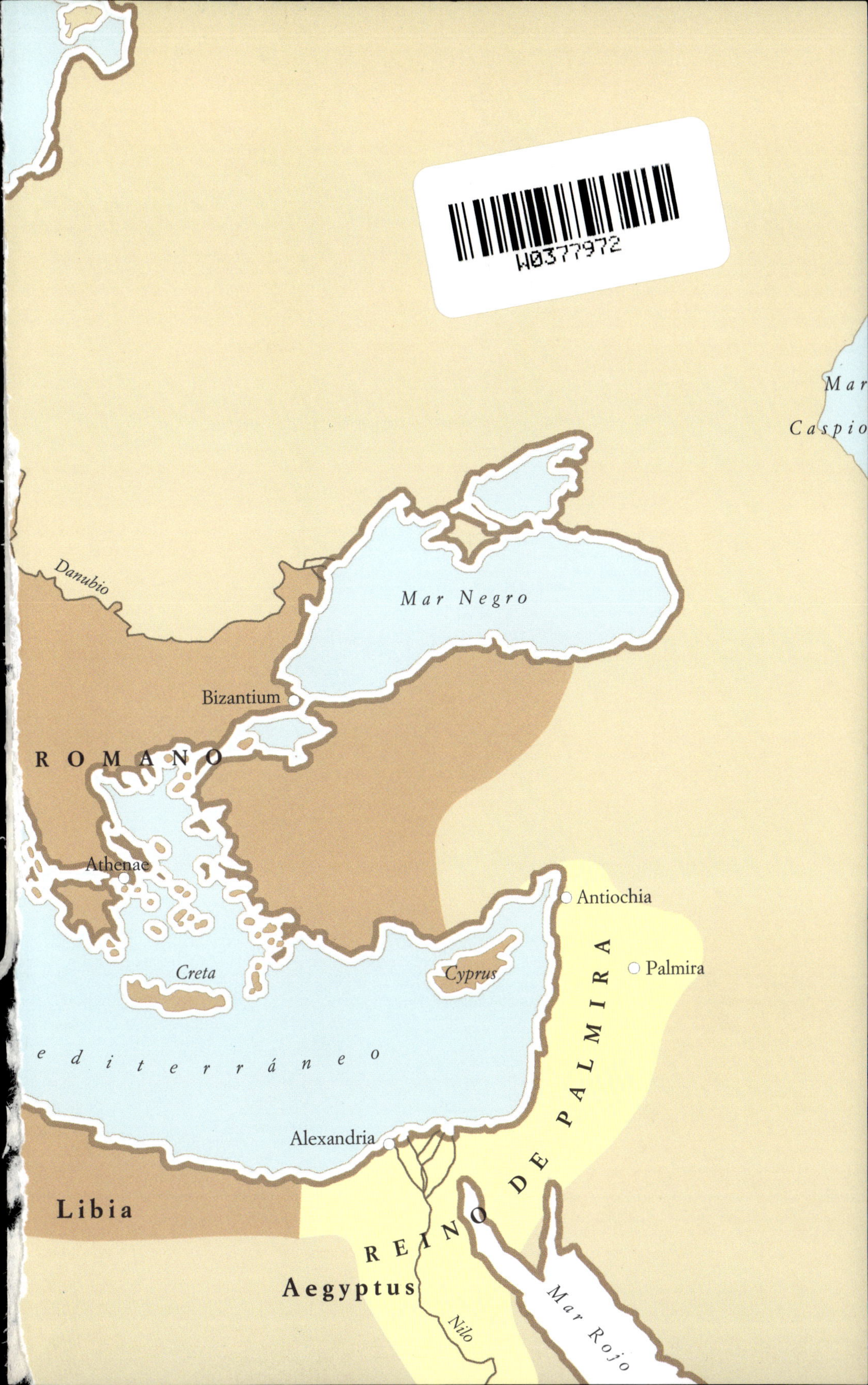
Mar
Caspio
Danubio
Mar Negro
Bizantium
ROMANO
Athenae
Antiochia
Palmira
Creta
Cyprus
editerráneo
Alexandria
Libia
REINO DE PALMIRA
Aegyptus
Nilo
Mar Rojo

W0377972

JAVA 07/05/06
10/06/06

EL IMPERIO DE LOS DRAGONES

VALERIO MASSIMO
MANFREDI

EL IMPERIO DE LOS DRAGONES

Traducción de
José Ramón Monreal

Grijalbo

Título original: *L'impero dei draghi*

Primera edición: octubre, 2005

Printed in Spain – Impreso en España

ISBN: 84-253-3964-2
Depósito legal: B. 40.545-2005

Compuesto en: Fotocomposición 2000, S. A.

Impreso en Cayfosa-Quebecor, Ctra. de Caldas, km. 3
Santa Perpètua de Mogoda (Barcelona)

GR 3 9 6 4 2

A Mirella y Danilo

Quien quiere gobernar el mundo por medio de la fuerza ve defraudadas finalmente sus esperanzas. El mundo es un vaso lleno de espíritus que no se deja modelar.

LAO TSÉ,
El libro de la sabiduría

Muchos, al leer sobre una tumba el nombre del emperador Valeriano, creen que los persas devolvieron sus restos a quien lo apresó...

TREBELIO POLIÓN,
Historia Augusta, XXII, 8

Agradecimientos

Quisiera expresar mi agradecimiento en primer lugar a mi amigo Lorenzo De Luca, que me dio la idea inspiradora para escribir esta novela y posteriormente me prestó su ayuda con sus conocimientos de apasionado de las artes marciales. Sin él esta obra quizá no habría visto la luz. Mi gratitud para Aurelio De Laurentis, que creyó en esta historia desde el mismo momento de su concepción. Estoy también en deuda con Rosa Cascino, sinóloga de la Universidad de Nápoles, por la constante atención con que siguió el esfuerzo de ambientación de mi historia en la China del siglo III d.C. Mi gratitud también para Marco Lucchetti di Soldiers, que llevó a cabo por mí profundas investigaciones sobre las características de las armas y de las fuerzas armadas del Imperio romano en la época de Valeriano y de Galieno. Las libertades que me he tomado respecto a sus rigurosísimas reconstrucciones no obedecen sino a necesidades narrativas.

Mi gratitud a Laura Grandi, Stefano Tettamanti y Franco Mimmi por haber releído mis páginas atentamente y con paciente inteligencia quitando tiempo a sus ocupaciones diarias. *Last but non least*, mi cariñosa gratitud a mi mujer Christine, el más severo, quizá, de mis lectores. Su ayuda precisa y al mismo tiempo creativa ha tenido un importante papel en la realización de esta obra.

V. M. M.

Agradecimientos

[illegible]

[illegible] nacer fue el presente y [illegible] lanzar en [illegible] para saltar al [illegible] y [illegible] en las [illegible] de roca y en [illegible]

[illegible] el primero [illegible] para [illegible] dos [illegible]

[illegible] en sucesión [illegible] protegió, por [illegible] le salvó [illegible]

1

Los rayos del sol naciente bañaron las cimas del Tauro, los picos nevados se tiñeron de rosa y centellearon cual joyas en el valle sumido aún en la sombra. Luego el manto luciente comenzó a extenderse lentamente sobre las crestas y las laderas de la gran cadena montañosa despertando la vida adormecida de los bosques.

Las estrellas palidecieron.

El halcón fue el primero en planear en las alturas para saludar al sol, y sus agudos chillidos resonaron en las paredes de roca y en los barrancos, en los ásperos despeñaderos entre los que corría espumante el Korsotes, crecido tras fundirse las nieves.

Sapor I de Persia, el rey de reyes, de los persas y de los no persas, el señor de los cuatro rincones del mundo, volvió a la realidad al oír aquel chillido y alzó la mirada para escrutar el amplio vuelo del señor de las alturas; luego se acercó al purasangre árabe espléndidamente enjaezado que le traía el escudero. Un criado se arrodilló para que él pudiera apoyar el pie sobre su pierna flexionada para saltar sobre la silla. Otros dos criados le trajeron el arco y la cimitarra con su funda de oro y un abanderado se colocó a su lado empuñando el estandarte real: un largo pendón de seda roja con la imagen bordada en oro de Ahura Mazda.

Sus oficiales le aguardaban en el centro del campamento armados hasta los dientes, montados en sus caballos cubiertos con preciosas gualdrapas, con la frente protegida por chapas de acero. Ardavasd, el comandante supremo, le saludó con una profunda inclinación que inmediatamente imitaron los demás; luego, a una señal del rey, tocó los ijares del caballo con sus talones y se puso en marcha. Todos los demás oficiales se colocaron en abanico a derecha e izquierda de Sapor y comenzaron juntos a descender de la colina.

La luz había alcanzado ya la entrada del valle y comenzaba a iluminar las torres de Edesa, situadas en lo alto de la planicie semejante a una estepa batida por el viento del desierto.

Un gallo saludó al astro naciente con un reclamo largo y repetido.

En el patio de su casa, Marco Metelo Aquila, legado de la II Legión Augusta, estaba en pie desde hacía rato, vestido ya y con la armadura puesta.

Oriundo de Italia del sur, había endurecido huesos y músculos en el largo servicio que había prestado en todas las fronteras del imperio: la costumbre de gritar a sus comandantes en el campo de batalla había vuelto profunda y ronca su voz y brusco su modo de hablar. Los pómulos altos, la mandíbula recia y la nariz recta acreditaban su descendencia aristocrática, pero el corte sobrio, casi ordinario, de su cabello y su barba, que nunca conseguía domar la navaja, delataban la austeridad del soldado y su costumbre al esfuerzo. Por su apellido, pero también por el color ambarino de los ojos y por cierta expresión rapaz de la mirada ante la inminencia del combate, se le conocía en todos los destacamentos al sur del Tauro como el «comandante Águila».

En aquel momento estaba enganchando la espada corta en su cinturón; era un arma obsoleta, heredada de una estirpe antigua, que él se negaba a colgar de la pared y a cambiar por el arma de dotación. Es más, siempre llevaba otra colgada de la silla del caballo y solía decir que con dos de ellas podía igualar a las espadas más largas.

—El canto de un gallo en una ciudad sitiada es de buen augurio —dijo mientras un ayudante le prendía en los hombros la capa roja, insignia de su rango—. Si él ha sobrevivido al hambre, también nosotros lo haremos.

Se acercó al templete de los lares y depositó una ofrenda, pequeña pero tanto más preciosa en aquella época de gran penuria —un puñado de harina de farro en honor a sus antepasados—, y se dispuso a salir.

Le detuvo la voz de su esposa:

—Marco.

—Sí, Clelia. ¿Cómo es que te has levantado tan temprano?

—¿Te vas sin tan siquiera despedirte de mí?

—No quería despertarte. Anoche te quedaste despierta largo rato y has dormido mal.

—Estoy preocupada. ¿Es cierto que el emperador quiere ir al encuentro del persa?

Marco Metelo sonrió.

—Es increíble cómo las mujeres consiguen siempre enterarse de las noticias que nosotros tratamos de mantener en secreto.

—Ya. ¿Y entonces?

—Mucho me temo que sí.

—¿Irá?

—Es muy probable.

—Pero ¿por qué?

—Ha dicho que la paz bien vale arriesgar la vida.

—¿Y tú? ¿No harás nada por disuadirle?

—Hablaré si me pide mi parecer, y en ese caso procuraré hacerle cambiar de idea. Pero cuando haya tomado una decisión, mi puesto estará a su lado.

Clelia inclinó la cabeza.

—Tal vez lo único que quiera es ganar tiempo. Galieno está en Antioquía. En pocos días a marchas forzadas podría estar aquí con cuatro legiones y desbloquear la ciudad. —Le levantó la barbilla y vio que tenía los ojos húmedos de lágrimas—. Clelia, llorar al despedirse del marido es de mal augurio, ¿no lo sabes?

Clelia trató de secarse los ojos. En ese mismo instante se oyó el ruido de unos piececitos que bajaban precipitadamente la escalera y una voz que llamaba:

—¡Padre! ¡Padre!

—¡Tito! ¿Qué haces aquí? ¡Vuelve enseguida a la cama!

—Habías prometido que hoy me llevarías contigo a la palestra.

Marco Metelo se inclinó para mirar a los ojos al niño.

—Me ha llamado el emperador. Él es el padre de todos, hijo mío, y cuando nos llama hemos de acudir a su lado. Ahora vuelve a la cama y trata de dormir.

El pequeño puso de repente cara seria.

—Te irás con el emperador y me dejarás solo.

El rostro de Marco Metelo se ensombreció a su vez.

—Pero ¿qué dices? Volveré, puedes estar seguro. Te prometo que volveré antes de que se haga de noche. Y tú sabes que un romano siempre mantiene la palabra dada.

Besó a su mujer, que estaba llorando, y salió.

En la calle, a los lados de la puerta de entrada, le esperaban sus ayudantes de campo, los centuriones Elio Cuadrato y Sergio Balbo. El primero era italiano, de Priverno. El segundo hispano, de Cesaraugusta. Ambos tenían la cara marcada por el tiempo y por las muchas batallas libradas por todo el imperio; sus rasgos eran duros, las cejas pobladas y la barba hirsuta. Cuadrato llevaba el pelo muy corto, tenía entradas, era alto y de complexión maciza. Balbo era más bien bajo y de tez morena, pero sus ojos eran claros; su nariz chata acreditaba su pasión por el pugilato.

Metelo se puso el yelmo, se ató las tiras debajo de la barbilla, intercambió una mirada de complicidad con ellos y dijo:

—Vamos.

Recorrieron las calles aún desiertas y silenciosas de la ciudad a paso lento, cada uno absorto en sus pensamientos, cada uno con una pena en el corazón.

El canto del gallo resonó de nuevo y el sol inundó de luz la calle que recorrían haciendo resplandecer el empedrado de basalto y alargando sus sombras hasta los muros de las últimas casas a sus espaldas.

En un cruce de calles se encontraron de frente con otro grupo de oficiales que se dirigían, evidentemente, a la misma cita.

Marco reconoció a su colega.

—Salve, Lucio Domicio.

—Salve, Marco Metelo —le saludó el otro.

Prosiguieron juntos hasta el foro, que atravesaron en dirección al cuartel general. Desde allí podía verse el camino de ronda en la atalaya de las murallas. El cambio de guardia: pasos cadenciosos, el ruido metálico de las jabalinas contra los escudos. Saludos. Órdenes secas.

—El último cambio de guardia —dijo Marco Metelo.

—Por hoy —corrigió Lucio Domicio.

—Por hoy —confirmó Metelo.

Lucio Domicio era supersticioso.

Llegaron a la entrada del cuartel general. Les esperaba Casio Silva, comandante de la plaza, compañero de tienda y de armas durante años de Galieno, el hijo del emperador.

Un piquete de pretorianos presentó armas al paso de los tres legados y los introdujo en el interior. Los centuriones y el resto de oficiales de inferior graduación se quedaron fuera.

El emperador Licinio Valeriano les recibió en persona, listo y armado.

—Os comunico que he decidido ir al encuentro de Sapor. Desde anoche, un destacamento de los nuestros, una cincuentena de hombres, está en tierra de nadie en el margen derecho del Korsotes. Desde la otra parte del río, otros tantos jinetes persas vigilan y defienden el terreno en el que tendrá lugar la cita.

»No se trata de un encuentro improvisado: nuestros plenipotenciarios han preparado los asuntos que discutiremos de modo que todo sea más simple.

»Sapor parece dispuesto a discutir el final del sitio a Edesa, aunque la ciudad, por su posición de nexo de unión geográfico y comercial entre Anatolia y Siria, sea muy importante, a cambio de un acuerdo general que replantee las relaciones entre nuestros dos imperios y establezca una paz duradera. Nos pide que renunciemos a algún territorio en Adiabena y en Comagene, pero está abierto a otras soluciones. Está dispuesto a negociar. Las premisas me han parecido buenas y he decidido ir a su encuentro.

—La tuya es una sabia decisión, César —aprobó Casio Silva.

Lucio Domicio Aureliano había escuchado hasta ese momento con el semblante sombrío, apretando con la mano la empuñadura de la espada. Era un soldado formidable: en diversas campañas había dado muerte con sus manos a casi novecientos enemigos y tenía otras tantas manchas grabadas en el mango de su jabalina. Su rapidez en desenvainar la espada era tal, que sus hombres le llamaban *Manus ad Ferrum*, «Mano a la espada». Pidió la palabra.

—He oído decir que tu hijo Galieno se encuentra en Antioquía y que podría estar aquí con cuatro legiones en unos cinco días. ¿Por qué correr riesgos?

—Porque tenemos comida suficiente solo para dos —rebatió Silva.

—Podemos racionarla; un poco de hambre nunca ha matado a nadie.

—No se trata solo de los víveres —replicó el emperador—. No es cierto que Galieno esté a punto de llegar, ni que vaya a emplear en ello solo cinco días. Nuestros informadores dicen que hay unidades de caballería persa a lo largo de todo el camino de Antioquía con la misión de cortar nuestras comunicaciones y de impedir los aprovisionamientos. No. Debo ir al encuentro de Sapor. Aunque solo sea para descubrir sus intenciones. Si podemos sentar las bases de un acuerdo duradero, tanto mejor. Si consigo ganar tiempo y evitar un ataque mientras esperamos que llegue Galieno, será en cualquier caso un buen resultado. El hecho de que haya sido Sapor quien haya solicitado el encuentro me hace concebir ciertas esperanzas.

Se volvió hacia Metelo.

—¿Y tú no dices nada, Marco Metelo? ¿Cuál es tu parecer?

—Que no vayas, César.

Valeriano le miró más sorprendido que turbado.

—¿Por qué?

—Porque todo este asunto no me gusta. Huele a trampa a una milla de distancia.

—He tomado todas las precauciones; el encuentro se hará en un campamento neutral, en terreno descubierto. Cincuenta hombres de escolta por cada bando. No puede pasar nada. Iré; ya lo tengo decidido. Además, no quiero que Sapor crea que el emperador de los romanos tiene miedo.

Salió, seguido por los otros oficiales.

Metelo se acercó a su lado.

—Entonces iré contigo, César.

—No —respondió el emperador—. Es mejor que te quedes aquí. —Se le acercó hasta casi hablarle al oído—. Quiero estar seguro de que encontraré la puerta abierta cuando vuelva.

—Entonces deja aquí a Lucio Domicio: es el hombre más leal que conozco, tiene un gran ascendiente sobre las tropas y ya se ha encontrado en situaciones parecidas. Yo te seré de más utilidad allí fuera.

El emperador miró a Metelo y luego a Lucio Domicio, que se había quedado unos pasos atrás, y asintió.

—Está bien, entonces. Tú vendrás conmigo y Lucio Domicio se quedará en la ciudad. Quiera el cielo que esta sea la decisión acertada...

Casio Silva sonrió.

—Da igual quién vaya contigo, César, no cambia nada las cosas. Dentro de poco volveremos a reunirnos para la comida, a menos que Sapor quiera invitarnos a su lujosa tienda.

Un caballerizo trajo el caballo del emperador y Marco Metelo hizo que se llevaran el suyo. Como de costumbre, el ayudante había ya atado la segunda espada corta al pomo de la silla.

Lucio Domicio levantó la mirada hacia los glacis. Desde la torre de guardia, un soldado hizo ondear un paño rojo: una, dos, tres veces.

—Indican que está todo listo... —dijo.

Un paño blanco ondeó desde la atalaya de derecha a izquierda y luego de izquierda a derecha.

—... y que todo está tranquilo. Nada sospechoso.
—Muy bien —aprobó Valeriano—. Andando.

Clelia había conseguido meter de nuevo al niño en la cama y se dirigía hacia la azotea con la esperanza de poder ver qué sucedía extramuros; de repente, oyó un ruido.

Aguzó el oído, pero no oyó nada más. Quizá lo había imaginado. Empezó de nuevo a subir la escalera, pero volvió a oír el ruido, claro y distinto; parecía provenir del sótano.

Clelia cogió una vela de una repisa, la encendió con la llama de una lucerna y se dirigió hacia la planta baja. Estaba preocupada por la ausencia de su marido porque prácticamente estaba sola en casa. ¿Qué podía ser?

Trató de seguir el ruido; provenía sin duda del subterráneo. Abrió la puerta que daba al sótano y empezó a bajar la escalera manteniendo la vela en alto.

—¿Quién hay ahí? —preguntó en voz alta.

Respondió una especie de estertor.

—¿Quién hay ahí? —repitió.

Aguzó el oído y oyó unos pasos arrastrados que provenían de detrás de un postigo. Por lo que sabía, la puerta cerraba el desagüe de una vieja instalación termal que conducía hacia el exterior de la ciudad; desde que vivía en aquella casa nunca la había abierto. Pegó el oído a ella y oyó de nuevo ruidos, amplificados por el vacío. Descorrió el cerrojo y estiró con todas sus fuerzas para abrirla, agarrando con ambas manos la pestaña. La puerta chirrió, gimió y cedió de golpe. Clelia retrocedió con un grito de terror.

Delante de ella había un hombre medio desnudo y cubierto de sangre que la miró por un instante con una expresión de extravío; luego se desplomó en el suelo con un estertor agónico.

Clelia se dio cuenta enseguida de que aquel pobre desgraciado no representaba ningún peligro porque se estaba muriendo. Lo hizo rodar a un lado, puso su chal debajo de su cabeza y fue en busca de un vaso para darle un poco de agua.

El hombre bebió y comenzó a hablar.

—Hemos sido traicionados... Avisad..., avisad...

—¿Quién eres? —preguntó Clelia—. ¿Quién eres?

El hombre estaba en las últimas.

—Nos han sorprendido y atacado..., avisad al emperador de que no..., no vaya al... Es una emboscada..., es una...

Ladeó la cabeza, sin vida.

Clelia se estremeció; en un instante imaginó qué había sucedido y qué podría ocurrir si no trataba de parar la máquina mortífera que el enemigo había puesto en marcha.

Volvió a subir a toda prisa la escalera, cruzó el patio y salió al exterior, a la calle. La ciudad estaba aún desierta y Clelia echó a correr.

La guardia abrió la puerta que daba al exterior y el pequeño cortejo imperial se puso en marcha para dirigirse hacia el lugar de encuentro. El sol estaba ya por encima del horizonte y dibujaba claroscuros en el terreno árido y pedregoso que rodeaba la ciudad, diseminado de matojos de amaranto y de terebinto. El Korsotes discurría a su izquierda a lo largo de un trecho, luego doblaba a occidente interceptando la marcha.

La escolta que había pasado la noche defendiendo el vado les aguardaba a escasa distancia, en tierra de nadie, para acompañarles hasta el margen opuesto, donde iban a encontrarse con el rey de los persas, Sapor. Un centurión, que hizo una seña de saludo, y unos cincuenta jinetes se pusieron en marcha cuando el emperador y su séquito estuvieron a menos de cien pies del vado.

Metelo observó algo extraño y su rostro se ensombreció. Hizo una seña a Balbo.

—¿Qué pasa, comandante? —preguntó este en voz baja.

—Piernas blancas.

—¿Qué?

—Tú mismo puedes verlo. Estos hombres llevaban los bombachos hasta ayer mismo. Son persas, no romanos.

—Maldición, ¿y dónde están los nuestros?

—Probablemente asesinados. Avisa al emperador, yo voy a intentar mandar una señal a Lucio Domicio. Aún estamos a tiempo de salvarnos.

Balbo se acercó al emperador y le susurró algo al oído.

Metelo dirigió el escudo hacia el sol y comenzó a lanzar destellos intermitentes hacia las murallas.

Lucio Domicio, que observaba con ansiedad cómo se acercaba el grupo al vado, se sobresaltó al ver las señales.

—Pi-er-nas blan-cas —silabeó—. Piernas blancas —gritó acto seguido—. ¡Persas! ¡Es una traición! El emperador está a punto de caer en una emboscada. ¡Trompeta, toca a alarma! ¡Que salga la caballería! ¡Rápido, rápido! ¡Abrid la puerta!

Los legionarios de guardia abrieron la puerta y el trompeta llamó a reunión a la unidad montada que estaba acuartelada no muy lejos, cerca de la residencia del emperador.

Al cabo de pocos instantes un centenar de jinetes se presentaron delante de la puerta ya abierta de par en par y se prepararon otros tantos de refuerzo, pero Casio Silva, a la cabeza de una unidad de pretorianos, los interceptó.

—¿Quién ha ordenado la salida? ¿Estáis locos? ¡Quietos, quietos he dicho!

—La he ordenado yo —gritó Lucio Domicio desde la atalaya—. El emperador está en peligro. ¡Han tendido una emboscada, debemos sacarlos de allí enseguida!

—El responsable de la plaza fuerte soy yo —rebatió Silva—, y ordenar una salida ahora, en medio de una negociación, me parece una locura; significaría exponer a los nuestros a la reacción violenta de los persas, y por tanto a una muerte segura. No hay motivos para pensar que el emperador está en peligro. Está todo tranquilo. ¡Cerrad la puerta!

Lucio Domicio bajó precipitadamente.

—Pero ¿qué dices? ¡Esto es traición! ¡Tendrás que dar cuenta de una decisión semejante!

Silva hizo una seña a los pretorianos que tenía consigo.

—El legado Lucio Domicio Aureliano queda arrestado por insubordinación hasta nueva orden. ¡Cumplid la orden! Y vosotros —dijo vuelto hacia los soldados del cuerpo de guardia— cerrad esa puerta.

Los pretorianos rodearon a Lucio Domicio, que tuvo que entregar la espada, y se lo llevaron. Los soldados comenzaron a cerrar los pesados batientes de la puerta.

Clelia, mientras tanto, tras llegar jadeante a las inmediaciones del cuerpo de guardia, había asistido a la escena y sentía que se le paraba el corazón. ¡Su marido estaba allí fuera, ignorante de todo, y dentro parecía que se tramaba una conjura!

Miró en torno angustiada, vio a un caballerizo que traía un caballo cogido de la brida y no lo dudó un instante. Desgarró su vestido por debajo de las rodillas, arrojó al suelo al caballerizo de un empellón, montó de un salto sobre el caballo y lo espoleó para alcanzar a toda velocidad la salida.

El caballo se encabritó delante de la puerta que se cerraba, golpeó los batientes con los cascos delanteros y se abrió paso hacia el exterior. Clelia lo espoleó aún más y se lanzó al galope.

La escuadra imperial se encontraba ya cerca del vado y la falsa escolta estaba a punto de alcanzar la orilla del torrente. Nadie se había puesto aún en marcha, pero la decisión estaba ya tomada.

—Apenas hayamos pasado a la otra orilla del río —dijo Metelo—, daremos media vuelta y nos lanzaremos hacia la ciudad. La ventaja será suficiente para ponernos a salvo.

—Siempre que alguien abra esa puerta —dijo Balbo—. Si han recibido nuestro mensaje, no comprendo por qué no han acudido en nuestra ayuda.

Apenas había terminado de decir estas palabras cuando Cuadrato le interrumpió:

—Mirad, deben de haber comprendido; está llegando alguien de la ciudad. Pero ¡si es una mujer! —exclamó acto seguido.

Marco Metelo se volvió hacia las murallas y se quedó pasmado.

—¡Es Clelia! ¡Es mi mujer!

La falsa escolta entretanto comenzó a atravesar el vado.

El emperador hizo una seña a Metelo.

—¡Ve!

Y este se lanzó al galope. Vio que Clelia avanzaba a gran velocidad diciendo algo a gritos. Ahora se encontraba casi a medio camino entre él y las murallas de Edesa y seguía avanzando, pero de improviso algo voló de las murallas hacia lo alto, en amplia parábola: ¡flechas!

Unos silbidos rasgaron el aire. Una, dos flechas se hincaron en el terreno, la tercera dio en el blanco y Clelia se desplomó en el suelo.

Metelo se precipitó hacia ella, se apeó del caballo y la cogió en sus brazos mientras aún respiraba. La flecha le había traspasado la espalda y le asomaba por el pecho, sus ropas estaban totalmente empapadas de sangre.

Metelo la estrechó contra sí llorando de rabia y de dolor, besando sus labios ya exangües, su frente, su pelo.

—Es una trampa —murmuró Clelia—. La escolta ha sido asesinada… Silva es…, es… Por favor, ponte a salvo, ve en busca de nuestro hijo. Está solo…

—Iré a buscarlo. Te lo prometo.

Clelia ladeó la cabeza y se desplomó, exánime. Marco Metelo sintió que moría con ella en aquel momento.

Alzó la mirada hacia la puerta de Edesa tozudamente cerrada, hacia las murallas, y distinguió en ellas una capa roja: seguramente era la de Silva. Se volvió hacia el vado y vio que el combate había empezado, ¡el emperador estaba cercado!

Al verlo, Metelo se recobró, recuperó la sangre fría y la determinación. Echó un puñado de polvo sobre el cuerpo de su esposa, a modo de simbólica sepultura, se tragó las lágrimas, saltó sobre el caballo y lo espoleó en una loca carrera hacia la orilla del Korsotes.

Irrumpió entre las filas de los guerreros persas de la falsa escolta blandiendo dos espadas, una en cada mano, y mandó a dos de ellos dentro del río, a derecha e izquierda; luego atacó a los demás con espantosa violencia. Golpeaba en todas direcciones; desgarraba, traspasaba, mutilaba, partía huesos y cráneos, abriéndose paso hacia Valeriano.

Llegaban guerreros persas de todas partes y Metelo supo que no le quedaban más que unos instantes para dejar el camino expedito para la huida del emperador. Pero cuando se dio la vuelta vio que Valeriano era derribado del caballo y caía en el agua en medio de enemigos. Exclamó: «¡Salvad al emperador!» y se arrojó hacia delante como un ariete.

Saltó del caballo y se lanzó contra los enemigos llamando a los suyos:

—¡Balbo, Cuadrato, a mí!

Los dos centuriones le flanquearon como mastines, se irguieron como torres a su lado y abatían con los escudos a todo aquel que se acercaba, traspasando con las espadas a aquellos que tenían delante, arrollando, pisoteando e inmovilizando con el canto inferior de los escudos a los que habían caído al suelo. Valeriano se defendía con una energía increíble para su edad, pero tenía que enfrentarse a la tumultuosa corriente del río y al mismo tiempo parar los golpes de los enemigos. Perdió el equilibrio; estaba a punto de morir a manos de un persa que levantaba en aquel momento la jabalina. Pero Metelo, en ese mismo instante, cayó encima de él por detrás y le cortó ambos brazos con dos golpes sucesivos y fulminantes; luego lo empujó dentro de la corriente como si de un tronco se tratara y se colocó al lado del emperador. Protegido por Balbo y Cuadrato, le ayudó a subir a su caballo, golpeó al animal en el lomo con la parte plana de la espada y el purasangre se lanzó a la carrera hacia la ciudad.

Valeriano cabalgaba a gran velocidad, consciente de que sus hombres se estaban sacrificando para salvarle la vida; estaba decidido a hacer salir de Edesa a todas las fuerzas disponibles para que acudieran en su auxilio y para hacer pagar al persa su doblez. Pero de pronto vio que un destacamento de enemigos avanzaba por la torrentera que tenía a su derecha y por la que discurría el río y se dirigía hacia occidente cortándole el paso hacia la ciudad.

Volvió grupas esperando poder alcanzar una de sus avanzadillas del camino de Nisibi, pero una línea de infantes se plantó de golpe delante de él como si hubiera surgido del terreno para cortarle el paso.

Valeriano no aminoró la marcha; al contrario, espoleó a su caballo y dio un formidable salto con el que superó la línea de infantes. Convencido de estar ya a salvo, pensaba en cómo vengaría la sangre de sus bravos combatientes, pero sus pensamientos se interrumpieron de repente al ver a una multitud de jinetes e infantes que asomaba por el perfil de las colinas de enfrente. Era Sapor en persona, en medio de un agitar de pendones de púrpura; iba a la cabeza del ejército persa, que se desplegaba en un frente enorme que cerraba todos los pasos y todos los caminos.

El emperador de los romanos se dio cuenta de que no tenía escapatoria y volvió grupas hacia el vado para morir empuñando la espada junto con sus hombres; quería poner fin a una vida intachable con una muerte digna. Sin embargo, cuando estaba a punto de arrojarse a la refriega que se recrudecía aún más en el vado, sonaron las trompetas y todos los soldados persas se retiraron dejando a los romanos en el centro de un amplio círculo de hombres armados.

Jadeantes, extenuados, cubiertos de sangre por las numerosas heridas, los soldados del pequeño destacamento se prepararon para recibir al emperador que no había logrado ponerse a salvo.

Marco Metelo Aquila salió del río y formó a sus hombres a lo largo de la orilla para afrontar su destino.

2

Sapor tocó con los talones los ijares del caballo y avanzó al paso hacia el pequeño grupo de romanos.

Valeriano hizo una seña de que permanecieran quietos y fue a su encuentro él solo, a pie. El persa vestía unos bombachos de seda finamente recamados, medio transparentes; lucía unos largos bigotes con las guías hacia arriba e iba tocado con una mitra de formas elaboradas y adornada con unas altísimas plumas de avestruz; ceñida a su costado llevaba una espada en una funda de oro recubierta de gemas. El romano estaba cubierto de fango y de polvo, tenía la coraza desarticulada, la túnica desgarrada, profundos cortes en los brazos y la sangre corría por sus piernas.

Sapor hizo un gesto y dos de los miembros de su guardia personal se precipitaron sobre el emperador de los romanos y le echaron al suelo obligándole a arrodillarse frente a él.

Metelo se lanzó hacia delante gritando:

—¡Dejadle, bellacos! ¡Lucha conmigo, bárbaro, si tienes valor! ¡Baja del caballo! ¡Te arrancaré esas plumas y te las haré tragar, bastardo, hijo de perra!

Pero una red cayó sobre su cabeza y lo inmovilizó como a un león en una trampa. Los otros fueron rodeados y desarmados.

Sapor apenas se dignó mirarle; hizo una seña a sus hombres y se alejó pasando entre las filas de los soldados en dirección al campamento del que había salido antes del alba.

A través de las mallas de la red en la que estaba aprisionado,

Marco Metelo vio una extraña figura: un hombre o quizá un muchacho, a juzgar por su complexión, vestido con unas ropas de corte nunca visto, con el rostro embozado con una tela amarilla que dejaba al descubierto solo los ojos, dos negrísimos ojos rasgados. Intercambiaron una mirada intensa y fugaz antes de que el misterioso personaje desapareciera entre el séquito de Sapor.

Se los llevaron hacia un caserío medio en ruinas y los encadenaron, de brazos y piernas, uno por uno, empezando por Valeriano. Al ver a su emperador rodeado de cadenas Metelo no pudo contener las lágrimas. Luego los ataron por parejas; el primero de ellos, el centurión Balbo, iba atado a la silla del último de los jinetes que le escoltarían hacia su destino. Eran diez, aparte del emperador: el comandante Metelo, los dos centuriones Elio Cuadrato y Sergio Balbo, un *optio* llamado Antonino Salustio, y siete legionarios: Luciano, Severo, Rufo, Septimio, Publio, Emilio y Marciano.

Caminaron durante todo el día sin comer ni beber y bajo un sol que los asaeteaba con sus rayos; no se les permitió hacer un alto hasta después de la puesta del sol. Recibieron pan y dátiles y un poco de agua. Al caer la noche se tumbaron entre las piedras para descansar, sin siquiera un harapo con el que protegerse del punzante frío.

El emperador no había pronunciado ni una palabra desde que se había visto obligado a arrodillarse ante su enemigo; estaba aparte, acuclillado, con la espalda apoyada en una roca.

Marco Metelo estaba roto por la pérdida de su mujer, que no conseguía aceptar aún, y trastornado por haberse separado de su hijo, al que tenía pocas esperanzas de volver a ver. Nunca en la vida se había encontrado en un estado de ánimo tan próximo a la desesperación; sin embargo, al ver a Valeriano, un hombre que había consagrado toda su vida al servicio del Estado y del pueblo, que había luchado, a pesar de su avanzada edad, con un valor increíble y que había sufrido una insoportable humillación por parte del enemigo, olvidó sus pesares y sintió compasión por la situación del emperador.

Se le acercó para consolarlo.

—No tienes nada que reprocharte, César; has afrontado un riesgo mortal con el fin de lograr la paz. La fortuna nos ha dado la espalda. Le habría podido pasar a cualquiera.

Valeriano volvió lentamente la cabeza hacia él y levantó los brazos encadenados y las muñecas llagadas.

—¿De veras crees que esto ha sido obra de una fortuna adversa?

Metelo no respondió.

—¿Crees que nos han visto desde las murallas de Edesa?

—Creo que nos han visto, César.

—¿Y te has preguntado por qué nadie ha acudido en nuestro auxilio? ¿Por qué no se ha lanzado a la caballería para que nos socorriera?

—Es algo que no me explico —respondió Metelo—. Pero estoy convencido de que debe de haber sido una elección forzada, inevitable.

—En cambio yo creo que alguien ha decidido deliberadamente abandonarnos a nuestra suerte y que ese alguien estaba seguro de que nunca tendría que dar cuentas de esta decisión —dijo Valeriano con expresión sombría.

—Quizá vayas demasiado lejos con tus suposiciones, César —replicó Metelo—. Cuando se pierde el contacto se pierde también la capacidad de seguir los acontecimientos. Puede haber ocurrido algo así. Es posible que desde lo alto de las torres de guardia fuera evidente la imposibilidad de prestarnos ayuda. Tal vez alguien prefirió no mandar al matadero a unas tropas exhaustas y desnutridas en un intento sin esperanzas. Pero estoy convencido de que dentro de unos días los nuestros reaparecerán, vendrán a liberarnos, ya lo verás. Conozco a Lucio Domicio; es un hombre que no le teme a nada ni a nadie. Si no ha salido, por motivos que desconocemos, será únicamente porque la salida se ha pospuesto. Podría reaparecer de un momento a otro, créeme. Podría estar detrás de esas rocas de ahí, ¿las ves?

Valeriano clavó los ojos en él con una mirada llena de preocupación. Su rostro, cansado por el esfuerzo y las privaciones, era una máscara pétrea.

—No hay nadie detrás de esas rocas, comandante Metelo. Nadie. Y no vendrá nadie a buscarnos. Por eso te pedí que te quedaras.

Metelo, herido por aquellas palabras, inclinó la cabeza.

—Pero ¿por qué lo dices?

—Porque el mando de la plaza estaba en manos de Casio Silva.

—Sé lo que tratas de... No quería mencionarle porque sé que es amigo personal de tu hijo Galieno, pero mi mujer Clelia, antes de morir, mencionó su nombre.

Tenía los ojos brillantes mientras pronunciaba el nombre de su esposa. La herida era reciente, el dolor era aún demasiado fuerte para poder dominarlo.

—Tu mujer —suspiró Valeriano— se ha sacrificado para salvarnos. En vano. Si los dioses me escuchasen y nos concedieran volver, te juro que le dedicaría un monumento, como el de las antiguas heroínas de nuestra historia, que perpetuase su memoria y fama. Por desgracia nuestra condición actual es la de esclavos. Y tal parece que seguirá siendo. Silva nos ha abandonado a nuestra suerte, o incluso haya obrado peor... En estos momentos no consigo ahuyentar de mí la sospecha de que mi propio hijo, Galieno, haya podido tramar con los persas ese desgraciado encuentro, esa infamia.

Metelo no supo qué decir. ¿Qué responder a un hombre que hasta hacía pocas horas era el señor de medio mundo y ahora se encontraba completamente a merced de un enemigo traicionero y despiadado, a un hombre cargado de cadenas, atormentado por el frío y las heridas, pero sobre todo por la duda de la traición más dolorosa, la de su propio hijo?

Fue Valeriano quien rompió de nuevo el silencio, como si se sintiera culpable de haber frustrado el intento de aquel generoso soldado que quería aliviar su pena y su humillación.

—¿Debes de echarla mucho de menos, no?

—Tanto, que habría preferido morir antes que quedarme sin

ella —respondió Metelo—. Nos enamoramos cuando todavía éramos unos muchachos y huimos juntos para evitar los matrimonios que nuestras respectivas familias habían decidido para cada uno de nosotros.

—Comprendo —respondió el emperador—, y sé que no hay nada que pueda recompensarte de una pérdida semejante. Pero debemos ser fuertes y afrontar nuestro destino como los soldados de Roma que somos. No demos a nuestros verdugos la satisfacción de vernos hundidos, el gusto de sabernos humillados.

Metelo asintió cansinamente.

—Hay algo que me tortura, que no me deja tranquilo.

—¿De qué se trata? —preguntó Valeriano.

—De mi hijo Tito. ¿Qué será de él? ¿Quién le protegerá? Mucho me temo que Lucio Domicio no tiene ningún poder dentro de las murallas de Edesa, pues de lo contrario habría venido en nuestra ayuda. Y mi mujer ya no está. Me siento impotente para proteger a la persona que más quiero en el mundo. Le había dado mi palabra de que estaría de vuelta antes de la noche. Y yo nunca he faltado a la palabra dada, nunca en mi vida.

—Esa promesa era sobre todo una esperanza, amigo —respondió el emperador—, y ver cumplidas nuestras esperanzas solo depende de nosotros en una mínima parte. Pero tómatelo como un voto. Los votos de los hombres justos llegan hasta el trono de los dioses. ¿Ves a ese soldado? —dijo señalando a un joven legionario de pelo rizado—. Acaba de hacer la señal de la cruz. También él hace votos, reza a su dios cristiano para que nos salve a todos y nos devuelva a nuestros hogares. Dicen que es un dios poderoso, más poderoso que nuestro Júpiter, que ya está desilusionado y demasiado cansado para seguir viendo desde lo alto de su trono las tonterías de los humanos.

Metelo observó al soldado: se llamaba Emilio y era de su legión, un valiente muchacho natural de Mesina, diestro con la espada, gran corredor, excelente nadador. En la desgracia era mejor tener cerca a hombres valientes que a remolones. Se acercó a él.

—¿Cómo va, soldado?

—Bien, comandante, dadas las circunstancias.

—Así me gusta. Siempre hay que pensar que habría podido ser peor. Estamos vivos, todos juntos, con nuestro emperador. Nosotros somos el centro del mundo mientras César esté vivo y con nosotros, recuérdalo.

Septimio se incorporó sobre los codos.

—Los nuestros vendrán a liberarnos, ¿verdad, comandante?

—Así lo espero, pero no podemos estar seguros. Estamos en territorio enemigo y nuestras mejores unidades se hallan en Edesa, sitiadas. ¿De dónde eres? —le preguntó al ver que era muy rubio y que tenía los ojos azules.

—De Condate, en la Galia.

—A los que son como tú deberíamos mandarlos al frente norte. Padecéis demasiado a causa del calor y las quemaduras.

—Me he acostumbrado ya, pero... sí, espero volver a mi tierra cuando haya terminado todo esto.

—Tengo puestas mis esperanzas en Lucio Domicio Aureliano; sé que hará todo lo posible para intentar liberarnos a nosotros y al emperador.

—Manus ad Ferrum —dijo Marciano, un legionario de la Séptima de caballería—. Ese sí que es un hombre. Nunca he visto a un combatiente como él. No se olvidará de nosotros, descuida. Él no se olvida nunca de sus hombres. Le he visto más de una vez arriesgar el pellejo para poner a salvo a un herido, o incluso para trasladar a un caído.

Ni Balbo ni Cuadrato, los dos comandantes, abrieron la boca. Eran hombres de cierta edad que las habían pasado moradas y habían aprendido a no hacerse ilusiones. Permanecían aparte con la cabeza apoyada en una piedra y parecían dormir, pero Metelo sabía que estaban despiertos y que no se les escapaba nada de cuanto se estaba diciendo.

—Permaneced juntos —dijo finalmente a sus hombres—. Uno pegado al otro, así os daréis calor. Esta noche hará mucho frío y seguro que estos bastardos no nos darán mantas.

—Habría preferido pegarme a alguna muchacha bonita, una

de esas putillas de Antioquía con las tetas duras, en vez de a un centurión, pero no se puede tener todo en la vida —tuvo el valor de bromear Marciano.

—Te quejas por nada —dijo con una sonrisa Metelo—. De todos modos, es mejor bromear que dejarse vencer por el desaliento. A partir de ahora solo podemos contar con nosotros mismos. Hemos de sobrevivir, soldados; al precio que sea tenemos que sobrevivir. Nuestro único objetivo por el momento es este. Ninguno de nosotros quedará a su suerte; cada uno contará con la ayuda de todos los demás. Unidos podremos conseguirlo, creedme. Pero quiero que sepáis una cosa: formamos parte de una guardia imperial y nunca más que ahora debemos tener fe en nuestro compromiso y en nuestro juramento de fidelidad a César. A nadie se le permitirá irse si él no puede venir con nosotros. ¿Está claro? Toda tentativa aislada se castigará como una deserción y yo mismo me encargaré de pronunciar y de ejecutar la sentencia.

Y mostró la cadena tensándola entre sus muñecas.

Luego se acurrucó cerca de un tronco seco de tamarisco, se cubrió las piernas y los brazos con arena y trató de descansar un poco. Pero a cada movimiento que hacían los hombres o él mismo se oía un ruido de cadenas que redoblaba la agitación de su ánimo, ya porque le impedía conciliar el sueño, ya porque le recordaba su condición de prisionero y de esclavo; por más que tratase de recurrir a las fuerzas de su ánimo, la expresión de Clelia moribunda y el rostro del hijo que no volvería a ver le llenaban el corazón de amargura.

Rogó a sus antepasados que le mandasen una señal de su benevolencia y rogó a Júpiter Óptimo Máximo para que socorriera al emperador, su representante en la tierra y su sumo sacerdote; sin embargo, únicamente le respondió el largo reclamo de los chacales que merodeaban por la estepa en busca de carroña.

Al final, el esfuerzo se impuso al dolor y a la angustia y cedió al sueño.

Les despertó a patadas uno de los vigilantes; un criado les repartió un puñado de dátiles y se reanudó la marcha.

Iban hacia el este siguiendo la vertiente meridional de la cadena del Tauro. Se dirigían por tanto hacia el interior del Imperio persa a través de las regiones más accidentadas e inhóspitas. Primero se daba agua a los caballos y a los camellos y luego, si alcanzaba, a los prisioneros. Marchaban sin descanso y todo aquel que se retrasaba era azotado de inmediato por los vigilantes. Era evidente que su supervivencia no interesaba a nadie y que sus vidas no tenían el menor valor, ni siquiera como esclavos o forzados.

Al segundo día de marcha se unió a la columna otro grupo de prisioneros que venía probablemente del sur: tenían la piel oscura y el pelo rizado y vestían con un simple taparrabos de basto lino. En el centro de la caravana iban los camellos con las provisiones y los odres de agua, a los lados marchaban los prisioneros y por el exterior cabalgaban los vigilantes. Seguía un destacamento de un centenar de guerreros; entre ellos, Metelo descubrió a distancia al misterioso personaje de ojos rasgados que había visto el primer día. Parecía un hombre libre, ya que se movía a voluntad a lo largo de la columna, pero notó que los soldados persas, aunque disimuladamente, no le quitaban el ojo de encima.

Al tercer día, los vigilantes les soltaron los grilletes de los pies, lo cual supuso un gran alivio, tanto porque andar requería menos esfuerzo como por las llagas que se les habían hecho en los tobillos y que atraían nubes de moscas y de tábanos.

—Es una buena señal —dijo Metelo a sus compañeros—. Significa que servimos para algo. Quizá nos hagan trabajar en algún lugar y por tanto tienen interés en mantenernos con vida.

—Mirad —dijo en determinado momento Septimio—, nuestras armaduras.

Y señaló el único carro que avanzaba, tirado por mulos, con la columna.

—Son buenas hojas y buenas corazas —comentó Emilio—. ¿Por qué iban a tirarlas?

—Para ellos son simples trofeos. Está también la del emperador —observó Cuadrato.

—Si pudiéramos echarles mano —dijo Luciano, que era medio romano y medio griego, de Nicomedia—, aún podríamos darles un escarmiento a estos bastardos.

—Ahorra fuerzas —le hizo callar Balbo— para cuando lleguemos a destino. No creo que nos espere nada bueno, suponiendo que lleguemos vivos.

El emperador, a pesar de las molestias que tenía que soportar, mantenía una actitud de gran dignidad: la espalda erguida, la mirada firme, la frente alta. Sus blancos cabellos contrastaban con la piel bronceada por el sol y su impresionante orgullo infundía cierto respeto incluso a los miembros de la guardia que los escoltaban y que casi con toda seguridad conocían su identidad. Hablaba poco; normalmente permanecía absorto y encerrado en sí mismo, en una especie de austera soledad interior.

Aunque llevara muchas horas sin comer o beber, no por ello se lanzaba sobre la comida o el agua, sino que esperaba a que se las ofrecieran, cosa que sus hombres no dejaban nunca de hacer, tratando de honrarle de todas las formas posibles y de aliviarle las penalidades e incomodidades de aquella marcha inhumana.

Si los guardias le golpeaban con el látigo o con el asta de la lanza, soportaba estoicamente el dolor sin dejar escapar un lamento ni dar tampoco señales de haber acusado el golpe. Parecía no tener ya otro objetivo que salvar la dignidad y el honor, mucho más que la vida.

Caminaron durante más de un mes; atravesaron el Tigris sobre puentes de barcas, y finalmente comenzaron a perfilarse delante de ellos los contornos de las colinas de la Mesopotamia oriental y seguidamente las crestas de una gran cadena montañosa.

—Nos llevan a Persia —dijo Metelo.

—¿Cómo lo sabes, comandante? —preguntó Cuadrato.

—Esos son los montes de Elam —precisó Metelo— y delimitan la planicie de Persia que se extiende a lo largo de mil quinientas millas hasta los confines de Bactriana.

—Pero, entonces, tú has estado ya por estos pagos.

—No, en absoluto, pero he estudiado las expediciones de Craso en Mesopotamia, de Marco Antonio en Armenia y sobre todo la de Alejandro.

Valeriano volvió la cabeza.

—Nos llevan al corazón de su imperio, desde donde difícilmente podremos escapar.

—Es cierto —repuso Metelo—, pero estoy seguro de que tu hijo Galieno ha entablado negociaciones para el rescate. En cuestión de poco tiempo tendremos que recorrer este camino de vuelta..., al menos tú, César.

Valeriano le miró fijamente durante un instante con una intensidad grave y doliente y dijo:

—Sabes que no es cierto. Y en cualquier caso nunca aceptaría regresar solo.

Durante quince días treparon por senderos de montaña a través de las gargantas y las torrenteras de los montes Zagros, a través de lugares impracticables y pedregales medio desérticos habitados por nómadas salvajes que miraban de lejos cómo desfilaba lentamente el cortejo entre las pisadas de los cascos de los caballos y el tintineo de las cadenas de los esclavos.

A medida que ascendían, el aire se volvía más fresco y limpio y a sus espaldas Mesopotamia era una extensión amarillenta velada por vapores lechosos. La vegetación cambiaba casi a cada curva del sendero: las palmeras eran cada vez más pequeñas y ralas, hasta ceder el terreno a los ojaranzos, los tamariscos y las retamas, y poco a poco a pinos y cedros majestuosos. El agua corría burbujeando entre los barrancos rocosos, entre negros basaltos y blancas calizas, y su gorgotear ilusionaba y atormentaba más aún a los viajeros, que estaban sedientos y deslumbrados por un sol de justicia que abrasaba la piel, los ojos y la mente.

Luego apareció la meseta; interminable, deslumbrante, árida e inhóspita, azotada por un viento constante que hacía que se agrietaran los labios, sangrara la nariz y enrojecieran los ojos. Los lugares de parada eran aquí obligados, marcados por los escasos oasis que verdeaban al fondo de las lagunas en las que se acumulaba un poco de humedad. Crecían en ellas palmeras enanas, algarrobos y plantas espinosas de todo tipo. Las hierbas estaban muy secas y duras y exhalaban un aroma intenso cuando las pezuñas de los caballos y de los mulos las pisoteaban.

Al atardecer, cuando los guardias daban orden de parar en los oasis, había algunos momentos de alivio para los prisioneros, casi de placer. El sol descendía en el horizonte como una inmensa bola de fuego incendiando el cielo y revistiendo de oro las copas de los tamariscos y de las acacias; el viento aflojaba o se convertía en una brisa tibia; el aire se llenaba de los olores de plantas exóticas de aroma intenso; el agua de las fuentes, agitada por rachas de viento, se encrespaba cual mantos de púrpura y el aullido prolongado de los chacales que saludaban la llegada de la luna era un canto melancólico y sobrecogedor.

A esa hora del anochecer, todos recordaban lo que habían dejado a sus espaldas: los compañeros, las mujeres y los hijos, las novias a las que habían hecho una promesa, los ancianos padres que les esperarían en vano. Pero a medida que caía la noche y el cielo se poblaba de miles de estrellas, aquel breve momento de alivio se transformaba en una dolorosa sensación de impotencia.

Entonces trataban de reaccionar imaginando un futuro en el que indefectiblemente estaban la fuga y el retorno, o contaban las viejas historias que habían oído tantas veces a los viejos centuriones que parecían nacidos con la armadura puesta y con el yelmo en la cabeza.

—¿Habéis oído hablar alguna vez de la legión perdida? —preguntó una noche Publio, uno de la II Augusta que era natural de Spalatum [Split].

—Yo he oído hablar de ella —contestó Rufo, su compañero de armas pelirrojo, imbatible en el lanzamiento de la jabalina, tanto en la batalla como en las competiciones atléticas—, pero siempre he pensado que se trataba de una fábula. Cuando una unidad entera es exterminada siempre se dice que ha desaparecido quién sabe dónde para no aterrorizar a las tropas.

—Pues esta vez te equivocas —intervino Elio Cuadrato—. La legión perdida existe de veras, o mejor dicho existió, pero qué final tuvo nadie lo sabe.

—¿Es eso cierto, comandante? —preguntó Emilio a Marco Metelo como si quisiera tener una garantía de que una historia tan fantástica pudiera ser real.

—Parece que sí —respondió Metelo—. Se dice que, cuando el triunviro Craso fue encarcelado en Carre por el ejército de los partos de Surena, una de sus legiones consiguió abrirse paso de noche y escapar a la aniquilación, como les sucedió en cambio a las otras. Parece que lograron ponerse a salvo, con el águila y todo.

—¿Y luego qué pasó? —preguntó Antonino.

—Luego la legión desapareció, como si se la hubiera tragado la tierra. No se volvió a oír hablar de ella. Ninguno de sus hombres volvió nunca a la patria.

Se hizo un silencio y durante unos instantes no se oyó más que el leve soplo del viento que hacía susurrar las copas de los algarrobos.

—Y en tu opinión, ¿qué habrá sido de ellos? —inquirió Emilio.

Metelo se encogió de hombros.

—Puede haber sucedido cualquier cosa. Pueden haber terminado en alguna de las zonas desiertas que dicen que hay en el centro de Asia, inmensas regiones áridas recubiertas de sal que se extienden a lo largo de cientos y cientos de millas. En esos lugares se pierde la orientación a causa de la luz cegadora y del polvillo de sal que lo envuelve todo. Pueden haber terminado en el territorio de unas poblaciones salvajes y feroces y haber sido exterminados. O bien pueden haber sido acogidos y empleados para defender remotas fronteras de las que no han regresado jamás... Pero yo creo que la verdad no la sabremos nunca. Ahora dormid. Mañana la marcha será más dura y más difícil incluso.

A veces el emperador convocaba a sus oficiales: al legado Marco Metelo Aquila, a los dos centuriones Sergio Balbo y Elio Cuadrato y también al *optio* Salustio y presidía una especie de junta del

Estado Mayor. Pero los asuntos del orden del día eran siempre los mismos: el dolor de los golpes, la sed y el hambre que padecían, el desaliento que se apoderaba de los hombres, los posibles intentos de fuga que había que desaconsejar porque acabarían con toda certeza con el apresamiento y un suplicio atroz.

Tuvieron una confirmación de ello una tarde de pleno verano cuando un prisionero nabateo, que se había unido a la caravana no hacía mucho, se dio a la fuga aprovechando una tormenta de arena y fue capturado de nuevo a los tres días.

Los guardias le desnudaron y le ataron a cuatro palos hincados en tierra; a continuación le cortaron los párpados y orinaron en sus indefensos ojos. Le abandonaron así a las hormigas y a los escorpiones.

Sus gritos de dolor se oyeron durante horas, hasta que el viento se los llevó.

Una vez Metelo tuvo la impresión de que el misterioso joven que había visto en Edesa intentaba una fuga, pero se trató solamente de un paseo a caballo. Ganó la cima de un promontorio, donde le alcanzaron al poco un par de jinetes de la escolta. Se quedaron allí los tres juntos, se habría dicho que disfrutaban de la puesta del sol; luego, regresaron a sus tiendas.

Alcanzaron la meta al cabo de tres meses ininterrumpidos de marcha; llegaron todos, no hubo bajas. Estaban muy delgados y extenuados por aquel esfuerzo sostenido, pero estaban vivos, lo cual parecía un milagro.

La meta era una mina de turquesas en el corazón de Persia, un infierno llamado Aus Daiwa. Allí vivirían mientras resistieran. Y allí morirían, uno tras otro, a menos que un milagro cambiase el curso de su destino.

3

Sapor levantó el sitio que había impuesto a Edesa, aparentemente satisfecho del gran resultado obtenido.

En toda la milenaria historia de Roma el único acontecimiento comparable a esa derrota había sido el apresamiento, por parte de los cartagineses, del cónsul Atilio Régulo durante la primera guerra púnica quinientos años atrás. Pero Régulo no era más que un magistrado, si bien de máximo rango, del ordenamiento político republicano; llevaba en el cargo un año y podía ser sustituido. Licinio Valeriano era el emperador, el padre de la nación, su humillación y su encarcelamiento eran una catástrofe de consecuencias inimaginables.

Galieno no entró en la ciudad hasta un mes después y fue recibido por Casio Silva con todos los honores, aun cuando las circunstancias hacían impensable cualquier celebración él pasó revista a las tropas en formación revestido de púrpura y con la cabeza ceñida con la diadema. Su expresión de funcionario de provincias, con el labio superior leporino replegado sobre el inferior, contrastaba con su atuendo y con el aparato marcial que lo rodeaba. Subió al podio y pronunció su primer discurso oficial.

—¡Soldados! —dijo—. Lo que ha sucedido es para mí motivo de gran consternación y de profundo dolor. El encarcelamiento de mi padre es la consecuencia de la traición y de la doblez de nuestro enemigo. No hay nada que achacar a nuestra responsabilidad o a la de vuestros comandantes. Sé que muchos compañeros vuestros han sido asesinados a traición; sé que otros, entre ellos el legado Marco Metelo Aquila, han caído en combate o han sido hechos prisioneros junto con mi padre. Su suerte nos llena de pesar no menos que la desgracia de César, por cuya salvación elevamos nuestros votos a los dioses y nos disponemos a hacer todo lo posible. Sé que la mujer del legado, la noble Clelia, murió por una flecha persa mientras trataba de reunirse con su marido.

—¡Flechas romanas! —gritó una voz.

Galieno continuó impertérrito:

—... ejemplo de heroísmo digno de la mejor tradición de las mujeres romanas. Su hijo pronto pasará a la custodia de la casa imperial, será educado y criado a costa del Estado. Ordenaré de inmediato el inicio de las negociaciones para el rescate de mi padre. Ninguna suma se considerará demasiado elevada por su liberación...

No había terminado de hablar cuando resonó una voz en el amplio patio del cuerpo de guardia:

—¡No es con el oro sino con el hierro como se recupera el honor de Roma, Galieno!

Se hizo el silencio. Esa frase que había llegado de quién sabe dónde y que todos conocían desde su infancia, aprendida en los bancos de la escuela, había causado una honda impresión en los presentes. Galieno miró muy afectado a Casio Silva, que a su vez miró a su alrededor sin saber de dónde procedía la voz.

Entonces resonó otro grito de entre las tropas formadas:

—¡Liberad a Lucio Domicio Aureliano!

A aquella voz se unieron otras y luego otras más, hasta que la invocación se convirtió en un único grito cadencioso e imperioso al que era imposible negar una respuesta. Galieno dijo algo a Silva y este le respondió hablándole al oído. Aquel que en esos momentos se presentaba como el nuevo César levantó entonces el brazo para reclamar silencio y los gritos se fueron apagando poco a poco.

—El legado Lucio Domicio Aureliano ha estado temporalmente suspendido de sus funciones para evitar peligrosos enfrentamientos internos en la cúpula de mando en una situación de emergencia. Por otra parte, esa situación es ya agua pasada aunque con un resultado lamentablemente infausto y no hay razón para mantener en vigor la medida. Lucio Domicio es reintegrado por tanto a su graduación y a sus funciones de comandante de la Legión X Gemina.

Una nueva y poderosa exclamación se alzó entre las tropas formadas. Poco después llegó Lucio Domicio entre doce pretorianos y Galieno en persona le devolvió su espada. El legado, sin decir una palabra, se la ciñó al costado, hizo una inclinación de cabeza, dirigió una mirada fulminante a Casio Silva y se unió a sus legionarios, ocupando un sitio entre las filas como un soldado raso más.

Galieno se quedó aún doce días en la ciudad, durante los cuales preparó una reunión de los comandantes responsables de la línea defensiva del frente oriental. Entre ellos estaba un valiente oficial llamado Septimio Odenato, que tenía a su mando la defensa de Palmira, una gran ciudad caravanera al este de Damasco, y las tropas auxiliares de osroenos y sirios acantonados en la fortaleza de Dura Europos, junto al Éufrates.

También se convocó a Lucio Domicio, a pesar de que todos sabían el odio implacable que le enfrentaba a Casio Silva. El favor que gozaba entre las tropas desaconsejaba marginarlo. Era mejor encontrar un modo más prudente de quitarlo de en medio. Galieno lo destinó con su unidad a contener una invasión de los sármatas en la frontera con el Danubio; una empresa muy difícil y peligrosa dada la desproporción de fuerzas en el campo de batalla en favor de los bárbaros.

No pocos pensaron que semejante destino había sido propuesto por el propio Silva, que poco después fue nombrado prefecto del pretorio, cargo que hacía de él el hombre más poderoso del imperio después del emperador. Lucio Domicio aceptó la misión sin pestañear: Manus ad Ferrum no podía ciertamente echarse atrás ante una llamada a las armas. Pero antes de partir solicitó ser recibido por Galieno. En la sala de audiencias estaban presentes también Septimio Odenato, el comandante del ejército del Éufrates, y su mujer Zenobia, famosa en todo Oriente por su extraordinaria belleza. Odenato era tan celoso que la llevaba siempre consigo a dondequiera que fuese. Lucio Domicio la miró fijamente un instante a los ojos sin que ella los bajara. Luego se acercó a Galieno.

—Quiero que sepas —empezó diciendo— que te considero un regente solo *pro tempore*, mientras tu padre esté en prisión, y es por ello por lo que acepto que me des órdenes. No te llamaré «César», título que carece de significado en ausencia de tu padre, simplemente te llamaré por tu nombre.

Galieno no respondió, pero la expresión de su rostro mostraba claramente la contrariedad y la ira que aquellas palabras de abierto desafío habían provocado. Se trataba en cualquier caso de una cólera impotente: tocar a Lucio Domicio Aureliano podía significar sedición o algo peor.

Domicio prosiguió:

—Lucharé como lo he hecho siempre y cumpliré tus órdenes lo mejor que pueda. Solamente te pido una cosa: confíame al hijo de Metelo, el pequeño Tito. Ha perdido a sus dos padres, a su madre de muerte violenta. Le trataré como si fuera hijo mío; le recordaré cada día el valor de su padre, la inteligencia y el coraje de su madre y le protegeré incluso con mi vida.

Galieno frunció el ceño.

—Lamentablemente no puedo complacerte, Lucio Domicio. El frente de combate no es el lugar más adecuado para un muchacho. Además, tu misión es peligrosa, por eso te he elegido a ti; sé que eres uno de los mejores oficiales del ejército. El muchacho necesita recibir instrucción, que se ocupen de él, frecuentar a los mejores pedagogos y recibir el trato que el valor de su padre y el sacrificio de su madre se merecen. Te agradezco tu ofrecimiento; es una petición que te honra, pero no tomes a mal que no pueda satisfacerte.

Lucio Domicio se mordió el labio, como solía hacer para dominar sus ataques de ira, luego dijo:

—Estoy seguro de que el muchacho será tratado como merece. Pero quiero que recuerdes lo que voy a decirte. Si le sucediera algo, si cae por una escalera, o se lastima jugando o nadando, o si enferma por cualquier motivo, aunque sea de una indigestión por haber comido demasiado, te consideraré personalmente responsable y vendré a buscarte y a pedirte cuentas dondequiera que estés.

—¿Osas amenazarme? —gritó Galieno—. ¿Osas ponerle condiciones a tu emperador?

—Mi emperador está prisionero de los persas y estoy seguro de que tú harás lo posible para que regrese pronto, que pagarás la suma que sea por su rescate, como has anunciado y prometido solemnemente. Si no veo que Valeriano vuelve con su escolta dentro de un tiempo razonable, también de ello te consideraré responsable. Adiós.

No le dio tiempo a reaccionar; giró sobre sus talones y se alejó pasando entre los pretorianos con el yelmo debajo del brazo izquierdo y la mano derecha sobre la empuñadura de la espada, como siempre.

Partió con su legión al día siguiente entre trompetazos y el ondear de lábaros, tomando por el camino de Cesarea y luego de Ancira y Bizancio directo a Sirmio, donde estaba el cuartel general del ejército del Danubio al mando de Publio Festo, un bravo oficial y buen combatiente.

Galieno y Silva soltaron un suspiro de alivio cuando vieron que la retaguardia de la X Gemina desaparecía tras el recodo del camino en dirección norte. Dejaron tres cohortes de la II Augusta en Edesa y volvieron a Antioquía con el hijo de Metelo.

No fue fácil llevárselo. Gritaba que su padre había prometido que volvería y que él quería esperarle, quería estar en casa cuando regresara.

Uno de los criados de Guillermo le cogió por un brazo diciendo:

—Tu padre no volverá. A esta hora seguramente está muerto.

Tito le mordió en una mano y trató de huir, pero lo atraparon y lo llevaron a la fuerza mientras chillaba, soltaba patadas y lloraba.

De Antioquía embarcaron, hacia mediados de verano, para dirigirse directamente a Rávena y luego a Mediolanum [Milán], donde Galieno estableció su residencia.

Tito fue confiado al maestro de palacio para que se encargara de su instrucción, pero el niño era prácticamente intratable. Rechazaba la comida y no quería ver a nadie. Se escondía debajo de la cama para que no le encontraran y continuamente trataba de evadirse de su prisión, hasta el punto de que hubo que poner una guardia fija para vigilarle.

Galieno, aunque ocupado con los asuntos de Estado, estaba preocupado por el muchacho, que estaba muy desmejorado, porque se acordaba de la advertencia de Lucio Domicio Aureliano y porque sabía muy bien que Manus ad Ferrum no amenazaba nunca en balde. Mandó sustituir al pedagogo, un anciano lunático y autoritario, por una jovencísima esclava de quince años.

—¿Quién eres? —le preguntó Tito en cuanto la vio.

—Soy la persona destinada a tu servicio. Me llamo Tilia.

—No necesito a nadie. Vete.

—Soy yo quien te necesita a ti.

Tito la miró de reojo.

—Quisiera convencerte de que comas algo.

—No tengo hambre.

—El apetito entra comiendo.

—No tengo hambre, he dicho.

—Si no te convenzo de que comas me darán una paliza. Me harán mucho daño. El maestro de palacio es un viejo hijo de puta.

—En eso estoy de acuerdo.

—Y disfruta haciendo daño.

—Lo mismo pienso yo.

Tilia se acercó y se sentó a su lado.

—Te he traído un tazón de caldo caliente. Lo he hecho con el mayor cariño, te gustará.

Tito no dijo nada.

—Si no comes, morirás. Y cuando tu padre vuelva morirá de dolor. ¿Es eso lo que quieres?

—Han dicho que mi padre está muerto.

—Pues han mentido.

A Tito se le iluminó el rostro y abrió la boca para preguntar cómo podía decir algo así; mientras, la muchacha aprovechó la ocasión para hacerle tragar una cucharada de caldo.

—¿Y por qué? —le preguntó.

El muchacho respondió con una pregunta:

—¿Por qué han mentido, según tú? Quiero decir, acerca de la muerte de mi padre. ¿Qué sabes tú de ello? No eres más que una esclava.

Tilia le dio otra cucharada de caldo aprovechando la brecha que había conseguido abrir en las defensas del muchacho y respondió:

—Porque tu padre es el comandante Águila, una leyenda viva. Todos hablan de él. Y todos dicen que fue hecho prisionero por los persas, junto con el emperador Valeriano. Su cuerpo no se ha encontrado, mientras que sí lo fueron los de los otros caídos ese día en Edesa.

—¿Estabas tú también allí? —preguntó de nuevo Tito.

—No. Llegué después, con el séquito de Galieno, junto con los cocineros y los despenseros que acompañan a la corte. Pero todo había sucedido hacía poco y había soldados que fueron a recuperar los cuerpos de los caídos después de que los persas partieran.

—¿Y cuál es la diferencia? Si mi padre está prisionero y reducido a la esclavitud, no volveré a verlo nunca.

—No es cierto. Galieno ha prometido que pagará un rescate a los persas para liberar al emperador y, si el emperador es liberado, volverá sin duda con tu padre y los otros que fueron apresados junto con él.

—¿Y eso cuándo sucederá?

—Pronto, creo. Seguramente las negociaciones deben de estar ya iniciadas.

—¿Y si no se ponen de acuerdo?

—Los poderosos siempre se ponen de acuerdo.

—Espero que tengas razón. La verdad es que para ser una esclava sabes muchas cosas.

—Es normal. A los esclavos no nos consideran personas y la gente habla libremente delante de nosotros como si fuéramos objetos decorativos o estatuas. Ahora solo debes recuperar fuerzas para que el día que tu padre regrese puedas abrazarle de nuevo.

Tito se tomó el caldo, luego, cuando Tilia se hubo ido, se acercó a la ventana y apoyó la barbilla en el antepecho. Podía ver el afanoso ir y venir de los criados y de los soldados en el patio de abajo, que le recordaba la plaza fuerte de Edesa con la palestra de entrenamiento donde a menudo había visto cómo se ejercitaba su padre con la espada y la jabalina. Recordaba las caravanas que venían de Dura y de Damasco, de Palmira y de Tapsaco, de Nisibi y de Ctesifonte: las telas variopintas, las armas cinceladas, los objetos de cristal, las piedras duras, los huevos de avestruz decorados, las plumas de pavo real, los animales exóticos. Sentía nostalgia de ellos igual que de sus padres; de su madre a la que no volvería a ver nunca más y de su padre, el héroe al que admiraba por encima de cualquier otro ser humano. Esperaba de todo corazón que estuviera vivo y trataba de imaginar dónde se encontraba en aquel momento, si tenía hambre o frío, o si sufría humillaciones por parte de sus carceleros. Miraba cómo se oscurecía el cielo a oriente y trataba de calcular la distancia que le separaba de él; luego cerraba los ojos y trataba de verlo, quizá sentado debajo de una palmera, quizá de camino en la inmensidad de unas tierras remotas tras el contoneante andar de los camellos. Aguzaba hasta el límite su sensibilidad infantil para sentir el pensamiento y el afecto de aquel que tanto necesitaba.

Mediolanum estaba húmeda y bochornosa, siempre cubierta de una capa de calima que solo raramente se abría para dejar entrever de lejos las cumbres de los Alpes. Cuando se le permitía salir con uno de sus preceptores o de los guardianes, no encontraba nunca nada que le interesara realmente salvo los puestos de los vendedores ambulantes en el foro los días de mercado.

Con el paso del tiempo Tilia se convirtió en su única amiga, pero solo dentro de palacio. Cuando salía lo hacía siempre con hombres y vigilado de cerca.

Un día que estaba con la chica en el jardín le preguntó:

—¿Qué es un rehén?

Tilia le miró, sorprendida.

—¿Dónde has oído esta palabra?

—La ha pronunciado uno de los guardianes mientras hablaba con mi preceptor.

—Pero no hablaban de ti.

—Creo que sí. ¿Por qué? ¿Es una palabra fea?

—No, no es fea. Quiere decir un huésped especial. Alguien a quien se trata bien, pero que no puede irse cuando quiere.

—Entonces hablaban de mí.

—Me temo que sí. Pero podía irte peor, créeme.

—Tal vez. Pero echo mucho de menos a mis padres. ¿Cuándo crees que veré de nuevo a mi padre?

Tilia le miró fijamente a los ojos. Había una intensidad de sentimientos que raramente había visto en su vida, una esperanza tan fuerte, que desilusionarla le parecía cruel, pero alentarla era una maldad. Respondió:

—Es difícil decirlo. No sabemos dónde están prisioneros el emperador Valeriano y su guardia. No sabemos cuánto camino han recorrido ni en qué punto se encuentran las negociaciones para el rescate. Yo diría que un cálculo razonable podría ser entre seis meses y un año.

—¿Tanto? —preguntó el niño.

—El tiempo pasa rápido, pequeño. Si mi previsión fuera acertada, sería una suerte.

—Pero las cosas podría andar mal, ¿no es así?

Tilia le hizo una caricia.

—Por desgracia la mala suerte existe. Mírame a mí; nací esclava y no he conocido nunca a mis padres. Sin embargo, no sabes cuánto los echo de menos, cuánto deseo tenerlos. No hay día o noche que no trate de imaginar su aspecto, su voz, aunque solo sea su nombre. —Mientras hablaba veía cómo se humedecían los ojos del chiquillo, cómo asomaba en su rostro una expresión de desconsuelo, y Tilia se sentía mal solo de pensar lo que debía de estar pasándole por la cabeza. Trató de encontrar alguna palabra de aliento—. Pero hay que confiar en los dioses y en las virtudes de los hombres. Tu padre es un gran hombre, y también el emperador, por lo que he oído decir. Los grandes hombres recorren senderos que para el común de los mortales son desconocidos. ¿Y sabes una cosa? Ser positivo trae buena suerte. ¿No hay algún episodio o algunas palabras de tu padre que recuerdes que sean de buen augurio? ¿Comprendes lo que quiero decir?

El niño dejó escapar un largo suspiro y se quedó durante un rato en silencio. Luego dijo:

—Sí, hay algo.

—¿De qué se trata?

—Aquella mañana mi padre me prometió que volvería antes de la noche.

—Es una bonita promesa.

—Pero no la ha mantenido.

—No importa. No ha sido por su culpa. En cualquier caso, son los buenos deseos los que cuentan y este es un buen augurio, créeme.

Le tomó de la mano y se lo llevó dentro del palacio, donde le esperaba el preceptor para la habitual clase de gramática.

Lucio Domicio Aureliano llegó a Sirmio, en Panonia, hacia finales de agosto y se acuarteló con su legión en el amplio campamento construido en el margen derecho del Danubio.

Publio Festo, el comandante del ejército del Danubio, le recibió cordialmente.

—Ni siquiera me hubiera atrevido a imaginar que contaría con un refuerzo semejante: uno de los mejores comandantes del imperio. Y una legión imbatida: la X Gemina. Daré las gracias a quien haya tenido semejante idea.

—Fue Galieno, siguiendo el consejo de Casio Silva.

—No pareces estar muy contento de ello. Es cierto que era mejor Antioquía, imagino, o Alejandría, pero te acostumbrarás. Aquí no hay muchas distracciones. Todo lo más, una partida a los dados con algún centurión.

—No soy aficionado a los juegos de azar —respondió Lucio Domicio.

—Comprendo. Es verdad. Manus ad Ferrum es un oficial muy íntegro, a la antigua usanza. Tu fama te precede. De todos modos, las mujeres de estos lugares son bellas y no nos desprecian.

—Las mujeres no son un problema. ¿Cuándo atacaremos?

—¿Qué?

—Te he preguntado que cuándo atacaremos. Quisiera despachar este asunto cuanto antes y volver a mi base de Edesa. Tengo cosas que hacer allí.

Publio Festo estaba sorprendido.

—Legado, creo que no te das cuenta de cómo están las cosas. Al otro lado del río hay más de setenta mil bárbaros armados hasta los dientes y acostumbrados a luchar en esa interminable llanura montando caballos infatigables. Suerte tendremos si no pasan a este lado y atacan nuestras posiciones. Poseemos en total tres legiones incluida la tuya y si hemos de luchar en campo abierto no tendremos ninguna esperanza.

—No digo que hagas salir a nuestras fuerzas al completo. Solo te pido que me permitas resolver el asunto. A mí y a mi legión.

Publio Festo meneó la cabeza, incrédulo.

—Ni pensarlo. Sería un auténtico suicidio y te necesito a ti y a tus hombres por si los bárbaros atacan.

—Pero, entonces, ¿qué debería hacer aquí, esperar y basta?

—Esperar, legado, esperar. Y esperar que no pasen a este lado.

Lucio Domicio miró fijamente a los ojos a su comandante.

—Nunca en mi vida he esperado —dijo.

Se levantó con un leve cabeceo y se fue.

4

La mina de Aus Daiwa se encontraba en un lugar aislado de la meseta, en una zona completamente yerma, azotada por un viento constante que solo amainaba hacia la puesta del sol. Un pozo, unos barracones para los mineros, un edificio de ladrillo crudo para la guardia y la armería eran todo cuanto se ofrecía a la vista. Luego, tan pronto como se llegaba al centro de la explanada principal se oía el gigantesco mortero que trituraba el mineral. Lo accionaba un árgana que arrastraba las cuerdas a las que mantenía tensas una gran polea. Movían el árgana una media docena de barras, cada una de las cuales era empujada por cuatro hombres. Una vez levantado el mazo hasta el punto más alto de la torre de apoyo, se quitaba la clavija que bloqueaba la rueda del cabestrante en su perno, la rueda exterior resbalaba libremente hacia atrás y el mazo caía con gran estruendo sobre las rocas amontonadas en la base, fragmentándolas. Luego el árgana volvía entre gemidos a sus trabajos de Sísifo.

La cocina era un simple hogar al aire libre en el que se preparaba la comida para la tropa.

Cuando llegó la caravana con los prisioneros de Edesa, un vigilante les recibió a empellones y patadas y les hizo formar delante de los barracones. Les dirigió una arenga en persa que traducía frase por frase otro prisionero: un anciano huesudo y desdentado que dijo llamarse Uxal:

—Este es el lugar en el que moriréis. No importa cuándo,

pero con toda seguridad será aquí. Nadie ha conseguido jamás escapar de este lugar; el pueblo más cercano, como habéis visto a vuestra llegada, está a tres jornadas de camino, el siguiente a siete.

»Si alguno de vosotros tuviera la tentación de escapar, debe saber que será perseguido y atrapado en pocas horas y luego empalado en el centro de la explanada. Nuestro verdugo es un hombre muy hábil; es capaz de ensartar un palo en un cuerpo y pasarlo de parte a parte sin afectar los órganos vitales, de modo que puede vivir incluso durante días.

»Toda rebelión, sea cual sea, comportará idéntico tratamiento. La simple desobediencia o no producir determinada cantidad de mineral que se os pida a cada uno de vosotros se castigarán con diez azotes o con tres días en el poste sin agua ni comida. La cantidad de piedra en bruto que hay que producir diariamente es de cincuenta libras. De noche seréis encadenados. De día se os soltará para que podáis trabajar mejor. La paja de los barracones se renueva una vez al mes. Cuando muere uno de vosotros, su grupo debe tirar el cadáver en esa quebrada que veis allí.

»Esto es todo cuanto debéis saber.

Cuando terminó de hablar, el vigilante mandó abrir uno de los barracones y Uxal acompañó al interior a los recién llegados: veintitrés personas en total, doce de ellos romanos.

El viejo les indicó sus yacijas de paja y puso a cada uno un cepo en el tobillo con una anilla, por cuyo interior se hacía pasar la cadena que se aseguraba con otra anilla y un candado al pavimento. Uxal se encadenó también a sí mismo y entregó la llave al vigilante, que salió y cerró la puerta tras él.

Hizo seña a todos de que guardaran silencio hasta que los pasos del vigilante se perdieron a lo lejos, luego dijo en voz baja:

—Ahora podéis hablar, pero debemos intentar que no nos oigan desde el exterior. Si nos oyen, nos castigan, y os aseguro que no es para tomárselo a broma. Vuestra vida aquí no vale nada.

—¿Cómo es que hablas nuestra lengua? —preguntó Metelo, que lo tenía cerca.

—De muchacho viví diez años al servicio de un mercader romano de piedras preciosas que tenía un almacén en Buprasio, en el golfo.

—¿Y cómo terminaste aquí?

—El mercader me vendió a un noble persa, aunque yo fuera un hombre libre, para pagar ciertas deudas. Traté de escapar porque no podía resignarme a la esclavitud y me trajeron aquí.

—Lo cual significa que se puede sobrevivir largo tiempo —dijo Luciano—. Tú tienes ya tus años.

—No cuentes con ello —repuso Uxal—. Yo estoy vivo porque me necesitan. Soy bastante hábil tratando el mineral. Ese hijo de perra de mi amo por lo menos me enseñó algo que me ha permitido sobrevivir, suponiendo que esto pueda considerarse una vida.

»Dejad ahora que os explique algunas otras cosas. Comencemos por la comida: los mineros se alimentan solo de legumbres secas y harina de pescado, que se distribuyen una vez al día por la mañana. Para la cena nos dan una escudilla con un bodrio oscuro de un sabor repulsivo, cuya composición no he conseguido descubrir jamás. Mejor así. El agua está racionada porque hay muy poca. Evitad beber de día que es cuando más se suda. Bebed por la tarde, cuando comienza a hacer fresco, pues así el cuerpo la aprovecha toda. La comida a veces no llega, bien porque ha habido alguna tormenta de arena, bien por otros motivos que ignoro. En tales casos los vigilantes comen y nosotros no. Los escarabajos pueden ayudarnos a sobrevivir y también los ratones. Yo sé cómo asarlos en las brasas de la fragua y os aseguro que no están nada mal. También se pueden comer crudos. Uno se acostumbra.

»En cuanto a la conducta: olvidad que sois personas, que tenéis un nombre, un país de origen, una familia. Olvidad que tenéis honor u orgullo o moriréis muy pronto. No reaccionéis nunca, no miréis nunca a los ojos a un vigilante, no ayudéis a un compañero que se encuentre mal. Cualquier forma de solidaridad de grupo es vista como una amenaza, como una posible conjura.

»Esta gente, que nos vigila y nos castiga por una nimiedad, a menudo lo hace porque si sucediese cualquier cosa su castigo no sería inferior al nuestro; es más, los persas tienen una increíble fantasía para los suplicios…

—Lo sé —replicó Metelo—. He leído las *Memorias persas* de Ctesias.

Uxal meneó la cabeza.

—¿Qué son?

—La obra de un médico griego que vivió en la corte del emperador Artajerjes.

—Ah —respondió Uxal—. En cualquier caso, tú me preocupas particularmente. Eres soldado, ¿verdad?

—Lo somos todos.

—Pero tú más. Tu aspecto es un desafío constante y tu mirada es una provocación. Disimúlalos si quieres vivir.

—He de vivir —dijo Metelo— y mis compañeros también.

—Muy bien. Pues entonces haced lo que os he dicho y tendréis alguna posibilidad de durar un poco más.

Mientras hablaba, el semblante de los presentes se ensombrecía cada vez más, la consternación se dibujaba en los rostros de aquellos hombres que, sin embargo, estaban acostumbrados desde hacía años a afrontar los más duros peligros, a arriesgar continuamente la piel. La perspectiva de una vida sin esperanza, en medio de la abyección y de la humillación quién sabía por cuánto tiempo e interrumpida finalmente por una muerte abominable, hacía que muchos de ellos pensaran en el suicidio, sin duda más honorable para unos soldados.

Pareció que Uxal hubiera leído en sus mentes cuando volvió a hablar al cabo de una breve interrupción:

—Mañana veréis que el infierno existe, pero recordad que hay algo peor: el tercer nivel, las galerías inferiores. Quien termina allí es primeramente marcado a fuego y a partir de ese momento no vuelve a ver jamás la luz del sol. Solo vuelve a salir de esos subterráneos oscuros cuando no es más que un cadáver.

»Algunos de vosotros probablemente decidiréis suicidaros; es lo que suele ocurrir. Normalmente dos o tres de cada diez, pero depende del tipo de hombres. No os conozco aún y por tanto no puedo pronunciarme. He visto a algunos que se rompían la crisma arrojándose contra una roca, o que se tiraban desde lo alto de un pozo de la mina o se arrojaban sobre el pico para que les traspasara. Es una elección que respeto y que yo mismo me he planteado más de unas vez. Nunca se puede saber qué nos tiene reservado el futuro. La verdad sea dicha, he visto cómo algunos salían de aquí.

—¿A cuántos? —preguntó Publio.

—A tres... en veinte años.

—No son muchos —comentó sarcástico Cuadrato.

—Depende de cómo se mire —replicó Uxal.

—¿Y sabes cómo se largaron? —preguntó Balbo.

—Eso lo ignoro.

—¿Rescate? —preguntó Metelo.

—Podría ser. Pero no estoy seguro.

—Te damos las gracias por los consejos y las informaciones que nos has dado, pero creo que nos convendría dormir. Mañana comenzará el trabajo en la mina.

—No se merecen. Estamos metidos en la misma mierda. Me parecía justo deciros cómo están las cosas. A propósito: nos os fiéis de nadie, no habléis con nadie que no conozcáis. Aquí todos son espías. Por una cucharada de más de ese bodrio están dispuestos a venderos o a denunciaros.

—También tú serás un espía, supongo —dijo Metelo.

—No.

—¿Y por qué no?

—Porque tengo mi dignidad. La he conservado porque la he mantenido en todo momento oculta. No todos los hombres son iguales; no me he decidido nunca a quitarme la vida. Al fin y al cabo, he conocido a un montón de gente interesante aquí dentro. Muchos están muertos, dichosos de ellos. Algunos otros viven aún.

—Gracias por tus consejos. Y ahora, si me permites, es mejor que tratemos de dormir.

—Una sola cosa más..., una pregunta.

—Di.

—Ha corrido un extraño rumor en el campamento antes de vuestra llegada.

—¿Ah, sí?

—Así es —asintió—. Se dice que entre vosotros hay un personaje de excepcional relevancia…

Metelo no respondió.

Entretanto, Uxal recorría con la mirada los rostros de los recién llegados.

—Me pregunto quién de vosotros es ese pez gordo, ese gran señor…

Metelo siguió guardando silencio. Uxal detuvo su mirada en el rostro de Valeriano.

—Eres tú. No cabe duda. No puede ser nadie más que tú… El emperador de los romanos… Increíble. —Rió sarcásticamente—. El destino del hombre no tiene sentido, no tiene ningún sentido. Tú que mandabas a medio mundo eres ahora menos importante que este pobre viejo desdentado que tienes delante.

Metelo, que estaba cerca de él, le agarró por los harapos.

—Basta ya, anciano. Una palabra más y te quito las ganas de bromear.

Uxal esbozó una media sonrisa.

—Calma, general, no me parece que tu emperador tenga motivos para sentir miedo. Es solo que nunca había visto a un emperador. De haber muerto ayer me habría perdido semejante oportunidad. —Se acostó sobre la paja, pero siguió murmurando—: Es increíble…, increíble.

Metelo se acostó a su vez.

—Tratad de descansar, soldados, y procurad sobrevivir. Al precio que sea; también el suicido es deserción. No lo olvidéis.

Los despertaron cuando estaba aún oscuro y los liberaron de las cadenas. Un vigilante les dio picos y palas y Metelo vio que, mientras les entregaban las herramientas de trabajo, las tropas de vigilancia estaban formadas a escasos pasos, armadas y con las espadas desenvainadas. En grupos de cinco les hicieron subir a una plataforma asegurada con cuerdas a un cabestrante y bajaron al subsuelo, donde se ramificaban las galerías. A cada uno se le entregó una lucerna encendida para alumbrarse en las angostas y oscuras galerías subterráneas de la mina.

Cuando los recién llegados estuvieron reunidos en el sector al que habían sido destinados, Metelo habló al emperador:

—César, tú no debes esforzarte. Somos once y estamos en condiciones de producir también la cantidad de mineral que te corresponde. Solo será un pequeño esfuerzo más para cada uno de nosotros, pero tu vida es de un valor inestimable; es nuestro deber protegerla sea como sea.

Valeriano respondió con calma, pero con decisión:

—No. Aquí somos todos iguales. Yo cumpliré con mi parte. No es justo que vosotros os sacrifiquéis por mí.

También los otros se ofrecieron.

—César —dijo Cuadrato—, justo es que ahorres tus fuerzas para el día en que llegue tu rescate. Sobre ti recae la responsabilidad del imperio, eres el padre de la patria y debes volver, cueste lo que cueste.

—Yo ya no soy nada, amigos míos. Solo soy un compañero de desventura. Lamento desilusionar vuestras expectativas, pero si mi hijo hubiera puesto en marcha unas negociaciones de rescate a estas horas ya lo sabríamos. Los mensajes entre los gobernantes corren mucho más rápido que la caravana que nos ha traído hasta aquí. Y ahora pongámonos al trabajo. El tiempo de que disponemos apenas es suficiente para realizar la tarea diaria que nos han asignado nuestros carceleros.

Cogió un pico y comenzó a golpear la roca con fuerza. Los fragmentos volaron en todas direcciones.

Metelo, Cuadrato, Balbo y Antonino cogieron a su vez los picos y se pusieron a cavar. Los otros empezaron a recoger fragmentos, a cargar las espuertas y a amontonarlas en la galería principal donde estaba el montacargas. Uno de los vigilantes anotaba el número de espuertas por cada minero, luego daba la señal y el montacargas subía gimiendo hacia la luz.

A medida que el trabajo avanzaba, la galería se llenaba de un denso polvillo que se depositaba sobre los mineros y los transformaba en blancos fantasmas, dificultaba la respiración y quemaba los ojos. La dificultad para respirar debilitaba los miembros y el calor hacía insoportable el esfuerzo.

La jornada pareció interminable; cuando Metelo y los suyos volvieron a la superficie a duras penas se sostenían en pie. A pesar del repulsivo olor de la sopa les pareció un manjar exquisito y el agua que corría por las gargantas abrasadas fue un bálsamo.

—Todo es relativo —sentenció Uxal tras haber distribuido el agua—. En condiciones normales esto haría vomitar a cualquiera, pero después de una jornada infernal como la que habéis pasado no está tan mal, ¿no es así?

—Tienes razón, viejo —respondió Antonino tragándose la sopa con los ojos cerrados.

—Pero ahora prestad atención: a partir de mañana debéis protegeros la boca y la nariz con un pañuelo húmedo o dentro de poco ya no podréis respirar.

Valeriano se le acercó.

—¿Por qué haces todo esto por nosotros? Quien te hizo esclavo fue un romano; tendrías que odiarnos.

Uxal sonrió con su boca desdentada. Se sentía evidentemente honrado de conversar de tú a tú con el emperador de los romanos.

—Mi amo, más que un romano, era un hijo de puta, y los hay por todas partes. ¿El motivo? No lo sé. Tal vez porque vuestro aspecto y vuestra forma de hablar es de personas civilizadas.

—También nosotros tenemos nuestras minas, con esclavos que trabajan exactamente igual que nosotros ahora.

—Hay esclavos por todas partes y siempre existirán bajo una forma u otra, pero cuando viajé por vuestro mundo vi también templos, plazas, bibliotecas, fuentes y acueductos, calles como no hay en ningún otro lugar, termas con baños calientes y fríos... En una ocasión estuve en una ciudad llamada Lambaesis, en medio del desierto, en medio de la nada. Y sin embargo había una biblioteca llena de libros, un mercado con funcionarios que controlaban el peso y las medidas de capacidad para el vino y el aceite, y baños y fuentes alimentadas con el agua de un acueducto que llegaba desde cientos de millas de distancia... Cuando viajaba, cada noche paraba en un lugar donde podía comer, dormir, tener una cama limpia y donde había soldados que mantenían a raya a los ladrones, los estafadores y los asesinos.

Valeriano le miraba conmovido. Aquel humilde viajero de su imperio recordaba los aspectos de la vida civil que él había impulsado como regente durante los años de su gobierno.

—Tus palabras me halagan —dijo—, pero no son del todo justas. Solo has conocido el mundo persa en este agujero infernal. Pero si hubieras visitado Persépolis, Pasargada, Babilonia o Susa, quizá hablarías de ellas con entusiasmo.

—Es posible —respondió Uxal—, pero las experiencias de un hombre son las que son. ¿Sabes que mi sueño era convertirme en ciudadano romano? ¿Puedes creerlo?

—Lo creo —respondió Valeriano—. Aún es el sueño de muchos. A pesar de lo poco que ahora pueda valer, está aún en mi poder darte satisfacción. Nadie me ha destituido de mis funciones y por tanto, en virtud de la humanidad de que has dado muestras para conmigo y mis compañeros, yo, Licinio Valeriano César, te declaro ciudadano romano.

Uxal miró a su alrededor con asombro, luego clavó su mirada de nuevo en el emperador.

—Soy ciudadano romano. Increíble. Si me lo hubieran dicho, no me lo habría creído nunca. ¿Y ello qué implica?

Intervino Sergio Balbo:

—En primer lugar puedes votar y elegir magistrados, puedes legar herencias y el derecho de ciudadanía a tus hijos. En caso de que debas someterte a juicio, tienes derecho a dos clases de juicio; en caso de condena a la pena capital, tienes derecho a una muerte rápida por decapitación...

—Mmm..., son ventajas de las que mucho me temo que no

podré nunca disfrutar, pero no por ello estoy menos contento. Te lo agradezco, emperador.

Valeriano sonrió y fue a coger del cubo su ración de comida. Cuadrato se acercó a Uxal.

—Dime una cosa, anciano, ahora que somos compatriotas, ¿nunca ha pensado nadie en utilizar las herramientas de trabajo para acabar con los vigilantes y los guardianes?

—Supongo que sí —respondió Uxal—. Pero nadie lo ha intentado jamás, al menos desde que yo estoy aquí.

—¿Y por qué, si puedo preguntarlo?

—Porque al cabo de un mes de estar en esta mina apenas te quedan fuerzas para salir de este agujero por la noche y arrastrarte hasta tu camastro de paja, así que imaginad combatir contra unos hombres bien alimentados y armados y diez veces más numerosos.

—Comprendo —gruñó Cuadrato.

—Bien. Y ahora acostaos porque dentro de poco llegará el vigilante para encadenarnos.

Se oyó un ruido de cerrojos y Uxal hizo seña a todos de que guardaran silencio y se tumbaran. Entró el vigilante y pasó la cadena por las anillas que todos llevaban en el tobillo, salvo la de Uxal; luego aseguró la cadena con un candado y se fue después de haber cerrado la puerta tras sus espaldas.

—A ti no te han encadenado esta vez. ¿Por qué? —preguntó Antonino.

—A veces lo hacen, otras no —respondió Uxal—. De todos modos, saben que no lo intentaré. Intuyen cuándo estás resignado. Además, ¿adónde queréis que vaya? No habría recorrido ni media milla y ya me habrían echado la zarpa encima, no quiero acabar empalado.

Al poco tiempo todos dormían o al menos eso parecía, pero Metelo se quedó largo rato con los ojos abiertos; pensaba en Clelia, a la que había visto morir, y en su hijito Tito, al que quizá no volvería a ver. Nunca se había encontrado en una situación tan desesperada y por primera vez pensó hasta qué punto la suerte podía cambiar la vida de un hombre. Recordó que aquella mañana en la que había salido al lado del emperador para ir al encuentro de Sapor presentía un peligro, pero no se imaginaba cuán radicalmente podía cambiar su vida, ni que su existencia terminaría en el fondo del pozo de una mina, en un oscuro rincón donde nadie podría ya reunirse con él.

Sin embargo, pese al profundo abatimiento que sentía, trataba de reflexionar; así como la suerte había provocado un cambio radical en su vida, también, por razones impensables en ese momento, podía invertir de nuevo el curso de los acontecimientos. Lo importante era seguir vivos y proteger la vida del emperador.

Alzó la mirada al techo y consiguió entrever a través de una rendija del entablado de madera una estrella. Brillaba con una luz intensa y trémula y trató de adivinar a qué constelación pertenecía. Quería mantener la mente ocupada, no dejarse vencer por la desesperación. Trataba de imaginar una posible vía de salida, a pesar de lo que había dicho Uxal. El enemigo le había arrebatado la libertad, pero no la inteligencia, ni la voluntad, ni la capacidad de pensar. Eran recursos que estaban aún intactos y que el estado de necesidad aguzaría al máximo. Eran poderosas armas que debía mantener ocultas a sus carceleros para utilizarlas del mejor modo posible tan pronto como se presentara la ocasión.

Había sido adiestrado durante muchos años para luchar, para resistir al cansancio, al dolor y a las privaciones, pero la prueba que debía afrontar ahora era más dura que el más reñido de los combates, que la más extenuante de las marchas, que la más dolorosa de las heridas. Invocó a los antepasados para que le socorrieran en aquel abismo de abyección; luego cedió al agotamiento y a la fatiga y cayó en una pesadilla angustiosa: ni vigilia ni sueño, ni vida ni muerte.

5

Pasaron los meses, hechos de jornadas todas iguales, de trabajos inhumanos, de golpes, de privaciones y humillaciones. Y las estaciones. El otoño, el invierno, el sol que descendía cada vez más bajo en el horizonte y luego volvía a ascender. Los barracones eran primero gélidos y luego calurosos y a continuación abrasadores, o ambas cosas a la vez, según fuese de día o de noche. Y luego de nuevo el declinar del sol y el polvo de las tempestades que penetraba por cada intersticio, cubriéndolo todo del mismo color gris: a los hombres y a las cosas.

El primero en morir fue Emilio, el cristiano, una noche avanzado el otoño. Más que el esfuerzo lo que no pudo soportar fue la prisión, la oscuridad y los golpes, los continuos castigos que le infligía uno de los vigilantes, que le tenía entre ceja y ceja por quién sabe qué motivo. Y por último no soportó el abatimiento. Dejó de comer y se abandonó.

Su dios judío no había sido capaz de liberarle ni salvarle la vida. Para Metelo y los demás era normal que los dioses no se ocuparan de las cosas de los hombres. Pero para Emilio no. Él creía que su dios le amaba personalmente, que doscientos treinta años atrás había elegido sufrir bajo el prefecto Poncio Pilatos para expiar las culpas de toda la humanidad. Pensaba que después de la muerte había otra vida en la que su dios le consolaría de todo. Ojalá fuera así, pensó Metelo mientras le cerraba los ojos dentro del barracón.

—Duerme, soldado —le dijo—, has dejado de sufrir. Adondequiera que vayas, llévate la parte de nuestro corazón que te pertenece.

Luego se dirigió a Uxal:

—Quisiera pedirte un favor.

—No estoy en condiciones de hacer gran cosa, pero dime.

—¿Le preguntarías al vigilante en jefe si podemos enterrarlo? Los cristianos quieren ser enterrados, por lo que yo sé.

—Olvídate de ello. Los persas creen que los muertos contaminan la tierra, que es sagrada. Por eso los exponen en lo alto de torres como la que se ve allí sobre la colina. Las llaman «las torres del silencio». Los buitres devoran los cuerpos y el sol, el hielo, la lluvia y la nieve acaban con los huesos. Tal vez no andan equivocados. A mí me parece mejor que enterrar bajo tierra a la gente. De todos modos, no tenéis elección. Arrojadlo a la quebrada junto con los demás. No cambia mucho las cosas.

—Claro que cambia —respondió Metelo—. Claro que cambia. Ninguno de mis soldados ha muerto sin recibir los honores fúnebres de las unidades formadas.

—Testarudo romano —replicó Uxal—, pero ¿no ves a qué habéis quedado reducidos? ¿Eres capaz de imaginar tu aspecto? Me gustaría tener un espejo para que te vieras. Pareces una piltrafa humana, un...

—No hacen falta espejos —contestó Metelo—, me veo reflejado en los ojos de mis hombres, en su aspecto y en sus llagas, me veo reflejado en la insoportable humillación de mi emperador.

Preparó unas rudimentarias angarillas con dos palos de acacia y con sarmientos e hizo una indicación a los suyos de que cargaran el cuerpo de Emilio.

Pero cuando se disponía a salir, Uxal le detuvo.

—Esperad, maldita sea. ¿Queréis volverme loco? Dejad que avise al vigilante de que queréis acompañar a vuestro amigo a la quebrada.

Metelo hizo que sus hombres se detuvieran.

Uxal volvió al cabo de poco.

—Está bien, pero cuando se haga de noche. No caminéis en fila; formad un grupo desordenado. No mostréis la menor disciplina y llevad el cuerpo en posición baja, no sobre los hombros. Y a tu jefe déjalo aquí. Es mejor que él no vaya.

—Está bien —repuso Metelo, intercambiando una mirada de inteligencia con Valeriano.

Esperaron a la puesta del sol y luego salieron con el cuerpo de su compañero. Atravesaron el campamento ante la mirada distraída de los guardias, que estaban cenando, pero en cuanto estuvieron fuera del alcance de su vista Metelo ordenó a los hombres que levantaran el cuerpo de Emilio sobre sus hombros y a los demás que marcharan en fila de a dos tras el tosco féretro. Cuando llegaron al borde de la quebrada lo dejaron en el suelo.

—¿Alguien conoce las oraciones de los cristianos? —preguntó Metelo.

—Yo —respondió Severo.

—¿También tú eres cristiano?

—No. Pero lo fui.

—Pues entonces, di la oración. Nosotros te escucharemos.

Severo agachó la cabeza y comenzó diciendo:

—*Pater noster, qui es in coelis, sanctificetur nomen tuum...*

Cuando terminó, también Metelo rogó:

—Dios de los cristianos, acoge a este valeroso soldado mío en tu seno, y que sus ojos se vean regocijados con la luz porque la oscuridad ha sido causa de su muerte y la renovaría por los siglos de los siglos. —Se volvió hacia su soldado muerto—. Serás enterrado, como merecías.

Miró a su alrededor para asegurarse de que nadie le veía, luego recogió un puñado de arena y lo esparció sobre el cadáver de Emilio enterrándolo simbólicamente.

—*Sit tibi terra levis, Aemili...* —murmuró, y en aquel instante volvió a ver cómo su mano esparcía el polvo sobre el rostro céreo de Clelia y no pudo contener las lágrimas. Había llegado el momento: hizo una señal a sus hombres y ellos inclinaron las angarillas hacia la quebrada haciendo que el cadáver se precipitara por ella. Vieron cómo rebotaba como un muñeco desarticulado por las asperezas de la rocosa pared y se estampaba contra el suelo con un ruido sordo.

Se miraron unos a otros y todos leyeron en los ojos enrojecidos y cansados de sus compañeros el mismo interrogante: ¿quién sería el próximo en ser arrojado a la quebrada?

Mientras regresaban al campamento en silencio, Metelo se acercó a Severo. Tenía treinta y cinco años y había pasado quince de ellos de servicio en la legión, todos con distinciones honoríficas.

—¿De veras has sido cristiano? —le preguntó.

—Sí. Así es.

—¿Y por qué ya no lo eres?

—Porque creo que los cristianos nos cambiarán y nos volverán incapaces de defendernos y de luchar.

—¿Y no es posible ser un buen combatiente y un cristiano a la vez?

—En teoría, sí. En realidad, no. Todos nosotros, creo, querríamos renunciar a las armas, pero ¿quién lo hará primero? A quien se hace oveja, el lobo se lo come, dicen en mi tierra.

—También en la mía —aprobó Metelo.

—Además, a un cristiano le está prohibido desear la venganza. Está obligado a perdonar a sus enemigos. ¿Te das cuenta? ¿Qué crees que me mantiene vivo, comandante? Mi rencor crece cada hora que pasa, y espero que un día tenga en mis manos, aunque solo sea por unos instantes, a uno de estos carceleros.

—Está bien, soldado. Cualquier cosa que te mantenga vivo está bien. Aférrate a tu vida. Ya llegará el momento, si somos lo bastante duros, lo bastante audaces, lo bastante pacientes. Nosotros los romanos poseemos una fuerza que el mundo nos envidia, la fuerza que nos ha permitido derrotar a todos los pueblos con los que nos hemos enfrentado. Se llama *virtus*. Solo cuando la olvidamos podemos ser derrotados.

Continuaron el camino; ya tenían a la vista el campamento. Las patrullas a caballo del turno de noche estaban ya montadas y merodeaban por los alrededores.

Severo se detuvo un instante.

—Comandante.

—¿Sí?

—¿Nos salvaremos?

—Ha pasado más de un año desde que estamos aquí y la mayoría de nosotros sigue aún con vida. Me parece algo extraordinario. Yo creo..., sí..., creo que podemos conseguirlo.

—¿Quieres decir que pagarán nuestro rescate?

Metelo le miró fijamente a los ojos.

—Mucho me temo que no, soldado. Me temo que ya ha pasado demasiado tiempo. Si lo hubiesen hecho, seríamos libres. Debemos contar solo con nosotros mismos.

También los otros se habían acercado.

—¿Quieres decir que tienes un plan, comandante?

Metelo era reacio a mentir a sus hombres, que tenían una confianza ciega en él; sin embargo dijo con voz firme:

—Sí, tengo un plan.

Cuando llegaron a su barracón oyeron unos estertores. El emperador estaba echado en su yacija de paja, sacudido por estremecimientos de fiebre y respirando con dificultad.

—Marciano —llamó Metelo.

Marciano se acercó y se arrodilló al lado del emperador. No era médico, pero había sido enfermero de campaña durante muchos años. Tocó la frente del emperador y dijo:

—Está ardiendo.

—Es evidente —comentó preocupado Metelo.

—Es el cambio de temperatura. De día hace un calor tórrido y de noche hace frío. Sales de la mina chorreando de sudor y, apenas estás fuera, el viento de la meseta te parte en dos.

—¿Qué podemos hacer?

—Harían falta unas mantas de lana, bebidas calientes, sahumerios.

Valeriano abrió los ojos.

—No os preocupéis por mí. La muerte será una liberación. No hagáis nada por salvarme la vida, solo prolongaríais la agonía.

—Por desgracia, César, no podemos hacer nada —respondió Metelo—, pero si pudiéramos lo haríamos porque creemos firmemente en tu suerte.

Marciano le secó la frente, le dio de beber un poco de agua, aplicó el oído en su pecho y escuchó durante un rato el penoso silbido de su respirar.

—Trata de dormir, César —le dijo. Luego, vuelto hacia sus compañeros, agregó—: Si cada uno de vosotros me da un poco de paja de su yacija, podría cubrirlo y hacer que esté más caliente.

Los hombres comenzaron a recoger la paja para cubrir el cuerpo del emperador, pero Uxal los detuvo con un gesto. Entreabrió un poco la puerta y miró al exterior.

—Dentro de poco vendrán a ponernos los grilletes —dijo—. Si a mí no me atan, quizá consiga encontrar una manta. Es peligroso, pero lo intentaré.

Se levantó un viento frío que silbaba a través de las rendijas de las tablas y los hombres trataron de ajustarse los harapos que llevaban para protegerse mejor.

Al poco llegó el vigilante y pasó la cadena por las anillas fijadas en los tobillos de los prisioneros, pero dejó libre a Uxal. El anciano era considerado un colaborador de los guardianes y tenía cierta libertad de movimientos. Cuando el vigilante se hubo ido, Uxal esperó aún a que se hiciese de noche y salió a su vez. Volvió al cabo de un rato con una piel de oveja.

—Aquí tienes —dijo—. Esto le mantendrá bastante caliente.

—Te lo agradezco —dijo Metelo—. No lo olvidaré.

La intensidad del viento aumentó y los hombres se acercaron unos a otros, con gran ruido de cadenas, para darse mutuamente calor.

Metelo era el que estaba más próximo al emperador y de vez en cuando le pasaba una mano por la frente. Notaba cómo temblaba y le rechinaban los dientes bajo la piel de oveja, y sufría por ello; se sentía impotente para aliviar sus sufrimientos.

—¿Qué pasa cuando el invierno es muy duro? —preguntó a Uxal—. ¿Hay alguna manera de protegerse del frío?

—Normalmente reparten mantas o pieles de oveja, pero en vuestro caso no sabría decir. No sé qué instrucciones han recibido para vuestro trato.

—¿Quieres decir que nos dejarán morir de frío en este tugurio?

Uxal suspiró.

—No puedo descartarlo.

Metelo pensó en su casa, en los días en que dormía con Clelia; pensó en la tibieza de su cuerpo y en el perfume de sus cabellos; recordó cuando iba a acomodar las mantas a su hijo, que dormía en la habitación de al lado, bajo la protección del pequeño amuleto de oro que colgaba de la pared, y se le encogió el corazón. Sintió que le faltaban las fuerzas, que el desaliento podía apoderarse de él y quitarle la energía para luchar y seguir adelante.

La voz de Severo le hizo volver a la realidad:

—Comandante, dijiste que tenías un plan. ¿Es cierto? ¿Nos sacarás de este agujero?

—Déjale tranquilo —dijo Balbo—. El emperador está mal.

—Ahora tenemos que tratar de curarle —respondió Metelo—. Tal vez Uxal logre un trato más humano para él. Pero cuando llegue el momento..., sí, os sacaré de aquí.

—Lo has prometido —dijo Rufo.

—Sí —afirmó Metelo—. Sí, lo he prometido. Pero ahora hemos de cuidar del emperador. No nos iremos sin él.

Todos guardaron silencio porque las últimas palabras de su comandante en cierto modo negaban las primeras, hacían inútil o irrealizable aquella promesa. ¿Cómo se podía escapar con un hombre reducido a aquel estado?

Valeriano, abrasado por la fiebre, deliraba y pronunciaba frases sin sentido; a ratos, caía en un estado de inconsciencia. Su respiración era cada vez más corta, un penoso silbido que se convertía en un estertor agónico.

Cuando apuntó el día, Metelo se dirigió a Uxal:

—Este hombre no está en condiciones de trabajar. No se sostiene de pie.

—Lo sé —respondió el anciano.

—¿Crees que le dejarán descansar?

—¿A mí me lo preguntas? Nunca me he visto en una situación semejante.

—Ayúdame. Habla con el guardián.

—Lo intentaré. Pero no tenemos nada que ofrecerle. Solo algo que pedir. ¿Por qué iban a concedérnoslo?

—¡No sé por qué, maldita sea! Pero tú inténtalo, ¿de acuerdo? ¡Inténtalo, demonios! —gritó Metelo.

Uxal murmuró algo y luego dijo:

—No es necesario levantar la voz. Así no resuelves nada. Solo espero que se me ocurra alguna idea antes de que ese hijo de perra venga a abrir el candado.

Se levantó, se acercó al emperador y lo observó largo rato: tenía un color terroso, unas ojeras negras y hundidas, el cuerpo lleno de moretones, el pelo sucio y pegoteado de polvo y sudor. Suspiró.

En aquel momento la puerta se abrió chirriando y apareció el vigilante. Gritó algo en su lengua, abrió el candado y empezó a pasar la cadena por las anillas. Uxal le replicó en persa, y el guardia respondió con un encogimiento de hombros. Uxal insistió en un tono más moderado, casi indiferente, como de alguien que estuviera contando algo.

El hombre respondió con una especie de gruñido, luego se volvió hacia Valeriano, le echó una mirada de soslayo y de nuevo se dirigió a Uxal para murmurar unas pocas palabras.

Metelo miró al anciano con una mirada interrogativa y este asintió con la cabeza.

Al poco rato estaban en la entrada de la mina. Valeriano se había quedado en el barracón, en su camastro de paja.

—¿Qué le has dicho? —preguntó Metelo.

—Le he dicho que si obligaba a Valeriano a ir a la mina sería el responsable de su muerte y que el genio de un emperador muerto se vuelve muy vengativo y peligroso. Que le causaría la muerte más abominable para un persa: ser enterrado vivo por algún derrumbe en la mina.

—¿Y se lo ha creído?

—Quizá no. Pero ¿para qué correr riesgos? En el fondo no le cuesta nada y le he garantizado la misma cantidad de mineral para esta tarde.

—Te estoy muy agradecido. Solo espero que algún día pueda pagarte todo cuanto haces por nosotros.

—No he hecho gran cosa, pero me gusta la idea de poder hacer favores a un emperador. No le pasa a todo el mundo y tampoco es algo que se haga todos los días.

—No, en efecto —respondió Metelo.

Balbo y Cuadrato organizaron el trabajo de modo que al atardecer la cantidad de mineral fuese la correspondiente y su calidad fuese muy buena. Trabajaron sin descanso para no tener problemas cuando llegara el momento de la pesada y poder así regresar lo más pronto posible a los barracones. El pensamiento de Metelo no se apartaba del emperador, que yacía solo y con fiebre en aquella casucha en ruinas. Y tampoco de su hijo. Trataba de imaginar dónde estaría, cómo iría vestido, a quién tendría con él. Se preguntaba si también su hijo pensaba en él o si lo había dado por muerto. Solo de pensarlo le producía un sufrimiento intenso.

Las horas más duras eran las últimas, los músculos, doloridos por el esfuerzo y los calambres, ya casi no respondían y cualquier movimiento costaba un esfuerzo sobrehumano.

Cuando llegó la hora de volver a la superficie, Metelo y los suyos asistieron a la pesada del material, que resultó estar muy por encima de la cantidad exigida y ser de excelente calidad. Nadie se opuso a que regresaran a su alojamiento; es más, por el modo en que hablaban, Uxal supo que los supervisores de la mina estaban muy satisfechos. Comenzó a intuir una posibilidad de supervivencia para sus amigos.

—¿Es pura casualidad o lo has programado tú? —preguntó a Metelo.

—¿A qué te refieres?

—No me dirás que hacéis todo este esfuerzo solo para agradar a vuestros carceleros.

—No. Estoy tratando de demostrarles que conviene mantenernos con vida porque les resultamos más útiles que los demás.

—Una idea simple pero eficaz. En efecto, es la única razón por la que tendrán que conservaros la vida. Pero me pregunto cuánto tiempo lograréis mantener un ritmo así.

—Quizá se les pase por la cabeza alimentarnos mejor.

—Olvídate de ello —repuso Uxal.

Sin embargo, el viejo se equivocaba; aquella noche el rancho pareció mejor y más abundante. Junto con la sopa por primera vez había también pan.

Metelo trató de hacerle tomar algo a Valeriano, pero no lo consiguió. El estado del emperador había empeorado. Estaba empapado de un frío sudor por el gran esfuerzo que hacía para respirar; su corazón latía aceleradamente y todo su organismo parecía oprimido por un esfuerzo insostenible.

Metelo lo consultó con Marciano:

—¿Tú que dices?

Marciano sacudió la cabeza.

—Podría aguantar algunos días, podría no pasar siquiera la noche…

Uxal interrumpió aquella conversación.

—Sabes, se me acaba de ocurrir una idea. Una especie de repentina inspiración.

—¿A qué te refieres? —preguntó Metelo.

—¿Recuerdas la quebrada en la que arrojamos los muertos?

—Apenas la he visto.

—Pues bien, se supone que esa quebrada es el lecho de un torrente que está seco casi todo el año. No sé de dónde vendrá; de las montañas, creo. Ahora bien, cuando llueve o cuando a finales del invierno se deshacen las nieves en las cumbres, puede ocurrir que las aguas lo inunden. Durante unos pocos días, a veces incluso durante unas horas, esa garganta se convierte en un turbio e impetuoso torrente que ruge y lanza espuma entre las piedras del fondo y las paredes rocosas. Lo arrastra todo. Cuando el agua deja de correr, el fondo queda limpio; ya no hay cuerpos pudriéndose al sol, solo huesos y calaveras que se ríen en tus narices con las mandíbulas abiertas de par en par.

—No comprendo adónde quieres ir a parar con todo esto —respondió Cuadrato resoplando.

—A ninguna parte —dijo Uxal—. Solo que me sucedió algo allí en la mina durante una de esas inundaciones y me preguntaba si...

—¡Por todos los dioses! —le interrumpió Metelo—. ¡El emperador está mal!

La respiración de Valeriano era ya un estertor agónico. El pecho huesudo se alzaba mostrando las costillas y el esternón. Tenía los ojos vidriosos y parecía que había perdido el conocimiento.

Metelo se le acercó lo más posible, tanto como se lo permitía la cadena, y se dio cuenta de que trataba de decirle algo.

—Aquí estoy, César —dijo cogiéndole una mano.

—Debes volver, Marco Metelo..., debes volver...

—No sin ti.

—No, se acabó, lo sabes. Mi hijo me ha abandonado...

—No digas eso, no podemos saberlo... Y no te dejes vencer por el desaliento, debes tratar de curarte; nosotros te ayudaremos.

—No puedo respirar ya, hijo...

Metelo se estremeció ante aquel epíteto que el emperador no había utilizado nunca con él. Supo que las palabras que estaba a punto de pronunciar serían palabras verdaderas, sin mentiras piadosas.

—Escúchame... —prosiguió diciendo Valeriano—. Galieno no tiene la fuerza necesaria para reinar. Se dejará convencer por los cristianos, no conseguirá controlar a los jefes del ejército... Debes volver para salvar al imperio de la disolución. Prométe-lo..., prométeselo a un hombre que se muere.

—Te lo prometo. Haré todo lo posible para obedecer tus órdenes...

—Arroja mi cuerpo a la fosa y no pienses en nada más. Me lavará la lluvia y me enterrará el viento... —Las lágrimas caían por sus mejillas hundidas—. Fue culpa mía —dijo aún con gran esfuerzo—. Hubiera tenido que saberlo. Pero el corazón de un padre es ciego, ¿comprendes?

—No te tortures, César. Tus sufrimientos están a punto de terminar. Tus antepasados están preparados para acogerte. Ahuyenta de tu ánimo los afanes, eleva tu espíritu. Estás a punto de convertirte en un dios y nosotros ofreceremos sacrificios a tu sombra en la patria, bajo el cielo de Italia. Te lo juro.

Durante un instante solo se oyó el soplo del viento entre las rendijas del suelo de madera; luego también el viento pareció amainar. En aquel silencio irreal resonó la voz de Marco Metelo Aquila:

—El emperador ha muerto.

6

Antes del amanecer Uxal salió del barracón y fue a parlamentar con el jefe de los vigilantes.

—Su emperador ha muerto.

—¿Cuándo?

—Esta noche.

—¿De qué?

—De agotamiento. ¿De qué si no? Ahora le llevarán a la quebrada, si no tenéis inconveniente.

—Está bien. Pero recuérdales las reglas.

—Las conocen perfectamente. No son estúpidos. Manda enseguida a alguien a abrirles el candado. Quieren estar de vuelta para la hora en que empieza el trabajo. Ahora deben producir también por los dos que faltan.

—Veo que hasta ahora se las han apañado muy bien.

—¿Sabes cómo lo consiguen? Tienen una organización formidable. Han creado una estructura en la que cada uno desarrolla la parte del trabajo para la que es más apto por su constitución física o inclinación personal. De este modo no hay ni tiempos ni puntos muertos. Si toda la mina estuviera organizada así la producción doblaría.

—Interesante. Quizá podría intercambiar dos palabras con ese romano.

—Si quieres te lo traigo esta noche.

—Ya te diré yo cuándo quiero verle.

—Naturalmente, mi sublime comandante.

—Y ahora quítate de en medio, gusarapo.

Uxal volvió al barracón acompañado por el vigilante con la llave del candado, que liberó a los prisioneros.

Metelo y los demás cogieron las angarillas que habían usado para Emilio y depositaron en ellas el cuerpo de Valeriano. En el cielo había todavía estrellas y solo se entreveía una ligera reverberación rosada sobre la cresta de las montañas por la parte de oriente. Echaron a andar en silencio por el polvoriento sendero que conducía a la quebrada, precedidos por Uxal que alumbraba el recorrido con una linterna. El viento soplaba de nuevo, gélido y cortante; y en la meseta, secos matojos de amaranto rodaban en busca de parajes menos inhóspitos en los que echar raíces.

Al cabo de un rato el sendero empezó a descender hacia la quebrada y el campamento que tenían a sus espaldas desapareció de la vista. En aquel momento Metelo ordenó a sus hombres que levantaran sobre sus hombros el féretro y marcharan como si vistieran el uniforme rojo de la legión, como si estuviesen precedidos por el águila.

Cuando llegaron a la quebrada, Metelo ordenó que depositaran el cuerpo en tierra e hizo una seña a Balbo, Cuadrato y Publio para que le ayudaran a arrancar algunos troncos secos de tamarisco y los amontonaron. Los demás hombres se unieron también a ellos mientras Uxal trataba en vano de detenerlos.

—Pero ¿qué hacéis, estáis locos?

—No te preocupes, anciano. Nadie se dará cuenta. El viento arrecia y viene del norte. Se llevará el humo y los olores.

—Pero ¿por qué todo esto? ¿Qué sentido tiene arriesgar la vida?

—El emperador de los romanos debe tener los honores fúnebres que le son debidos o no podrá ser recibido entre los dioses. Sus cenizas deben guardarse en una urna.

—¡Las cenizas no son más que cenizas! —gritó Uxal—. Estáis locos. No podéis creer en estas tonterías.

—Ahora lo verás —respondió Metelo.

La pila estaba ya lista; había ramas entre los troncos para

que alimentaran las llamas. Habían preparado un rudimentario crematorio y una pequeña vasija a modo de urna.

—Dame la linterna —dijo de nuevo Marcelo.

—Ni lo pienses.

—O me la das o te arrojo por la quebrada.

—¿Serías capaz realmente de una cosa así? —preguntó Uxal, estupefacto.

—Sin pensarlo dos veces. La linterna... —repitió perentoriamente mientras alargaba la mano.

Uxal se la entregó sacudiendo incrédulo la cabeza.

Metelo abrió el tapón y derramó sobre las ramas el aceite que contenía; luego, acercó la llama del pabilo. El fuego se propagó de inmediato a la pila de leña, alimentado por el viento impetuoso de la meseta.

—Soldados —ordenó Metelo—. A formar.

Los dos centuriones dividieron a los soldados en dos filas a derecha e izquierda de la pira.

Metelo declamó subrayando cada una de las palabras:

—¡Honor a Licinio Valeriano Augusto, emperador de los romanos!

Los hombres alzaron las manos como si empuñasen las jabalinas de la legión y gritaron:

—¡Honor!

Uxal sacudió la cabeza desconcertado. No podía dar crédito a lo que veía. Precisamente cuando las cosas parecían mejorar, cuando su hábil diplomacia estaba a punto de obtener beneficios y quizá también algún pequeño privilegio para el grupo, aquella inútil y absurda ceremonia hacía que todo peligrara.

—Yo me voy —dijo—. No quiero tomar parte en esta locura. No tenéis idea de lo que puede ocurriros si os descubren.

—Puedes irte —respondió Metelo—. Nosotros nos quedaremos un poco más. Nos reuniremos luego contigo.

Uxal volvió sobre sus pasos y cuando llegó al campamento trató de entrar a hurtadillas en el barracón, pero uno de los vigilantes reparó en su presencia.

—¿Dónde están los otros? —preguntó.

—¿Los otros? Ya vienen. Se han parado a decir sus conjuros y sus fórmulas. Ya sabes, los romanos tienen muchas religiones y cada uno dice la suya. Ahora llegan.

El sol se asomaba ya sobre la cresta de las montañas y el viento cambió de dirección trayendo al campamento el olor a quemado.

—Pero esto es… —dijo alarmado el vigilante.

—El vivaque del cuerpo de guardia. Hace frío esta mañana —dijo Uxal tratando de distraerlo.

Pero este lo mandó al suelo de un empellón y se fue corriendo hacia la quebrada. Uxal no se contuvo y fue detrás de él gritando a su vez:

—Pero ¿adónde vas? Por esa parte no hay nadie. Detente.

Cuando el vigilante llegó, el fuego estaba muy disminuido y las brasas dispuestas en círculo.

—¿Qué estáis haciendo? —preguntó.

—Pregunta que qué estáis haciendo —tradujo Uxal alcanzándoles entre jadeos.

—Nos estamos calentando —respondió Metelo—. Enseguida vamos.

El vigilante miró a su alrededor; la expresión de aquellos hombres revelaba que tenían algo que ocultar. Hurgó con la punta de la espada entre las brasas y vio un pedazo de tela medio carbonizada, y pegada a la tela algo inconfundible.

—¡Habéis quemado a esa carroña! —exclamó—. ¡Habéis profanado el fuego, malditos! —Y volviéndose hacia el campamento gritó—: ¡Venid corriendo! ¡Venid corriendo! ¡Sacrilegio!

Metelo se abalanzó sobre él para impedir que le oyeran los demás; luchando, rodaron hacia el borde de la quebrada.

—¡No! ¿Qué haces? —gritó Uxal.

Mientras, los otros vigilantes, que habían oído los gritos de su compañero, llegaron a la carrera y rodearon al pequeño grupo. No había ya nada que hacer. Metelo soltó a su presa y se puso en pie jadeando.

—Él no tiene nada que ver en esto —dijo señalando a Uxal—. Hemos sido nosotros.

—Ha dicho que yo no tengo nada que ver —tradujo el viejo.

Enseguida los encadenaron de brazos y piernas y los llevaron al centro del campamento.

—Pero ¿qué habéis hecho? —seguía diciendo Uxal—. Os avisé, os avisé. Ahora nada ni nadie podrá salvaros.

—Deja de rezongar, viejo —le hizo callar Cuadrato—. Si hemos de morir, moriremos y se acabará este infierno.

—No sabes lo que dices —repuso Uxal—, no sabes lo que dices.

Estaba horrorizado solo de pensar en las torturas que tendrían que soportar.

El jefe de los vigilantes se adelantó y pasó revista a los prisioneros encadenados, uno por uno. Cuando estuvo delante de Metelo le miró fijamente a los ojos durante unos instantes y pareció que iba a seguir adelante, pero de repente se volvió y le golpeó violentamente en el estómago con el bastón; el dolor hizo que Metelo se doblara en dos. Antes de que le diera tiempo a rehacerse, le golpeó la nuca e hizo que se desplomara.

Cuando Metelo volvió a abrir los ojos vio delante de sí una forma indistinta, una especie de globo ardiente. En cuanto consiguió centrar la mirada se dio cuenta de que era un hierro candente y que estaban a punto de quemarle los ojos. Se disponían a dejarlo ciego.

En un instante, la conciencia del horror que le amenazaba despertó las fuerzas y las energías que le quedaban. No tuvo duda de que en pocos segundos sería todo o nada. Gritó con todo su aliento, aferró el hierro candente con las manos desnudas arrancándoselo de las manos al verdugo, que no se lo esperaba, lo hizo girar en el aire, lo volvió a coger y lo empujó dentro de la boca abierta de su adversario.

El grito se convirtió en un chisporrotear de carnes martirizadas. Acto seguido el hierro cayó sobre la cabeza del hombre y le hizo pedazos el cráneo.

Balbo y Cuadrato se lanzaron hacia delante utilizando las cadenas a modo de armas. Balbo abatió de un contundente puñetazo al hombre que tenía delante y, antes de que pudiera rehacerse, le pasó la cadena alrededor del cuello y lo estranguló. Cuadrato se abalanzó sobre uno de los guardianes, el que tenía las llaves, arrojándolo al suelo, luego le apretó la cadena sobre la boca, como un bocado de caballo. Le rompió todos los dientes y le desencajó la mandíbula. El aullido de dolor del pobre desgraciado quedó ahogado en un gorgoteo bestial, en un mugido indistinto. También el resto de sus compañeros se abalanzaron con la fuerza de la desesperación sobre los vigilantes que les rodeaban. Entretanto Balbo, Cuadrato y Metelo se habían apoderado de las armas de sus adversarios y golpeaban con imparable fuerza en todas direcciones. Marciano, que había visto caer al hombre que tenía las llaves, se arrojó sobre él y, mientras dos supervivientes huían hacia el cuerpo de guardia para dar la alarma, las cogió y liberó a sus compañeros.

—¡Por ese lado! —gritó Uxal—. ¡Rápido, por ese lado, a la armería!

Sus compañeros le siguieron corriendo mientras los hombres del cuerpo de guardia se dirigían precipitadamente hacia ellos para matarlos. Cuadrato arrancó el cerrojo de un hachazo y entró el primero, seguido de los demás. Decenas de flechas se clavaron en la puerta un instante después de que la cerraran tras de sí.

Siguieron algunos momentos de interminable silencio durante los cuales los hombres del cuerpo de guardia, unos treinta guerreros armados hasta los dientes, avanzaron a través del espeso polvo levantado por la lucha en dirección a la puerta de la armería. Pero cuando el polvo se disipó, una visión increíble los dejó atónitos e incrédulos. Delante de ellos había diez soldados romanos embutidos en sus armaduras y con las espadas desenvainadas. Eran Metelo, Balbo, Cuadrato, Marciano, Publio, Rufo, Severo, Luciano, Septimio y Antonino.

Los miembros de la guardia no tuvieron tiempo de recuperarse del asombro; ya los tenían encima. Se batían como furias infernales, como demonios de la guerra, con una rabia y un encarnizamiento furiosos. Ningún golpe erraba, ningún herido escapaba a la muerte.

Marco Metelo Aquila gritaba incitando a los suyos, sabedor de que aquella energía sobrehumana se agotaría enseguida y les dejaría a merced del enemigo. Todos tenían que morir, todos tenían que ser aniquilados. Cuando finalmente su espada dio en el vacío supo que había tenido éxito en aquella imposible empresa. Diez esclavos, diez forzados que estaban para el arrastre habían vencido en pocos instantes a treinta guerreros bien armados y alimentados.

Se miraron unos a otros, incrédulos, jadeando, cubiertos de sangre, polvo y sudor. Metelo levantó la espada diciendo con el último aliento de voz:

—César ha sido vengado.

Luego se desplomó en el suelo como muerto.

Tras él cayeron también los demás, uno a uno, agotados. En aquel momento, incluso un niño habría podido acabar con ellos sin ningún esfuerzo. Habían gastado hasta la última reserva de energía para recuperar la libertad.

Uxal se acercó a Metelo y le sacudió.

—No es momento de descansar. Vamos, arriba. Hemos de hacer algo.

Metelo se levantó con esfuerzo y miró a su alrededor. Los otros prisioneros del campamento se habían reunido en círculo en torno a ellos y miraban mudos y atónitos aquel increíble espectáculo.

—Diles que son libres, que deben unirse a nosotros para romper el cerco exterior, para lograr la salvación.

Uxal meneó la cabeza.

—Desvarías. Nadie se moverá. Saben que no se puede forzar el recinto exterior y que a aquel al que atrapen, es decir, a todos, será empalado.

—¡Tú traduce! —gritó Metelo—. Mientras tanto vosotros, Rufo, Marciano y Severo, id con Balbo; echaos sobre la espalda unas capas persas y dejaos ver en los puestos de guardia exteriores. Alguien podría sospechar.

Balbo se llevó consigo a los hombres y los distribuyó en los puestos de guardia más visibles.

Uxal tradujo en las lenguas que sabía lo que Metelo le había ordenado decir, pero el resultado fue el que había previsto. Sus palabras encendieron por un instante una luz de esperanza en las miradas de aquellos hombres, pero enseguida, uno tras otro, agacharon resignados la cabeza. Hubo un breve murmullo aquí y allá y luego silencio.

—Tal como había previsto —dijo Uxal—. No se ven capaces. Cuando un pájaro ha permanecido en la jaula toda su vida, aunque se le abra la puerta no se va. El mundo exterior le da miedo. Así que imagínate aquí, que estamos rodeados por un centenar de hombres bien equipados.

—Entonces nos iremos solos.

—Es un suicidio, pero tienes razón. Esto no es vida. Sois soldados, al menos moriréis con la espada en la mano. Pero ahora encierra a los prisioneros. A alguno podría ocurrírsele hacer de espía para ganarse el favor de los vigilantes.

—¿Encerrarlos? —preguntó Metelo.

—No hay otra elección. Y también para ellos será la salvación. Así no se les podrá culpar de sedición.

Metelo ordenó a Cuadrato, Luciano, Publio y Septimio que llevaran a los prisioneros a los barracones y mientras los encerraban en ellos se volvió de improviso hacia Uxal:

—¿Qué dijiste?

—¿Yo? Nada.

—No ahora, antes…

—Pero ¿a qué te refieres?

—Ayer por la noche, en el barracón, cuando te interrumpí. Estabas diciendo que había habido una crecida… Y luego, ¿qué más?

—Ah, sí. Estaba en una de las galerías del tercer nivel para retirar los cadáveres de algunos prisioneros que se habían quitado la vida y vi que de una de las paredes rezumaba agua en abundancia.

—¿Quieres decir que aquella pared está en comunicación con el fondo de la torrentera?

—Algo así. El agua no podía provenir de otro lugar.

—¿Crees que el punto de contacto con la pared de la torrentera puede estar más allá del recinto exterior de los puestos de guardia?

—Estoy convencido de ello, pero no totalmente seguro.

—¿Sabrías encontrar de nuevo el lugar?

—Supongo que sí.

—Entonces vamos para allá ahora mismo.

Llamó a Cuadrato, que llegaba en ese momento.

—Reúne a los hombres, coged palas y picos.

Cuadrato obedeció y todos los presentes lo siguieron excepto Balbo, que se quedó maniobrando el montacargas.

—Por ese lado —dijo Uxal y, tras dar unos pocos pasos, añadió—: Estad atentos; allí encontraréis gente, preparaos para un espectáculo poco agradable. Es donde acabaréis también vosotros.

Bajaron un par de rampas hasta el segundo nivel y luego una empinada escalera tallada en la roca hasta que se encontraron frente a una puerta de hierro cerrada desde el exterior. En su parte inferior había un portillo basculante, quizá para pasar la comida. Uxal descorrió el cerrojo, pero hizo falta la fuerza de Cuadrato para abrir la puerta. Se encontraron ante una estrecha galería que se adentraba en las entrañas de la tierra. En el aire había un hedor insoportable a excrementos y a putrefacción. Se miraron unos a otros, pero Uxal les hizo volver a la realidad.

—¿Qué? ¿Os movéis o queréis quedaros aquí meditando sobre vuestro futuro?

—Movámonos —les ordenó Metelo mientras entraba el primero en la galería manteniendo en alto la linterna. Al llegar al fondo se encontraron en el interior de una cavidad bastante amplia y ante un espectáculo que daba lástima: larvas humanas arañaban las paredes con piquetas de madera a la luz de alguna que otra linterna. Ante la aparición de un grupo de hombres armados de modo tan inusual, los forzados interrumpieron su trabajo y se volvieron para mirarles. Parecían espectros: negras ojeras, mejillas hundidas, largas y descuidadas barbas, dientes que bailaban, miembros esqueléticos. Tosían sin parar y se sostenían de pie a duras penas. En un rincón, algunos machacaban el mineral en los morteros y recogían las turquesas en un cesto.

—El alimento que reciben es proporcional al número de piedras preciosas que consiguen. Es asombroso que estos pobres puedan tener aún algún apego a la vida. De todos modos, la mayoría de ellos muere al cabo de unos meses. Seguidme, ahora por ese lado.

Se encaminaron hacia una angosta galería que se abría en la parte opuesta a aquella por la que habían entrado.

—¿Y qué hacemos con estos? —preguntó Cuadrato señalando a los forzados.

—Olvídate de ellos —contestó Uxal—. No conseguirían dar cien pasos al aire libre. Quedarían enseguida cegados por el sol y su piel se cubriría de llagas. Dejadles morir en paz.

Avanzaron aún un breve trecho hasta una bifurcación donde Uxal tomó a la derecha. Al cabo de poco llegaron a otro ensanchamiento de quizá cinco por tres pasos, de fondo ciego.

—Era aquí —dijo Uxal—. Al menos eso me parece recordar.

—¿Te parece? —preguntó Publio.

—¿Qué pretendes? Aquello ocurrió hará por lo menos tres años, si no cuatro. Si tan bueno eres, ¿por qué no encuentras tú una salida?

Metelo hizo seña a todos de que guardaran silencio y acercó la linterna a la pared.

—Es esta —dijo—. Aún puede verse cierta diferencia de color en la pared.

Dejó la linterna en el suelo, cogió un pico y comenzó a excavar. Era una arenisca bastante frágil que cedía sin oponer excesiva resistencia. Septimio y Luciano cogieron a su vez los picos y empezaron a golpear alternativamente, de modo que las puntas se abatieran sin descanso sobre la pared, haciendo que se desprendiera una gran cantidad de detritos. En poco rato los tres tuvieron que parar, jadeantes y agotados, pero Publio se turnaba con el que parecía más cansado y así se pudo proseguir el trabajo.

De vez en cuando Uxal recogía fragmentos de tierra; a medida que el agujero era más profundo estaban cada vez más húmedos. En un momento dado le parecieron más secos.

—Detente —gritó.

—¿Qué pasa? —preguntó Publio tosiendo y jadeando.

—Me gustaría que tocaseis estos trozos de arenisca y que me dijerais qué pensáis vosotros. Quiero decir, cuáles os parecen húmedos y cuáles secos. No quisiera que la imaginación me gastase una broma pesada.

Metelo recogió los fragmentos que le indicaba Uxal y lo mismo hicieron Cuadrato, Publio y Septimio.

—Este no cabe duda de que está húmedo —dijo Metelo.

—En cambio, este está más seco —afirmó Cuadrato.

—Y aquí hay otro que está más seco —dijo Septimio.

Uxal se rascó la barbilla.

—Mi hipótesis es la siguiente: primero hemos encontrado una capa seca; luego una más húmeda, es decir, la interior, y luego de nuevo otra capa seca. En mi opinión, eso significa que nos acercamos a la pared exterior, que da a la torrentera y está expuesta al sol.

—Creo que tienes razón —manifestó Metelo.

—Entonces, hay que jugarse el todo por el todo. Mientras vosotros proseguís el trabajo, yo volveré atrás para que Balbo me suba a la superficie. Nos aprovisionaremos de agua y de víveres y volveremos aquí abajo. Si mi previsión es exacta, en ese momento vosotros estaréis ya casi en el exterior. Con un poco de suerte escaparemos y tendremos alguna probabilidad de sobrevivir. En caso de que fuéramos a parar al interior del círculo de vigilancia... Bien, nos daremos un buen atracón antes de salir. Así al menos moriremos con la panza llena.

—Me parece que podría funcionar, viejo —dijo Metelo—. Eso espero al menos. Adelante con tu plan, nosotros mientras tanto seguiremos avanzando.

Uxal volvió sobre sus pasos a tientas para dejar la linterna a los otros, que reanudaron enseguida el trabajo. El esfuerzo se hacía sentir cada vez más y los intervalos para descansar eran más frecuentes.

—Esperemos que Uxal y los demás vuelvan pronto o moriremos antes de que hayamos conseguido perforar esta maldita pared.

—¡Cierra el pico! —le mandó callar de repente Metelo.

—¿Qué pasa?

Metelo hizo seña de que todos guardaran silencio y se puso a picar sobre el fondo de la brecha con la punta del pico.

—¿Oís?

—Suena a hueco —dijo Septimio con el rostro encendido. Su delgadez le daba el aspecto de un adolescente.

—Sí, sí, suena a hueco. ¡Vamos, manos a la obra, un último esfuerzo!

Siguieron excavando con el pico, reuniendo fuerzas a medida que cedía la pared.

—Basta —ordenó Metelo—. Sería estúpido, después de todo lo que hemos pasado, dejarnos llevar por la prisa o la emoción.

Invirtió el pico e hizo que se desmoronara la fina capa de arenisca con unos golpecitos del mango hasta practicar una abertura por la que se filtró un rayo de luz.

Los hombres se miraron en silencio, aunque hubieran querido gritar de entusiasmo.

Metelo acercó un ojo a la abertura, luego se estiró más y asomó toda la cabeza al exterior. La retiró al poco y dijo con lágrimas en los ojos:

—Lo hemos conseguido. ¡Estamos fuera!

7

El rey de reyes, Sapor I, estaba aún vistiéndose en su aposento privado cuando fue introducido un mensajero con prioridad absoluta.

El hombre se prosternó con la frente en el suelo delante del soberano y esperó a que el visir le hiciera una seña para alzarse y hablar.

—Mi señor —comenzó diciendo—, el romano murió hace dieciséis días. En la mina de turquesas de Aus Daiwa. Siguiendo tus órdenes, he venido para anunciártelo.

El emperador pareció afectado por aquella noticia. Alejó con un gesto al peluquero que le estaba rizando la barba y preguntó:

—¿Cómo murió?

—Como todos los que trabajan en la mina. De agotamiento, de fiebre, de maltratos de todo tipo.

—¿Dijo algo antes de morir?

El mensajero agachó la cabeza, confuso.

—Disculpa, gran señor, pero murió de noche y no había nadie presente salvo sus compañeros, los romanos a los que tú derrotaste y has mantenido en prisión con el poder de tu brazo. Pero no creo que dijera gran cosa. Desde hacía tiempo estaba más muerto que vivo.

—¿Y cuando estaba vivo no dijo nunca nada? ¿No pidió nunca ayuda o suplicó?

El mensajero se disponía a responder lo que pensaba que agradaría más al soberano, pero este le interrumpió antes incluso de que comenzara a hacerlo.

—La verdad —dijo.

—Nunca dijo nada. Permaneció en silencio desde su llegada hasta su muerte.

Sapor inclinó la cabeza sin pronunciar una palabra durante unos instantes, luego preguntó de nuevo:

—Y su cuerpo... ¿qué ha sido de él?

—Fue arrojado a la quebrada donde se echan los cadáveres de todos tus enemigos que expían sus culpas en el campamento de trabajo.

Sapor guardó de nuevo silencio durante un rato mientras caminaba de un lado a otro por la habitación envuelto en la vestimenta de seda de color rojo y oro.

—Quiero sus armas en mi palacio. ¿Por qué no me las han traído aún?

El mensajero vaciló.

—Te he hecho una pregunta —repitió el emperador, irritado.

—Las armas de los romanos han permanecido en la armería del campamento, pero nadie del palacio real las ha reclamado.

—La petición ha sido hecha ahora.

—No tendrá su majestad que pedirlo una segunda vez. En cuanto llegue al campamento transmitiré tu orden y el trofeo que te corresponde te será entregado en el plazo más breve posible.

El emperador le hizo seña de que podía irse y el mensajero se retiró, retrocediendo, inclinado, hasta la puerta.

Sapor se dirigió al visir, un anciano dignatario de antiguo abolengo llamado Artabanes.

—No ha dicho nada, no ha suplicado piedad, no ha pedido ser aliviado de su insoportable carga.

—¿Le habrías liberado de haberlo hecho?

—Tal vez.

—La verdadera generosidad es aquella que no espera ser invocada.

—¿Quieres decir que no soy generoso? ¿Qué no soy magnánimo? He favorecido en mi reinado la difusión de la cultura de los griegos y de los indios, he permitido que todo el mundo profesara su religión. ¿Acaso no es esto magnanimidad?

—No digo que no, mi señor. Digo que quizá ahora sientes una compasión que nunca habías sentido solo porque ahora está muerto. Únicamente porque ahora te das cuenta de que nadie está a salvo; incluso un emperador puede caer prisionero de su enemigo y morir. Y quizá te preguntes también si tú habrías sabido morir como él, soportar la miseria, la humillación, saber que has sido olvidado por todos. No es difícil morir en la batalla empuñando la espada, morir al sol, en el colmo de la excitación, en el frenesí del combate. Muy distinto es apagarse lentamente en el agotamiento y el abandono.

—Ha tenido la muerte que merecía. Los romanos son unos depredadores insaciables, el mundo entero no sacia su codicia.

—Hay quien dice lo mismo de nosotros.

—Pero ¿tú de que lado estás?

—¿Acaso tienes dudas? ¿No te he servido con fidelidad durante toda la vida? Mi deber es decirte también cosas desagradables. Soy tu ministro, no un cortesano. Y los romanos no siempre han sido así. En tiempos de tu predecesor Cosroes, su emperador le devolvió a la hija que tenía como rehén sin pedir nada a cambio.

—Adriano… —dijo Sapor—. Él era grande.

—Y no fue el único. Lo que lamento en todo este asunto es que Valeriano fue engañado, atraído a una trampa. De haber estado yo en Edesa te habría desaconsejado hacerlo. No fue digno de ti. Y no ha sido digno de ti tampoco lo que le hiciste sufrir a continuación. En el fondo, Valeriano no se mancilló con ningún crimen. Trató de estabilizar las fronteras en un territorio que siempre ha estado en disputa.

—Tenía que ser una advertencia. Sus sucesores deben saber lo que les espera si intentan desafiar de nuevo al emperador de los persas. Ya verás como Galieno no se atreve a intentar siquiera una acción contra mí.

Artabanes meneó gravemente la cabeza y dijo:

—Galieno no es un problema. El problema es Septimio Odenato, el defensor de la frontera oriental. Cuando volví de Edesa tuvo la osadía de atacarnos. Tu botín y tus concubinas cayeron en sus manos y tú llevas aún las cicatrices de una herida... —Sapor arrugó la frente, pero Artabanes continuó impertérrito—: Cuenta con una caballería no inferior a la nuestra y una infantería mejor. Nuestro ejército no pudo derrotarlo y recuperar lo que te había sustraído.

—Cuando le derrote sufrirá una pena diez veces más dura que la que sufrió su emperador.

—No me parece buena idea, si me está permitido decirlo. Odenato es un gran combatiente, pero es también muy ambicioso, y su mujer, la bellísima Zenobia, lo es más aún. Galieno es un hombre inteligente, pero débil. Mis informadores me dicen que Zenobia está presionando a su marido para que se separe del imperio y cree un reino por su cuenta. Si ello sucediera, deberá llegar a un acuerdo con nosotros. Las caravanas que arriban de Palmira, la base de Odenato y Zenobia, pasan a través de nuestro territorio. No le conviene estar en guerra con nosotros, y en el fondo tampoco a nosotros nos conviene. Has infligido al Imperio romano la mayor humillación de todos los tiempos. No hay que pedir demasiado a la fortuna, mi señor. Si Septimio Odenato se separa de Galieno, como yo creo que hará, el imperio de los romanos estará enormemente debilitado, pero él por sí solo no podrá alcanzar el poder que tiene Roma. Nosotros hemos de perseguir nuestro interés: mientras en Occidente haya quien compre las mercancías preciosas que vienen de Oriente, nosotros no podremos sino beneficiarnos. Los reyes necesitan alcanzar la gloria con la guerra y las batallas para que su nombre pase a la posteridad, pero un buen ministro debe pensar en hacer florecer el comercio y los intercambios comerciales para extender el bienestar y la riqueza.

—He de pensar en ello —respondió el rey—, he de reflexionar sobre todo esto. Mientras tanto, tú recaba toda la información que pueda resultarnos útil.

Hizo una seña al barbero para que se acercara de nuevo y este reanudó el trabajo de rizarle la barba con el calamistro caliente.

El visir supo que había llegado la hora de irse y le dirigió la pregunta de rigor:

—¿Alguna cosa más, mi señor?

Sapor le despidió con un gesto de la mano, pero el visir se entretenía.

—¿Qué sucede? —preguntó el rey.

—Hay una cosa que no me has dicho nunca y que yo no he conseguido averiguar. Para mí sería importante saberlo.

—¿A qué te refieres?

—¿Galieno nunca ofreció un rescate por su padre?

Sapor alejó de nuevo al barbero y clavó sus ojos en los del visir.

—¿Por qué quieres saberlo? —preguntó.

—Simple curiosidad. También yo soy padre y he sido hijo. Me interesa saber si el poder tiene para alguien tanta importancia como para dejar en segundo plano los afectos y los lazos de sangre. Además, siempre me ha parecido extraño que el visir no tuviera noticia alguna de eventuales negociaciones. Se trata de una cuestión de Estado que me afecta directamente.

Sapor continuó mirando fijamente a los ojos al ministro con una expresión indefinible.

—Debería destituir a un visir que piensa que un soberano puede dejarse condicionar por los lazos de sangre. El interés del Estado está por encima de los intereses del parentesco.

—Yo no soy rey; puedo permitirme tener sentimientos.

Sapor no replicó a aquella afirmación, pero dijo:

—Sí. Galieno ofreció un rescate.

—¿Cuánto?

—No puso límites a la suma.

—¿Y tú que respondiste, mi señor?

—Que no.

—¿Por qué?

—Razones personales.

—¿Hiciste saber a Valeriano que su hijo había ofrecido un rescate?

—No.

—¿Por qué?

—Porque quería que sufriera cuanto es posible sufrir. Para un padre esto es peor que la tortura.

—Así pues, los sentimientos existen también para un soberano.

—No podía excluir esta hipótesis.

—Comprendo. En tal caso el sufrimiento es mucho mayor. ¿Y también esto lo hiciste por razones personales?

—Sí —contestó el rey.

—¿Me perdonas el atrevimiento si te pregunto de qué razones se trata?

—Puedes preguntarlo, pero no obtendrás ninguna respuesta.

Artabanes meneó la cabeza sin decir nada más.

—Y ahora puedes irte —le despidió Sapor.

El visir hizo una inclinación y retrocedió caminando hacia atrás hasta la puerta, mientras el rey confiaba de nuevo las mejillas a los cuidados del barbero.

Artabanes llegó a sus habitaciones y se sentó a la mesa de trabajo. El hecho de que el rey le hubiera ocultado el ofrecimiento de rescate de Galieno le inquietaba no poco. Ocultarle una noticia tan importante podía tener un significado negativo para sus relaciones con el soberano y para la posición que ocupaba. Debería haber sido el primero en tener esa información y llevar él mismo la gestión de las negociaciones. Meditó largamente, sobre todo acerca de la alusión a las razones personales a las que se había referido el soberano en su conversación. No estaba obligado a decirle que había actuado por tales razones, habría podido limitarse a no responder. ¿Acaso había querido decirle que en cualquier caso lo apreciaba, pero que aquel asunto había tenido o querido llevarlo personalmente?

Desde que era visir nunca se había visto en una situación semejante. Decidió convocar a su mejor informador: un viejo eunuco nubio que le era muy fiel y que desde hacía muchos años era confidente de la reina madre, del rey y de otros importantes personajes de la corte. Se llamaba Ardachir, aunque este podía ser un nombre que le habían puesto en la corte. Quizá ni siquiera él recordara su verdadero nombre indígena.

Ardachir se presentó bastante deprisa, teniendo en cuenta su acentuada obesidad, debida tanto a su condición de castrado como a la debilidad por la cocina india que un cocinero de Taxila le preparaba todos los días con gran esmero y refinado arte.

—¿Cómo estás? —le preguntó el visir apenas entró.

Ardachir se secó el sudor, luego cogió una silla, se sacó del bolsillo un abanico de plumas de faisán y comenzó a abanicarse.

—Como un pobre viejo —respondió el eunuco—. ¿Qué deseas saber, excelencia?

—No quiero una información en concreto. Hay algo que se me escapa y quisiera comprender, acerca de qué se me esconde en este palacio y por qué.

—¿De qué se trata?

—El rey acaba de decirme que Galieno, el hijo del emperador de los romanos, hizo llegar hace algún tiempo una propuesta de rescate. El rey se negó a aceptarla por razones personales que no ha querido revelarme. Por lo que sé, el rey no ha conocido nunca personalmente a Galieno y no me consta que conociera tampoco a Valeriano antes de la emboscada de Edesa. ¿Tú sabes algo al respecto?

—No. Pero el instinto me dice que quizá hay de por medio una mujer.

Artabanes sonrió.

—Son muchos los que me han dicho que los eunucos son los más entendidos en la naturaleza femenina y, si he de dar crédito a determinadas habladurías, también los mejores amantes.

Ardachir suspiró.

—Eso forma parte del pasado, excelentísimo, ahora soy viejo.

Pero es cierto que cuando se ha sufrido desde niño una mutilación tan cruel se desarrolla una sensibilidad poco corriente que las mujeres aprecian. Nuestras caricias pueden ser más gratas para ellas que la penetración a menudo brutal de un varón en celo que se comporta como un semental. Pero, volviendo al asunto que nos atañe, con toda sinceridad no sé cuáles pueden ser esas «razones personales» de las que te ha hablado el rey. Por eso he pensado enseguida en las mujeres. De un modo u otro, las mujeres tienen siempre algo que ver.

—¿Estás seguro de que no se te ocurre nada que pueda ayudarme a comprender?

—Hay un rumor que circula desde hace un tiempo en determinados ambientes de la corte…

—¿Qué rumor es ese?

—Que el rey, en el curso de una negociación, habría visto hace un par de años a la mujer de Septimio Odenato, el general de Valeriano que defiende el frente oriental. Se trata de una siria llamada Zenobia, y es increíblemente bella.

—He oído hablar de ella.

—Es tal la fascinación que ejerce, que ningún hombre que la ve queda inmune. Esto al menos es lo que se oye decir. Nunca la he visto, por desgracia.

—¿Y esto qué tiene que ver con lo que te he preguntado y con lo que me ha dicho el rey?

—Probablemente nada. Pero es el único elemento personal, por así decir, en el que puedo imaginar envuelto al rey de reyes, al deslumbrante Sapor, nuestro soberano.

Artabanes miró a los ojos del eunuco, tratando de sondear en la expresión sutilmente alusiva.

Ardachir prosiguió en un tono de voz distinto, como de alguien que trata de hacer comprender algo muy sencillo a otro un poco lerdo.

—Planteemos una hipótesis, como simple juego. Imaginemos que el rey se quedó prendado de ella y que no ha conseguido liberarse nunca del recuerdo de esa hembra. Imaginemos que cuando recibió la propuesta de rescate de Galieno hiciera una contrapropuesta...

—¿Zenobia en vez de la suma de dinero?

—Solo es una hipótesis. Lo has dicho tú, excelentísimo, no yo. Pero si suponemos que la hipótesis es válida, hay muchos elementos que encajan. El rey no podía ciertamente hacer la petición directamente a Odenato, que acababa de sustraerle el botín y buena parte de su harén con un ataque a traición. Pero sí podía hacérsela a Galieno, para que obligase al general a ceder a su mujer como reparación por la afrenta sufrida por el rey persa. Habría sido un acuerdo que permanecería en secreto entre los dos emperadores. Valeriano a cambio de Zenobia.

—Si así fuese —repuso Artabanes—, Galieno no habría estado en condiciones de imponer a Odenato que cediera su mujer a Sapor y la negociación por el rescate de Valeriano se habría empantanado.

—Desde luego se trata de una hipótesis del todo fantasiosa —precisó Ardachir—. Ya sabes cómo somos los eunucos, siempre fascinados por las grandes historias de amor, precisamente porque estas experiencias tan dulces y al mismo tiempo terribles nos están negadas.

Concluyó la frase con un largo suspiro.

—Está claro —respondió el visir—. No es más que una hipótesis fantasiosa y un comentario de pasillo. La tendré debidamente en cuenta. Pero comprenderás, mi buen amigo, que en mi posición debo considerar cualquier posibilidad, incluso el gorjeo de los pájaros y el susurro del viento en los jardines reales.

—Me parece muy acertado —respondió el eunuco—. En cualquier caso, ha sido un placer intercambiar unas palabras contigo, excelentísimo. Considérame siempre a tu disposición.

Se despidieron con un beso en ambas mejillas y el eunuco se encaminó hacia la puerta haciendo temblar sus carnes a cada paso.

Artabanes dejó escapar un suspiro; el eunuco Ardachir probablemente le había dado la interpretación acertada de lo sucedido.

Así se explicaba también el silencio de Sapor; el rey no querría revelar nunca, ni siquiera a su fiel ministro, que estaba obsesionado con una hembra y mezclar importantes asuntos de Estado con una turbia cuestión de carácter personal. De todos modos, se sintió muy aliviado. No se trataba de una falta de confianza hacia él, sino de una forma de pudor o de reserva que no le perjudicaba en modo alguno. Se sintió liberado y seguro de haber obtenido, aunque fuese de manera alusiva —y no podía ser de otro modo—, la información exacta sobre el misterio del fracasado rescate de Valeriano.

Se apoyó en el respaldo de la silla y disfrutó de unos instantes de serenidad. Luego cogió los papeles que su secretario le había preparado y comenzó a leer la correspondencia; de vez en cuando garabateaba en la parte inferior de la hoja una síntesis de la respuesta que tenía que enviar. Interrumpió su labor para tomar un refrigerio a la hora de la comida y la reanudó totalmente tranquilo. Estuvo trabajando durante varias horas. Solo cuando dismimuyó la luz que entraba por la ventana se dio cuenta de que el sol se ponía y que era casi la hora de la cena.

Dentro de poco su servidor llegaría para anunciarle que la mesa estaba preparada y su secretario le recordaría los nombres de los comensales y los motivos por los que se les había invitado a cenar.

Sin embargo, en aquel momento entró uno de los miembros de la guardia imperial sin llamar siquiera a la puerta.

—El rey desea verte.

El visir salió precipitadamente al pasillo y llegó entre jadeos a la sala de audiencias, donde Sapor le esperaba. El soberano se volvió de golpe. A Artabanes le bastó una mirada para darse cuenta de que el rey estaba furioso y que parte de aquella ira caería sobre él.

—¡Desaparecidos! —vociferó el rey—. ¡Se han desvanecido, y nadie sabe nada de ellos!

—Disculpa, mi señor, pero ¿quién ha desaparecido?

—¡Los romanos! ¡Esos malditos han desaparecido y no se encuentra ni rastro de ellos! ¿Cómo es posible?

—No lo entiendo..., pero ¿no se anunció que Valeriano había muerto?

Sapor trató de contener su cólera y se dirigió a un hombre, en el que Artabanes no había reparado hasta ese momento, y le hizo indicación de que hablara.

El hombre salió de la sombra y explicó:

—Efectivamente murió, pero había diez hombres con él que han desaparecido. Un destacamento de caballería entró en el campamento al ver que una extraña calma reinaba en él y encontraron a la mayoría de los prisioneros encerrados bajo llave todos juntos en un barracón. Faltaban los diez romanos y sus armaduras, que estaban guardadas en la armería. Los hemos buscado por todas partes, pero no hemos conseguido dar con ellos. No hay ni rastro. Ha desaparecido con ellos un viejo forzado que hacía de ayudante de los vigilantes, dado que llevaba muchos años en el lugar.

Artabanes se acercó a él.

—¿Y los guardianes armados?

—Muertos. Asesinados.

—Los prisioneros consiguieron de algún modo apoderarse de las armas, mataron a los vigilantes y han huido. ¿Dónde está el misterio? —preguntó Artabanes.

—Los vigilantes eran unos treinta, bien armados y alimentados. Ellos eran diez, agotados, desnutridos. No tenían ni siquiera aspecto de seres humanos. Y además el recinto exterior del campamento está defendido por más de trescientos hombres a caballo que controlan todas las vías de salida. Sin embargo, nadie ha visto nada.

—Yo no creo en los prodigios —dijo Artabanes—. Por alguna parte deben de haberse ido y será mejor que se les encuentre o el responsable del campamento pagará las consecuencias.

—El responsable del campamento es uno de los que han muerto —dijo el mensajero—, pero el comandante de la defensa exterior ha ordenado una caza sin cuartel. Ha pedido refuerzos a las guarniciones más cercanas y está recorriendo el territorio palmo a palmo. Es una zona en gran parte desnuda y árida. No tienen muchos lugares donde esconderse. Los encontraremos, mi señor. Nuestro comandante está seguro del buen resultado de la busca. De todos modos, quería que el rey nuestro señor supiese que esta fuga no era culpa suya, sino de quien tenía la responsabilidad del campamento. Debió de infravalorar la resistencia de esos romanos. De todas formas, es muy probable que a estas horas ya hayan sido apresados. Dejé Aus Daiwa en cuanto nos dimos cuenta de la fuga y he empleado diez días en llegar hasta aquí. No me sorprendería que dentro de poco llegase otro mensajero para informar del apresamiento de los prisioneros evadidos.

Sapor, rojo de ira, no decía nada, lo que era un signo evidente de que era el visir quien debía ocuparse de este incómodo asunto.

Artabanes hizo una seña al enviado para que le siguiera.

—Nuestro señor y soberano ha sido ya suficientemente molestado. Ven conmigo y tratemos de averiguar qué es todo ese cúmulo de tonterías que has contado.

Pero el mensajero era reacio a moverse.

Sapor le ordenó que se acercara.

—¿Qué más? ¡No me hagas perder la paciencia!

—Mi señor, por desgracia debo darte otra mala noticia. También el huésped de los ojos rasgados ha huido.

—¿Qué?

El mensajero respondió temblando:

—Casi al mismo tiempo. Había solicitado visitar un monasterio zoroástrico y le acompañaron, pero luego desapareció. Los sacerdotes no supieron dar ninguna explicación y los guardias se dieron cuenta de su desaparición cuando era demasiado tarde. Hemos alertado a todas las guarniciones desde aquí hasta el océano. Nadie escapará.

Sapor no parecía tener fuerzas siquiera para encolerizarse. Intimó con una seña al mensajero para que se callara y se dirigió a Artabanes:

—Envía lo más pronto posible a un grupo de correos para

que avisen a nuestro amigo de que esté en guardia porque nuestro huésped ha huido y podría reaparecer en el momento menos pensado. Hazle saber que seguramente ha habido una conjura para dejarle escapar, y que mantenga sus espaldas bien guardadas. Garantízale nuestro total apoyo en la busca, así como que haremos todo lo posible por apresarle. No podemos permitirnos perder su amistad. Será con él y con su gobierno con quienes tendremos que negociar en los próximos años para llegar a acuerdos comerciales de valor inestimable.

—Descuida, mi señor, tu mensaje llegará antes que cualquier otro.

—Cuento contigo —respondió el rey—, eres el único en quien puedo depositar mi confianza. ¿Cómo van los trabajos en Persépolis?

—Bien, majestad, están casi terminados. Ya verás qué maravilla: un bajorrelieve enorme en el que se ve a Valeriano arrodillado implorando piedad delante de tu majestad a caballo en el fulgor de su gloria. Y debajo están grabando la inscripción con tus gestas en persa, en lengua parta y en griego.

—Muy bien, ahora, puedes irte. No hay tiempo que perder.

Artabanes se exhibió en una profunda reverencia, cogió del brazo al mensajero y salió al pasillo.

En cuanto estuvieron fuera de la sala de audiencias, lo empujó contra la pared de malos modos y siseó:

—Dime la verdad, si quieres salir vivo de este palacio.

El hombre agachó los ojos diciendo:

—Salí después de dos días de incesantes búsquedas en un radio de siete parasangas alrededor del campamento de Aus Daiwa.

—¿Siete parasangas? No pueden haber recorrido tanto camino en dos jornadas, en las condiciones en que estaban.

—Y algunas patrullas han llegado incluso más allá, pero no han encontrado a nadie, ni un rastro, ni una huella.

—Se han desvanecido en el aire, como ha dicho el rey.

—No sé qué decir, excelentísimo. Hemos removido cada piedra e inspeccionado todas las caravanas en un radio de cinco parasangas y no hemos encontrado a nadie. Los hombres del segundo recinto de vigilancia no han abandonado en ningún momento sus puestos de guardia y no han visto pasar ni un alma.

El visir le quitó las manos de encima y le ordenó que le siguiera hasta su despacho privado.

—Si no están lejos, entonces buscad cerca. ¿Entendido?

—¿Qué quieres decir, excelentísimo? Hemos inspeccionado el campamento palmo a palmo.

—¿Habéis interrogado a los otros prisioneros?

—Sí. Han dicho que los romanos les encerraron en el barracón y que no tienen ni idea de adónde se han dirigido.

—Ahora escúchame bien, si no quieres acabar empalado. Vuelve al campamento y haz inspeccionar de nuevo los barracones, de arriba abajo, las galerías y los terraplenes de las minas, no pueden haber desaparecido. Tal vez están escondidos muy cerca y esperan a que vosotros abandonéis la busca para ponerse en marcha. Encuéntralos y tráemelos, ¿entendido?

—Sí, mi señor.

—Y hazme llegar noticias del huésped de los ojos rasgados en cuanto hayáis logrado apresarle, porque también tengo que ajustarle las cuentas.

—Muy bien, mi señor.

—Vete enseguida y envíame lo antes posible buenas noticias tanto sobre unos como sobre el otro.

—Así lo haré, mi señor —balbuceó el mensajero, pálido como el papel.

—Entonces, andando. No tienes un instante que perder.

El hombre se alejó a toda prisa. Poco después el visir, desde el balcón de su aposento privado, le vio partir al galope por la puerta sur del palacio y disiparse en una nube de polvo.

Inmediatamente el visir convocó al responsable del servicio de los correos y le entregó un mensaje que debía viajar raudo como el viento.

8

Metelo esperó a que sus compañeros volviesen con las provisiones y que la oscuridad descendiese sobre el fondo de la quebrada antes de ampliar más el agujero en la pared de la mina; luego, finalmente salió.

Alzó la mirada al cielo y vio el parpadeo de las estrellas. Vio la Vía Láctea, que atravesaba su reducido campo visual entre una pared y otra de la quebrada; parecía un puente de luz. Sintió que las lágrimas subían desde el corazón y bañaban sus mejillas; notó que la respiración dilataba su pecho, como el primer aliento de vida, como si hubiera vuelto a nacer.

Se inclinó y hundió las manos en la arena seca, entre los guijarros redondeados por el agua y el viento de tantas estaciones, aspiró el aroma de una mata de mastranzo y acarició las flores de una pequeña retama que despuntaba de la pared. Tenía la maravillosa sensación de ver y tocar el mundo por primera vez.

Los padecimientos de aquel espantoso año, la pérdida de su esposa, la separación de su hijo, la muerte de sus compañeros y del emperador; todo parecía lejano tras su recuperada libertad. Se daba cuenta de que la vida le había sido restituida y que haría lo que fuese por defenderla. Sentía una fuerza y un poder invencibles; en su interior estaba seguro, tras un milagro semejante, que podía afrontar cualquier prueba en la vida, que podía imprimir a los acontecimientos la fuerza de su fe, de su inquebrantable determinación.

No había allí el hedor de los cadáveres, tal como había esperado, porque la naturaleza con su fuerza mudable y omnipresente ya había disuelto los cuerpos, había trasladado la sustancia a otras sustancias, a otras formas de vida: los animales salvajes, el sol, el viento, el polvo... Podía entrever a cierta distancia, en la leve claridad reflejada por las paredes de roca calcárea, el blanco de los huesos diseminados. Huesos de muchos pobres desventurados, de sus compañeros que habían muerto en un lugar lejano y desolado.

Aquellos primeros instantes de libertad reconquistada fueron tan intensos que Metelo perdió la noción del tiempo y cuando notó que la mano de Cuadrato se apoyaba sobre su hombro le pareció que despertaba de un sueño.

—Comandante...

Se volvió para mirar a sus hombres: estaban peludos, macilentos, marcados en el cuerpo y el alma por un encarcelamiento inhumano, pero en sus miradas brillaba una luz mágica, casi de locura, capaz de traspasar la oscuridad de la noche. La luz de la victoria sobre la muerte, sobre las tinieblas, sobre la desesperación.

Los abrazó uno por uno, mirándoles fijamente a los ojos encendidos por la emoción y las lágrimas; cada abrazo resonó con el golpe de las corazas, de hierro contra hierro. Abrazo de soldados que se resistían a morir, de nuevo preparados para todo porque todo lo habían soportado.

Pero en aquel mismo instante Metelo se dio cuenta de que demorarse aunque solo fuese un poco en aquella alegría indecible podía significar el final de lo que habían conquistado.

—Ahora disimulad la brecha que hemos abierto en la pared de arenisca. Tú, Publio, que eres el más delgado, te meterás dentro, cerrarás la abertura y dejarás solo el paso indispensable que te permita salir. El resto lo haremos desde fuera. Pero mientras tanto comamos y bebamos; debemos recuperar fuerzas.

—Despacito —dijo Marciano—, porque hemos perdido la costumbre de comer lo suficiente. Atracarse puede ser peligroso.

Una vez, en Panonia, liberamos a un prisionero nuestro que se había alimentado solo de nabos crudos durante tres meses. Comió con avidez una hogaza de pan con carne salada de cerdo. Al poco rato estaba muerto. Masticad hasta reducir la comida a papilla y solo entonces tragadla. Bebed a pequeños sorbos. En cuanto os sintáis saciados, parad. Comeréis menos y más a menudo. Si me hacéis caso, salvaréis el pellejo y recuperaréis las fuerzas. Si os dejáis llevar por el frenesí de la comida, moriréis.

Uxal distribuyó las provisiones que había cogido de la despensa del campamento: pan de cebada, legumbres, nueces. Y agua.

Después Publio empezó a disimular la brecha y completó su trabajo desde el exterior con extraordinaria pericia. Finalmente, alisó con arcilla la superficie interior con la mano, hasta que no quedó más que la abertura suficiente para pasar su brazo, tras lo cual la cerró con una piedra de la medida perfecta. Había formado parte de los *murarii* durante muchos años y había conservado su habilidad.

En aquel momento celebraron un consejo. Metelo se dirigió a Uxal, el único que conocía un poco aquellos parajes:

—Te debemos la libertad, Uxal, y ahora dependemos de nuevo de ti. ¿Qué hemos de hacer, adónde podemos dirigirnos?

Uxal respondió con cierto énfasis, consciente del papel de guía que asumía en aquel momento para el pequeño grupo de fugitivos.

—Mi consejo es que no nos movamos de aquí.

—¿Qué?

—Exactamente lo que he dicho. Durante un tiempo movilizarán a todos los hombres disponibles para buscarnos en cada rincón, pista o camino. Removerán en cada caravana en el radio de varias millas. Una vez que se hayan convencido de que no encontrarán nada yendo lejos, buscarán de nuevo en las cercanías, pero difícilmente se les ocurrirá buscarnos bajo tierra, y aunque lo hagan no descubrirán nada. Solo entonces nos moveremos y nos alejaremos todo lo posible. ¿Me explico?

—Perfectamente. Pero ¿saldrá bien? —preguntó Metelo.

—¿Tenemos alguna otra alternativa?

—No, creo que no.

—Este sitio es bastante seguro porque para ellos es un lugar contaminado y sienten por él un terror sagrado. Por lo demás, así tendremos ocasión de recuperar fuerzas y estar en condiciones de afrontar la marcha.

—¿Y las armas? —preguntó Balbo—. ¿Qué hacemos con ellas?

—Lo primero que se me ocurre es esconderlas, dejarlas aquí, pero ello no quiere decir que sea la mejor solución. Un grupo armado infunde respeto y siempre tiene la posibilidad de negociar, de imponer su voluntad o de ofrecer su fuerza para servicios de escolta. En situaciones favorables, se entiende.

—No veo ninguna situación favorable para nosotros en un radio de diez millas por lo menos —comentó Antonino—, pero nuestras armaduras pueden desmontarse y las cotas de malla no ocupan espacio. Tendremos que abandonar solo los escudos. Son demasiado voluminosos.

—Hagámoslo así, entonces —replicó Balbo—, si estamos de acuerdo.

—Cuando estemos listos para ponernos en marcha —intervino Uxal—, necesitaremos algún animal de carga. A no mucha distancia de aquí hay una charca de agua casi permanente; es el lugar adonde va a abrevar un pequeño grupo de asnos salvajes. La he visto muchas veces desde arriba cuando venía a arrojar los restos. Podríamos preparar una trampa y conseguir así unos cómodos medios de transporte para nosotros, para las provisiones y para las armas.

Metelo se volvió hacia Septimio y Luciano.

—Vosotros erais hábiles cazadores, si no recuerdo mal. Encargaos de construir las trampas y de capturar a los asnos.

Ambos asintieron.

—Bastará con tenerlos atados durante un día —dijo Uxal— y darles de comer el poco forraje que hay. Nos seguirán como corderos. Podemos hacer las cuerdas trenzando las fibras de esa planta que crece entre las rocas.

Metelo hizo una seña a Antonino, que provenía del cuerpo de los *fabri*, y este asintió.

—¿Y luego? —preguntó de nuevo.

—Empezaremos a descender la quebrada —siguió diciendo Uxal— hasta que encontremos un poco de agua y seguiremos adelante hasta que esta árida garganta se haya transformado en un riachuelo y luego en un torrente; proseguiremos hasta encontrar una confluencia. Será una marcha fatigosa, pero al menos no estaremos a la vista y haremos un itinerario por el que los exploradores a caballo no pueden seguirnos. Si no me equivoco, a occidente de aquí discurre el Khaboras, que nace de un hermoso oasis donde es muy fácil esconderse o encontrar un trabajo de guardias de escolta en alguna caravana. Las caravanas van a todas partes, hasta el mismo corazón de Asia. Si conseguimos recorrer una jornada de marcha desde el oasis, encontraremos la manera de embarcarnos en el río y alcanzar la costa del océano. Allí, creo que estaremos por fin a salvo y cada uno podrá irse por su lado.

—¿Cómo podremos pagarte todo lo que haces por nosotros? —preguntó Metelo.

—Ya lo estáis haciendo. Mientras hablo contigo soy un hombre libre, respiro el aire de una espléndida noche, estoy rodeado de amigos. Aunque esta fuera la última de mi vida, habría valido la pena. Pero espera antes de darme las gracias. Pueden pasar aún muchas cosas entre aquí y las costas del océano.

—Es cierto —corroboró Cuadrato—, pero es justamente como tú dices: en cualquier caso habrá valido la pena. Solo ahora me doy cuenta de que morir como hombres no es menos importante que vivir.

—Es evidente —prosiguió Uxal— que todo deberá hacerse de noche. De día no debe haber ninguna huella, ningún rastro. El menor indicio podría hacer que nos descubrieran. En ese caso no habría realmente otra elección que la muerte y, si llegara el caso, debéis prometerme que la primera estocada será para mí. Si me cogieran vivo mis sufrimientos no conocerían límite.

Metelo le dio la mano.

—Tienes la palabra de un oficial romano —dijo—. Vale más que un juramento.

—Bien. Y ahora busquemos un refugio para cuando se haga de día. Dos de vosotros subirán por la torrentera, dos la bajarán. El primero que encuentre un refugio adecuado volverá atrás para avisarnos. No hagáis ruido, no dejéis que os oigan, ni un susurro. Si nos descubren, estamos perdidos.

Metelo mandó a Cuadrato con Antonino río abajo, y a Balbo con Septimio río arriba.

Septimio fue el primero en descubrir una grieta en una roca perfectamente resguardada y disimulada por una pared de caliza.

—De chiquillo —dijo— pasaba la primavera en la montaña, en casa de mi tío. Me gustaba visitar las cuevas; no se me pasaba una por alto. Vamos, venid, esta parece grande.

Los compañeros le siguieron silenciosos como sombras y se introdujeron uno tras otro por la grieta que hacía las veces de entrada a la caverna. Al fondo había arena seca y todos se tumbaron, agotados por la larga tensión, por el esfuerzo, por las violentas emociones que habían experimentado en las últimas horas. Metelo hizo el primer turno de guardia, flanqueado por Uxal, que no quiso dejarlo solo.

—¿No te fías? —preguntó Metelo—. ¿Sabes cuántos turnos de guardia hice en la legión?

—En la legión estabas sano, bien alimentado y en la plenitud de tus fuerzas. Pero aquí estás hecho una piltrafa y necesitas desesperadamente descansar. Si estuvieras solo te dormirías en menos de una hora.

—¿Tú no?

—Los viejos duermen poco. Y les gusta charlar... Hace una noche bonita, comandante Águila. Este es el nombre de tu familia, ¿no?

—Sí.

—Un nombre de verdadero soldado, demonios. ¿Qué otra cosa habrías podido ser con semejante nombre?

—Nosotros decimos *nomen est omen*: en el nombre está escrito tu destino.

Uxal cambió de conversación y volvió a contemplar el cielo.

—¡Cuántas estrellas, qué maravilla! Y sin embargo es el mismo cielo que teníamos sobre nosotros en el campamento.

—¿Y quién lo veía? Al volver de la mina estábamos tan cansados que caíamos muertos de sueño apenas terminábamos de comer aquel bodrio.

Uxal clavó sus ojos en un esqueleto que había a escasa distancia, entre dos rocas.

—¿Quién sería ese?

—¿Qué importa? Uno de tantos que han muerto en este infierno.

—Ahora, sin embargo, ha dejado de sufrir. Parece estar riéndose, con todos esos dientes al aire. Se ríe de nosotros que nos afanamos, nos preocupamos, pensando en mil ardides para prolongar un poco nuestra miserable vida. Él sabe que hay que morir y que es inútil tanto esfuerzo. Por eso se ríe. ¿No crees?

—Es posible. Pero se equivoca. No hay un instante de nuestra vida que no merezca ser vivido. Incluso cuando todo parecía negro, para mí era importante estar vivo; ver a mis amigos, ver los amaneceres y las puestas de sol, oír cantar a los pájaros o ulular a los chacales de noche. Y la esperanza. La esperanza no muere nunca. De volver a ver a mi hijo, por ejemplo.

—Ah, tu hijo...

—Dentro de diez días será su séptimo cumpleaños. Si estuviera con él organizaría una bonita fiesta. Le regalaría una pequeña armadura que habría encargado a un buen artesano y una capa de tribuno militar. ¡No soñaba con otra cosa! Es un buen chaval. Estudia, respeta a su maestro, es inteligente y afectuoso. Cuando regresaba por la tarde del cuartel general salía corriendo a mi encuentro, me quitaba la espada del cinturón, me ayudaba a desatar las grebas. Me traía las toallas limpias para el baño y se quedaba sentado en el borde de la bañera charlando conmigo, haciéndome mil preguntas.

Uxal suspiró.

—Debe de ser bonito tener hijos.

—Si eres afortunado, lo es. ¿Tú has tenido?

—¿Y cómo iba a tenerlos? Para tener hijos hace falta una mujer. ¿Y quién puede quererme a mí? A veces me pregunto qué aspecto tendría un hijo mío, de haber tenido uno. El tuyo, por ejemplo, ¿cómo es?

—Es un niño guapo —dijo Metelo—. Tiene los ojos negros y profundos, como los de su madre, y la piel lisa, de un bonito color dorado.

—¿Y no se te parece?

—Oh, sí, por supuesto, creo que sí. En el carácter, en la manera de ser, incluso en la forma de andar.

—Volverás a verlo —dijo Uxal—, estoy seguro.

Metelo no respondió. Agachó la cabeza y se quedó en silencio.

En aquel momento, se oyeron unos ruidos, ecos de ladridos lejanos, reclamos. Los dos se miraron con inquietud.

Pero inmediatamente después Uxal hizo una mueca con su boca desdentada.

—¡No saben dónde buscarnos, ja, ja, ja!

—¡Chist! —le hizo callar Metelo—. ¿Acaso quieres que nos descubran?

—Tranquilo. No saben hacia dónde tirar. ¿Y sabes por qué? Porque están convencidos de que del tercer nivel no ha salido nunca nadie vivo. Y sin embargo nosotros nos hemos largado precisamente por allí. A estas horas estarán buscando por todas partes, en los barracones, en el vertedero, en el henil, registrarán a los prisioneros uno por uno, les harán desvestirse, desfilar delante de los vigilantes. Conozco la escena desde hace mucho tiempo. ¡Mira! —dijo de repente—. Han pasado por el otro lado. —Y señaló unas luces que se movían por el borde de la quebrada, en el lado opuesto al del campamento—. Para bajar por allí han tenido que dar un rodeo larguísimo. He oído decir que la quebrada es intransitable a lo largo de muchas millas aguas arriba y abajo; por eso construyeron el campamento en esta posición.

Al cabo de un rato, los jinetes que pasaban en plena noche desaparecieron en la oscuridad. Metelo comprobó la posición de las estrellas y dijo:

—Es la hora del segundo turno de guardia. Voy a despertar a Cuadrato. Deberías dormir un poco.

Cuando pudo tumbarse sobre la arena seca, en la tibieza natural de la cueva, se sintió en paz consigo mismo y con la naturaleza que le rodeaba y le protegía en aquella escondida cavidad. Durmió con un sueño profundo, aunque breve.

Lo despertó la luz del sol y la voz de Uxal:

—¿Nos cortamos la barba, comandante?

—¿Qué?

Tenía delante al viejo con una palangana llena de agua, una esponja, unas tijeras y una navaja de afeitar.

—Pero ¿dónde has encontrado todo esto?

—Cuando volví atrás en busca de víveres y de agua vi que había cantidad de otras cosas en el almacén y cogí algunas. Con estas pintas se ve a una legua que sois prisioneros que os habéis evadido. Afeitados pareceréis señores.

Metelo se sometió de buen grado a la tortura de Uxal, que pasó por sus mejillas una navaja que debía de haber conocido días mejores y unas tijeras que debían de haberse utilizado para esquilar ovejas. Sin embargo, todos los presentes, y Uxal en primer lugar, expresaron su aprobación y los integrantes del grupo se pusieron en fila para recibir el mismo trato. Aquel sencillo ritual de urbanidad hizo que se sintieran reintegrados en cierto modo a la vida civil; parecía el presagio de que pronto volverían a una vida normal.

Racionaron la comida con miras al tiempo que permanecerían en la cueva y al viaje que les esperaba, pero Publio y Luciano, que habían prestado servicio en Palestina y en Arabia, descubrieron unas plantas que producían pequeños tubérculos de un sabor parecido al de las nueces y que eran muy nutritivos. Salían a la caída de la tarde a recogerlos, tras haberse espolvoreado el cuerpo con arena para confundirse con el entorno.

Los asnos fueron más difíciles de capturar. Hicieron primero las cuerdas con las fibras de una planta, luego confeccionaron los lazos y, por último, prepararon las trampas sacrificando una considerable cantidad de excelentes tubérculos como cebo para los animales.

Al cabo de tres días habían capturado tres asnos, dos hembras y un joven pollino, que fueron conducidos, recalcitrantes y coceantes, hasta el refugio; allí les acostumbraron a la presencia del hombre y a recibir la comida de sus captores. Con las mismas fibras con que habían hecho las cuerdas para los asnos confeccionaron también esterillas que utilizaron como yacijas y que posteriormente podrían servir para diversos usos.

Un día, Metelo y Antonino descubrieron un camino para trepar por la pared de la quebrada; al amparo de la noche consiguieron alcanzar el borde de la torrentera en un lugar desde el cual se podía espiar el campamento de Aus Daiwa. Se notaba cierto movimiento de patrullas que entraban y salían. Señales luminosas palpitaban en la vasta extensión desértica que se extendía en todas direcciones hasta el horizonte. Seguían buscando por allí. No se habían resignado.

Decidieron esperar dos días más antes de partir, porque faltaban dos días para la luna nueva, para una noche completamente oscura.

Envolvieron las patas de los asnos, cargaron en ellos sus armaduras, que cubrieron con las esteras, y cuando la última reverberación del sol se apagó se pusieron en camino. Habían recuperado energías, tanto por el forzado reposo como por la nutritiva comida a la que se habían vuelto a acostumbrar.

Avanzaron con gran cautela, más pendientes de no hacer ruido que de ir rápido; cuando se detuvieron, al amanecer del día siguiente, debían de haber recorrido poco más de una milla. Estaban en una posición crítica, sin refugio y demasiado cerca aún del campamento. Habría bastado que una patrulla pasara por el borde oriental del barranco para que advirtiera su presencia.

Decidieron dividirse en tres grupos, separados por unos trescientos pasos, para no ser descubiertos todos juntos si aparecía una patrulla y siguieron avanzando con la esperanza de encontrar un abrigo.

El centurión Elio Cuadrato, que guiaba la pequeña vanguardia, oyó en un momento dado ruido de cascos en lo alto de la torrentera y mandó a sus compañeros que se escondieran contra la pared y a Antonino, que estaba con él, que volviera atrás para hacer que los demás se detuvieran.

Antonino llegó justo a tiempo; un instante más tarde y el grupo de Balbo, Uxal y Luciano con los asnos habría aparecido a plena vista. Esperaron conteniendo el aliento hasta que se oyó el ruido de un galope que se alejaba, y luego se reunieron con los compañeros que ya estaban preparados para lo peor: para vender cara la piel antes de sucumbir.

—Que los dioses nos protejan —dijo Metelo—. Sigamos adelante, no tenemos elección.

Recorrieron una milla más, protegidos de vez en cuando por la sombra que proyectaban las alturas y los salientes rocosos que se alzaban en el lado oriental de la quebrada, pero siempre con el corazón en un puño por temor a ser descubiertos, hasta que encontraron un refugio lo suficientemente amplio para ocultarse. El paso de las inundaciones periódicas había erosionado la piedra arenisca encerrada entre dos capas de sílice, creando una cavidad lo bastante profunda y alta para permitir a una persona estar de pie. Entraron deprisa, primero los asnos con su carga y luego los hombres; finalmente se relajaron y pudieron permitirse un poco de descanso.

Metelo mandó a Publio y a Antonino a explorar la pared para que buscaran un lugar desde el que poder subir para estudiar el territorio circundante, el campamento de Aus Daiwa, si aún era visible, y el cinturón de vigilancia que en aquel momento debían de tener a sus espaldas.

Los dos, ataviados con la túnica corta, treparon por una cornisa rocosa que permitía la subida hasta casi la cima y se quedaron de guardia durante el resto de la jornada, dando a los demás la tranquilidad de sentirse protegidos.

Cuando volvieron, al caer la noche, oyeron que había cierta excitación entre sus compañeros en el interior de la cueva y descubrieron que Septimio y Luciano habían abatido un íbice macho con las jabalinas y lo estaban despellejando.

—¡Por Hércules! —exclamó Antonino—. No sabía que fuerais tan hábiles.

—Yo soy medio celta —dijo Septimio—. Entre nosotros se aprende a cazar el jabalí antes de aprender a hablar.

—Yo soy medio griego —dijo Luciano—, y me gusta la carne asada. ¡No veo la hora de probarla!

—Ni hablar —replicó Metelo—. Aún estamos demasiado cerca del campamento. El humo y el olor podrían hacer que nos descubrieran. La carne nos la comeremos cruda. Nos alimentará igual.

—¿Carne cruda? —le hizo de eco Uxal—. No es muy adecuada para un desdentado como yo. Esto quiere decir que comeré harina de garbanzos y beberé agua.

Pero sus compañeros trituraron con el puñal las vísceras, el corazón y el hígado para hacérselos comestibles. Luego cortaron y conservaron los otros pedazos envolviéndolos con las esteras, a la espera de poder asarlos o ahumarlos.

Parecían de buen humor, pero podía percibirse una inquietud palpable, un temor irreprimible que se cernía sobre ellos. El temor a que aquella reconquistada libertad pudiera tener fin, más pronto o más tarde, y que la suerte no les diese tiempo de quitarse la vida antes de caer en manos de sus perseguidores. El aullido de un chacal saludó a la fina hoz de la luna y fue la señal del primer turno de guardia para el centurión Sergio Balbo y el legionario Septimio. Se situaron, armados únicamente con el puñal y la espada, al abrigo de dos grandes rocas del centro de la torrentera, a una distancia de diez pasos uno del otro; velaron en silencio aguzando el oído al menor ruido, con la mirada fija espiando cada sombra de la noche.

De vez en cuando Balbo daba una voz a su compañero.

—¡Eh, rubio! ¿Estás ahí?

—Aquí estoy, centurión —respondía Septimio—. Aquí estoy.

9

La marcha se reanudó al término del segundo turno de guardia; al cabo de un rato el terreno se volvió un poco más limpio de abrojos. El fondo de la quebrada se ensanchó, los márgenes se rebajaron descendiendo gradualmente con un perfil menos escabroso y el suelo, hecho de piedra perfectamente alisada por el soplo del viento, ofrecía la doble ventaja de ser un paso suficientemente cómodo y de impedir que quedara un rastro que pudiera permitir que sus enemigos les siguieran.

El color blanco de la piedra caliza de los macizos y de las paredes reflejaba suficiente claridad para ver dónde ponían los pies. Antes de romper el alba habían recorrido aproximadamente tres millas en absoluto silencio y en total tranquilidad. Cabía esperar que el resto de la marcha se desarrollase sin tropiezos, pero ninguno de ellos se atrevía a creerlo, como si todo hubiera sido hasta aquel momento demasiado fácil.

Buscaron de nuevo un refugio que les permitiera ocultarse y se quedaron esperando la caída de la tarde. Metelo mandó a Luciano y a Septimio, que parecían encontrarse bien juntos, a explorar los alrededores para cerciorarse de que no había perseguidores. Los dos exploradores no tenían muchas posibilidades de moverse en una zona yerma y casi plana, pero formaban una avanzadilla que podía prevenir a sus compañeros en caso de sorpresas indeseables, señalar la proximidad de eventuales patrullas persas y de caravanas: las primeras constituirían un peligro mortal, las segundas significarían la salvación.

Avanzaron así durante otras cuatro noches hasta que llegaron a un lugar en el que la torrentera se prolongaba en un cauce cubierto de cantos rodados y grava, salpicado de matojos espinosos y de plantas aromáticas. Se detuvieron para celebrar consejo.

—A partir de ahora estaremos al descubierto —dijo Metelo—. Si llegaran las patrullas, nos verían enseguida. Por otra parte, no podemos volver atrás o refugiarnos indefinidamente en la quebrada. Uxal es quien mejor conoce la zona y su parecer será más importante que el de cualquiera de nosotros.

—No tengo gran cosa que decir —reconoció Uxal—. Creo que nuestra única posibilidad es seguir este cauce seco. Los márgenes están un poco realzados y ofrecen cierta protección. En caso de alarma nos echaremos al suelo y esperaremos a que el peligro haya pasado. También la noche nos ayudará a ocultarnos, aunque la luna es cada vez más luminosa. Si no recuerdo mal, dentro de dos o tres etapas tendremos que cruzar el camino de las caravanas que se dirigen hacia los oasis y las costas del océano; en ese momento nuestras posibilidades de salvación aumentarán.

—¡Por todos los dioses! Eres un verdadero estratega —exclamó Balbo en tono irónico—. Pronto superarás al comandante Metelo.

—Si tú tienes una idea mejor —replicó Uxal—, nadie te impide exponerla. Yo digo lo que sé y propongo lo que considero acertado.

—Balbo bromeaba —intervino Metelo—. También yo soy de tu parecer. Solo cabe esperar que la fortuna siga sonriéndonos. Lo que me preocupa es la falta de víveres. Dentro de un par de días las provisiones se habrán terminado y también el agua. Este es un problema que debemos afrontar.

—Habrá que tratar de encontrar pronto agua, pues la vegetación en el cauce es cada vez más abundante. En cuanto a la comida, quizá sé cómo podemos conseguirla si llegamos al oasis del Kharobas. En caso de que la situación se hiciera desesperada, siempre nos quedan los asnos.

—Siendo así —dijo Metelo, pongámonos de nuevo en camino y esperemos que la fortuna nos sonría. La única precaución que podemos tomar es que uno de nosotros haga de avanzadilla y otro se quede en la retaguardia para cubrirnos las espaldas. Más no podemos hacer.

Se eligió a Antonino como vanguardia y a Cuadrato como retaguardia, cada uno a una distancia de cerca de media milla del pequeño convoy. A las primeras luces del alba, uno y otro se reunían con los compañeros para dar el parte.

Avanzaron así durante dos etapas en las que cubrieron cerca de dos parasangas, correspondientes a poco más de seis millas romanas. La mañana de la segunda etapa Cuadrato se presentó a la reunión con expresión preocupada.

—¿Qué sucede? —preguntó Metelo.

—He visto a alguien, comandante. Alguien que a mi parecer nos sigue.

—¿Cuántos son?

—Uno.

—¿Uno solo? Me parece extraño.

—Yo he visto a uno. Y estoy casi seguro de que va solo.

—¿A caballo?

Cuadrato asintió.

—Los persas se mueven en escuadras más bien numerosas —intervino Uxal—. Es prácticamente imposible que vayan por ahí solos, por la simple razón de que si descubren algo no tienen forma de hacerlo saber a los demás sin perder contacto con aquel que están persiguiendo.

—Una observación muy acertada —aprobó Metelo—. Pero, entonces, ¿quién puede ser?

—No tengo ni idea —respondió Cuadrato—. Le he visto a lo lejos en el perfil de una colina, un par de veces, y luego ha desaparecido.

—Solo hay una forma de saberlo —dijo Metelo—. Ir a su encuentro y sorprenderlo, quizá a la hora que precede al alba. Llévate contigo a Publio, que es ágil y veloz, y trata de descubrir quién es y qué quiere. Pero no os expongáis, no hagáis ningún movimiento arriesgado. Nuestra finalidad es conocer sus intenciones sin que nos descubran.

—Lo haremos lo mejor posible, comandante —respondió Cuadrato—. Cuenta con nosotros.

—Muy bien. Entonces, poneos en camino esta misma noche. Llevad espada y puñal, podríais necesitarlos. A la menor señal de peligro volved atrás corriendo y tratad de reuniros con nosotros lo antes posible.

—Entendido, comandante —contestó Cuadrato. Se alejó junto con su compañero y se tumbaron sobre una estera al abrigo de un gran matorral de tamarisco.

Al término del primer turno de guardia cogieron las armas y se pusieron en camino en sentido contrario a aquel que habían recorrido hasta entonces.

Caminaron con extrema prudencia tratando de permanecer al resguardo de la escasa vegetación o de algún macizo o relieve del terreno. La claridad de la luna permitía distinguir bastante bien los contornos del paso y en el despejado cielo brillaban numerosas estrellas. De repente Cuadrato hizo seña a su compañero de que se detuviera.

—¿Qué pasa?

—¿No hueles? Un olor a quemado.

—Un fuego. Un vivaque. Y no está muy lejos.

—¿Vamos a echar un vistazo?

—Sí, pero reptando. No debemos correr riesgos.

Se distanciaron algunos pasos el uno del otro y avanzaron con cautela, tratando de no hacer ruido, tanteando el terreno con los pies y con las manos para no hacer rodar piedras y delatar su presencia. Recorrieron así quizá media milla hacia atrás, hasta que Cuadrato hizo una seña a Publio imitando el canto del autillo; siempre lo utilizaban durante las campañas militares para señalar la cercanía del objetivo.

Publio respondió del mismo modo y se acercó con cautela.

Cuadrato señaló con el dedo delante de él; había un vivaque apagado del que, sin embargo, se desprendía aún un tenue olor a humo. Ambos miraron a su alrededor varias veces y luego se acercaron.

Cuadrato hundió las manos en las cenizas.

—Están aún calientes. Nadie se ha preocupado de apagar el fuego.

—Es cierto —respondió Publio apretando a su vez las cenizas en el puño—. Quizá no quiere malgastar la poca agua que lleva consigo.

—No digas tonterías. Basta con la arena para apagar una fogata. Quizá haya querido atraernos hasta aquí para...

No le dio tiempo a terminar la frase. Publio le dio un codazo para llamar su atención. Le hacía señas con los ojos; su mirada reflejaba asombro y temor.

Delante de ellos, a no más de veinte metros de distancia, había un jinete, inmóvil en su cabalgadura. La luz de la luna permitía distinguirlo bastante bien: era esbelto, como un muchacho, vestía con bombachos y casaca y su rostro estaba casi enteramente cubierto por un trozo de tela negra asegurada a los lados del rostro con un cubrecabeza de fieltro de una forma que nunca habían visto.

—¿Está armado, según tú? —susurró Publio.

—Me temo que sí —respondió Cuadrato—. No te muevas. No sabemos qué se le está pasando por la cabeza.

El jinete tocó con los talones los ijares de su caballo, lo puso al paso y comenzó a dar vueltas alrededor de los dos hombres que tenía delante. El silencio de la noche era absoluto en aquellos momentos y, sin embargo, el ruido de los cascos era casi imperceptible.

—Parece que no toque el suelo —susurró de nuevo Publio, e hizo ademán de darse también la vuelta para no perder la visión frontal del misterioso jinete.

—No te muevas —murmuró Cuadrato—. No le des la cara. No nos atacará por la espalda. Si nos damos la vuelta al mismo tiempo que se mueve él, pensará que tenemos miedo.

—Es la verdad —tuvo que admitir entre dientes Publio plantándose sobre sus dos pies.

El jinete terminó su breve rodeo en torno a los dos hombres inmóviles junto al vivaque y se detuvo de nuevo frente a ellos. De repente apareció un arco entre sus manos, con la flecha armada y la cuerda tensa.

—Se acabó —murmuró Publio—. Adiós, centurión, nos veremos en el Hades.

Cuadrato no respondió. Miraba fijamente, como hechizado, la punta de la flecha. El jinete lo tuvo a tiro durante un instante; luego soltó lentamente la cuerda, devolvió el arco a su sitio, espoleó al caballo y desapareció al otro lado del perfil de una ondulación del terreno.

Los dos hombes se miraron sin proferir palabra y reanudaron rápidamente el camino de vuelta.

Se reunieron con sus compañeros cuando comenzaba a amanecer y les contaron lo que les había sucedido. Metelo, tras haber escuchado con gran atención, se dirigió a Uxal:

—¿Tú qué dices? ¿Quién podía ser? Sin duda no era un explorador de los persas. ¿Por qué les habría perdonado la vida?

—Tampoco yo creo que fuese un explorador mandado tras nuestros pasos. No se habría limitado a amenazarles con el arco y no habría ido solo. Lo único que parece claro es que no quiere que nadie le moleste. Si se encontrara de nuevo con alguno de nosotros en su camino, no dudaría en disparar la flecha de ese arco.

—Lo mismo creo yo —dijo Cuadrato—. Ha tenido todo el tiempo del mundo para asaetearnos, si tal hubiera sido su intención. Solo ha querido dejar claro que no desea vérselas con nosotros y que si nos encuentra de nuevo olisqueando su rastro no se lo pensará dos veces y disparará.

—¿Habéis dicho que llevaba una especie de velo negro que le cubría la boca? —preguntó Metelo.

—Sí, enrollado en lo alto de un extraño tocado. Llevaba una casaca con la pechera cruzada y ceñida con un cinturón. Los bombachos y el calzado cubrían sus pies.

Una imagen cruzó rápidamente por la mente de Metelo, el jinete con el rostro velado que había visto aparecer durante unos instantes en Edesa entre los guerreros del séquito de Sapor y de nuevo, a distancia, durante su traslado a lo largo de la meseta persa.

—¡Qué tipo más extraño! —dijo Severo—. Él nos sigue a nosotros, pero no permite que nosotros le sigamos a él.

—Nadie ha dicho que nos siga —observó Balbo, que hasta ese momento no había dicho palabra—. Quizá hace nuestro mismo camino. Quizá también él huye de alguien o de algo, igual que nosotros.

—Es posible —dijo Metelo—, y por tanto yo no me preocuparía demasiado. Prosigamos nuestro camino. Ahora continuaremos adelante mientras se esté fresco. Cuando apriete el calor nos detendremos bajo cubierto, a ser posible, en caso contrario construiremos un refugio como podamos. En marcha, partimos.

Echó a andar el primero, con Balbo y Cuadrato detrás, les seguían Uxal, Septimio y Luciano con los asnos, a continuación Antonino, Severo, Marciano, Publio y Rufo, que no se separaba de su jabalina ni siquiera durante la marcha.

La aurora no se hizo esperar, primero con una sutil franja rosada a su izquierda, y luego con un arco luminoso que fue apagando las estrellas una a una. Tras salir el sol, el interminable paisaje árido, al que hasta entonces la luz incierta y la mezcla entre el azul de la noche y el rosa del alba habían dado relieve y teñido de multitud de colores y de sombras evanescentes, se transformó en un páramo seco y cegador, una lámina informe sobre la que el aire caliente creaba imágenes engañosas.

En cuanto vio que sus hombres chorreaban de sudor, Metelo dio orden de parar y de construir un refugio que les protegiera del sol con algunos palos y con las esteras. Dejaron que los asnos pacieran libremente las matas de tamarisco y de otras plantas de forma redonda y de color intenso que conseguían vivir en medio de aquel pedregal.

Se tumbaron uno al lado del otro, se cubrieron la cara con un harapo y trataron de dormir. Rufo y Publio, que seguía oteando el horizonte, se quedaron vigilando.

—Ahí lo tienes —dijo de repente Publio.

—¿Quién?

—Él. El arquero a caballo.

—Yo no veo nada.

—Hacia allí, donde hay esa tolvanera. Sobre el perfil de aquel montículo.

—Tienes buena vista. Ahora que lo dices lo veo también yo. Pero ¿qué hace?

—Nada. Está inmóvil en medio del desierto montado en su caballo.

—¿Y no se le derriten los sesos?

—¿Y a mí qué me cuentas? Quién sabe de dónde viene y quién es. Dicen que Asia es tan grande que ocupa todo el resto del mundo. Hay tierras en las que viven monstruos con un solo pie y otros que no tienen rostro, sino un ojo en medio del pecho.

—¿Y tú te lo crees?

—No lo sé, pero él no es como nosotros, te lo aseguro. Nos lo encontramos de frente, salido de la nada. Y quién sabe qué esconde detrás de ese velo negro que cubre casi todo su rostro. El centurión Cuadrato tiene valor, como sabes, y sin embargo se puso blanco como el papel cuando lo vio delante de él a la luz de la luna con un arco apuntándole.

—Todo el mundo es blanco como el papel a la luz de la luna.

—¿Quieres acabar con esto? —le interrumpió Cuadrato—. Quisiera dormir un par de horas, a ser posible.

Los dos callaron, pero siguieron observando la oscura pequeña silueta que seguía inmóvil sobre el perfil de una colina.

—Si quieres saber lo que pienso —prosiguió en voz baja Rufo—, ese no quiere adelantarnos. Deja que avancemos nosotros para no tener sorpresas.

—O quizá no sabe adónde demonios dirigirse y nos sigue a distancia esperando que nosotros le mostremos el camino.

—Sí, puede ser. En cualquier caso, el comandante tiene razón. Dejemos que con su pan se lo coma y vayamos a lo nuestro. Tarde o temprano desaparecerá.

Y, en efecto, desapareció tal como había aparecido. Rufo y

Publio se distrajeron unos instantes observando los asnos que se alejaban demasiado; cuando volvieron la mirada de nuevo hacia la colina, el jinete se había esfumado en el temblor del aire que el sol volvía abrasador.

Hacia el atardecer comieron unos dátiles secos y algunas nueces, bebieron cada uno su última ración de agua que sirvió Marciano en un cuenco de madera y se pusieron de nuevo en camino siguiendo en todo momento el lecho seco del torrente.

Caminaron durante toda la noche y también durante la siguiente, con escaso alimento en el estómago y sin agua. El cansancio comenzaba a hacerse insoportable. Tras los excesos de un año y medio de durísimos trabajos y de un trato inhumano no podían ciertamente recuperarse con largas marchas y una comida racionada. Seguían adelante gracias a la fuerza de voluntad y a la fortaleza de espíritu que habían forjado tras terribles pruebas.

Uxal era el que más preocupación provocaba: los años, el esfuerzo, las fuertes emociones de aquella aventura parecían pesar sobre su delicada complexión más que sobre cualquier otro.

Finalmente, al amanecer del tercer día, en el cauce por el que avanzaban comenzó a verse una vegetación cada vez más abundante y Uxal recobró el valor hasta el punto de exhortar a todos los demás a seguir adelante en vez de preparar un refugio para pasar el día.

—¿Qué prisa hay? —preguntaba Metelo—. Hemos esperado tanto, que podemos seguir haciéndolo.

—Estoy seguro de que estamos cerca —respondía Uxal—. ¿Ves esos pájaros? Son pinzones y necesitan agua diariamente, ya verás como estamos cerca.

No se equivocaba. Al cabo de dos horas la temperatura cambió sensiblemente y apareció un espeso matorral en medio del cauce del torrente.

—Iré yo por delante —propuso Uxal—. Nunca se sabe. Esperadme aquí y procurad no ser vistos.

Se fue solo; cuando reapareció al cabo de un rato tenía el pelo y las ropas mojadas y la boca abierta en una sonrisa que habría sido radiante de conservar aún algunos dientes.

—Agua —dijo.

—¿Agua? —repitió Metelo, incrédulo.

—Y dátiles, y pistachos. En abundancia.

Metelo no dijo nada, pero dio gracias en su corazón a sus antepasados y al genio benéfico de Clelia por haberle protegido hasta aquel momento. Siguió a Uxal, que hacía de guía, hasta la cima de un pequeño relieve y se detuvo allí a contemplar la imagen de la salvación. Se quedó mirando a los hombres que corrían hacia un bosquecillo de palmeras y tamariscos; casi no se atrevía a creer que hubieran dado otro paso hacia la libertad.

«Agua y comida —reflexionaba mientras caminaba detrás de ellos—, nos darán fuerzas y valor para seguir. A partir de ahora todo irá mejor. Encontraremos centros habitados, mercados y caravanas que podrán llevarnos cada vez más lejos de este infierno.»

Recordó de nuevo a su hijo y le pareció que había sido él, con sus pensamientos y con su fe en su regreso, quien le mandaba el agua que dentro de poco bebería. Estaba convencido de que los buenos pensamientos de las personas que le querían inclinaban los acontecimientos a favor suyo y de sus compañeros.

El agua brotaba entre dos piedras calcáreas llenando una piscina natural hasta el borde y desde allí, a través de una pequeña hendidura, descendía entre borbotones en una pequeña cascada que alimentaba un riachuelo que se abría camino entre pulidos guijarros y arena limpia.

Sus hombres se habían desnudado completamente; bebían agua con las manos juntas formando cuenco y se la echaban por encima unos a otros entre risas y bromas, como si fueran chavales, quitándose el sudor, el polvo y la suciedad que recubrían como una costra sus cuerpos y su cabello. También Metelo se unió al baño colectivo en cuanto sació su sed y le pareció que había recobrado las fuerzas y la confianza en el futuro.

Cuando salieron de la charca era ya mediodía. Se tumbaron a

la sombra para secarse y descansar y dejaron a Marciano vigilando en el exterior del oasis.

Luciano observó que a su alrededor había muchos rastros de animales.

—Aquí conseguiremos también carne —dijo—. A la caída de la noche vendrán a beber gacelas, íbices y antílopes. Basta tener un poco de paciencia y golpear con precisión.

—¿Y podremos encender fuego? —preguntó Severo.

—Yo creo que ya no existe peligro —respondió Uxal—. Estamos a varias millas del campamento de Aus Daiwa y han pasado algunos días desde la evasión. Ya no deben saber dónde buscarnos; además, aquí estamos en la zona de paso de las caravanas. El humo de las acampadas es habitual y por la noche no se ve. Bastará con proteger el fuego con las esteras, hojas de palmera y lo que podamos encontrar.

—Yo no estoy de acuerdo —replicó Metelo—, pero, si es lo que todos deseáis, estoy dispuesto a correr el riesgo. Necesitamos recuperar fuerzas, y un pedazo de carne asada es una tentación demasiado grande incluso para un comandante de la legión.

Los hombres se echaron a reír y luego, uno tras otro, se entregaron al descanso. El resto de la jornada lo dedicaron a recoger dátiles que aún no estaban maduros pero ya eran comestibles y pistachos con la intención de tostarlos al fuego cuando lo encendieran.

Luciano y Septimio hicieron que todos se alejaran del manantial y se apostaron allí. También Rufo se reunió con ellos con su inseparable jabalina y los tres esperaron en silencio a que oscureciera. Se dejó a los asnos en libertad para que su presencia tranquilizara a los animales salvajes.

La espera fue más larga de lo previsto. Una joven gacela se acercó poco después de la puesta del sol, pero se olió algo y se alejó a grandes brincos. Más tarde fue el turno de un chacal, que bebió tranquilamente y luego se fue trotando. La caza mayor llegó cuando era noche cerrada: un antílope y una pareja de íbices. Luciano apuntó con el arco aprovechando la débil luz de la luna y disparó. La hembra del íbice, herida en el muslo, trató de alejarse, pero Rufo había permanecido atento y la hirió en un costado con la jabalina.

El animal cayó abatido al suelo soltando coces, mientras el macho y el antílope se alejaron dando brincos y desaparecieron en la oscuridad. Septimio remató a la hembra con el cuchillo, la despellejó y la despedazó. Entretanto Uxal trataba de encender fuego a la manera de los nómadas: frotando un palo de sicómoro en la cavidad de una rama seca de tamarisco. Se cansó muy pronto, pero le sustituyeron Balbo y Cuadrato, que aprendieron enseguida la técnica. Al cabo de un rato la rama de tamarisco comenzó a humear por el roce y brotó una llamita.

Fue la primera verdadera comida que hicieron después de diecinueve meses de prisión; Uxal consiguió dar sabor a la carne con una hierba salada que crecía entre el pedregal.

—Si tuviésemos un poco de vino… —dijo Antonino—. ¿No pensáis en él? No sé qué daría por un sorbo de Masico.

—No nos ha faltado el agua —replicó Metelo—, lo cual es ya un milagro.

—Comandante —dijo Rufo—, ahora podremos conseguirlo, ¿no es cierto? Ahora habrán dejado ya de buscarnos.

Metelo arrancó una brizna de avena silvestre y le dio vueltas entre los dedos durante un instante, en silencio, antes de responder:

—Debes ponerte siempre en la mente del enemigo. Si estuvieras en su lugar, ¿qué harías? ¿Te darías por vencido?

Antonino no respondió.

—Aceptemos las cosas tal como vienen —añadió Metelo—. Cada día es un día ganado. Podemos conseguirlo. Cada hora que pasa nos acerca a la libertad, pero ellos no se darán por vencidos. De eso podemos estar seguros. Ahora recubrid el vivaque, haced desaparecer cualquier rastro, cargad los asnos y partamos.

Se pusieron en camino y la pequeña columna desapareció en la noche.

10

Una caravana apareció en el perfil de una colina a una distancia de quizá tres o cuatro millas; estaba compuesta por una docena de camellos cargados y una pequeña escolta de hombres a caballo. Aparecieron como oscuras siluetas porque tenían el sol a sus espaldas y su itinerario parecía más o menos paralelo al que seguían los hombres de Metelo, que continuaban avanzando a lo largo del cauce del torrente para no ser descubiertos. En diversas ocasiones el comandante se había alejado un centenar de pasos a izquierda o a derecha para comprobar si su pequeño convoy era visible y se había tranquilizado al ver que por el perfil de las márgenes apenas asomaba la cabeza de los hombres más altos; eran imposibles de distinguir en la oscuridad para quien no estuviera al tanto de su presencia.

Decidió seguir avanzando solamente de noche porque aquella estrategia había dado un excelente resultado hasta ese momento, pero se ponían en marcha al ocaso y seguían avanzando también a primera hora del alba hasta la salida del sol. De ese modo consiguió aumentar la distancia que recorrían en cada etapa hasta casi siete u ocho millas.

La corriente de agua del centro del cauce era cada vez más caudalosa conforme avanzaban; parecía un pequeño torrente que alimentaba una vegetación más bien abundante, frecuentada por no pocos animales y por grupos de perdices y avutardas que contribuían a enriquecer la dieta del grupo y a robustecer el físico.

Dejando aparte a Uxal, todos eran bastante jóvenes, y su organismo, castigado durante mucho tiempo por las privaciones, reaccionaba positivamente a la comida, que, aunque escasa, era nutritiva. Pero lo que sobre todo les daba vigor era el entusiasmo de la libertad recobrada y la firme determinación de no renunciar a ella nunca más, al precio que fuese.

De este modo y con este estado de ánimo continuaron avanzando, siempre cerca de la caravana que habían avistado. Debía de estar sin duda compuesta de mercaderes, acompañados por sus siervos, por los conductores y por su escolta; cada noche acampaban a orillas del torrente, donde encendían el fuego y cocinaban su comida.

A mitad de la segunda etapa posterior al encuentro con la caravana, el torrente desapareció de repente como tragado por la tierra y durante casi ocho millas no volvió a aparecer. Habían hecho provisión de agua, pero la comida volvió de nuevo a escasear.

Una noche Cuadrato se acercó a Uxal, que estaba asando algo sobre una piedra candente por las brasas.

—¿Qué es eso? —preguntó el centurión—. Huele bien.

—Algo muy bueno —repuso Uxal—. Pruébalo.

Cuadrato se sirvió, y el resto de compañeros le imitaron.

—¿Qué era? —preguntó finalmente Severo—. No lo había comido nunca.

—Larvas —contestó Uxal.

—¿Quieres decir gusanos? —exclamó Severo con una mueca de asco.

—Llámalos como quieras. Lo importante es comer —dijo Metelo a sus espaldas—. No quiero que perdáis fuerzas. Necesitamos conservar energías.

Prosiguieron durante otras dos etapas de tres parasangas y vieron con alivio que reaparecía el torrente, y ya no les abandonó durante el resto del camino. Al final de la séptima etapa, al clarear el día, llegaron a una zona cubierta de frondosas palmeras entre las que se adentraba el torrente antes de desembocar en el Khaboras. Ese gran río dominaba el valle con su centelleante presencia y discurría desde el septentrión hasta el mediodía entre dos paredes bajas de arenisca en las que se había abierto paso. Por todas partes se veían caravanas acampadas entre las datileras y a lo largo de los márgenes del río; otras llegaban de todas direcciones. También se distinguía, en el lado occidental del gran palmeral, una aldea de casas bajas de adobe recubiertas de barro.

—¡El oasis del Khaboras! —exclamó exultante Uxal—. ¿Qué os dije?

—Nunca tuvimos la menor duda —manifestó Metelo apoyando una mano encima de su hombro—. Y te estamos agradecidos. Eres tú, Uxal, el verdadero caudillo de esta expedición. Sin ti no habríamos conseguido llegar hasta aquí. Pero mucho me temo que ahora viene lo difícil. Estos lugares son paso obligado del tráfico procedente de todas direcciones. Y nadie mejor que nuestros enemigos lo sabe. Estoy seguro de que en las caravanas y en las casas de la aldea hay espías persas, e incluso soldados camuflados.

—¿Qué propones hacer, comandante? —preguntó Cuadrato.

—Propongo mandar una avanzadilla formada por Uxal, Septimio y dos asnos. Septimio fingirá ser un criado y así no tendrá que hablar; además, volverá aquí con nosotros cada noche para informarnos de lo sucedido durante la jornada. Cuando Uxal haya negociado un viaje con alguna caravana, avanzaremos también nosotros y nos dispondremos a reanudar la marcha y a alejarnos definitivamente del peligro.

—Creo que es una idea sensata. ¿Y cuándo tendremos que partir? —preguntó Uxal.

Metelo miró el sol.

—La gente que no tiene nada que esconder viaja de día, por tanto creo que deberíais llegar al atardecer. Habrá que esperar un poco.

Los hombres buscaron un lugar a la sombra de las palmeras y se dedicaron a sus quehaceres para matar el tiempo: uno a lavar sus ropas en el torrente, otro a hacerse un bastón, el tercero a pasar la piedra de afilar por el filo de la espada o del puñal, otro a trenzar mimbres para hacer una cesta.

Publio prefirió remontar el cauce del torrente por espacio de media milla junto con su compañero.

—Sigues pensando en ese arquero a caballo, ¿verdad? —le preguntó Rufo.

—¿No te pasa que cuando un mosquito revolotea a tu alrededor con ese bordoneo continuo e insoportable y no te pica, no puedes dejar de pensar «ahora me pica, ahora me pica», y no consigues ocupar tu mente en nada más?

—Sí, me pasa.

—Pues es igual. No sé qué daría por saber dónde está en estos momentos y qué está pasándole por la cabeza.

Llegaron a un punto bastante elevado, una ondulación del terreno que permitía abarcar con la mirada una amplia extensión, pero solo consiguieron ver una caravana en la lejanía, que probablemente se dirigía al oasis del Khaboras.

—Yo creo que ha ido a lo suyo. Ya no lo veo, créeme —dijo Rufo.

—Eso espero, pero el corazón me dice que no es así. De todos modos, me quedaré un poco más. Si quieres volver al campamento, hazlo.

Rufo también se quedó, pero no pasó nada; el jinete no volvió a aparecer. Con el ascenso del sol hacia su cenit la superficie abrasadora del desierto creaba ilusiones extrañas, formas evanescentes que danzaban sobre los ásperos perfiles de las rocas, tolvaneras que se retorcían y se alzaban del suelo como espíritus danzantes bajo el azote del sol.

—Volvamos —dijo Rufo al cabo de algunas horas de inútil vigilancia—. Estamos esperando a un fantasma. Ya te lo he dicho. Se habrá ido por su lado.

Publio se dejó convencer de mala gana y los dos se dirigieron por el pedregal del torrente hacia el campamento.

—¿Sabes? —dijo al cabo de un rato—. Estoy seguro de que en cuanto nos hayamos dado la vuelta el muy hijo de puta reaparecerá de alguna parte en medio del desierto…

—Lo tuyo es una obsesión —replicó Rufo tranquilo—. Yo ni

pienso en ello. Puede aparecer y desaparecer cuando le plazca. Lo único que urge ahora es sumarse a alguna caravana, llegar a un puerto del océano, embarcarnos en una nave mercante que se dirija a Occidente y dentro de dos o tres meses estar en mi casa de campo de Sicilia. Ojalá puedas venir conmigo; es una bonita casita de piedra, y hay un riachuelo que mueve la muela del molino. También hay árboles frutales, olivos, pasto para las ovejas. Y tengo gallinas; mi mujer recoge los huevos en un cesto cada mañana.

—También yo vivo en el campo —respondió Publio—. Por la parte de Spalatum. Tengo campos de trigo, una bonita viña y un bosque de encinas donde pastan los cerdos. Curo un jamón y unas salchichas que ni te imaginas.

—No me hagas pensar en ello —se quejó Rufo—. Es mejor no hacerse ilusiones; aún no estamos fuera de peligro. Lo peor, a mi juicio, está todavía por llegar. ¿Has oído al comandante? Él cree que este oasis es el lugar ideal para que vengan en nuestra busca.

Publio se volvió de golpe, como si quisiera sorprender a alguien; pero no había nadie.

—¡Vaya! —exclamó Rufo sacudiendo la cabeza—. ¿No quieres rendirte, eh?

Publio no dijo nada hasta que no llegaron al campamento.

Las primeras horas de la tarde, soleadas y cegadoras, transcurrieron en un extraño y tenso silencio; todos estaban enfrascados en sus pensamientos ante la inminencia de un paso importante y peligroso como era entrar en un centro habitado y muy frecuentado.

Aquellos que habían sufrido más en la prisión debido a que por su carácter eran incapaces de tolerar opresión alguna —Cuadrato y Balbo, pero también Septimio y Antonino— se preguntaban si no era mejor prolongar todo lo posible la libertad quedándose en lugares salvajes en vez de ponerse en peligro en un centro habitado donde podían perderla para siempre. Sin embargo, se daban cuenta de que todos ellos debían compartir la misma suerte, que la salvación sería para todos o para nadie, y eran conscientes de que su pequeño ejército tenía un caudillo, el comandante

Águila, legado de la Segunda Legión Augusta, uno de los más valerosos generales del imperio y el mejor guía que pudieran desear.

Sudaban a la sombra de las palmeras en una atmósfera inmóvil y de vez en cuando echaban una mirada de soslayo a Metelo para espiar su humor, pero la expresión de su comandante, absorto en planear los movimientos para los días siguientes, era impenetrable. Tenía que evitar cualquier error; trazar el itinerario más seguro para alcanzar la libertad definitiva.

Uxal no volvió hasta la puesta de sol del día siguiente junto con Septimio; mientras mostraba el contenido de un capacho, exclamó:

—¡Pan! Os he traído pan, valerosos combatientes. ¿Qué me decís?

—¿Pan? —repitió Luciano—. Creo que he olvidado su sabor.

—¡Aquí tienes, amigo! —dijo Septimio mostrando las hogazas—. ¡Hay para reventar!

—¿Cómo ha ido? —preguntó enseguida Metelo.

—Bien. Diría que bien. Hemos conocido a un mercader indio, un tal Daruma. Septimio ha trabajado para él y se ha ganado este canasto de pan recién salido del horno. Partirá dentro de un par de días. Tiene intención de descender el río durante un día o dos hasta llegar a un puerto desde donde se pueda embarcar para alcanzar el océano.

—¿Le has hablado de nosotros?

—Le he dicho que esperaba a unos amigos que querían embarcarse, pero que no podían permitirse pagar el precio de un flete. En resumen, no he entrado en detalles todavía, pero he preparado el terreno.

Metelo se dirigió a Septimio.

—¿Has notado algo extraño? ¿Has tenido ocasión de dar una vuelta por ahí?

—No mucho. Solo he visto mercaderes, trabajadores, esclavos, gente de todas las razas: persas, judíos, armenios, árabes, comagenes, adiabenos. He conocido también a un hombre que hablaba latín, un sirio de Emesa que me ha contado muchas cosas interesantes.

Uxal empezó a cortar el pan mientras Luciano encendía el fuego con las brasas que llevaba siempre dentro de un recipiente de madera de palmera, tapadas con ceniza.

—¿Qué te ha contado? —preguntó Metelo.

—Ante todo que Odenato, mientras volvía a la patria con las legiones de Palmira y sus auxiliares osroenos, atacó a Sapor, le arrebató el botín reunido durante su campaña militar y le causó numerosas bajas. Parece que Sapor se salvó de puro milagro.

Metelo miró a Septimio con expresión preocupada.

—Es una buena noticia, pero ¿por que habéis hablado de semejante asunto?

—Estábamos sacando agua del pozo y he oído que hablaba en latín con un criado, por lo que le he preguntado de dónde era; el me lo ha dicho y ya sabes lo que pasa: al cabo de un rato ha empezado a contarme que él iba en el convoy de los suministros cuando Odenato persiguió a Sapor y le dio una buena, antes de que los carros con el botín consiguieran pasar el puente sobre el Éufrates.

Metelo descargó un puñetazo sobre su muslo.

—¡Bien hecho, por Hércules! Me habría gustado estar allí para castigar a ese gallito emplumado, a ese pomposo pavo real, a ese bellaco hijo de perra…

—Lo mismo he pensado yo —prosiguió Septimio— y también que de haberse lanzado el ataque antes habrían podido liberarnos; quizá el emperador habría podido salvarse. ¡Pero qué se le va a hacer! De todas formas, ese sirio sabía un montón de cosas. Ha dicho que a Galieno no se le ha vuelto a ver en Oriente, que se rodea de ministros cristianos y que, en cualquier caso, al sur de Anatolia Odenato es un soberano independiente.

—No me extraña —comentó Metelo—. Odenato es un excelente general, pero es muy ambicioso, y su mujer aún lo es más y es capaz de hacer con él lo que quiera… ¿Qué lengua habla ese Daruma? —preguntó acto seguido.

—Uxal ha hablado con él en persa, pero yo he oído que se dirigía a un sirio en griego, si no me equivoco.

—Entonces, vamos. Llévame hasta él.

—¿Ahora?

—Es inútil esperar; comeremos el pan por el camino. Vamos.

Se pusieron en marcha hacia el oasis donde en aquel momento se encendían los fuegos de muchos vivaques, que iluminaban con una claridad rojiza las hojas de las palmeras. Mientras pasaban veían cómo los grupos de las diferentes caravanas se atareaban para la cena: mujeres árabes con los rostros tatuados; jóvenes esclavos sirios; grupos de armenios con largas capas azules, ocres y negras y con túnicas grises; indios de cabellos lacios y de cabellos rizados; judíos con sus tocados de lino blanco, y hasta etíopes. Por todas partes se oían voces, ajetreo, así como carcajadas y gritos de niños que se perseguían entre los troncos de las palmeras y los mil arroyuelos de los canales de riego. Pero ni Metelo ni sus hombres se dejaban distraer por aquel espectáculo tan tranquilo y atractivo y, sin dejarlo entrever, no se les escapaba ningún detalle que pudiera parecer sospechoso.

—Ese es el campamento de Daruma —dijo en un determinado momento Uxal—. Allí al fondo, cerca de las casas de ladrillo. Dejad que vaya yo por delante.

Los otros aminoraron el paso hasta casi detenerse y esperaron a que Uxal les hiciera una indicación para que se acercaran.

Daruma se encontraba en medio de un claro donde sus hombres estaban asando un cordero. Vestía una túnica color ocre hasta los pies que cubría, sin esconderla, una complexión maciza y una gran barriga; llevaba unos pendientes de plata y el cabello recogido en un moño detrás de la nuca. Debía de rondar la cincuentena, a juzgar por las numerosas canas que contrastaban con el intenso negro de su melena.

Cuando llegó cerca del indio, Metelo lo saludó en griego:

—*Chaire!*

—*Chaire!* —respondió Daruma en la misma lengua—. Bienvenido a mi modesto campamento, forastero.

Hablaba una coiné de tipo oriental, con un fuerte pero indefinible acento, esa variante de griego que se usaba desde Bizancio hasta Alejandría, pasando por los emporios del golfo Pérsico, del mar Rojo y de la costa meridional de Arabia, esa lengua que comprendían sobre todo los no griegos y que los griegos de Atenas nunca habrían conseguido hablar.

—Supongo que eres el jefe de tu pequeña caravana —dijo Daruma.

—Mis compañeros han puesto su confianza en mí —respondió Metelo tratando de adaptarse a la manera de expresarse del hombre que tenía delante.

Daruma se sentó sobre una estera e invitó a sus huéspedes a hacer otro tanto. Metelo y los suyos se pusieron de cuclillas cruzando las piernas con visible dificultad.

—No tengo cojines —dijo sonriendo Daruma—. Las esteras son mucho más cómodas de transportar en los largos viajes y ocupan poco espacio.

—Las esteras están muy bien —respondió Metelo no sin cierta incomodidad.

—Vuestro compañero me ha dicho que buscáis un trabajo.

—Te diré cómo están las cosas —respondió Metelo—. Transportábamos una carga de telas y de pieles hacia el puerto de Hormusia cuando nos asaltó una banda de malhechores. Únicamente nos salvamos nosotros y conseguimos recuperar estos tres asnos que huyeron al desierto en el momento del ataque. Hemos sobrevivido de puro milagro alimentándonos con lo que podíamos encontrar. No tenemos dinero, pero necesitamos llegar hasta la costa, donde trataremos de embarcarnos. Sabemos hacer de todo, somos buenos artesanos, herreros y carpinteros, podemos hacer de porteadores o...

Un criado dejó una bandeja de carne recién asada a los pies de su amo y este comenzó a distribuirla entre sus huéspedes.

—Tenéis hambre —dijo con una expresión extraña, entre inquisitiva y curiosa.

—Sí —contestó Metelo sin vacilación—, tenemos hambre.

Daruma hizo una indicación al sirviente y este pasó la bandeja. Todos cogieron un pedazo de carne y se lanzaron sobre él con el ansia de quien no ha probado una comida decente desde hace muchísimo tiempo, pero, con una mirada, Metelo les obligó a conservar la compostura. También Metelo se sirvió su porción y comenzó a comer con calma ante la mirada atenta de su anfitrión. Notaba su mirada; se daba cuenta de que les observaba a él y a sus hombres con una atención meticulosa aunque disimulada; sabía que no se le escapaba nada de su aspecto, de sus expresiones, del embarazo cauteloso que reflejaban sus miradas.

Daruma hizo circular también un ánfora de vino de palma, sorprendentemente fresco y burbujeante.

—¿Cómo consigues mantenerlo tan fresco? —preguntó Metelo para reiniciar la conversación.

—Humedeciendo continuamente el recipiente. Cuando se seca, el agua refresca el ánfora y el vino que contiene. Lo aprendí de los nómadas del desierto, que están acostumbrados a vivir en unas condiciones que ningún habitante de ciudad conseguiría soportar.

Metelo le dio las gracias.

—Te estamos agradecidos por esta gentileza y por tu hospitalidad. Espero poder pagártelo…

—¿Quién eres? —le preguntó de repente Daruma mirándole fijamente a los ojos desde muy cerca.

Metelo dudó.

—No estás acostumbrado a mentir —le acosó Daruma— y menos a estar sentado así. Estás acostumbrado a dar órdenes y a ser obedecido sin necesidad siquiera de hablar. Vienes por tanto de occidente y eres casi con toda seguridad un militar. Un oficial romano, diría yo…, es más, apostaría a que así es. Y estos, aparte del viejo, son tus hombres.

Hablaba en voz baja para hacerse oír solo por su interlocutor. Metelo trató de disimular su embarazo, pero la mano derecha comenzó a deslizarse casi imperceptiblemente bajo la túnica, hacia la empuñadura de la espada.

—No la necesitas —le cortó enseguida Daruma sin ni siquiera mirarle—. También en mis tierras es costumbre no traicionar a los invitados. Y mientras comáis mi pan estaréis tan seguros como en una fortaleza.

Metelo posó ambas manos sobre las rodillas y dejó escapar un profundo suspiro.

—Podría pensar que sois un grupo de espías enviados al interior del imperio persa, pero los padecimientos por los que habéis pasado, las cicatrices que tratáis de esconder bajo vuestros harapos, el terror que puedo leer en vuestras miradas me dicen que huís de una seria amenaza. Si dijera que sois el grupo de evadidos del campamento de Aus Daiwa al que los persas buscan por todos los rincones de esta región, ¿estaría muy lejos de la verdad?

—¿Qué esperas que te responda? —dijo Metelo.

—Nada. Ya sé que estoy en lo cierto.

—¿Por qué nos has dado albergue, entonces?

—Por curiosidad. Estas largas travesías son tremendamente aburridas y no dejo escapar la oportunidad de interesarme en los asuntos ajenos si me parecen suficientemente interesantes. En cualquier caso, no creí una sola palabra de lo que me dijo el viejo y de lo que me has dicho tú después, aunque él sabe mentir mucho mejor que tú.

—Y ahora que lo sabes, ¿qué piensas hacer?

—¿Tienes hijos? —preguntó Daruma, como si no le hubiera oído.

Metelo le miró, sorprendido por aquel repentino cambio de conversación, pero respondió:

—Uno. Pero no sé dónde está ni qué ha sido de él.

—Por tanto no tienes mujer.

—La tenía. La mataron.

—¿Los persas?

—Los romanos.

—La pregunta más lógica sería: ¿por qué no les traicionas? Eres un alto oficial, supongo, y seguramente tienes información que podría ser de gran valor, pero es evidente que lo habrías hecho ya para salvarte de la cárcel y de la opresión. Creo que ya lo sé: eres uno de esos romanos que hay esculpidos en los arcos y en las columnas: inflexibles, íntegros, intrépidos y también un poco estúpidos.

—Es posible —respondió secamente Metelo.

—No te lo tomes a mal: solo estoy tratando de adivinar cómo eres. Debo saber a quién llevo conmigo, ¿no?

—¿Quieres decir que…?

—¿Cómo te llamas? —le interrumpió de nuevo Daruma.

Esa forma que tenía de romper el hilo de la conversación poniéndose a divagar molestaba a Metelo, pero le respondió sin vacilación:

—Marco Aurelio Aquila.

—Pronunciado en tu lengua debe de ser un nombre que hace temblar solo oírlo.

—Es un nombre que no ha sido nunca deshonrado.

—Lo suponía. Ahora escúchame; les dirás a tus hombres que pueden dormir en esa tienda de ahí, cerca de los camellos. Tú serás mi huésped.

Metelo hizo una inclinación de cabeza.

—Estoy acostumbrado a compartirlo todo con mis hombres.

—Esta vez harás una excepción para complacerme; me parece que me lo he ganado.

—No creo que consiguiera dormir; debo controlar personalmente los turnos de guardia.

—Olvídate de los turnos de guardia. Este lugar ya ha sido registrado a fondo de arriba abajo por los soldados persas. Han removido hasta la última piedra y no creo que vuelvan. Además, está mi guardia y no soportan que otros hagan lo que les corresponde hacer a ellos. Pero si no te parece bien, podéis volveros por donde habéis venido.

—No —respondió Metelo—. Acepto y te doy las gracias, también en nombre de mis hombres. Pero ¿nos llevarás contigo, entonces?

—Depende.

—¿De qué?

—Pronto lo sabrás.

Se levantó y se dirigió hacia su tienda.

11

Uxal condujo a los hombres a sus alojamientos y Metelo se quedó a solas durante un rato junto al vivaque. Hacía una bonita noche, era huésped de un mercader acaudalado, había cenado pan recién salido del horno, carne asada y vino fresco. Sus hombres se habían alimentado bien y ahora estaban decentemente acomodados. Había una esperanza de que Daruma les llevara consigo y que pudieran alcanzar el océano y de ahí, quizá, volver a la patria. Parecía que el largo encarcelamiento, la muerte del emperador y de un compañero, los crueles padecimientos pasados fueran solo una pesadilla, un desagradable sueño que se desvanecía con la salida del sol. Pero había un pensamiento que cruelmente le demostraba que todo era real: la aguda nostalgia de la esposa perdida y del hijo del que no sabía nada desde hacía mucho tiempo.

Pensaba en Aureliano, en Manus ad Ferrum, y confiaba en su leal amigo; confiaba que hiciera todo lo posible por ocuparse del pequeño Tito, por protegerle. Tal vez lo había adoptado y mantenía viva en el niño la memoria de su padre y la esperanza de su vuelta.

Ni una noche —desde que había sido hecho prisionero y desde que se había liberado— se había dormido sin invocar a los antepasados para que velasen por él y por su hijo, al que había prometido volver el día en que se había visto obligado a partir para un viaje que a cualquiera le habría parecido sin retorno.

«¿Dónde estás, hijo mío? —se preguntaba para sus adentros—.

¿Dónde estás, niño mío?» Pensaba que quizá en aquel momento también él se hacía la misma pregunta. «¿Dónde estás, papá?» Y tal vez los dos pensamientos se encontraban, sin ellos saberlo, en alguna parte de la bóveda celeste y provocaban una lluvia de estrellas... Sí, como la que en aquel momento describía una línea de luz en la oscuridad hasta las copas de las palmeras.

En el fondo, no se equivocaba. Si los dioses hubieran atendido sus plegarias habría visto que en aquel momento Tito estaba asomado al balcón del palacio imperial de Mediolanum y contemplaba, como él, el cielo.

Tilia, la esclava, lo observaba. Él había crecido desde que ella entró a su servicio y en cierto modo parecía que se había acostumbrado a aquella situación. Seguía las lecciones de sus preceptores, aprendía griego, matemáticas, gramática, caligrafía. Le trataban con respeto y le seguían durante todo el día, hasta la puesta del sol, momento en que Tilia se encargaba de nuevo de cuidarle.

A Galieno lo veía solo de vez en cuando en las ceremonias oficiales, y de lejos. Estaba convencido de que no se atrevía a encontrarse con él para no tener que responder a las preguntas que le habría hecho: «¿Dónde está mi padre? ¿Y dónde está el tuyo?».

Tampoco había vuelto a ver a Aureliano, el amigo de su padre, el héroe al que los soldados llamaban Manus ad Ferrum. Había llegado la noticia de que había lanzado sus legiones contra los sármatas, más allá del Danubio, y que había matado él mismo a más de cincuenta de ellos durante la batalla en que habían caído más de veinte mil de aquellos bárbaros. Pero su triunfo no había sido reconocido, como era su derecho, porque Galieno tenía celos de él, decían. Es más, Aureliano había sido destinado hacia Mesia, donde los godos amenazaban.

Tilia era quien le transmitía esas noticias, porque su condición de joven esclava le permitía escuchar sin que se reparara en ella, como si fuera una estatua o un objeto decorativo.

—¿Por qué los bárbaros la tienen tomada con nosotros? —había preguntado un día Tito a su preceptor, un rétor de Augusta Treverorum [Tréveris] con la barba amarillenta y el cabello como estopa.

—No es que la tengan tomada con nosotros —había respondido este—. Lo único que quieren es disfrutar de todas las comodidades de nuestra vida. Si tú tuvieras que elegir entre vivir en un carro expuesto al frío del invierno y a la canícula del verano, sin poder lavarte más que de vez en cuando y teniendo que padecer hambre y sed, o vivir en una casa con mucha comida, baños, un ambiente caldeado en invierno y fuentes que refrescan el aire en verano, bibliotecas y jardines, ¿qué elegirías?

»¿Sabes cuántos acueductos tiene Roma? Once. ¿Sabes cuántos tiene Mediolanum? Siete. ¿Sabes cuántas habitaciones tiene este palacio? Trescientas. ¿Y cuántas bibliotecas hay en el imperio? Cerca de cinco mil, con trece millones de libros. ¿Y cuántos caminos hay? Doscientos mil, con una casa de posta cada quince millas.

»Estamos tratando de pararlos; siempre que podemos por medio de la negociación, y cuando no podemos con el ejército. Eso están haciendo ahora nuestros generales en Panonia y en Mesia.

—Uno de nuestros generales es amigo de mi padre —había dicho Tito.

—¿Ah, sí? ¿Y quién es?

—Aureliano, llamado Manus ad Ferrum. Es un hombre que no bromea, y si alguien me hace algún daño tendrá que vérselas con él.

—Nadie quiere hacerte daño.

—Entonces, ¿por qué me tienen prisionero en este sitio?

—Tú no eres prisionero. Eres un huésped. Y «este sitio» es el palacio imperial, el lugar más bello en el que se puede vivir.

—Bueno, a mí no me gusta y quiero irme.

—Eres demasiado pequeño.

—Entonces, ¿por qué no hacéis que vuelva mi padre?

Pero para aquella pregunta nadie tenía una respuesta. Ni siquiera el emperador.

Cuando Tito hablaba de su padre sentía un profundo abatimiento que su pequeña alma no conseguía soportar. Entonces se alejaba, fuera lo que fuese lo que estuviera haciendo, y lloraba a escondidas, de tristeza y de melancolía, hasta que se desahogaba.

—¿En qué piensas?

A las espaldas de Metelo resonó de repente la voz de Damura, haciéndole volver a la realidad. No habría sabido decir cuánto tiempo llevaba absorto en sus pensamientos. Miró el fuego y vio que solo quedaban las cenizas. Había pasado mucho rato.

—En mi hijo —respondió.

—¿Crees que está en peligro?

—Todo es posible. No tengo noticias. Y no tenerlas es casi peor que tenerlas malas.

—¿No hay nadie que pueda ocuparse de él?

—Tengo un amigo, un comandante de una de las grandes unidades de combate de nuestro ejército. Sé que hará todo lo posible por protegerle, pero podría estar lejos, sin posibilidad de prestarle ayuda. También podría haber muerto; les ocurre a menudo a los combatientes.

—No a los generales.

—Él es de los que van delante, no detrás. Es el primero en afrontar los riesgos que hace correr a sus soldados. Es lo mismo que he hecho yo siempre. Somos de esos romanos íntegros, un poco estúpidos, como tú has dicho.

—Cada uno tiene sus defectos y sus cualidades. Nadie es perfecto —sentenció Daruma.

—Supongo que los persas han puesto recompensa a nuestra cabeza. ¿No sientes la tentación de cobrarla?

—Compro y vendo mercancías, no hombres.

—Pero nuestra presencia en tu caravana, aunque solo sea por poco tiempo, es un gran riesgo para ti. ¿Quién te obliga a correrlo?

—Al final de la cena me has hecho una pregunta y yo te he respondido: «Depende».

—¿De qué?

—De cuánto estéis dispuestos a arriesgar tú y tus hombres.

—Todo, a cambio de la libertad.

—Pues entonces podemos hablar. Si no estás cansado, por supuesto.

—No lo estoy. Te escucho.

—No estoy aquí por razones comerciales.

—En eso coincidimos. Prosigue.

—Tenía una cita con una persona que no ha llegado. El acuerdo era que si dentro de quince días no se presentaba aquí en el oasis, la cita se desplazaría más al sur, al puerto del Khaboras, a dos días de camino de aquí.

—Y por tanto deseas partir.

—Mañana mismo o al día siguiente, como máximo. Pero el hecho de que no haya llegado me causa cierta inquietud, lo que me lleva a pensar que un grupo de soldados armados y expertos podría convenirme.

—¿Nosotros?

—Estáis maltrechos, pero parecéis gente que las ha pasado moradas y ha sobrevivido...

—A más de dieciocho meses en Aus Daiwa.

—Parece imposible... De todas formas, si estáis dispuestos a escoltar esta caravana, yo lo estoy a proporcionaros el sustento y a pagaros, en siclos de plata cada diez días, hasta llegar a destino. Luego seréis libres de iros. Con el dinero que hayáis ganado podréis regresar a vuestra patria.

Metelo meneó la cabeza.

—¿No te parece bien?

—Dijiste que ya tenías una guardia. ¿Para qué nos necesitas a nosotros?

—Mentí. No quería que supieras que mis guardias son solamente criados voluntariosos y que te entrasen extrañas ideas. Por otra parte, también tú mentiste; aunque en caso de necesidad es algo admisible. Entonces, ¿damos por cerrado el trato?

—Me parece muy bien. Casi no puedo creerlo.

—Tal vez no me he explicado bien. Aquí uno arriesga la vida.

—No he hecho otra cosa hasta el día de hoy, ¿acaso crees que me importa?

—¿Y tus hombres?

—Lo que yo decido está bien para ellos.

—Entonces, dame la mano.

Metelo se la estrechó con fuerza diciendo:

—Creo que debería empezar ya el servicio, en vista de cómo están las cosas.

—Los míos vigilan, y creo que para esta noche bastará. Hay una bonita luna, que permite ver casi como si fuera de día, pero si con ello te sientes más tranquilo, pon también a alguno de los tuyos. En mi tienda tienes una cama preparada, para cuando quieras. Buenas noches, comandante Águila.

—Buenas noches, Daruma —respondió Metelo—. Y... gracias.

Daruma sonrió y desapareció en el interior de la tienda.

Metelo sacó la espada de debajo de la túnica, se la terció y se dirigió hacia las tiendas donde estaban sus hombres. Encontró a Balbo despierto.

—Suponía que no te fiarías de nadie más. De todos modos, termina tú el primer turno de guardia, centurión, estamos de nuevo de servicio. Daruma nos ha aceptado como escolta de la caravana.

—¿No me tomas el pelo, comandante?

—En absoluto. A cambio nos dará de comer y una paga hasta llegar a destino. Me ha parecido un buen acuerdo.

—Magnífico. Ve a descansar, ya me encargo yo de organizar los turnos.

Metelo dio aún una vuelta alrededor del campamento antes de acostarse. El oasis se hallaba en silencio, los fuegos estaban apagados y también los animales dormían: asnos, mulos, grandes camellos de Bactriana, esbeltos dromedarios, todos trabados, cubiertos con sus gualdrapas ribeteadas de flecos rojos y azules. Apenas se oía el leve gorgotear del agua de los canales y a modo de contrapunto el rumor del Khaboras y de su majestuosa corriente. La luna rielaba en los canales; de vez en cuando pasaba por entre los troncos de las palmeras seculares la sombra de un ave de presa, grandes alas silenciosas cual pensamientos nocturnos.

Metelo volvió hacia la tienda de Daruma pensando en algunas horas de reparador descanso tumbado en su yacija, pero cuando se disponía a entrar oyó que el perro de Daruma, atado al palo de la entrada, gruñía entre dientes.

Miró a su alrededor, pero todo parecía tranquilo. Recordó que los perros, según dicen, eran capaces de oír sonidos imperceptibles para el oído humano y dirigió la mirada más allá de la extensión de las datileras en dirección a las colinas yesosas que enmarcaban el oasis de septentrión. Le pareció ver algo, como una cortina de niebla apenas perceptible. Pero no podía ser niebla...

—¡Polvo, caballos!

El repentino conocimiento de que un escuadrón se había lanzado al galope hacia el oasis le heló la sangre en las venas. Pensó que el sueño había terminado, pero que al menos caerían como hombres, empuñando la espada. Corrió hacia las tiendas y encontró a Balbo ya en estado de alarma.

—Hay algo inquietante, comandante, los pájaros alzan el vuelo, los animales están inquietos...

—Despierta a todos, rápido, armas en mano. Un escuadrón de caballería se acerca. Vienen seguramente para apresarnos —le arengó Metelo—, pero yo no me dejaré coger vivo; no volveré a aquella cloaca. Quien piense como yo que coja de inmediato las armas y me siga.

En un instante, todos se le acercaron. Se empezaba a oír, apenas perceptible en la lejanía, el ruido de un galope.

—Que nadie se mueva hasta que yo lo ordene. Escondámonos detrás de esas palmeras al amparo de las casas. Es el lugar más resguardado. Si nos rodean, retroceded conmigo hacia ese paso entre esos dos edificios que tenemos a las espaldas; lucharemos allí mientras nos queden fuerzas. No sé qué otro plan proponeros. La elección es entre una muerte rápida y una larga tortura. No dudéis, no vaciléis. Debemos estar contentos de tener la posibilidad de elegir. Solo quiero deciros que estoy orgulloso de vosotros, que sois los mejores soldados y los amigos más queridos que hubiera podido desear. ¡Si nuestro destino es que mañana cenemos juntos en el Hades, sea! ¡Vamos!

Cada hombre tomó posición detrás de una palmera de modo que pudiera ver al comandante pero también a los compañeros. Luciano y Septimio tensaban las cuerdas de sus arcos. Rufo hacía oscilar su jabalina, Publio y Antonino empuñaban las espadas, Severo y Marciano el puñal; los dos centuriones, Balbo y Cuadrato, blandían tanto la espada como el puñal y miraban fijamente hacia la oscuridad delante de ellos, al lugar por el que llegaría el primer ataque. Eran mastines con las mandíbulas contraídas.

Todos sudaban copiosamente en espera de la refriega, del breve y furioso combate que probablemente les llevaría a la muerte.

En aquel instante de espasmódica tensión se oyó la voz de Uxal:

—¡Hay algo extraño, mirad allí!

Señaló un sendero que atravesaba la parte oriental del oasis, donde pudieron distinguir a un jinete envuelto en una capa negra que avanzaba totalmente solo a galope tendido.

—Pero qué demonios… —imprecó Metelo.

No le dio tiempo a terminar la frase; el escuadrón de caballería irrumpió desde el norte y atravesó el oasis casi a la misma velocidad que el jinete que acababa de pasar. En pocos instantes desaparecieron de la vista en dirección al sur dejando detrás una densa nube de polvo.

—No tenía nada que ver con nosotros —dijo Uxal.

—Parece que no —respondió Metelo dejando escapar un largo suspiro de alivio.

—Perseguían a ese jinete —observó Cuadrato.

—¿Alguno de vosotros lo ha visto? —preguntó de nuevo Metelo.

Publio se adelantó.

—Ha pasado muy rápido y por una zona que quedaba a la sombra de las palmeras, pero juraría que era el que venía detrás de nosotros hasta el otro día.

—No le hagas caso, comandante —intervino Rufo—. Está obsesionado con ese jinete sin saber siquiera quién es. Sueña con él por las noches, lo ve por todas partes incluso cuando no está.

Metelo se volvió hacia Publio.

—¿Qué te hace pensar que era precisamente él?

—La capa negra, la delicada complexión, la manera en que cabalga. Difícilmente me equivoco, comandante.

Uxal intervino a su vez:

—Que sea él o cualquier otro no cambia mucho las cosas. Lo importante es que se han ido y que no nos buscan a nosotros. Por un momento, realmente he pensado que todo había terminado.

—También yo —admitió Metelo.

—Pero ¿qué pasa aquí?

Se oyó una voz a sus espaldas. Metelo se volvió y se encontró de frente a Daruma en ropa de noche.

—Un escuadrón de jinetes persas acaba de atravesar el oasis. Parece que perseguían a otro jinete que ha pasado muy veloz hace solo unos instantes.

El rostro de Daruma se ensombreció.

—¿Un jinete? ¿Le habéis visto?

—Yo le he visto —dijo Publio y se lo describió como había hecho con Metelo.

Daruma frunció la frente.

—¿En qué dirección ha desaparecido?

—Por esa parte —respondió Publio y señaló una espesura de vegetación que se extendía en dirección sur a lo largo del recorrido del río.

Daruma suspiró y le hizo una indicación a Metelo de que le siguiera al interior de su tienda.

—Siéntate —dijo en cuanto hubieron entrado.

—Prefiero estar de pie. Estoy más cómodo.

—Estoy preocupado... —comenzó diciendo el indio.

—¿Crees que puede tratarse de la persona con la que tenías una cita?

—Podría ser.

Llegaba de fuera un difuso vocerío, ladridos de perros, llamamientos en muchas lenguas distintas. La gente de las caravanas se había despertado bruscamente por aquella imprevista irrupción, pero nadie podía explicar qué ocurría, lo cual no hacía sino aumentar la confusión.

Daruma se encerró durante un rato en un meditabundo silencio, luego dijo:

—Es inútil preocuparse por ahora. Entre otras cosas porque no puedo hacer nada. Pero, debemos partir enseguida. Mañana mismo. Espero encontraros listos al amanecer, vestidos y armados. Creo que marcharemos día y noche sin hacer ninguna parada. Y ahora descansa porque nos espera un largo viaje.

Metelo salió para transmitir las consignas a Balbo y luego regresó y se acostó allí donde le indicaron. Antes de cerrar los ojos, agotado por el cansancio, pensó que quizá estaba saliendo de su aventura para entrar en la de otro del que no sabía todavía nada.

Partieron al amanecer mientras el canto de los gallos resonaba en todo el oasis, que todavía estaba en la oscuridad, y se pusieron inmediatamente en marcha sin siquiera desayunar. Se distribuyó la comida y la bebida a cada uno a lo largo del camino.

Marcharon durante todo el día bajo un calor sofocante. Daruma iba sentado en un gran camello de Bactriana rematado por un baldaquín que le protegía del sol y se mojaba a menudo el rostro con un pañuelo húmedo. A pesar de su preocupación, parecía no querer renunciar a las comodidades.

El Khaboras discurría a escasa distancia a su derecha, entre dos márgenes verdeantes de datileras, de bosquecillos de sicómoros y de higueras, y de grandes matas de adelfas.

Metelo había formado a sus hombres a derecha e izquierda del convoy, mientras que Uxal les seguía cabalgando uno de los asnos ya domesticado. Conforme avanzaban comenzaban a verse embarcaciones: algunas eran como grandes cestas de mimbre sobre las que se habían extendido unas pieles curtidas de buey, impermeabilizadas con betún, pero de vez en cuando aparecían también auténticos cascos de madera con amplias velas de forma trapezoidal y doble timón en popa que remontaban la corriente. A veces aquellas barcas pasaban tan cerca de la orilla que podían ver la cara de los marineros ocupados en sus maniobras. Ello se debía a que el cauce del río había abierto una vía en el fondo calcáreo y solo en algunos tramos había unos márgenes bajos que descendían gradualmente hacia la corriente.

En los lugares en que las riberas descendían de altura asomaban aldeas hechas de adobe secado al sol. Se veía a mujeres con vasijas de barro a la cabeza que volvían del río con un gracioso contoneo de caderas. Niños desnudos de piel cetrina jugaban en el agua dando gritos y levantando salpicaduras en todas direcciones. Aquellas pequeñas comunidades se asemejaban a cualquier otra aldea en cualquier localidad del mar Interior, de Mesopotamia o de Egipto. Y sin embargo los grandes poderes imperiales que, como en las costas del mar Interior, reclutaban en aquellas pacíficas comunidades a los jóvenes varones, los llenaban de odio y de agresividad contra el enemigo que había que combatir, cualquiera que fuese, y los mandaban a la guerra. Todos estaban seguros de tener razón; todos pensaban que su mundo era el mejor y que convenía expandirlo e imponerlo hasta donde fuera posible.

Metelo había tenido pensamientos parecidos, lo recordaba muy bien. Pero también recordaba que cuanto más había viajado y conocido otros países, más se había convencido de que su mundo era el único en el que valía la pena vivir; en ningún lugar había encontrado un concepto y una idea del hombre que pudiera compararse con los que había producido el encuentro entre las civilizaciones de Atenas y de Roma. Y el largo y cruel encarcelamiento en manos de un enemigo que no tenía en cuenta el derecho de gentes y no mostraba ningún respeto por quien había demostrado coraje, valor y fidelidad le había confirmado más aún en su convicción.

Estaba dispuesto a reconocer que también los demás, los extranjeros, estaban convencidos de tener razón. Pero no conseguía olvidar que Valeriano, su emperador, había perdido la libertad y la vida por haber creído en la lealtad del adversario, por haber considerado que valía la pena correr un gran riesgo con el fin de lograr la paz en cualquier parte del mundo conocido, desde las costas del Atlántico hasta las desembocaduras del Indo.

Absorto en estos pensamientos, marchaba en silencio bajo el sol abrasador.

12

No se presentaron demasiados imprevistos durante el viaje. Hacia la puesta del sol apareció un pequeño grupo de hombres armados que habrían podido ser malhechores, pero la vista de las armas que exhibían Metelo y el resto de los romanos les disuadió de llevar a cabo cualquier acción ofensiva, si es que tal era su propósito. Se alejaron a lomos de sus dromedarios y desaparecieron tras una ondulación del terreno.

El puerto fluvial apareció al atardecer del día siguiente. Era una pequeña ciudad polvorienta, asentada en un recodo del río y rodeada de palmeras de toda especie y de espesas matas de adelfas rojas y blancas. Un pequeño muelle de adobe resguardaba el recodo y permitía que un buen número de bajeles pudieran atracar.

Daruma rogó a Metelo y a sus hombres que se cubrieran el rostro con la tira de tela que llevaban enrollada en la cabeza. Era casi seguro que había soldados persas en el puerto o espías que acechaban a su presa.

—Diseminaos por ahí —dijo—, pero no os perdáis de vista. —Les enseñó un paño verde—. Cuando veáis que ondea sobre el pendón de una de las barcas, significará que esa es la nuestra y podréis subir a bordo en cuanto oscurezca, pero uno por uno, no en grupo. Mantened escondidas las armas bajo la capa y no busquéis pelea con nadie. No habléis entre vosotros cuando estéis en medio de la gente, porque si un espía oye media palabra en latín sois hombres muertos. Comunicaos por señas y sin haceros notar.

Recordad que este es el último obstáculo que se interpone entre vosotros y la libertad. Si lo superáis, el resto estará hecho: la cárcel será un recuerdo lejano, pero dar un paso en falso puede costaros caro y hacer inútiles los esfuerzos realizados hasta ahora.

»Los últimos instantes son los más peligrosos. Cualquier detalle o una actitud extraña pueden ser suficientes, una palabra que se os escape en el momento y en el lugar equivocados.

»Recordad: si os cogen, yo no os conozco, no os he visto nunca. ¿Está claro? No podré hacer nada por vosotros, absolutamente nada.

—Has hecho ya mucho, Daruma —respondió Metelo—, y no queremos que arriesgues tu vida por nosotros. Sabremos salir de esta. Ya me ocuparé de instruir a mis hombres como es debido.

—Muy bien. Y ahora separémonos.

Metelo y sus hombres decidieron no entrar en los figones que abarrotaban la zona del muelle, así como tampoco comprar comida en los tenderetes para no llamar la atención. Comieron pan duro y bebieron agua de sus cantimploras mientras caminaban con expresión indiferente a lo largo de las atestadas callejuelas del pequeño centro.

Los puestos exponían un gran surtido de productos: dátiles, pan ácimo cocido en hornos de adobe, pescado seco en salazón, pescado fresco de río y manzanas persas, de aspecto muy apetecible. Además había calabazas, melones y perillas silvestres que debían de ser muy duras. Otros mercaderes vendían animales: serpientes, monos, pájaros con un plumaje de vivos colores y especies desconocidas. Los hombres estaban fascinados por ese espectáculo, por el olor de las carnes asadas, por los condimentos exóticos, por las especias. Asimismo había vendedores de aromas que ofrecían sus perfumes dentro de unas ampollitas de pasta de vidrio de colores o de alabastro.

Era difícil saber los precios, pero era evidente que aquellos perfumes eran productos para los ricos, mercaderes con una buena bolsa que regateaban el precio gritando en todas las lenguas y que luego hacían su compra convencidos, tanto el comprador como el vendedor, de haber cerrado un excelente negocio.

Era la primera vez que Marco Metelo viajaba como hombre libre fuera de los confines del imperio. Había pensado varias veces en emprender un viaje por el estilo, pero el imperio era tan extenso que cuando se había llegado a un extremo ya era hora de regresar.

Se sentía desplazado, pero al mismo tiempo aquella situación le estimulaba, le hacía experimentar una sensación nueva: el vértigo de la inmensidad, de la falta de fronteras y de límites. Se daba cuenta de que en Asia las dimensiones eran inabarcables y que los pueblos que la habitaban podían ser innumerables. Pensaba en las extensiones que había atravesado, que casi siempre eran iguales, en las llanuras desiertas, en el color siempre blanco del cielo sin nubes. Le venían a la memoria las historias de pueblos y animales fabulosos que había leído en las páginas de Plinio y del *De Mirabilibus* y se daba cuenta de que en realidad las formas monstruosas de la naturaleza solo existían en la imaginación del hombre, que los desplazaba cada vez más lejos a medida que su exploración y su conocimiento vencían a la fantasía. O quizá los héroes antiguos, Hércules, Teseo, Odiseo, habían destruido ya todos los monstruos muchos años atrás. También Alejandro se sintió defraudado cuando en la India no vio ni hipogrifos ni quimeras, ni hormigas que excavaran en busca de oro en las entrañas de la tierra.

Se hizo acompañar por Uxal, que conocía la lengua local y no despertaba sospechas, y escuchaba lo que decía tratando de adivinar el significado. De pronto en el banco de un vendedor vio un juguete: un pequeño elefante tallado en madera de acacia y pintado, con una trompa móvil que se bamboleaba hacia delante y hacia atrás. Susurró al oído de Uxal:

—¿Puedes comprármelo? Es para mi hijo.

Uxal, que llevaba la caja del grupo, entabló una larga y encarnizada negociación hasta conseguir un precio a su juicio ventajoso. Pagó con unas pocas monedas y cogió el juguete:

—Esperas volver pronto a casa —dijo después de que se hubieran alejado.

—¿Por qué lo dices?

—Porque los muchachos crecen deprisa y los juguetes puede que ya no les gusten.

Metelo suspiró.

—Tienes razón. Pero para mí el tiempo se detuvo cuando me hicieron prisionero. Para mí, mi hijo seguirá siendo el niño que yo dejé, aunque esté alejado de él mil años.

—¿Sabes? —dijo Uxal—. Me parece recordar que ya oí una historia semejante en algún viejo poema: habla de un hombre, un marinero creo, que vuelve a su isla después de haber estado lejos muchos años y encuentra a su hijo, que ya se ha hecho un hombre.

—*La Odisea* —respondió Metelo—. El poema se llama *La Odisea*, por el nombre de su protagonista, Odiseo, que deja a su hijo recién nacido y cuando vuelve a abrazarlo tiene veinte años y está hecho un hombre: Telémaco.

—Sí, debe de tratarse de este, pero espero que vuelvas a ver a tu muchacho mucho antes de que cumpla veinte años.

—También yo lo espero, Uxal —respondió Metelo—. También yo lo espero.

Uxal caminó un rato en silencio mientras comenzaba a caer la oscuridad en las calles cada vez menos abarrotadas y en las blancas azoteas de la aldea. De repente Metelo miró hacia el puerto y le dio un codazo.

—El paño verde —dijo—. Daruma ha encontrado la barca.

Fueron los últimos en subir a bordo tras ver que sus compañeros atravesaban, uno tras otro, el pontón de madera y de cañas que unía la barca con tierra firme.

Daruma hizo encender los faroles de proa y de popa y puso a dos hombres de guardia: uno de sus indios, llamado Saraganda, y uno de los romanos de Metelo, Antonino. Mandó servir la cena, una variedad de platos comprados en tierra, muy especiados y picantes: carne de cabra en salazón, pescado frito con tomillo y malvavisco y pan ácimo salado, cocido en horno de adobe, y vino de palma.

A medida que aparecían eran jaleados por las otras barcas amarradas, en las que las tripulaciones se relajaban después de la jornada de trabajo; empinaban el codo y quizá se divirtían con alguna muchacha cuyos servicios habían contratado en el puerto. Sin embargo, los romanos aún estaban muy tensos y no tenían suficiente confianza con el resto de la tripulación, de la que no sabían nada. Comían y bebían en silencio mirando en todo momento hacia la orilla para no dejarse coger por sorpresa.

Metelo se acercó a Daruma.

—¿Quiénes son los hombres de la tripulación?

—Son de Taprobane. Aquí nadie los entiende y por tanto no hay ningún peligro. Además, no conocen a nadie porque llegaron hace pocos días. Trabajan para mí desde hace años y siempre les he pagado bien. Podéis estar tranquilos.

Metelo asintió.

—Todo marcha sobre ruedas y me parece demasiado bonito para ser cierto.

—En absoluto. No todo anda sobre ruedas —replicó Daruma—. ¿Te pareció normal aquella incursión en plena noche en el oasis? Además, si el hombre que escapaba era realmente el que yo estaba esperando, a estas horas yo podría estar muerto.

—Tienes razón —respondió Metelo—. Cuando se ha sufrido mucho se vuelve uno egoísta y no piensa más que en sí mismo.

Daruma asintió diciendo:

—Si quieres saber mi opinión, no podemos considerarnos todavía fuera de peligro. Hay barcas que navegan siguiendo la corriente y llevan a bordo soldados del rey; seguramente hay espías en este puerto y habrá destacamentos de arqueros a caballo aquí y allá a lo largo del río, en pequeñas guarniciones. Vosotros sois prisioneros y les importáis mucho, si no he entendido mal. Es más, si quieres que sigamos juntos este viaje será mejor que me cuentes también el resto de la verdad.

—¿Cuál?

—¿Por qué estabais diez de vosotros en Aus Daiwa? ¿Y cómo conseguisteis escapar? Es prácticamente imposible.

—¿Me juras, si te lo digo, que nunca se lo revelarás a nadie?

Daruma sonrió:

—¿Te fiarías de la palabra de un mercader?

—He pensado que si hubieras querido traicionarnos ya lo habrías hecho.

—¿Es cierto, entonces?

—¿Puedo contar con tu palabra?

—Por lo que pueda valer, cuenta con ella.

Metelo dudó aún un poco y luego pensó que en el fondo Daruma tenía derecho a saber en qué peligro se había metido ofreciéndoles su hospitalidad.

—Yo era el comandante de la guardia de Licinio Valeriano Augusto, el último emperador de los romanos, que murió en prisión en Aus Daiwa después de haber sido capturado a traición por Sapor en Edesa. Tras su muerte, nos escapamos gracias a la ayuda de Uxal, que nos guió hasta el oasis del Khaboras. El resto ya lo conoces.

—¡Gran Trimurti!

—¿Qué has dicho?

—He invocado a nuestra tríada suprema, como la que vosotros veneráis en vuestro Campidoglio de Roma.

—¿Has estado en Roma?

—No, pero conozco a alguien que sí ha estado. Pero no cambiemos de conversación. Estáis metidos en un mar de problemas y también yo. Habrías podido decírmelo antes.

—¿Nos habrías llevado igualmente contigo?

—No.

—Pues por eso.

—¿Cuánto tiempo hace que os escapasteis?

—No he llevado la cuenta, pero diría que un mes y medio, o más.

Daruma dejó escapar un suspiro.

—Menudo lío. Si nos cogen, nos despellejarán vivos, y me quedo corto.

—Lo sé.

—Por otra parte, hasta ahora no os han cogido. ¿Cómo os las habéis arreglado, sin caballos y en un terreno cada vez más descubierto?

—Permanecimos escondidos durante muchos días en un lugar que ellos consideran inaccesible: la quebrada a la que arrojan los cadáveres.

—Genial, ¿y luego?

—Cuando creímos que habían dejado de buscarnos en esa zona comenzamos a movernos siempre de noche, por el fondo de la quebrada hasta que encontramos agua y, siguiéndola, llegamos a la confluencia con el Khaboras.

—Retiro lo dicho sobre la estupidez de los romanos. Pero ahora hay que estar atentos y no echarlo todo a perder en la última parte del viaje.

—¿Debemos quedarnos mucho tiempo en este lugar?

—Al menos otros tres días. Esto fue lo acordado y he añadido un día más por seguridad. Durante este tiempo no volveréis a bajar a tierra. Si necesitáis algo, yo os lo proporcionaré.

—De acuerdo —asintió Metelo—. Pero hay un problema.

—¿Cuál?

—Tenemos un pacto contigo. Tú nos pagas para ser la escolta de tu convoy. Si no podemos salir de esta barca, ¿cómo vamos a poder desarrollar nuestra tarea?

—No os faltará tiempo ni ocasión, os lo aseguro.

—Pero ¿dónde y cuándo?

—También esto lo sabréis a su debido tiempo. Ahora tratad de estar tranquilos mientras podáis.

Transcurrieron así tres días en un estado de suspendida apatía. La canícula, en las horas del mediodía, era insoportable. Metelo y sus hombres se tumbaban entre el cordaje, a la sombra de la vela que tensaban a modo de pabellón para protegerse del sol, sudando en el agobiante bochorno y deseando darse un baño en el río, algo que su anfitrión les había prohibido. Solo hacia el atardecer se levantaba una ligera brisa que refrescaba un poco. A esa hora la cena se convertía en todo un acontecimiento.

Daruma pasaba la mayor parte del día en tierra con dos o tres de sus hombres, evidentemente con el fin de encontrar a la persona que estaban esperando. Volvían al oscurecer llevando espuertas de mimbre llenas de comida para la tripulación. Metelo no preguntaba nunca nada sobre el hombre que estaban buscando, pero se daba cuenta de que Daruma estaba muy preocupado. Cada día que pasaba aumentaba el riesgo de que su presencia a bordo se descubriera, pero también disminuían las probabilidades de que el tan esperado huésped apareciera.

La noche del cuarto día Daruma tomó una decisión.

—Partiremos mañana por la mañana —dijo—. Si el hombre a caballo que visteis en el oasis de Kharobas era el que yo esperaba, habría tenido que estar aquí hace ya dos días, dado que nosotros le precedimos a paso de camello y de asno. No puedo esperar más. De todos modos, habrá una última oportunidad de encontrarnos en el puerto del océano.

—Como tú quieras —respondió Metelo—. Lamento que tu cita no se haya podido producir. Nosotros ya estamos listos.

Levaron anclas al día siguiente al amanecer. Los marineros empujaron la barca en medio de la corriente apoyando sus pértigas en el fondo; luego se limitaron a maniobrar los timones de popa para mantener el equilibrio. La velocidad era moderada pero constante y el paisaje desfilaba ante sus ojos con una agradable variedad de formas y de ambientes. A veces veían grupos de minúsculas gacelas que se estaban abrevando; alzaban el morro negro al paso de la barca, pero no escapaban; debían de estar acostumbradas al tráfico fluvial. De vez en cuando se veían también grupos de flamencos de color rosa que sondeaban el fondo de las riberas con el pico curvo en busca de algo que comer.

Antonino, Publio, Rufo y los demás observaban admirados; también Metelo disfrutaba de la vista de aquel paisaje que se volvía a cada recodo, a cada promontorio, más variado y espectacular por los colores ocres y amarillos de las rocas, por las palmeras cada vez más altas y frondosas, por los pueblecitos de pescadores o de agricultores que se sucedían en las orillas.

—Me recuerda ciertas zonas del Bajo Egipto... —comenzó a decir Metelo, pero le interrumpió el grito de un marinero que había trepado hasta el pendón del palo de mesana. El hombre, moreno de piel y reluciente de sudor, señalaba un punto en la orilla.

—¡Por todos los dioses! —exclamó Publio—. ¡Pero si es él!

El jinete con el paño negro enrollado alrededor de la cabeza bajaba al galope por una colina en dirección al río; poco después aparecieron sus perseguidores: una veintena de soldados persas lanzados al galope detrás de él. Debían de haberlo avistado hacía poco, porque no habrían podido mantener aquella velocidad mucho rato sin reventar los caballos.

Daruma se precipitó hacia la barandilla gritando:

—¡Es él! ¡A la costa, a la costa!

El timonel no se lo hizo repetir dos veces, se arrojó sobre la barra que unía los timones de popa y la empujó hacia la derecha haciendo que la barca diera un brusco viraje a la izquierda. En aquel momento las riberas eran bajas, pero empinadas, y el jinete corría muy rápido en dirección a un recodo donde la vegetación formaba una extensa y tupida espesura, quizá para buscar un escondite en ella; pero su suerte parecía echada.

—¡Arqueros y lanzadores de jabalina a tiro! —gritó Metelo, y sus hombres acudieron rápidos como rayos a la barandilla de babor preparándose para el lanzamiento.

Entretanto, el timonel había desplazado la barra al centro para corregir el viraje y la barca avanzaba veloz ahora paralelamente a la orilla, a una distancia de una veintena de pies. El jinete parecía haber visto la maniobra y se acercaba a la orilla, pero sin disminuir la velocidad. Los persas, a sus espaldas, comenzaron a disparar y sus flechas llovían alrededor del fugitivo con una precisión cada vez más amenazante, pero sin acertar. Parecía como si intuyese su dirección y las esquivase en el último momento. Metelo ordenó a su vez disparar y dos de sus disparos dieron en el blanco, con lo que mató a un par de enemigos y retrasó unos instantes la carrera de los demás.

Daruma gritó de nuevo: «¡Aborda!», pero el timonel vociferó algo a modo de réplica y siguió manteniendo el rumbo. Temía encallar en algún bajío. Daruma, con una energía insospechable, le cogió por el cogote, lo estampó contra la tablazón y se abalanzó él mismo sobre el timón empujando la barca más aún hacia la ribera. Por dos veces se oyó que la quilla rozaba el fondo, pero el esquife aguantó y se acercó a no más de ocho o diez pies de distancia de la orilla.

Daruma gritó de nuevo más fuerte. Una sola palabra, con un timbre seco y tajante, una orden, quizá, o una exhortación en otra lengua.

El jinete reaccionó a aquel sonido y ante los aterrados ojos de los soldados y de la tripulación se puso de pie sobre el lomo del caballo y salió disparado en un brinco acrobático. Dio una vuelta en el aire como si fuera ingrávido y aterrizó en la toldilla de la barca, con un golpe sordo, con los pies y los brazos abiertos y las rodillas flexionadas, en una inmovilidad absoluta, como si hubiera quedado clavado en las tablas de cubierta.

Daruma viró enseguida hacia el centro del río y, mientras los persas lanzaban una salva de dardos, Metelo y los suyos levantaron los tableros de los mamparos a modo de escudos para recibir la mayor parte de los disparos. En cuanto estuvieron fuera de tiro, se volvieron hacia el centro de la toldilla para convencerse de que no lo habían soñado. El misterioso personaje estaba aún allí, inmóvil como una estatua, mientras los hombres de la tripulación y los romanos se acercaban en círculo para ver de cerca aquel prodigio.

Metelo, estupefacto, se volvió hacia Daruma.

—¿Es él?

Daruma asintió.

—¿Qué le has gritado?

—¡Salta!

—¿En qué lengua?

Daruma le hizo una seña, como diciendo «ya te lo explicaré más tarde», y se acercó al hombre llovido del cielo. Solo en aquel instante, Metelo tuvo la clara sensación de haber visto ya aquellos ojos. Tan extraños, tan distintos y rasgados. Se dio cuenta de que también el extranjero debía de haber tenido la misma sensación. En un relámpago el romano volvió a Edesa, al angustioso momento en que Valeriano había sido obligado a arrodillarse delante de Sapor y de nuevo clavó su mirada en aquellos ojos increíblemente negros y resplandecientes.

Daruma se acercó al recién llegado, se llevó las manos cruzadas al pecho y dobló el torso hasta la cintura en una profunda inclinación. El ser misterioso se enderezó, juntó la muñeca izquierda con la mano derecha abierta doblando apenas la cabeza, luego se alejó hacia la proa y se quedó allí observando el horizonte.

Los hombres de Metelo se miraron unos a otros mudos de asombro.

—Ya os dije que era él —rompió el silencio Publio.

—¿Él, quién? —preguntó Rufo.

—El que nos seguía en el desierto.

—Puede que lo sea —replicó Rufo—, pero ¿quién es?

—Yo más bien diría «¿qué cosa es?» —intervino Luciano sin apartar la vista de la forma inmóvil de la proa.

—Es un hombre, por Hércules, ¿qué va a ser? —respondió Antonino.

—¿Y si fuese un dios? —manifestó Severo—. Yo no he visto nunca que un hombre evitara las flechas de ese modo y... que volara.

—No ha volado —replicó Antonino—. Ha dado un salto.

—¿Ah, sí? ¿A eso lo llamas tú un salto? Inténtalo, y ya veremos si lo consigues.

Metelo interrumpió la discusión haciendo seña a sus hombres de que no molestaran. Se acercó a Daruma.

—¿Es él, de veras?

—Gracias al cielo, sí. Ya no lo esperaba.

—Pero ¿quién es, si puedo preguntarlo?

—Un príncipe.

—¿De qué país?

—De China.

Metelo le miró estupefacto.

—¿China? ¿Y eso qué es?

13

—¿China? —repitió Daruma con una sonrisa—. China es el País de la Seda, el que vosotros llamáis Sera Maior en vuestros muy aproximativos mapas.

—En realidad, parece que alguno de los nuestros ha estado allí —dijo Metelo—. Mercaderes por lo general, pero quizá también una delegación. He oído decir que en tiempos del emperador Marco Aurelio un magistrado de rango ecuestre, junto con un par de centuriones, llegó hasta su capital. Pero la relación de ese viaje se perdió, por lo que yo sé. ¿Tú conoces bien ese país?

—Bastante. Voy cada dos o tres años para negociar partidas de seda que luego vendo en los mercados persas e indios. Cuando la mercancía llega a vosotros, ha pasado ya por muchas manos y cada uno ha ganado su parte.

—¿Fue allí donde le conociste? —preguntó Metelo indicando con un gesto de la cabeza al hombre sentado en la proa.

Vestía una casaca de color gris bordada de amarillo que terminaba en la parte superior en una especie de alzacuello. Llevaba también unos bombachos largos y calzaba unos extraños zapatos que Metelo no había visto nunca, parecidos a los que llevaban las mujeres en Frigia y en Capadocia. Solo se intuía su rostro, porque aún estaba cubierto por el velo negro que también le envolvía la cabeza.

—Sí —respondió Daruma—. Le conocí allí, hace algunos años.

—¿Quién es? —siguió preguntando Metelo.

—Un príncipe. Un príncipe de su gente, el hijo del emperador.

Metelo pensó en Galieno y sintió que un estremecimiento le recorría el espinazo. Sentía que se cernía sobre él un destino extraño que habría querido rechazar, pero por el que se sentía al mismo tempo fuertemente atraído.

—¿Y cómo es que un simple mercader fue presentado a los soberanos de ese país?

—Es una larga historia que enseguida te contaré… si me da tiempo.

—¿Y por qué estaba con Sapor?

Daruma tardó unos instantes en responder. La barca se deslizaba por la corriente entre las riberas, que cada vez estaban más distantes entre sí; a medida que aumentaba la amplitud del río, la velocidad de la corriente disminuía, a causa del viento que soplaba del sur.

—Llegó en calidad de embajador y huésped —dijo por fin el indio— para pasar algunos meses en la corte del rey de los persas. Nunca se había hecho algo así, pero se consideró una sabia iniciativa. Todas las caravanas que llevan seda a Occidente pasan por Persia y podía ser útil establecer una relación directa entre los dos países…

—Y como tú te ocupas de este tipo de comercio debiste de aprobar la iniciativa… —comentó Metelo sin quitar ojo al príncipe.

También sus hombres le miraban. De reojo, mientras hablaban en voz baja entre sí, o abiertamente y sin ningún respeto, como se observa a una criatura exótica llegada de tierras lejanas. Pero el extraño ser seguía mirando fijamente el horizonte aparentemente encerrado en su soledad. Como si no hubiera escapado hacía poco de la muerte, como si no hubiera realizado una acción que ningún mortal habría podido llevar a cabo jamás. ¿Qué tipo de hombre era aquel? ¿Cómo era la sangre que corría por sus venas?

Daruma se quedó de nuevo en silencio durante unos instantes; se podía oír el viento, que hacía vibrar las jarcias como si fueran las cuerdas de un arpa.

—Está cambiando el tiempo —dijo a renglón seguido, casi pensando en voz alta, y retomando el asunto que había dejado en suspenso respondió—: Sí, pero lo habría hecho cualquiera, supongo. Pasaron dos años y no hubo más noticias del príncipe.

«Dos años», pensó Metelo. Más o menos lo que había durado su encarcelamiento en Aus Daiwa. Y preguntó:

—¿Cuándo concluyeron estos dos años?

—Hará más o menos seis meses. Fue entonces cuando emprendí el viaje en busca de este encuentro.

Por tanto, el día en que Valeriano había sido hecho prisionero ante los muros de Edesa, el príncipe era un huésped, o quizá no se daba aún cuenta de que era un prisionero.

Un hombre de la tripulación se acercó a Daruma e indicó algo que se alzaba a algunas millas de distancia de la orilla occidental. Dromedarios, a la carrera.

—¿Crees que nos están siguiendo? —preguntó Metelo volviendo la mirada en esa dirección.

—Preguntas demasiado. Solo puedo decirte que el gran rey usa los dromedarios para enviar mensajes urgentes a través del desierto, allí donde los caballos no resistirían el esfuerzo y la sed. Si esos hombres llevan mensajes, es fácil que se refieran a nosotros y en ese caso daría todo el dinero de mi bolsa por saber qué dicen. Pero la adivinación no está entre mis facultades.

Metelo no preguntó nada más, pero sintió que se le encogía el corazón ante la idea de que todavía encontraran obstáculos que les separaran a él y a sus hombres de la libertad. Seguramente encontrarían un puerto en la desembocadura del río, un puerto donde las naves que surcaban el océano cargaban y descargaban las mercancías destinadas a ser trasladadas a las embarcaciones fluviales o a las caravanas terrestres que se dirigían a occidente.

Occidente. Ese pensamiento ocupó su mente; su mirada volvía con insistencia hacia poniente, hacia su tierra.

Edesa: ¿volvería a verla? ¿Vería de nuevo a su hijo? ¿Y qué encontraría a su vuelta? Reflexionaba sobre lo que había sucedido intramuros de la ciudad y pensaba que su vida no habría corrido menos peligro en su patria, que ahora, en tierra extranjera. Habría tenido que esconderse, actuar en la sombra, golpear con despiadada determinación. Volvía para mantener una promesa, para reparar el error cometido. Había obrado de buena fe, seguro de que Aureliano cumpliría con su deber y que Silva estaría a la altura de su misión de comandante de la plaza. Pero también sabía que, de haber obedecido al emperador, que le pidió que se quedase en Edesa, quizá habría podido evitar el desastre, mandar una unidad en ayuda de Valeriano o liberarle en el momento en que había sido hecho prisionero.

Destinos paralelos y distintos cruzaban continuamente por su mente, alimentados por el remordimiento, que normalmente permanecía quieto en el fondo de su conciencia como un cocodrilo escondido en el limo hasta que las aguas superficiales se agitaban, pero que volvía a salir a la superficie para herirle el ánimo en cuanto volvía la calma.

Valeriano le había confiado una tarea imposible: volver para restablecer la autoridad del Estado. Y él lo había prometido; había dado su palabra a César moribundo. Sabía que afrontar empresas demasiado arduas significa casi siempre sacrificar la vida, pero era un soldado y pensaba que la muerte es un mal menor comparado con la pérdida del honor.

La rapidez de la corriente seguía disminuyendo y podía ver él mismo que el grupo de dromedarios ganaba terreno hacia el sur y luego, en poco tiempo, desaparecía en el horizonte. Ahora había numerosas barcas en el río, grandes y pequeñas, y el tráfico aumentaba a medida que navegaban. Algunas, como la suya, avanzaban siguiendo la corriente, otras la remontaban a velas desplegadas aprovechando la fuerza del viento que soplaba del sur.

En un momento dado, cuando el sol empezaba ya a declinar, vio que el príncipe se levantaba y distendía los miembros de un modo que nunca había visto: brazos y piernas se extendían alternativamente, ahora uno, luego otro; las manos se abrían estirando los dedos ya en una dirección, ya en otra. ¿Qué extraños movimientos eran aquellos? ¿Una danza? ¿Una forma de estirar los músculos tras una larga inmovilidad? ¿Y por qué había estado tan inmóvil?

Observó a sus hombres; todos estaban ocupados en alguna actividad. Publio cortaba un pedazo de madera con el puñal; Uxal fabricaba cucharas con un palo de acacia; Luciano remendaba sus ropas con una aguja de red; Severo y Marciano habían ordenado en fila sobre la tablazón los segmentos desmontados de las lorigas y los estaban revisando uno por uno, apretando con las pinzas cada anilla para que no se perdiera; Rufo afilaba el hierro de su jabalina; Antonino, ayudado por Septimio, construía un sedal rudimentario para pescar; Balbo pasaba la piedra de afilar por la espada corta, con un lento movimiento alternado, mientras charlaba en voz baja con Cuadrato.

La inactividad era para ellos un castigo, una fuente de aburrimiento. Por el contrario, la fijeza inmóvil de aquel extraño ser les había parecido a todos antinatural y casi imposible. Era la prueba de que el mundo era inmensamente más grande de lo que pensaban los romanos, tan grande como el imperio de los Césares que se extendía por todas las tierras del mar Interior. Tal diversidad no podía sino acumularse y crecer en aquel sinfín de territorios, con la curva del cielo y el cambio de las constelaciones.

Tal vez en aquellos lejanos lugares también las reglas de vivir eran distintas; quizá lo que era bueno en Roma y en Alejandría no lo era en la tierra de aquellos pequeños hombres de ojos rasgados, que quizá veían también sesgadamente la realidad, según su modo de entender y de juzgar. Pero aquellas reflexiones ya no le afectaban desde hacía tiempo; eran solo cosas que habría querido contarle a su hijo algún día, cuando todo hubiera pasado y terminado.

La voz de Daruma le sacó de sus pensamientos:

—Está lista, comandante.

—¿Lista?, ¿el qué?

—¿No sientes su aroma? La cena está lista.

—Dioses, ya es de noche. Casi ni me había dado cuenta.

—Has estado mucho rato absorto en tus pensamientos y no

he querido molestarte. Cuando un hombre ha estado preso durante tanto tiempo como tú su mente necesita expandir sus facultades, en la imaginación, en las fantasías, en los sueños. La falta de libertad oprime la inteligencia, anula la posibilidad de hacer planes. Lo primero que recuperas es el pasado…

—Es cierto —respondió Metelo—, con sus fantasmas.

—Pero también el futuro con sus esperanzas —replicó Daruma.

—Esperanzas… —murmuró Metelo—. Me han quedado bastante pocas, pero aunque solo sea una y débil significa la vida. No puedes imaginarte cómo nos sentimos ahora, mis hombres y yo. Es como si hubiéramos salido de un embotamiento mortal. Gradualmente, volvemos a tener conciencia de a qué estamos reducidos, de qué nos queda y de qué nos ha sido arrebatado…

—Ahora come —dijo Daruma—. La vida te parecerá mejor con el estómago lleno.

Se sentaron todos en círculo junto a los hombres de la tripulación que no estaban de servicio; también el joven ser extraño vino a sentarse acomodándose, como era su costumbre, sobre los talones. Se quitó el paño negro que le cubría y mostró un rostro lampiño, casi de niño; unos largos cabellos increíblemente negros y lisos recogidos detrás de la nuca con un corto lazo de cuero; una boca pequeña y bien dibujada, y un color cerúleo, de una extraña palidez uniforme. Un rostro al que era imposible enrojecer. Metelo se preguntó si ello significaba imposibilidad de indignarse o bien de sentir emociones violentas. Quizá poseía una especie de imperturbabilidad congénita, la ataraxia que los filósofos de Occidente habían teorizado tras grandes esfuerzos de especulación.

Uxal se adelantó y distribuyó las cucharas de madera nuevas y flamantes que acababa de hacer con pedazos de madera de acacia; el pañolero pasó poco después con los platos y con una gran escudilla llena de un estofado de pescado, verduras y legumbres condimentado con aceite, azafrán y pimienta.

Los hombres empezaron a comer con apetito, pero Metelo,

viendo que el joven de ojos rasgados no comía, le alargó su cuchara con una ligera inclinación de cabeza. El otro no alargó la mano para cogerla, pero dijo en voz baja unas pocas palabras.

—¿Qué ha dicho? —preguntó Metelo a Daruma.

—Si quieres, puedo preguntarle si acepta hablar contigo. Conoce el persa.

—¿Y quién te ha dicho que yo lo hablo?

—Te oí intercambiar algunas frases en el oasis del Khaboras con un arriero.

—¿Y me has hecho hablar coiné durante todo este tiempo?

—Pensé que querías mantener una lengua en reserva y el motivo no me incumbía.

—¿Y yo? —se entrometió Uxal—. ¿Tampoco a mí me incumbía? Me has hecho hacer de intérprete durante un año y medio como un idiota sin decirme que entendías el persa.

—Lo hablo incluso —añadió tranquilo Metelo—, pero quería que permaneciera en secreto. Habría podido escapárseme alguna palabra sin querer, alguien habría podido oír... No era por desconfianza, Uxal. Cuando la vida está en juego todas las precauciones son siempre pocas.

Uxal refunfuñó algo y volvió a meter la cabeza en el plato.

Daruma intercambió en un tono respetuoso algunas palabras con su huésped y luego se dirigió a Metelo:

—Le he preguntado si acepta tener una conversación contigo.

—¿Ah, sí? —repuso Metelo—. ¿Y cuál ha sido la respuesta?

—Acepta. Puedes dirigirle la palabra. En persa.

—Extraño destino —dijo Metelo vuelto hacia el príncipe, tras haber reflexionado un poco— el que hace que nos volvamos a encontrar, señor.

—No tan extraño —respondió el príncipe—. Las personas como nosotros, que tienen grandes responsabilidades, no se encuentran nunca por azar.

—¿Por qué motivo, entonces?

—Porque comparten los mismos caminos, los mismos recorridos. Es más fácil que dos reyes separados por una distancia inmensa se encuentren que uno de ellos dedique una sola mirada a quien le limpia la letrina.

El tono de su interlocutor era aparentemente frío y distante. Metelo trató de llevarlo a un asunto más familiar.

—¿No quieres comer con nosotros? —le preguntó.

El hombre respondió:

—La cantidad de comida que contiene ese enser es indecorosa para una persona bien educada.

Acto seguido se sacó de uno de los bolsillos interiores de la túnica dos palillos y comenzó a comer retirando del plato minúsculas cantidades de comida, tan pequeñas que el movimiento de su mandíbula era casi imperceptible.

—Por todos los dioses —dijo Uxal—, come como un pajarillo.

—Come lo que necesita —dijo Daruma—. Ya habéis visto la energía que tiene este hombre.

—Precisamente —intervino Metelo—. Me pregunto de dónde la saca.

—Lo sabrás a su debido tiempo —respondió Daruma.

—¿Tiempo? —replicó Metelo—. No nos queda mucho. Me parece que ya no falta demasiado para que lleguemos a la costa del océano.

Daruma dejó que la conversación decayera.

Uxal no dijo nada más y durante un rato reinó un extraño silencio, porque también los hombres seguían observando a hurtadillas al ser extraño y vieron que ahora el comandante Metelo cogía del plato cantidades más pequeñas de comida con la punta de la cuchara. Luego retomaron la conversación, en voz baja.

—Daruma me ha dicho que provienes de un gran país de Oriente… —prosiguió Metelo en persa.

—*Zhong Guo* —respondió el extraño ser.

—¿Es este el nombre de tu país?

—Sí —respondió—. ¿Y el tuyo?

Metelo dudó unos instantes y respondió a su vez, en latín:

—*Imperium Populi Romani*.

—¿Dónde se encuentra?

—En el Extremo Oriente, y en su interior encierra un mar.

—Debe de ser el que nosotros conocemos como *Taqin Guo*. Significa el país occidental.

Metelo observó que la palabra *guo* debía de significar, por tanto, «país» o «tierra», dado que era común a los dos lugares.

—Así pues, conocéis nuestra existencia, como nosotros sabemos de la vuestra porque compramos mucha de vuestra seda... Daruma me ha dicho también que eres príncipe —prosiguió—. Deseo que sepas que nos sentimos muy honrados de compartir contigo esta parte del viaje.

El príncipe aceptó la cortesía con una leve inclinación de cabeza.

—¿Puedo saber tu nombre?

—Dan Qing —respondió el príncipe.

—El mío es Marcus Metellus Aquila.

—Todo parece muy complicado en tu lengua.

—Y todo muy sencillo en la tuya, pero seguramente, tanto para ti como para mí, se trata de impresiones superficiales.

Metelo notó que cuando el príncipe le hablaba no apartaba en ningún momento la vista de él, lo cual le incomodaba. Era una mirada que le parecía enigmática e inescrutable.

Una imprevista ventolera, esta vez más continuada, interrumpió la conversación.

—Viene de occidente —observó Uxal.

—En efecto —asintió Metelo.

—No me gusta nada —dijo Septimio.

—Tampoco a mí —añadió Metelo—, pero no significa gran cosa. El viento es como la suerte de los hombres, puede cambiar de un momento a otro.

Daruma hizo una seña al pañolero para que recogiera los platos vacíos e hizo circular una jarra de vino de palma. Todos se sirvieron excepto Dan Qing, que solo bebió algún sorbo de agua. Inmediatamente después se puso en pie, hizo una inclinación y desapareció en el sollado.

—No he visto que hablarais mucho —dijo Metelo a Daruma—. Es extraño para dos personas que tenían una cita y un plan de fuga en común.

—La situación no garantizaba la suficiente privacidad. Ahora me reuniré con él y podremos charlar sin ser vistos. De noche hay humedad en cubierta, incluso con calor. No es necesario que te diga que tengas los ojos bien abiertos —añadió—. Nuestra embarcación puede ser abordada de noche por pequeñas embarcaciones piratas muy rápidas y peligrosas y la amenaza de la que huís no ha desaparecido todavía.

—Lo sé —respondió Metelo—. No dejaremos que nos pillen desprevenidos.

Mientras Daruma bajaba al sollado, Metelo reunió a los hombres y estableció los turnos de guardia. Una gran luna roja asomó de la superficie del río trazando sobre el agua un largo sendero dorado mientras a occidente quedaba solamente un leve reflejo del sol.

Dan Qing reapareció hacia medianoche y se situó en la proa, inmóvil como antes; se quedó allí hasta el amanecer. Metelo lo observó varias veces, pero no habría sabido decir si estaba en vela o dormía. Su posición, con la cabeza ligeramente inclinada sobre el pecho, permitía pensar en ambas posibilidades, pero, ciertamente, si a ratos dormía, parecía un descanso vigilante. Ningún movimiento se le escapaba, ningún cambio de dirección o de vibración en el aire.

La noche transcurrió tranquilamente. La luna se ocultó después del segundo turno de guardia y dejó un cielo lleno de luminosas estrellas, atravesado de un extremo a otro por el blanco velo de la Vía Láctea. Metelo montó guardia en el último turno antes del amanecer junto con Cuadrato; a la salida del sol vio que Dan Qing había reclinado la cabeza sobre un montón de cabos y se permitía unos momentos de sueño. Mostraba entonces una fragilidad casi infantil, pero su cuerpo curvado como un arco daba la impresión de poder extenderse en cualquier momento con la misma potencia que le había permitido dar aquel asombroso salto.

Le habría gustado hablar con él, saber más del remoto país del que había llegado a los confines del Imperio romano, hacerle preguntas sobre los orígenes de la seda, de la que se decían en Occidente cosas inverosímiles, entre ellas una totalmente absurda: que la segregaba un gusano. Pero no quería turbar su absorta soledad, por más que dentro de poco se separarían para seguir cada uno su propio camino, cada uno hacia el mundo que había dejado mucho tiempo atrás, tras lo cual ya no tendrían ocasión de conversar.

Daruma reapareció a la salida del sol cubierto con un traje largo hasta los pies, de un tejido claro parecido al lino, pero mucho más ligero. El río se había ensanchado de nuevo y las orillas, bajas y arenosas, se habían alejado.

—Dentro de un par de horas veremos el océano —dijo Daruma.

—Allí nuestros caminos se separarán. No sabes hasta qué punto te estamos agradecidos por lo que… —respondió Metelo.

—No creo —le interrumpió Daruma.

—¿Qué significa «no creo»?

—Que no nos separaremos. Vosotros vendréis conmigo y con el príncipe.

—Bromeas. Nosotros no…

—Tenemos un acuerdo: ¿es así como un romano mantiene la palabra dada?

—Pero no pretenderás que te sigamos hasta ese lugar…

—¿Hasta China? Exactamente.

—No era eso lo pactado.

—Claro que lo era. Os contraté como escolta hasta el final del viaje.

—Pero este es el final del viaje. La costa del océano. También Alejandro se detuvo aquí, Daruma. Yo he dejado a un hijo solo, sin su madre, en manos de enemigos. ¿Comprendes? Cuando negocié contigo nuestro reclutamiento solo le tenía presente a él. Contraje mi compromiso hasta la costa del océano con la mejor de mis intenciones y en nombre de estas buenas intenciones me sentiré liberado de este en cuanto lleguemos a la desembocadura del río.

Daruma inclinó la cabeza y pareció reflexionar en silencio durante unos instantes, luego dijo:

—Me debéis la vida, romanos, y ahora exijo el pago de esta deuda. Y como no existe en el mundo nada más preciado que la vida, deberéis hacer lo que os pido para pagarme al menos en parte. ¡Ah, pero esto es filosofía! Si ponéis pie en tierra en ese puerto, ¿adónde pensáis ir? No tenéis dinero suficiente para pagar un viaje con una caravana.

—Iremos por mar.

—Pero los persas controlarán los muelles de embarque, además…

—Es un riesgo que debemos correr.

—Viniendo conmigo —continuó Daruma como si no le hubiera oído—, veréis cosas cuya existencia ni siquiera imagináis, conoceréis un mundo que nadie en vuestra tierra ha visto jamás y que quizá no verá nunca. Se os pagará con tal generosidad que no tendréis que preocuparos de ganar dinero el resto de vuestros días. Después, yo os acompañaré de vuelta hasta vuestro mundo. Lo haré personalmente o encargaré a unos guías de confianza que lo hagan en mi lugar.

Los hombres de Metelo se habían reunido mientras tanto a escasa distancia y miraban preocupados cómo discutía su comandante con Daruma; también Dan Qing se volvió hacia ellos con una mirada que finalmente expresaba algo parecido a una emoción. Preocupación, quizá, o desencanto.

El timonel comenzó a virar hacia el margen occidental, saliendo del centro de la corriente.

14

La barca se deslizó hacia el margen occidental; a Metelo le pareció que esta era una buena señal, pero la mirada de Daruma no prometía nada bueno y la enigmática de Dan Qing era indescifrable. El bochorno se hacía insoportable, la humedad que subía del río era sofocante y, de occidente, avanzaba un frente de nubes bajas y henchidas.

Ahora se veía una ciudad portuaria con gran número de bajeles amarrados, embarcaciones de diversas formas llenas de marineros medio desnudos que cargaban y descargaban, cosían y remendaban velas, reparaban y controlaban remos y timones, gritaban en todas las lenguas mezclando sus llamamientos con los graznidos de las gaviotas que volaban a ras de agua en busca de los restos que arrojaban las barcas.

Metelo paseaba la mirada por cada uno de aquellos navíos para tratar de reconocer alguna forma que le resultase familiar, alguna nave alejandrina, por ejemplo, a la que pedir un pasaje, aprovechando quizá su rango militar; el comandante de un buque mercante podría considerar su petición como una oportunidad que no convenía dejar pasar, aunque solo fuera por las ventajas que podría sacar una vez en la patria.

Balbo se le acercó:

—¿Qué hacemos, comandante?

—Volvemos a casa —respondió Metelo, decidido.

—Pero él —añadió Balbo indicando de reojo a Daruma— no se ha mostrado de acuerdo. ¿O me equivoco?

—No lo está, en efecto. Según él, debemos escoltarle, así como al príncipe de ojos rasgados, hasta Sera Maior, China, como se llama en lengua india. Evidentemente ha habido un malentendido entre nosotros, pero debe comprender que no nos puede obligar.

—¿Y si no quiere atender a razones?

—¿Qué pretendes decir?

—Podría denunciarnos, entregarnos a los persas. En el fondo, ¿qué se lo impide?

—Nuestro huésped. También lo buscan los persas y Daruma parece ser responsable de su seguridad. Mientras él esté con nosotros no tenemos nada que temer. El problema podría presentarse en caso de que desapareciésemos…

En ese mismo instante se oyó la voz de un marinero en lo alto del mástil:

—¡Nave de guerra a la derecha!

Daruma reaccionó de forma fulminante:

—¡Remos al agua, hombres a sus puestos, timón a babor! —gritó.

El jefe de la boga transmitió la orden y los marineros ensartaron los remos en los escalmos y comenzaron a bogar con todas sus fuerzas. Otros se prepararon para largar la vela en cuanto salieran del estuario del río.

Metelo miró hacia el lado que había indicado el marinero y vio que un navío de forma esbelta y ahusada empujado por una cincuentena de remeros salía en aquel momento del puerto con, al menos, otros tantos combatientes a bordo. En la popa se erguía una enseña que recordaba una criatura alada: el símbolo de Ahura Mazda. Se dirigió a los suyos:

—¡Hombres, en formación de batalla!

Todos cogieron las armas y se lanzaron hacia la amurada de estribor. Uxal se alineó valientemente con sus compañeros, como si pudiese ser de alguna utilidad en combate, pero Cuadrato le empujó hacia atrás sin muchas contemplaciones.

La barca de Daruma tenía la corriente a su favor y la ventaja del impulso de los remos, pero la nave de guerra mantenía el rumbo y la velocidad para cortarle el paso.

—Es evidente que alguien nos ha precedido para darnos la bienvenida —dijo Daruma.

—¿Estás seguro de que nos persiguen a nosotros? —preguntó Metelo.

—¿Y a quién si no? —respondió Daruma.

Miraba con inquietud la nave persa que avanzaba cada vez más rápido.

Dan Qing se acercó.

—Llega el viento. Larga la vela.

—Pero si no hay viento —dijo Metelo mirando a su alrededor.

—¡Haz lo que dice! —ordenó Daruma.

Los marineros largaron la vela. Poco después el gran rectángulo de tela pendía inerte de la verga. Metelo meneó la cabeza y se dispuso a reunirse con sus hombres. La nave de guerra estaba casi en medio del estuario y el timonel de Daruma seguía con la proa a babor para encontrar un resquicio por el que escapar al socaire del margen opuesto antes de que el navío que se acercaba le cortase totalmente el paso.

—Preparémonos —ordenó Metelo—. Estamos en una proporción de uno a cinco.

—No es la primera vez —replicó Cuadrato—, si no recuerdo mal.

—¡Hombres listos para rechazar el abordaje! —gritó inmediatamente después Metelo a sus compañeros mientras empuñaba la espada.

No había terminado de hablar cuando una ventolera embistió de lleno la barca, hinchó la vela, que se tensó haciendo que rechinara la verga y se curvara el palo. El timonel aguantó la acometida, pero no pudo impedir que la barca se dirigiera peligrosamente hacia tierra. El encargado de la boga aumentó el ritmo para los remeros de babor, que compensaron así la deriva y llevaron el navío a la desembocadura del estuario donde el viento, sin la protección ya de tierra firme, lo embistió con toda su fuerza y lo lanzó a gran velocidad.

La nave de guerra, que estaba desarbolada, renunció a la persecución e interrumpió su carrera.

—Estamos salvados —dijo Daruma.

Metelo soltó un suspiro de alivio mientras los hombres y la tripulación lo celebraban. Uxal se puso a bailar sobre el puente haciendo reír a todo el mundo.

El comandante romano se acercó a Daruma y le dijo:

—Ahora estáis a cubierto y más adelante encontrarás la manera de reclutar una nueva escolta no menos de fiar. Aquí nuestros caminos se separan. Aborda.

—¿Y cómo? —replicó Daruma—. Mira la costa; es impracticable, está llena de escollos. Y escucha el viento. ¿Sabes qué es?

—No soy marino.

—Es el monzón y sopla de forma constante hacia oriente, día y noche; lo hace con una fuerza insuperable durante toda la estación.

—Aborda —repitió Metelo con un tono de voz que no admitía réplica—. Nos lanzaremos a nado si es preciso. Solo es aire que se mueve. Estoy acostumbrado a mucho más.

El viento aumentaba de intensidad y el frente nuboso se acercaba ahora con sorprendente rapidez: un muro de negras nubes atravesado por continuos relámpagos, acompañado por el retumbo lejano y amenazante de truenos. La fuerza devastadora de la indiferente y hostil naturaleza se manifestó de golpe. Metelo, acostumbrado al benigno clima mediterráneo, miró al monstruo con repentina inquietud. Un rayo rasgó el cielo y cayó al mar convertido en cegadores ríos de fuego, desencadenando el estrepitoso ruido del trueno.

El jefe de la boga gritó:

—¡Hombres, a los puestos de maniobra, arriad el velamen! ¡Largad a proa!

Metelo palideció al ver aquello.

Daruma le miró con una sonrisa burlona mientras una ventolera violenta le desordenada el pelo:

—No temas, comandante, no es más que un poco de aire que se mueve. Diles a tus hombres que se agarren en todo momento a un asidero si no quieren acabar en el mar.

Y él mismo se aferró firmemente a la barandilla.

El sol se oscureció debido al amenazante frente nuboso y, antes de que se lo tragaran los nimbos, lanzó un último rayo para iluminar una superficie lívida y espumeante.

—¡Esto es el océano, comandante! —gritó Daruma—. Nada ni nadie puede resistírsele!

Dan Qing se plantó en proa con un par de saltos y se agarró a las jarcias que mantenían sujeto el foque a la botavara, como un jinete se aferra a las riendas de un caballo que da un respingo. Uxal fue a refugiarse como un ratón en el racel de proa, detrás de un montón de cabos.

Impulsado violentamente por popa, el barco comenzó a cabecear hundiéndose en las hondonadas que se abrían delante e inmediatamente después empinándose por las líquidas pendientes de las olas, que ya eran tan altas como colinas.

Luego llegó la lluvia, torrencial, a rachas. Azotó la cubierta con una violencia inaudita; a la lluvia se unió la acción de las olas, que hacían pedazos la toldilla de popa a proa. El agua comenzó a penetrar en la bodega por la única escotilla.

Daruma, sujetándose a la barandilla, se acercó a Metelo.

—Necesito dos hombres robustos en la bomba de la bodega —gritó—. No puedo quitar a la tripulación de los puestos de maniobra. ¡Pronto, o nos iremos a pique!

—¡Rufo, Septimio, a la bomba, rápido! —vociferó Metelo.

Los dos corrieron precipitadamente abajo y comenzaron a accionar la palanca de una bomba de bodega. Una máquina excepcional, de fabricación romana, como decía el sello del fabricante. Rufo sacó al exterior la manguera de tela y confió el extremo a Publio, calado hasta los huesos y agarrado a la barandilla de babor; luego volvió rápidamente abajo y comenzó a bombear con toda sus fuerzas.

La bomba apenas conseguía expeler el agua que entraba continuamente y los dos hombres que la manejaban aprovechaban el momento en que la borrasca concedía una mínima tregua para achicarla. El esfuerzo era enorme y Metelo dispuso unos turnos alternos para que el achicamiento de la bodega no se interrumpiera en ningún momento.

La tempestad se prolongó durante horas; la tripulación estaba agotada, intentando mantener en orden la embarcación. Metelo escrutaba de vez en cuando en la oscuridad a Dan Qing, siempre erguido en la proa. Viéndolo así pegado a la barandilla de proa tenía la impresión de que era él quien mantenía en orden el bajel, quien lo guiaba entre las olas encrespadas con una fuerza misteriosa que no conseguía explicarse pero que le parecía que se transmitía al casco y mantenía sujetos la tablazón y el mástil en aquel caos de salpicaduras, truenos, viento y rayos. La oscuridad era casi total a bordo. Un par de faroles que colgaban de las jarcias del palo mayor emitían una luz que hacía apenas visibles las siluetas de los hombres, poco más que unos fantasmas guiados por los gritos del jefe de la boga que trataba de dominar el fragor de la tormenta.

De pronto, poco después de medianoche, una ola más fuerte que las demás barrió la cubierta hasta el racel de proa, sacó a Uxal del refugio donde estaba acurrucado y lo arrastró hacia la barandilla de estribor. La tablazón de la amurada tenía aberturas de unos dos pies de ancho para permitir evacuar el agua. El anciano fue arrastrado hacia atrás por la fuerza de la corriente que refluía y empujado al exterior, pero trató de agarrarse a los montantes de la barandilla para no caer al mar. Gritó «¡Socorro!» con toda la fuerza de sus pulmones; Metelo tardó algunos instantes en reparar en él y correr en su auxilio.

Uxal colgaba ahora agarrado solamente con la mano izquierda, que resbalaba inexorablemente; las piernas también colgaban en el vacío. Metelo pudo asir la mano del viejo unos segundos antes de que cayera al mar, pero una nueva oleada le empujó también a él a través de la misma abertura. Consiguió agarrarse al montante rodeándolo completamente con el brazo izquierdo, mientras continuaba sosteniendo a Uxal con la mano derecha. Empezó a gritar: «¡Venid aquí, venid aquí! ¡Rápido!», pero el estruendo era tal, tan grande era la confusión que su grito no se oyó. Una ola barrió la amurada de estribor y arrancó a Uxal del agarre de Metelo. El viejo desapareció entre las olas con un grito de desesperación. Metelo resistió la acometida luchando con todas sus fuerzas para alcanzar el montante con la otra mano. Se balanceaba contra la amurada tratando de coger el impulso necesario para izarse a bordo, pero las oleadas le embestían una tras otra y las energías parecían disminuir con cada esfuerzo. Sintió que el abrazo frío del océano estaba a punto de llevárselo. Gritó de nuevo antes de hundirse entre los golpes de mar, antes de caer en brazos de la muerte.

Pero en ese mismo instante dos manos de hierro le apretaron las muñecas, una fuerza que parecía sobrehumana lo mantuvo fuera del agua. Dan Qing colgaba cabeza abajo sosteniéndose en los montantes de la barandilla con los pies. Esperó un instante a que llegase otra ola, luego, aprovechando su fuerza, imprimió al cuerpo del romano tal energía que lo catapultó hasta la borda. Metelo se aferró a ella con ambas manos y se izó sobre la toldilla. Inmediatamente después vio que Dan Qing se catapultaba hacia atrás con un golpe de riñones, daba una voltereta por encima de la barandilla y aterrizaba en la toldilla.

Metelo, estupefacto, solo consiguió articular:

—Gracias.

Dan Qing hizo una ligera inclinación de cabeza y volvió a su puesto en la proa.

La tempestad comenzó a calmarse solo al amanecer; Daruma y el jefe de la boga contaron a los supervivientes a la pálida luz que se filtraba a través de las nubes deshilachadas.

Metelo se reunió con los suyos.

—Uxal ha muerto —dijo—. ¿Por qué no me ha respondido nadie mientras pedía ayuda a gritos?

—Comandante —dijo Luciano—, todos aullaban, y el mar rugía aún más fuerte. Era imposible distinguir un ruido de otro en medio de esa confusión. Todos estaban agarrados a algún asidero para resistir la fuerza de las olas, agarrotados por el frío y aturdidos por el cansancio, o bombeando abajo el agua al exterior. Lo siento.

—Pobre Uxal —dijo Balbo, que acababa de subir de la bodega.

—Le debemos la salvación —añadió Rufo—. Sin él no habríamos salido nunca de aquel infierno.

—Si vuelvo a mi casa de Spalatum —manifestó Publio—, levantaré un altar en el patio de casa y cada año ofreceré sacrificios fúnebres por su sombra en el aniversario de su muerte. Era bueno, e incluso nos había tomado cariño.

Daruma se acercó.

—He perdido a dos hombres de la tripulación esta noche —dijo—. También vosotros habéis perdido a uno, ¿verdad?

—He hecho lo posible por salvarle, pero habría perecido yo también de no haber sido por él —dijo Metelo señalando a Dan Qing—. No consigo comprender cómo se las ha arreglado para oírme y cómo ha logrado asirme de las muñecas un segundo antes de que me hundiera en las olas.

Daruma esbozó una leve sonrisa.

—Hombres como él se han formado en una filosofía muy particular que los hace capaces de percibir cualquier fuerza que vibra en la atmósfera y distinguirla de otras mil. Para ser tan joven es extraordinario.

Metelo le observó asombrado, sin saber qué responder; luego miró de nuevo a Dan Qing, que se había quitado la ropa para que se secara y estaba sentado con las piernas cruzadas, vestido tan solo con un pequeño taparrabos.

Daruma se dirigió al jefe de la tripulación:

—El viento se ha calmado lo suficiente. Podemos izar la vela. Ahora debemos hacer un recuento de todo lo que se ha salvado del agua de mar, ponerlo a secar en cuanto salga el sol y recuperar las fuerzas.

Bajó a la bodega y Metelo le siguió.

—Sin esta bomba no habríamos salido de esta —dijo Daruma indicando la máquina de bronce fijada a una mesa de la bodega.

—Dos cilindros, aspirante e impelente —dijo Metelo—. Fue pensada para las minas, pero funciona bien en cualquier parte. ¿Cómo la conseguiste?

—Procuro que no me falte de nada. Proviene de Alejandría, pero la compré en Hormusia. Entonces, ¿has comprendido por qué no se puede ir hacia occidente? El monzón es un viento constante que sopla durante seis meses en esta dirección. Ninguna nave puede navegar aguas arriba a contraviento si no es a fuerza de remos y durante tramos muy limitados. Lo puede entender hasta alguien que no sea marino. Dentro de pocos días estaremos en la desembocadura del Indo. Si sigues decidido a bajar a tierra, te consumirás en algún lugar perdido de la costa durante seis meses o más, en espera de que cambie el viento, entre mosquitos y terribles fiebres, sin dinero, sin conocer la lengua y sin ninguna seguridad de encontrar un pasaje, ya que no estás en condiciones de pagarlo. Podrías verte condenado a la esclavitud o perderte en alguna aldea del interior trabajando a cambio de un puñado de arroz.

—¿Qué es el arroz? —preguntó Metelo.

—Un grano de los terrenos húmedos. No tardarás en probarlo… En cambio, si eliges venir conmigo conocerás un país maravilloso, atravesarás la cadena montañosa más alta del mundo, el Cáucaso índico del que hablan los historiadores de Alejandro. El Hindu Kush, como lo llamamos nosotros. Y cuando hayamos acompañado a casa a Dan Qing, os llevaré de vuelta yo mismo, como ya te dije.

—¿En seis meses? —preguntó Metelo, suspicaz.

—Bueno, quizá un poco más, pero en cualquier caso os conviene, porque de todas formas tendríais que deteneros de vez en cuando para trabajar y ganar lo suficiente para pagar los pasajes. No creáis que encontraréis una nave que os lleve directamente a Alejandría tumbados en la toldilla panza arriba tomando el sol. Es una propuesta razonable, comandante, la única sensata, créeme… ¿Qué respondes?

Metelo suspiró. Miró hacia lo alto; por las rendijas entre las tablas penetraron de golpe puñales de sol.

—He de consultarlo con mis hombres —dijo—. Te daré una respuesta antes de la noche.

Daruma se dirigió hacia la escotilla para subir de nuevo a cubierta. Metelo le siguió y se encontró de lleno con la luz del día. Nubes deshilachadas por el viento se movían por el cielo despejado; las tablas de cubierta comenzaban a secarse; por todas partes había ropas tendidas que parecían un extraño velamen suplementario. El mar se había calmado; su movimiento formaba ondulaciones más amplias y menos pronunciadas, y centelleaba con mil reflejos bajo el sol. Algunos delfines curvaban los lomos en la superficie del agua y de vez en cuando saltaban fuera del océano para luego volver a caer en medio de la blanca espuma.

Metelo reflexionó: «Debo volver para ver a mi hijo y hacer lo que el emperador me ordenó. Pero he de volver vivo». Pensó en Uxal, que descansaba en el fondo del océano, y notó un nudo en la garganta. Dejó escapar un largo suspiro y se acercó a sus hombres.

—Habéis visto que no hemos podido hacer nada; el viento y la tempestad nos han arrastrado hacia oriente.

—¿Dónde estamos, comandante? —preguntó Rufo.

—No lo sé —respondió Metelo—. A un mes de navegación de la desembocadura del Indo, creo.

—¿Del Indo? —replicó Cuadrato—. ¡Pero si está en los confines del mundo!

—No exactamente. Creo que el mundo es mucho más grande de lo que imaginábamos. Acabáis de ver la amplitud y el poder del océano.

—Entonces, ¿qué hacemos? —preguntó Luciano con un tono que en otra situación le habría valido un castigo ejemplar.

Metelo fingió no haberle oído y les contó lo que Daruma le había dicho al respecto.

—No es mi intención obligar a nadie —concluyó—. Sois libres de hacer lo que mejor os parezca. Cuando desembarquemos en la India, cada uno de vosotros podrá decidir si desea quedarse con nosotros o regresar por su cuenta. Por lo que a mí se refiere, creo que la propuesta de Daruma es razonable; es más, es la única posibilidad que tenemos de volver, aunque sea tarde, a casa.

—Pero ¿tú te fías de Daruma, comandante? —preguntó Septimio con expresión preocupada—. En realidad lo conocemos poco. No es más que un mercader y la palabra de un mercader no me parece la más fiable.

—Creo que Daruma es algo más que un mercader. No sé deciros por qué, pero estoy bastante convencido de lo que digo. El hecho de que haya aceptado el encargo de liberar a un príncipe de la Sera Maior y de devolverlo sano y salvo a su patria no me parece una empresa fácil. Debéis pensar que Dan Qing es el equivalente de Galieno en un imperio mucho más grande que el nuestro. Además, hasta ahora Daruma siempre ha mantenido la palabra dada y los compromisos asumidos con nosotros.

—Somos diez, y armados —replicó Publio.

—Éramos unos desechos humanos cuando nos acogió en su campamento. Nuestras armas habrían servido de muy poco de haber querido desembarazarse de nosotros. Yo le estoy agradecido por no haberlo hecho y estoy dispuesto a confiar en él. Pero, repito, cada uno de vosotros es libre de tomar la decisión que mejor le parezca. En este caso, no quisiera cargar con la responsabilidad de daros órdenes. Lo único cierto es que este viento sopla, de forma constante y con esta fuerza, durante seis meses hacia oriente y por tanto es imposible volver atrás, si no es por tierra. Quisiera recordaros también que Alejandro intentó el mismo camino hace quinientos años y perdió a veinte mil de sus hombres en ese desierto de sal sin una brizna de hierba ni una gota de agua. Y eso que él contaba con un ejército con animales de carga, carros para el transporte de agua y víveres, y guías indígenas. No sé qué suerte le esperaría a quien quisiera aventurarse por su cuenta en unas tierras desoladas habitadas por feroces depredadores.

»La alternativa sería esperar en la costa hasta que el viento cambie, pero tampoco es una opción libre de incógnitas. Decidid vosotros. Habéis tenido tiempo de pensarlo. Si elegís seguirme, veréis tierras que nunca nadie ha explorado y viviréis una aventura que algún día podréis contar a vuestros nietos. Seréis los únicos soldados que habrán recorrido los dos mayores imperios de la tierra, que habrán llegado a lugares cuya existencia Alejandro Magno no pudo siquiera imaginar.

Se produjo un profundo silencio. Los hombres estaban hechos ya a la idea de volver a casa y esta opción tan distinta y llena de incógnitas les turbaba profundamente. Y más aún les turbaba la posibilidad de decidir, pues estaban acostumbrados a recibir órdenes de su comandante y a cumplirlas.

Fue Cuadrato quien rompió el silencio.

—Si tú vas, yo voy contigo —dijo sin dudarlo.

—También yo —confirmó Balbo, el otro centurión.

—Yo también, comandante —añadió Antonino—. Cuenta conmigo.

Luciano y Septimio se consultaron rápidamente con la mirada y comunicaron su decisión:

—No pensemos siquiera en que cambie el viento. El viento somos nosotros. ¡Nosotros los de la Segunda Augusta, por Hércules!

—¡Eso es! —exclamaron todos los demás.

Metelo sonrió.

—Entonces, de acuerdo. Me alegra que hayáis decidido seguirme. —Hizo ademán de ir a reunirse con Daruma, pero se dio la vuelta—. Ah, olvidaba una cosa; esta es la última decisión que he dejado en vuestras manos. De ahora en adelante volvemos a la vieja norma: yo doy las órdenes y vosotros las cumplís.

15

Metelo se acercó al príncipe con paso ligero y se detuvo a cierta distancia.

—Entre nosotros se cuenta una historia —comenzó diciendo— que recuerda un poco lo ocurrido esta noche.

Dan Qing no respondió, pero un movimiento apenas perceptible de su cabeza dio a entender que estaba escuchando.

—Sucedió hace tres siglos —continuó Metelo—. Un grande de nuestro pueblo, un conquistador, el fundador de nuestro imperio, su nombre era César, atravesó un breve trecho de nuestro mar Interior, de noche, con una pequeña embarcación. Aquel brazo de mar lo patrullaba la poderosa flota de su enemigo, que había reunido una escuadra naval al otro lado del estrecho. César tenía que reunirse a toda costa con su ejército, que se estaba enfrentando a su adversario; para conducirlo a la victoria afrontó la travesía en plena oscuridad y en unas aguas peligrosas. A mitad de trayecto se desencadenó una tempestad y la barca era como una frágil cáscara a merced de las olas. El piloto, aterrorizado, extenuado por el cansancio, no conseguía mantener el rumbo, pero César se le acercó y dijo: «¡Ánimo! ¡Llevas a César y a su fortuna!».

»El piloto encontró fuerzas y ánimo para continuar su lucha contra los elementos y consiguió llevar al pasajero al otro lado. César ganó la batalla contra el enemigo y se convirtió en el fundador del imperio que se extiende por todas las tierras del mar Interior, que nosotros llamamos Nostrum, y por todos los pueblos que viven en sus cercanías. En nuestras escuelas, todos los chiquillos oyen contar esta historia a sus maestros.

—¿Y cuál es su finalidad? —preguntó Dan Qing.

—Acostumbrar a los jóvenes a no dejarse vencer nunca por el desaliento y crear en ellos el convencimiento de que el destino lo construimos nosotros mismos con entereza de ánimo, determinación y valor. Esta noche tú me has salvado y he venido a darte las gracias. Pero te has salvado también a ti mismo y quizá el destino de tu país. Como hizo aquella noche nuestro César cuando atravesó el mar en plena tempestad.

Dan Qing se volvió.

—Esto suena a augurio —respondió—, pero el camino es muy largo, las amenazas numerosas y los amigos muy pocos. ¿Cuántos hombres esperaban a vuestro caudillo al otro lado del mar tempestuoso?

—Cincuenta mil —respondió Metelo.

—No son muchos. Pero tampoco pocos. Yo estoy solo.

Metelo le miró fijamente tratando de descifrar la expresión impenetrable de su mirada.

—¿Solo?

Dan Qing se limitó a asentir.

Metelo creía que en aquel momento le pediría ayuda, pero Dan Qing desvió la mirada hacia la superficie centelleante de las olas.

Aquel hombre le provocaba un extraño sentimiento de reverencia y una sensación de distancia difícil de superar. Mientras hablaba le parecía que su voz llegaba de profundidades abisales, pero al mismo tiempo sentía cada vez más curiosidad por aquella extraordinaria fuerza que desprendía su cuerpo, por la energía casi inexplicable que le había permitido salvarlo de las olas cuando estaba a punto de ahogarse.

—Daruma me ha pedido que te escolte con mis hombres hasta tu último destino.

—¿Te ha explicado Daruma lo que os espera?

—No. Pero puedo imaginarlo.

—¿Y has aceptado?

—Sí.

—¿Por qué?

—Soy un soldado. Estas cosas no me dan miedo. Además, Daruma me ha prometido que nos llevará de vuelta. De lo contrario no tenemos ninguna posibilidad.

—Me parece una buena razón.

—¿Puedo hacerte una pregunta?

—Sí, puedes.

—¿Por qué me has salvado esta noche?

—Porque eres el comandante de mi escolta.

—Es una excelente razón —respondió Metelo y se alejó.

La navegación avanzaba con normalidad y a una velocidad constante; hacia el atardecer vieron otro esquife que navegaba en la misma dirección a una distancia de un par de millas. Con la llegada de la noche el viaje continuó muy tranquilo y sin obstáculos, pero hacia la medianoche el cielo se encapotó y comenzó a llover; fue un aguacero que duró cerca de una hora, sin que el viento refrescara ni el mar se embraveciera. Los faroles despedían una ligera claridad y Metelo, tumbado sobre una estera en cubierta, abría de vez en cuando los ojos y echaba un vistazo a su alrededor. Daruma dormía bajo el puente de cubierta; sus hombres lo hacían en la toldilla. Cuadrato había puesto de todos modos a un hombre de guardia; quizá porque no se fiaba del todo de la compañía o quizá porque era una costumbre, tras veinte años como suboficial escrupuloso, disciplinado y atento.

En los momentos de vigilia, Metelo pensaba en la aventura que les esperaba tanto a él como a sus soldados, en una tierra extensa y desconocida, entre gentes cuya existencia ignoraba. A veces le parecía que había sido un loco por aceptar aquella propuesta, pero otras le parecía que había actuado acertadamente; era la única elección sensata en aquellas circunstancias. Lo que más angustia le producía era la sensación de alejarse cada vez más de su mundo, de su hijo y de su misión. Experimentaba una especie de vértigo que le dejaba sin aliento. Entonces buscaba en sueños un remedio a aquella ansiedad, trataba de hacerse acunar por el batir continuo de las olas contra la quilla, por el soplo tibio del viento.

Al amanecer, el grito de uno de los marineros de Taprobane que había subido a lo alto del palo mayor le hizo volver en sí. Daruma escrutó el horizonte delante de sí, luego gritó:

—¡Mirad! ¡Allí! ¡Donde sopla!

Todos corrieron hacia proa y vieron que un surtidor de vapor tan alto como el mástil de la nave subía a la superficie del mar; luego un enorme lomo se curvaba y una cola gigantesca y dos lóbulos se movieron fuera del agua antes de hundirse.

—Allí —gritó Balbo—. ¡Otra!

—¡Otra allí! —le hizo eco Antonino.

Metelo miró estupefacto aquella visión increíble: monstruos más grandes que la embarcación en la que viajaba, con los lomos con concreciones marinas incrustadas, igual que en los cascos de las naves oceánicas, emergían con casi la mitad del cuerpo fuera del agua para luego precipitarse de nuevo con estruendosas zambullidas en un espectacular mar de espuma.

—¿Qué son, comandante? —preguntó Luciano—. ¿Crees que nos atacarán?

—Son ballenas —respondió la voz de Daruma desde detrás—. Criaturas tan grandes como inofensivas. Están jugando y tratando de alimentarse. Abren las fauces y devoran bancos enteros de sardinas.

—He leído sobre ellas en la obra de Onesícrito —respondió Metelo—, el almirante de Alejandro, piloto de la nave real que regresó de la India desde la desembocadura del Tigris y del Éufrates. Pero no creí que las viera nunca.

—No lamentarás haber emprendido este viaje, romano. Sabrás finalmente qué es el mundo, y qué pequeño es el mar alrededor del cual habéis construido vuestro imperio, comparado con la inmensidad de los océanos que rodean la interminable vastedad de la tierra. Y estoy seguro de que esto te enseñará algo, porque me pareces una persona dispuesta a aprender.

Metelo no respondió; se quedó en silencio observando la danza de aquellos gigantes que azotaban las olas y los chorros de vapor que lanzaban hacia el cielo. Una vez uno de los monstruos emergió a muy poca distancia de la barca y él pudo ver su ojo minúsculo cerca de la comisura de sus fauces. Un pequeño bulbo gris e inexpresivo que pareció mirarle fijamente durante un momento antes de desaparecer bajo las aguas.

—Así que lo que cuentan los marineros de que hacen pedazos las naves y devoran a los marinos que caen al agua es solo una leyenda —dijo Metelo cuando las ballenas desaparecieron de la vista.

—¿Leyenda? —exclamó Daruma—. ¡Jaibal! —gritó a uno de sus tapobranos. Un marinero moreno y medio desnudo se acercó. Daruma cogió una cosa que pendía de su cuello y la mostró a Metelo—. ¿Te parece esto una leyenda?

—¡Por todos los dioses! ¿Qué es?

—Un diente. El diente de un monstruo de treinta pies de largo con tres filas de estos colmillos, rapidísimo y voraz, implacable cazador. Le hinca el diente a todo lo que se mueve... Date la vuelta, Jaibal —pidió al marinero.

El marinero se volvió y mostró una enorme cicatriz que iba del glúteo a la articulación de la rodilla.

—Es un pequeño recuerdo de ese tigre del mar. Jaibal fue afortunado. Otros fueron mutilados y devorados. Les ocurre sobre todo a los pescadores de perlas que tienen que sumergirse en unas aguas infestadas de semejantes fieras. Y luego os quejáis de que las perlas son caras. Si te encontraras de frente con una bestia así a cuarenta pies de profundidad, no pensarías del mismo modo.

—Perlas... —respondió Metelo—. Le compré una a mi mujer cuando nació mi hijo en el quinto aniversario de nuestro matrimonio.

Jaibal volvió a sus ocupaciones y Daruma se hizo servir una infusión de hierbas; también invitó a Metelo.

—He visto que has hablado con Dan Qing.

—Le he dado las gracias por haberme salvado la vida la otra noche.

—No hubieras tenido que hacerlo.

—¿Por qué?

—Porque él es un príncipe chino. Es hijo de un emperador que a su vez es considerado hijo del cielo. Un hombre de su rango no suele hablar con nadie a quien no le hayan presentado tras un complejo ceremonial. Seguramente viste que conmigo hizo también un solo gesto de respeto tras aterrizar sobre mi barca. Habrías tenido que pedirme que te presentara.

—Y tú habrías podido avisarme.

—Es cierto, pero quizá es mejor que las cosas hayan seguido su curso natural. Si te ha respondido significa que en esta situación el protocolo carece por completo de significado para él.

Metelo lanzó una ojeada a Dan Qing. Sentado sobre los talones parecía absorto en sus pensamientos, como de costumbre.

—Pero ¿qué hace durante horas en esa posición tan incómoda que acabaría con las rodillas de cualquiera?

—Medita.

—¿Medita? ¿Sobre qué?

—Su meditación no tiene un objeto específico. Busca el tao, es decir, la vía.

—¿La vía hacia dónde?

—No hay un adónde.

—Por tanto, no medita sobre nada y busca una vía que no conduce a ninguna parte.

—Más o menos, aunque el asunto no es tan sencillo. Gracias a esa meditación consiguió saltar de su caballo y aterrizar sobre mi barca sin una oscilación. Y gracias a esa meditación consigue estar en esta posición durante horas, como en un estado de ingravidez. El tao es un concepto filosófico complejo, elaborado por un gran maestro, llamado Kong Fuzi. Según sus teorías, la naturaleza no tiene un fin y un propósito en sí misma, pero posee una fuerza intrínseca que la gobierna y le da forma. El tao es esa alma universal que colorea el cosmos, la tierra y también el modo de ser del género humano. El hombre que conoce el tao y se hace vehículo y portador de él renuncia a cambiar el flujo de los acontecimientos con la fuerza, se abandona a él y se deja llevar.

Metelo sonrió.

—Nosotros tenemos un dicho: «*Faber quisque est suae fortunae*». ¿Sabes qué significa?

Daruma tomó un sorbo de su infusión de hojas secas.

—Mi latín es muy pobre, pero hasta ahí llego: «Cada hombre es el artífice de su propio destino».

—Exacto. Y es, precisamente, la negación de lo que me has dicho hasta ahora.

—Lo cual no significa renunciar a tomar decisiones. ¿Recuerdas el salto? Si hubiese despegado un momento antes habría caído en el agua, si lo hubiera hecho un instante después habría muerto traspasado por las flechas. Voló por los aires en el momento exacto en que sintió que se abría la vía entre unos destinos contrarios. En ese instante una fuerza contenida fue suficiente para conseguir ese resultado increíble. En cambio, vosotros los occidentales es como si remaseis a contracorriente y con el viento en contra.

Daruma sudaba mientras intentaba explicar esos complejos conceptos en una lengua que no era la suya. Unas veces usaba el persa, otras la coiné y su interlocutor trataba de ayudarle proponiendo los términos apropiados.

—Podríamos preguntarnos, entonces, cómo nosotros los romanos hemos conseguido construir un imperio y conservarlo durante siglos —respondió, sarcástico, Metelo—. Y cómo hemos conseguido, nosotros, un pequeño grupo de débiles fugitivos, soportar los reveses de la fortuna, las vejaciones del enemigo, vencer a unas fuerzas muy superiores en un enfrentamiento increíblemente breve y encarnizado, recorrer docenas y docenas de millas en la oscuridad, alimentándonos con lo que podíamos encontrar, atormentados por la sed y por los calambres del hambre.

—He de admitir que todo esto es notable —convino Daruma—, pero no cambia la realidad. El derroche de energías es una verdadera locura; el precio que se paga en términos de sufrimiento es exorbitante y el resultado es solo fruto del azar… Pero, volviendo a Dan Qing, es indudable que tiene de ti un buen concepto. No habría puesto nunca en peligro su vida por nadie, sobre todo teniendo en cuenta que os conocéis desde hace muy poco tiempo.

—No es así. Estoy casi seguro de que me vio la primera vez en Edesa.

—¿Y qué vio? —preguntó Daruma mientras un grumete le servía otra infusión en el cuenco.

También Metelo bebió y notó un sabor ligeramente acre pero agradable y aromático.

—Me vio luchar, creo, luchar para defender a mi emperador. Hasta el último aliento.

—Esto explica muchas cosas… —dijo Daruma con un serio cabeceo.

Metelo probó de nuevo su bebida y se dio cuenta de que comenzaba a acostumbrarse a ese curioso sabor de hojas aromáticas.

—¿Qué hacía en Edesa con Sapor? ¿Y qué hacías tú en el oasis del Khaboras? —preguntó mirando directamente a los ojos a su interlocutor—. Si estoy destinado a seguiros, justo es que lo sepa.

En ese momento se oyeron unas llamadas en popa y Metelo se volvió; la tripulación había lanzado unas redes y comenzaba a sacarlas. Los demás compañeros habían acudido a echar una mano y, a medida que la red subía a bordo, la toldilla se llenaba de peces saltarines que eran recogidos y colocados en las cestas para limpiarlos y prepararlos para la cena.

Daruma dejó escapar un profundo suspiro, como si se dispusiera a una empresa difícil, y empezó a contar:

—China es un imperio antiquísimo, quizá el más antiguo que exista sobre la faz de la tierra, pero desde hace algunas décadas sufre continuos conflictos. Los bárbaros que presionan por el norte y las discordias interiores han dividido ese gigantesco país en tres reinos. Uno al norte, otro en el centro y un tercero al sur. Cada uno de ellos está gobernado por un caudillo militar que se ha proclamado *wang*, es decir, soberano. Cada uno de los tres está convencido de tener el derecho y el deber de unificar el imperio y, por tanto, de quitar de en medio a los otros dos. El resultado es una guerra permanente y espantosa que ha despoblado los campos en otro tiempo riquísimos, destruido ciudades florecientes y mermado el tráfico a menos de la mitad de antaño. El empobrecimiento de los campesinos y la disminución de la población han reducido los reclutamientos, por lo que en el norte se han asentado, en el interior de la gran muralla defensiva, los Xiong Nu, los bárbaros nómadas de las estepas, y se les ha dado tierras a cambio de que se enrolen en el ejército.

»En medio de tal confusión y decadencia, el reino del norte, que es el más grande y poderoso, ha seguido siendo el único punto de referencia, con su grandiosa capital, que se enorgullecía de tener la mayor biblioteca del país, con veinte mil estudiantes que se aplicaban a las más variadas disciplinas.

Metelo estaba sorprendido por todas aquellas increíbles coincidencias con el imperio de Roma: la presión de los bárbaros en el norte, los frecuentes establecimientos de diversas tribus en el interior del cerco defensivo, la progresiva barbarización del ejército y también las guerras civiles que sacudían continuamente la vida del Estado.

Daruma prosiguió:

—Uno de los principales problemas en el reino del norte era el excesivo poder de los eunucos de palacio...

—Esto al menos es algo que nosotros no tenemos —no pudo dejar de observar Metelo.

—¿Los eunucos? En China son frecuentes. Y los cirujanos son tan buenos que el número de pacientes que sobrevive a la operación es superior al de los que mueren. De todas maneras, muchos de los últimos emperadores eran poco más que chiquillos cuando subieron al trono, por lo que estaban obligados o a permitir que sus madres gobernasen en su lugar, o a apoyarse en los eunucos que a menudo llegan gracias a su inteligencia y astucia a infiltrarse en los mayores centros del poder. En el caso de Dan Qing ha ocurrido algo singular, un acontecimiento cuyos detalles no tengo aún del todo claros…

El viento cobró fuerza e hinchó poderosamente la vela haciendo chirriar el mástil en la carlinga; un frente de nubes se perfiló en la superficie de las olas hacia occidente y Metelo oyó que Antonino le decía a Rufo:

—Si continúa así tendremos otra noche agitada.

—Prosigue —dijo Metelo.

—Hace dos años Dan Qing partió para su misión diplomática en la corte persa dejando la administración del Estado al más fiel de los ministros de su padre, el regente Liu Bang. Cuando habían pasado dos años desde que Dan Qing se había ido, alguien comenzó a preocuparse seriamente de aquella ausencia demasiado prolongada: su maestro Wangzi, un sabio y piadoso hombre que vive en un monasterio de las montañas. Lo conozco desde hace años porque durante mis viajes me detengo siempre en su ermita, donde se me ofrece hospitalidad muy generosamente. Fue él quien organizó esta misión, quien se puso en contacto con unos sacerdotes zoroastrianos amigos suyos, para hacer llegar a Dan Qing el mensaje con la fecha de la cita con mi caravana en el nacimiento del Khaboras y luego en el puerto del río.

—Y ahora —concluyó Metelo— el príncipe vuelve a un reino que ya no es suyo, debe derrotar a un ministro traidor y recuperar el poder sin contar con nadie, si no he comprendido mal tus palabras, aparte de un viejo monje. Algo muy parecido a lo que se habría encontrado mi emperador si yo hubiera conseguido cubrir su retirada.

—¿Te ha contado algo Dan Qing? —preguntó Daruma.

—Me ha dicho que está solo.

—Entonces significa que las cosas están así.

—Pero habrá tropas que le sean fieles. Amigos a los que ha favorecido, oficiales que le juraron fidelidad…

—Si te ha dicho que está solo, significa que no puede o no quiere contar con nadie. O casi.

—Hay algo que debemos aclarar a este respecto, Daruma. Ya hemos estado una vez a punto de enfrentarnos.

—Creo saber qué es lo que tratas de decir.

—Quisiera saber hasta dónde tendremos que acompañar a Dan Qing. Cuándo podrá considerarse concluida nuestra misión y dónde comenzará nuestro viaje de vuelta que te comprometiste a llevar a buen fin.

—Descuida, comandante, no soy ni un héroe ni un guerrero. Entraremos en China por el sur a través de las montañas y proseguiremos hasta el monasterio del que te he hablado. Allí nuestros caminos se separarán. Dan Qing irá al encuentro de su destino, nosotros entregaremos una carga de especias en la llanura, recogeremos una de seda y volveremos sobre nuestros pasos. En ese momento podrás comenzar a contar los días que te separan de Taqin Guo.

—Taqin Guo... es el Imperio romano para los chinos.

—Así lo llaman. Para ellos es un lugar fabuloso en el extremo Occidente, del que no saben casi nada.

—Parece imposible —dijo Metelo—. Nosotros compramos enormes cantidades de mercancías de China, y también exportamos muchas, y sin embargo ninguno de los dos imperios se ha puesto nunca en contacto con el otro, como si fueran mundos distintos.

—Las distancias... —respondió Daruma—. Las distancias, comandante. Son tan grandes que es necesario tener intermediarios. Lo curioso es que sean los persas, vuestros acérrimos enemigos, y que además no siempre están en buenas relaciones ni siquiera con sus interlocutores orientales.

—Es cierto. Ya nuestro emperador Tiberio, hace doscientos años, se quejaba de que con el oro ganado con nuestras importaciones de seda y piedras preciosas los persas financiaban la guerra contra nosotros.

—No me asombra —sentenció con flema Daruma—. La codicia, el deseo de acumular riquezas, es otra de vuestras características más peculiares.

Metelo habría querido rebatirle, pero le vino a la mente en ese momento un verso de Virgilio: «*Quo non mortalia pectora cogis, sacra auri fames*».*

Y se calló.

* «¡Oh hambre sagrada de oro! ¿Qué no harás que los corazones humanos no lleven a cabo por tu culpa?» (*N. del T.*)

16

La cena estuvo lista a la puesta de sol. Metelo y sus compañeros vieron cómo se asaban en un brasero pescados cuya existencia desconocían, pescados de vivos colores, de reflejos azulados o de un verde metálico. Su carne era exquisita, condimentada con abundancia de especias, en particular con pimienta, una especie que en Occidente solamente podían permitirse las personas acaudaladas.

Dan Qing se sentó con los demás, pero ligeramente aparte. Fue el primero al que se sirvió y le pusieron delante la bebida preparada con la infusión de hojas secas que Metelo había tenido ocasión ya de probar. A los otros se les sirvió vino de palma.

El sol se puso en medio de nubes henchidas, que tenían el vientre negro y los bordes purpúreos; sus últimos rayos trazaron sobre la superficie del océano unos senderos llameantes, que llegaban casi hasta la barca.

Los hombres conversaban de buen humor. Hablaban principalmente de mujeres, y Metelo se sintió satisfecho por ello. No los oía hablar de mujeres desde hacía años, desde las últimas cenas tomadas en el campamento dentro de la tienda, en los montes del Tauro, durante las patrullas alrededor de Edesa. Luego no había habido tiempo ni manera, ni tampoco ganas.

Aquello era signo de una vitalidad recuperada. También Metelo sentía una fuerza y una energía que le encendían el pecho. Pero la herida se volvía más dolorosa aún porque su deseo, más fuerte cada día que pasaba, se dirigía a una persona que ya no existía. Y sin embargo su imagen todavía le seducía: pensar en sus labios carnosos, en su pecho generoso de mujer del sur, en sus caderas redondas le provocaba visiones, sensaciones concretas, aún vivas. Recordaba el último viaje que habían hecho juntos, en Italia. Una misión en Sicilia. Recordaba una tarde en Segesta, en la columnata de piedra del gran santuario; se habían sentado uno cerca del otro para contemplar la puesta de sol, habían hablado de lo que harían cuando él volviese definitivamente de Oriente, en la casa que quizá comprarían en las cercanías de aquel lugar maravilloso, en el olivar, en las villas, en el jardín de rosas, en los jazmines que perfumarían el aire de la noche. Criarían a su hijo como hacían sus antepasados: él mismo le ensañaría a hacer vino y a criar abejas. Tendrían hijos que crecerían en paz y vivirían tranquilamente a la sombra de las grandes columnas solitarias. Recordaba el piar de los pájaros que buscaban su nido en el arquitrabe que sostenía el tejado.

Y todo había desaparecido en un momento de desgarrador dolor, en un relámpago de sangre.

—¿No comes? —Oyó la voz de Daruma a su lado.

Metelo volvió a la realidad. Miró la comida en la escudilla y empezó a comer.

—Sé qué sientes, pero espera a que hayamos desembarcado y verás que las cosas cambiarán: los distintos paisajes, las ciudades, los países, las montañas, el rugido del tigre y el barrito del elefante. ¡India! Serán tantas y tales las nuevas sensaciones que tu vida volverá a discurrir como la corriente de un río que ha encontrado un nuevo camino después de que un cataclismo interrumpiera su antiguo curso.

»El mar, en cambio, es el espejo de nuestros pensamientos, y por desgracia de los más profundos y melancólicos. Refleja lo que hay oculto en las profundidades de nuestro espíritu, nuestros miedos inconfesados; hasta el rostro de la muerte se trasluce bajo la superficie líquida y cambiante, detrás del horizonte que huye cada vez más lejos, que no se deja nunca alcanzar.

Metelo sonrió.

—Hablas como uno de nosotros, como uno de nuestros poetas. Creía que vuestra filosofía tenía un remedio para estos miedos.

—La nuestra sí. Pero la tuya no. No es difícil para mí intuir lo que pasa por tu mente.

—Pues entonces sabes que no debes preocuparte; sobreviviré. Y haré lo que debo hacer.

La cena terminó pronto y la luna asomó por encima del mar iluminando la infinita extensión líquida. Metelo se quedó durante un rato observando la superficie refulgente del océano que reflejaba los rayos del astro en mil trémulas facetas; luego fue a apoyarse en la barandilla para abandonarse a ese espectáculo maravilloso que le recordaba mucho el mar Interior. Estaba recorriendo hacia atrás la ruta de Nearco, el almirante de Alejandro, y de Onesícrito, y dentro de no mucho vería lo que el gran caudillo macedonio no había ni siquiera soñado. Habría querido hablar con el príncipe de los ojos rasgados, pero solo notaba su altanería, su actitud distante, que percibía como una barrera infranqueable. Estaba fascinado por él, sí, incluso atraído, pero seguía pensando en la humanidad doliente de Valeriano, en el anciano emperador muerto a causa de las privaciones, en medio de sus soldados, con una dignidad y una fortaleza de espíritu a la que no habría podido compararse ninguna búsqueda filosófica.

Prefirió acercarse de nuevo a Daruma, que tomaba un sorbo de su infusión de hojas secas.

—¿De veras se conoce en China la existencia de nuestro imperio?

—Como te he dicho, sí. Pero lo que allí se sabe de vosotros no es mucho más que lo que vosotros sabéis de China. Sin embargo, se cuenta una historia: un general chino llamado Ban Chao llegó con su ejército hasta el mar Caspio, después de haber atravesado los grandes desiertos de Asia Central. Desde ahí mandó a su lugarteniente Gan Ying para que fuera a ver al soberano de Taqin Guo, es decir, del Imperio romano.

Metelo le miró asombrado:

—¿Cómo sabes estas cosas?

—Me las contaron los monjes de la fortaleza. Ellos guardan copias de documentos y obras que fueron destruidas en el incendio de la Gran Biblioteca de Luoyang.

—Continúa. ¿Qué le sucedió entonces a Gan Ying?

—Llegó hasta la costa de un mar interior.

—¿El Ponto Euxino?

—Es posible. La descripción de nuestras fuentes no es clara. Pero creo que es ese. Parece que llegó a solo dos días de marcha de la frontera de Taqin Guo.

—Increíble. Tenía que ser por la parte de Tigranocerta o de Fasi, en Armenia... ¿Y entonces?

—Entonces sucedió que Gan Ying tenía unos guías persas y cuando estos se dieron cuenta de que quería alcanzar los confines del Imperio romano y hablar con el emperador le dijeron que no lo conseguiría jamás, que la distancia que le separaba de la frontera con Taqin Guo era casi tan grande como la que ya había dejado a sus espaldas. Gan Ying se desalentó y volvió sobre sus pasos sin haber conseguido nada. Los persas no tenían interés en que los dos imperios hablasen.

—Es cierto. Los impuestos que imponen los persas por el paso de las caravanas de la seda les devengan grandes sumas, pero quizá no sea esta la única razón. Los dos imperios estaban demasiado alejados uno del otro para temerse, pero podrían haber tenido interés en colaborar o incluso en aliarse contra enemigos comunes. Los persas, por ejemplo.

—Los odias, ¿verdad?

—El odio es un sentimiento personal. No puede ir contra una nación entera. Odio a quienes hicieron morir de privaciones a mi emperador y a un compañero mío. Nos infligieron todo tipo de sufrimientos y vejaciones. Pero todo esto quizá no habría sucedido si nos hubieran rescatado.

»Nosotros tenemos a un gran historiador griego que sostiene que la historia es en gran parte fruto del azar. El acontecimiento que me has contado parece confirmar esta teoría. ¿Qué habría ocurrido si hace un siglo y medio los dos imperios hubieran establecido relaciones? ¿Cuál habría sido el destino de la humanidad, cuál el curso de la historia? Pero unos guías persas y una pequeña mentira evitaron que semejante cambio de época se produjese. Y así para China hemos seguido siendo Taqin Guo, un mítico país del extremo Occidente; y para nosotros China ha seguido siendo únicamente la Sera Maior, el país que produce la seda…

Metelo calló, pero Daruma intuyó lo que pasaba por su mente.

—¿Estás pensando que tú podrías desempeñar ahora esta tarea, ¿verdad? Sin duda sería posible. Imagina qué extraordinarias consecuencias tendría el encuentro de dos grandes imperios. ¡Piensa qué giro podría dar a la historia!

Daruma parecía verdaderamente entusiasmado por primera vez desde que lo conocía.

—Ahora no quiero pensar en ello —dijo Metelo—. Mi única preocupación es volver lo antes posible. Sin embargo… si pudiese…; es cierto que la idea me fascina. Pero me pregunto cómo es posible establecer algún tipo de relación con hombres como Dan Qing. Mi emperador hablaba todos los días con los soldados rasos.

—Porque hablaban el mismo lenguaje. Si quieres comunicarte con Dan Qing deberás aprender su lengua, no solo la lengua hablada, sino también la del pensamiento.

Metelo le miró con expresión escéptica.

—Yo te ayudaré, si quieres —dijo Daruma. Luego le deseó buenas noches y fue a acostarse.

Metelo tomó una copa de vino de palma y derramó un poco en el mar en honor al espíritu de Uxal, que flotaba con las olas, antes de que la luna desapareciera tras una nube.

Llegaron a la desembocadura del Indo al cabo de trece días; el gran río se anunció por una amplia mancha amarillenta que se extendía en medio del azul intenso del océano. En el amplio estuario había innumerables embarcaciones; las orillas estaban atestadas de mercaderes, marineros, braceros y campesinos. Todos desembarcaron excepto Dan Qing, que se quedó a bordo. Evidentemente aquel lugar no revestía para él ningún interés. O, si lo tenía, no lo dejaba entrever. Metelo y sus hombres se diseminaron por el mercado en su primera salida como hombres libres. Porque también el miedo es esclavitud: la de saberse perseguido y buscado, obligado a huir sin descanso.

En aquel lugar se respiraba realmente la atmósfera de un mundo distinto: los trajes, los vestidos, el color de la piel de los hombres. También los animales eran extraños: monos, papagayos, elefantes... Y vacas, sobre todo vacas, que iban por todas partes tranquilamente. El aspecto de aquellas vacas era especial: tenían una extraña joroba en el lomo, justo detrás del cuello, como los camellos.

Daruma, seguido por un pequeño grupo de marineros, hacía las compras para proseguir el viaje. Por lo que Metelo podía comprender, la barca remontaría un tramo del río aprovechando en parte el empuje del monzón y luego, no sabía exactamente dónde, amarrarían en cualquier parte y proseguirían en caravana hasta el destino final.

A cierta distancia del mercado, Balbo, Cuadrato y los demás observaron una pequeña multitud congregada en torno a un árbol tan grande que habría podido cubrir a una legión entera. De sus ramas pendían auténticas columnas de vegetación; en realidad eran raíces que se extendían hacia el suelo y allí se transformaban en troncos de apoyo para las ramas demasiado salientes. Metelo volvió a quedarse maravillado cuando, tras abrirse paso entre el gentío, vio la razón de aquel hacinamiento. Sentado en el suelo, con las piernas cruzadas y la cabeza tocada con un turbante, había un hombre huesudo, de piel gris y rugosa y con una larga barba, absorto en la meditación. Tenía las manos cruzadas entre las rodillas, con las palmas vueltas hacia el cielo. Estaba tan inmóvil que parecía una estatua; le recordó a un antiguo personaje de la cultura griega: el filósofo Diógenes, el cínico que vivía dentro de un tonel y bebía en un cuenco de madera. Debía de ser uno de esos gimnosofistas de los que hablaban sus lecturas sobre Alejandro. Alguien como el maestro indio que había seguido al soberano macedonio en el camino de vuelta hasta Persépolis y luego se había quemado vivo arrojándose a la pira. Kalanos...

Aquel anciano huesudo, como Kalanos, daba muestras de no temer a la muerte: una serpiente venenosa se deslizaba por su vientre y subía hasta la altura del cuello, donde agitaba la pequeña lengua bífida a una pulgada de su rostro.

También los soldados de Metelo se habían quedado boquiabiertos.

—Realmente este es un país extraño —murmuró Balbo, estupefacto.

—Lo es —comentó Antonino—. Cuando volvamos a casa tendremos muchas cosas que contar.

Rufo se separó del resto del grupo.

—Yo voy a echar un vistazo al puerto. Nunca se sabe... Tal vez consiga encontrar una nave de las nuestras.

—Olvídalo —dijo Metelo—. Estarán fondeadas aquí por lo menos seis meses hasta que cambie el viento. Además, hemos dado nuestra palabra. Os pregunté si alguien era de otro parecer, si alguien quería intentar volver por su cuenta, y respondisteis que todos queríais estar conmigo. Y lo estaréis, por Hércules. ¡Os juro que lo estaréis!

—Nadie quiere echarse atrás, comandante —replicó Rufo—. Solo era para intercambiar dos palabras en latín, si fuera posible. Y tal vez mandar un saludo a casa. A veces, de boca en boca, de paso en paso... No podemos asegurar que vayamos a regresar todos; aún nos esperan pruebas difíciles, quizá ataques, combates. No será un paseo; por eso pensaba que si conseguía mandar un mensaje...

—Volveremos, Rufo. Y todos juntos. Te lo prometo. Y haremos una gran fiesta; recordaremos unidos los peligros y los padecimientos por los que hemos pasado y encima nos reiremos... Ahora reunámonos con Daruma; nos está esperando.

Echó una última ojeada al viejo esquelético envuelto entre los anillos de su serpiente y echó a andar abriéndose paso a través de la multitud.

Remontaron el Indo de nuevo durante un buen trecho. Metelo trataba de reconocer los lugares que Alejandro había visto cuando descendió el río en dirección opuesta. A su derecha se extendía la India profunda, la que el caudillo macedonio no había visto nunca, y se preguntaba qué habría sentido al ver desfilar aquel fantástico paisaje ante sus ojos, asomado por la borda de la nave real, al ver cómo asomaba el sol en el horizonte neblinoso, entre las espesas copas de aquellos árboles gigantescos junto a bandadas de miles de pájaros. Había sufrido, ciertamente; su alma insaciable de conocimiento había sufrido al ver huir el horizonte que se curvaba en los confines del mundo que el destino le había negado.

Metelo, en cambio, ¿lo conseguiría? ¿Conseguiría con su minúsculo ejército alcanzar los confines de la tierra, hasta el océano sin olas? A medida que avanzaba, los aspectos reales de la naturaleza ahuyentaban las imágenes míticas de la *Naturalis Historia* y del *De Mirabilibus*, en el cual había basado sus conocimientos de las tierras orientales, pero no por ello la naturaleza era menos maravillosa que la leyenda.

De noche, cuando atracaban en alguna orilla pantanosa, Metelo podía oír los reclamos de unos animales desconocidos y, a veces, el sordo rugido del tigre que salía en busca de una presa. Los marinos taprobanos temblaban al oír aquel rugido y se miraban fijamente unos a otros con los ojos desorbitados; también sus compañeros miraban a su alrededor, intimidados. Solo Dan Qing parecía no conocer el miedo. A veces, armado únicamente de un cuchillo, bajaba a tierra y se internaba en la espesura del bosque totalmente solo. A menudo Metelo quería ofrecerse a acompañarlo, pero Daruma siempre lo disuadía. Era evidente que caminar por la selva no representaba para él ningún peligro y en cualquier caso debía de tratarse de uno de sus muchos comportamientos poco comprensibles.

Casi por todas partes vieron elefantes. Aquellas maravillosas criaturas, que asombraban en Occidente, eran consideradas prácticamente unas bestias, hasta el punto de que se exhibían en los combates del anfiteatro y se utilizaban como animales de trabajo; desplazaban y levantaban troncos de árbol con la trompa o bien arrastraban enormes cargas en carros o carromatos.

A menudo se desencadenaban temporales y entonces se abrían las esclusas del cielo; caían verdaderas cataratas, muros de agua se plantaban delante de la proa de la barca, y los relámpagos, seguidos de las espantosas detonaciones de los truenos, iluminaban como si fuera de día unas extensiones increíbles de territorio. Nunca en su vida aquellos romanos habían visto nada parecido. Ahora atravesaban cada vez más a menudo zonas inundadas por el río desbordado y se veía a los cocodrilos indios que chapoteaban indolentemente en el agua limosa, o bien se disputaban la carroña de algún animal doméstico que se había ahogado; azotaban el agua con la cola escamosa y apretaban sus poderosas mandíbulas con secas dentelladas.

Otras veces vieron enormes serpientes manchadas que se deslizaban a lo largo de las ramas de las plantas que llegaban hasta el agua o bien surcaban con sinuosos y elegantes movimientos los turbios pantanos que se extendían más allá de los márgenes. Daruma explicó que aquellos monstruos eran inofensivos para el hombre, mientras que otros eran tan venenosos que quien era mordido por uno de ellos podía morir en pocos instantes.

La naturaleza que encontraban era aterradora y casi siempre hostil, pero fascinante. Los hombres manifestaban su maravilla a cada nuevo descubrimiento.

En un determinado momento, el soplo del monzón se hizo demasiado transversal y los hombres bajaron a tierra, mientras que la barca regresó al puerto de la desembocadura. Había que continuar a pie.

Siguieron agotadoras marchas por espacio de más de un mes hasta la confluencia de los tres grandes afluentes de la izquierda del Indo: el Hifasis, el Acesines y el Hidraotes. Era allí donde Alejandro había construido los doce altares a los dioses olímpicos para marcar el límite de su marcha hacia Oriente. Metelo pidió a Daruma que se informase sobre su existencia; pensaba que sería interesante visitar el lugar, pero nadie sabía nada de él. Habían pasado más de cinco siglos y medio desde la aventura del joven rey macedonio y también el reino griego de Bactriana había dejado de existir hacía ya mucho tiempo. Barrido por poblaciones que el Imperio chino había repelido de sus fronteras.

En todo este tiempo, Metelo pasó muchas horas con Daruma aprendiendo la lengua de Dan Qing. Daruma le había convencido de que esto le ayudaría a mejorar sus relaciones y favorecería el entendimiento entre ambos. Para el príncipe, hablar una lengua extranjera que sin embargo conocía era una humillación intolerable que, sumada a su natural altivez aristocrática, creaba una barrera casi infranqueable.

—No lo hago por él —decía Metelo—; siento curiosidad por esta lengua hecha de monosílabos, tan distinta y lejana de la nuestra. Por otra parte, siempre he tenido una inclinación natural por aprender lenguas. En Edesa era el único oficial superior que hablaba persa de modo inteligible.

—Es cierto —admitía Daruma—. Tienes unas notables dotes naturales y aprendes rápido.

En su fuero interno pensaba que tal vez la curiosidad por el nuevo mundo estaba creciendo en el espíritu de Marco Metelo, hasta el punto de que le movía a aprender la lengua como si tuviera que pasar allí una larga temporada o quedarse para siempre.

Luego, un día, Metelo se interesó por las montañas de las que había oído solo vagas noticias y descripciones contradictorias.

—El Cáucaso índico —respondió Daruma—. Así le llamáis vosotros, porque así lo llamó vuestro Alejandro. Son las montañas más altas de la tierra. Las cumbres se alzan hasta la morada de los dioses, sus laderas están cubiertas de cascadas de hielo y en esta estación el soplo tibio del monzón provoca aludes desastrosos; masas de nieve capaces de sepultar una ciudad se precipitan con un estruendo ensordecedor destruyendo selvas enteras, arrastrando consigo peñascos grandes como casas. A medida que se asciende la cantidad de aire disminuye, respirar se hace cada vez más difícil, el cansancio aumenta paso a paso hasta volverse invencible. He oído hablar de personas que, tras subir por las laderas de uno de estos montes más allá de todo límite razonable, han conseguido recorrer en un día solo cien pasos.

Metelo se alegró de que sus hombres no entendieran lo que Daruma decía, porque de lo contrario se habrían quedado aterrorizados. Eran excelentes soldados, excepcionales combatientes, pero estaban acostumbrados a luchar contra otros seres humanos; la idea de desafiar a la naturaleza les habría llenado de espanto y, por otra parte, también a él le hacía sentirse inquieto. Lo único que le tranquilizaba era la calma de Daruma, que debía de ser la consecuencia de su larga experiencia.

—¿Me cuentas estas cosas para asustarme? —le preguntó—. Normalmente se hace lo contrario: no se habla de las dificultades para no asustar a los hombres.

—Tú decidirás cómo hablar a tus soldados. Por lo que a mí se refiere, prefiero que sepas qué nos espera; no quiero encontrarme en situaciones de emergencia y tener que ocuparme de una escolta presa del pánico.

—Supongo que te has encontrado en esa situación más de una vez.

—Por supuesto.

—Y que has salido indemne, ya que puedes contarlo.

—Me parece obvio.

—En ese caso, también nosotros sabremos arreglárnoslas. No le tememos a ninguna dificultad ni a ningún peligro. También entre nosotros hay montañas muy altas, los Alpes, y nuestras legiones las atraviesan en todas las estaciones.

—Mejor así —respondió Daruma—. No esperaba otra respuesta de ti.

Avanzaron en etapas de cerca de siete millas diarias; se detenían de vez en cuando en las aldeas para comprar comida y abastecerse de agua. Conocieron así el grano de los terrenos húmedos, mucho más fino que el normal pero de color muy parecido. Se consumía hervido, acompañado de verduras y pescado, y era particularmente sabroso. Los hombres se preguntaban por qué con tantas vacas como se veían no había forma de comer un pedazo de ternera y hubo que explicarles que las vacas eran sagradas en aquel país y que matarlas se consideraba un delito tan grave como asesinar a un ser humano. La fruta les compensaba en parte de estas privaciones: era tal su variedad, tan deliciosos los sabores y aromas, que los hombres la comían en grandes cantidades.

Avanzaban llevando a los caballos y camellos al paso. Dan Qing cabalgaba a la cabeza montando un caballo negruzco; por lo general iba en silencio, como de costumbre. A su lado, algo retrasado, galopaba Marco Metelo a lomos de un alazán. Luego venían los dos centuriones, a pie, seguidos cada uno de ellos por tres hombres en fila, distanciados entre sí, que flanqueaban los camellos guiados por Daruma. Cerraban la caravana Antonino y Rufo con su inevitable jabalina.

Marchaban *expediti*, armados a la ligera, tal como había dispuesto Sergio Balbo, pero de todas maneras iban a paso cadencioso; sus armaduras desmontadas viajaban con la impedimenta de la caravana. Se preguntaban cuándo tendrían que armarlas de nuevo y llevarlas para cumplir con su servicio.

El cielo estaba casi siempre cubierto de unos nubarrones densos y bajos que descargaban de vez en cuando fuertes chaparrones. El terreno se volvía enseguida resbaladizo, una barrizal amarillento recorrido por arroyuelos de agua turbia; las ropas se empapaban y el agua corría por la espalda, los brazos y las piernas hasta el suelo. Resguardados bajo techumbres de cañas, los habitantes de los pueblos les miraban desfilar llenos de curiosidad, pensando que debían de tener mucha prisa para no detenerse y esperar a que dejara de llover.

Un día, las llanuras comenzaron a ondularse, por lo que el

sendero se volvió cada vez más pronunciado, en dirección a ese techo de nubes plúmbeas. La vegetación empezó a ralear y a cambiar. La selva húmeda cedió el paso poco a poco a una vegetación de helechos arborescentes y luego a unos árboles de hoja perenne de aspecto majestuoso. A Metelo le recordaban los cedros del Líbano que había visto a menudo en las provincias orientales del imperio.

—En efecto, son cedros —le explicó Daruma—. En nuestra lengua los llamamos *Deodara*.

—¿Qué significa?

—Árbol de Dios —respondió solemnemente Daruma.

—Es extraño —comentó Metelo—. Me recuerda el griego.

—Así es —confirmó Daruma—. En coiné sería *Diosdendron*.

—¿Y cómo puede ser?

—Te parecerá extraño, pero nuestra lengua tiene muchas coincidencias con el griego. Es posible que en tiempos remotos nuestros pueblos vivieran cerca el uno del otro.

—Los judíos sostienen que al comienzo de los tiempos los hombres hablaban todos la misma lengua, pero que luego, por haber pecado de soberbia para con su terrible Dios, fueron dispersados y separados y también sus lenguas comenzaron a diferenciarse…

Estaban tan enfrascados en la conversación que casi no se dieron cuenta de que las nubes estaban ya casi a punto de adoptar el aspecto de una espesa niebla. Avanzaron en silencio en medio de la densa neblina, intimidados por aquella dimensión sorda que les absorbía y donde todos los ruidos se disolvían. Luego, poco a poco el manto de vapor se hizo más ralo, hasta abrirse totalmente y en el esplendor imprevisto y casi cegador del sol y de las nieves aparecieron las montañas, la cimas resplandecientes de hielo, los picos puntiagudos que perforaban el cielo.

17

La vista de la inmensa cordillera dejó a Metelo estupefacto. Nunca habría imaginado un espectáculo parecido, fascinante y terrible a la vez. La cadena montañosa se elevaba sobre una interminable planicie y las cimas más altas parecían pináculos de cristal, resplandecientes cual diamantes. Algunas estaban envueltas en nubes, otras se recortaban contra el cielo, de un azul tan intenso que recordaba el del firmamento nocturno. Pensó en la modesta mole del Olimpo que había inspirado a los griegos la imagen de la morada de los dioses y sonrió: ¡qué minúsculo parecía su mundo en comparación con las manifestaciones de aquella naturaleza titánica!

Comprendió por qué Alejandro había identificado la inmensa cadena montañosa con el Cáucaso y había imaginado que se encontraba allí el lugar del suplicio de Prometeo. No podía apartar la vista de aquellas cumbres altísimas, tanto que infundían una sensación de vértigo; luego, miró a sus hombres y leyó en sus ojos un asombro mayor aún.

Oyó que Antonino decía:

—Estoy convencido de que quien consiguiera subir a la cima de una de esas montañas podría ver los confines de la tierra y la corriente del océano que lo rodea.

—Nadie puede subir a esas cimas. Quien se ha acercado simplemente a sus pendientes ha contado cosas espantosas. Es imposible avanzar más allá de determinado límite, porque el frío es tan intenso que acaba con la vida de todo lo que se expone a él, aunque solo sea por breve tiempo —dijo Daruma adivinando el sentido de las palabras pronunciadas por Antonino—. También el aire se vuelve irrespirable por demasiado enrarecido.

La conversación no se prolongó mucho más, pues todas las energías estaban ya concentradas en la marcha ascendente que hacía que respirar fuera cada vez más difícil.

Metelo observó que los indígenas eran más bien bajos de estatura y con el pecho muy ancho. Pensó que debía de ser por la necesidad de respirar. Asimismo, vio, a lo largo del recorrido, construcciones de piedra en forma de dado rematadas por una cúpula y a veces por una aguja. Por su aspecto se habría dicho que eran muy antiguas. Durante una parada preguntó a Daruma qué eran.

—En nuestra lengua se llaman *stupa* —respondió el mercader—. Al principio se construyeron para guardar las reliquias de un filósofo, profeta o taumaturgo, no sé cómo decirlo en coiné. Luego simplemente como monumentos para recordar su predicación y sus empresas. Se llamaba Siddharta, pero posteriormente se le conoció como Buda, que significa «el Iluminado».

»Su palabra llegó también a China, allí encontrarás su imagen en muchos lugares. Le verás siempre en actitud de meditación, lo cual le permitió alcanzar la iluminación y la imperturbabilidad.

—Por tanto, ¿el tao de Dan Qing tiene que ver también con las enseñanzas de este filósofo?

—En parte, sí. El maestro del príncipe es un hombre profundamente imbuido de ambas filosofías: la de Buda y la de los sabios chinos, el maestro Kong Fuzi y el maestro Lao Tse. Como ves, comandante, el sendero de la iluminación trazado por...

Metelo le interrumpió con un suspiro de mal disimulada impaciencia.

—Mucho me temo que será difícil para mí seguirte en este terreno, Daruma. Le pides demasiado a un simple soldado.

Daruma sonrió:

—Descuida. Quizá ni siquiera yo sabría ir más lejos en la explicación. No soy más que un mercader.

—De eso no estoy del todo seguro —respondió Metelo—, pero ya tendremos tiempo de conocernos, supongo. En cuanto a los filósofos y a los profetas, siempre los he evitado como a la peste.

—¿Por qué? —preguntó Daruma—. ¿Acaso temes enfrentarte con el pensamiento de quien se ha elevado más que tú?

—Puede ser —fue la respuesta del romano—, pero yo soy un soldado; a los hombres como yo lo que se les pide es que garanticen suficiente paz y seguridad dentro del Estado para que también los filósofos puedan desarrollar su actividad, para que los jueces puedan administrar justicia y los artistas y los poetas puedan producir sus obras. Para lograrlo hemos de enfrentarnos y luchar contra quien no tiene con qué alimentarse, contra quien no sabe construir casas ni cultivar campos, con seres primitivos movidos por una salvaje voluntad de conquista, la misma que animó a nuestros antepasados en los orígenes de la primera república.

»Ves, Daruma, yo creo que los hombres se dirigen a los profetas y a los taumaturgos cuando están seguros de que nuestras espadas pueden garantizar su vida y su hacienda. También entre nosotros se ha extendido mucho en los últimos tiempos la religión de un maestro judío llamado Cristo que dicen que es el hijo de Dios. Este profeta fue ajusticiado por uno de nuestros gobernadores hace más de doscientos años por un delito de sedición, y ahora, poco a poco, su palabra está conquistando nuestro imperio. ¿Sabes por qué? En realidad tampoco él puede garantizar la seguridad de nuestro Estado y mucho menos de nuestro mundo, pero promete a sus fieles la felicidad en el otro, es decir, en un lugar que nunca nadie ha visto y del que nadie ha vuelto jamás. La gente se dirige a los dioses cuando está desesperada, cuando no puede ya creer en nada más. Y si los viejos dioses no inspiran ya confianza, se buscan otros nuevos.

—Entre nosotros hay una palabra que designa a los hombres que piensan como tú.

—También entre nosotros —le interrumpió Metelo—. Los

llamamos escépticos. Y lamentablemente también esta palabra proviene de una escuela filosófica. Pero recuerda, Daruma, los hombres como yo quizá no sepan hablar de forma brillante, pero tienen un gran mérito: están acostumbrados a contar solo con ellos mismos y con otros hombres del mismo temperamento.

—¿Te refieres a ellos? —preguntó Daruma indicando con una seña a los soldados romanos que estaban levantando el campamento.

—A ellos —confirmó Metelo.

—Sin embargo, el prodigioso salto de Dan Qing te impresionó. Y era un gesto real, realizado por un hombre de carne y hueso como tú.

—Es cierto —tuvo que admitir el romano—. Pero ¿de qué le sirve tanta habilidad si no es capaz siquiera de comunicarse, si se pasa la mayor parte del tiempo encerrado en sí mismo? ¿Qué le hace diferente de una piedra o de un árbol o, si prefieres, de un filósofo encerrado en sus convicciones?

Daruma se volvió y observó durante un instante a Dan Qing, sentado sobre sus talones delante de un pequeño *stupa*; luego respondió:

—Es difícil juzgar a un hombre por su apariencia. El silencio y el aislamiento pueden ser a veces un castigo que uno se impone a sí mismo.

Al día siguiente reanudaron la marcha y avanzaron hasta el paso, desde el cual volvieron la cabeza atrás para mirar el largo sendero serpenteante que habían recorrido y que visto desde lo alto parecía más pronunciado aún. Se detuvieron para pernoctar en un lugar donde había un corral para los animales y una posada. En aquella modesta construcción hecha de piedra y troncos de árbol, un anciano con una barba fina y unos ojos parecidos a los de Dan Qing servía a los parroquianos un estofado de cordero acompañado de grano de los terrenos húmedos hervido y condimentado con grasa de animal.

No era una comida apetecible para los hombres de Metelo, pero no había otra alternativa. En aquel lugar apartado del mundo no podía haber ciertamente mucho donde elegir.

En el paso traspasaron las cargas a unos camellos de Bactriana, mucho más adecuados para el tipo de terreno, la temperatura y las alturas de la montaña.

Reanudaron el camino al día siguiente; descendieron primero a una extensa meseta y luego volvieron a iniciar la subida. Al cabo de algunos días de marcha los hombres comenzaron a resentirse de los ojos y a sentir náuseas. Metelo dio un remedio para los ojos: una venda negra con dos aberturas muy estrechas que los protegieran contra la luz demasiado intensa. Para las náuseas, Daruma se limitó a distribuir sal para que la masticaran.

Dan Qing parecía no acusar el esfuerzo que suponía moverse en lugares tan impracticables, quizá porque ya se encontraba en su ambiente. A medida que avanzaban la gente se parecía cada vez más a él físicamente, a pesar de que aquellos montañeses tuvieran el rostro surcado por profundas arrugas y de color terracota a causa del sol y de la gran sequedad de aquellos lugares. Los romanos se daban cuenta de que ahora eran ellos el objeto de interés y de una evidente, aunque discreta, curiosidad por parte de los nativos.

Estaba claro que no habían visto nunca a nadie de su raza que viajara por aquellos parajes; los niños, curiosos como en cualquier lugar del mundo, se acercaban para tocar con la mano a los extraños individuos de cara peluda, de brazos velludos como los de los simios y de ojos redondos. Sobre todo sentían curiosidad por Septimio, que tenía los ojos azules y el pelo muy rubio. Se le acercaban hasta tocarle las rodillas y enseguida salían corriendo entre risas para esconderse detrás de las piernas de sus padres.

Después del primer paso recorrieron otras quince etapas, hasta la base de un segundo desfiladero aún más alto que el primero. Aquí abandonaron los camellos de Bactriana y traspasaron la carga a unos extraños bueyes pequeños y de pelaje muy largo; eran las únicas bestias, dijo Daruma, capaces de enfrentarse a las altitudes que les esperaban. Atravesaron así un paso de montaña cuya belleza era cada vez más extraordinaria y salvaje: los picos nevados se cernían sobre la caravana cual pirámides de hielo de reflejos azulados, el sendero trepaba por las laderas de las montañas y se hacía cada vez más angosto, cortado a pico sobre unas escarpadas paredes, sobre abismos que cortaban el aliento. Cuando una piedra, golpeada por el paso de un hombre, caía al barranco, se oía el ruido de los guijarros que desprendía y de otras muchas piedras que rebotaban a lo largo de las laderas del precipicio, lo que hacía que todos se dieran cuenta perfectamente de que dar un paso en falso significaba una muerte segura.

Avanzaban lentamente detrás de los guías locales, que llevaban del ronzal a los velludos bueyes con su carga; se acostumbraban día a día, casi hora a hora, a respirar aquel aire distinto, y se adaptaban a una luz cada vez más diáfana, a una atmósfera cada vez más transparente.

A medida que ascendían, el frío se hacía más punzante y las paredes del abismo estaban cada vez más próximas, hasta que fue evidente que tendrían que pasar al otro lado y que para hacerlo era preciso atravesar un puente de madera tendido con unas cuerdas entre las dos paredes rocosas encima del precipicio. Los hombres, cohibidos, se miraron unos a otros; en sus rostros Metelo vio terror. Por más que estuvieran acostumbrados a todos los peligros y aventuras, no habían tenido tiempo aún de habituarse a la dureza de aquel mundo extremo. Solo la serenidad y la firmeza de su comandante y el ejemplo de los centuriones les dieron la necesaria sensación de seguridad con la que desde siempre aceptaban la disciplina.

—Limitaos a mirar delante de vosotros —dijo Metelo— y nunca abajo. En el fondo, solo son unos cuantos pasos. Habéis hecho otras cosas por el estilo.

Lo más difícil fue hacer andar a los animales. Primero pasó Balbo con uno de los guías indígenas; llevaban una cuerda para atarla a un anclaje de la pared opuesta y asegurar a ella las bestias de carga para que no se desplazasen demasiado ni a derecha ni a izquierda y desequilibraran toda la estructura. Luego les llegó el turno a los hombres. Dan Qing atravesó sin dificultad y sin agarrarse a la cuerda; Daruma pasó el último, escoltado por Luciano y Rufo, que le hacían de apoyo por ambos lados.

El tiempo empeoraba rápidamente, un viento cada vez más frío soplaba racheado a través de la angosta garganta y hacía que el puente empezara a oscilar. Bastaría un pequeño retraso para que fuera imposible pasar. Cuando también Daruma puso el pie en la otra parte, comenzaron el descenso, aunque la luz disminuía deprisa ante la proximidad de la noche. Recorrieron el pequeño sendero que llevaba a lugares menos ásperos y temperaturas más soportables y finalmente plantaron el campamento, extenuados por el cansancio y ateridos por el intenso frío.

Continuaron avanzando también al día siguiente y durante varios días más, hasta que llegaron a una encrucijada con otra pista que provenía de oriente cortando la ladera de una cordillera rocosa abierta en profundos barrancos. Se detuvieron allí a descansar y a cambiar de nuevo los bueyes por otros camellos de Bactriana y unos caballos pequeños y peludos pero muy resistentes.

Metelo se quedó asombrado por el sistema de cambio de los animales, aunque le recordaba en cierta medida el cambio de caballos que se practicaba en el imperio a lo largo del *cursus publicus*, el gran sistema viario que llegaba hasta las más remotas localidades de África o de Britania. Con la diferencia de que aquí no había un Estado que regulara las prácticas y los cambios, solamente se regían por la necesidad de los viajeros y las costumbres de las comunidades locales.

—Más al norte —le explicó Daruma— hay tribus nómadas que crían los mejores caballos del mundo. Los chinos los llaman «los caballos que sudan sangre» y están dispuestos a pagar por ellos cifras exorbitantes. Algunos emperadores han cedido a sus propias hijas como esposas a los jefes bárbaros con tal de tener una manada de estos fantásticos animales. Cuando estemos en el Imperio de los Dragones seguro que verás algunos.

—¿El Imperio de los Dragones? —preguntó Metelo—. ¿Qué significa eso?

—Significa China —respondió Daruma—. Es otro de sus muchos apelativos. El dragón, bajo diversas formas, tanto de demonio como de protector, es una figura mitológica en ese país.

Daruma pronunciaba muchas palabras y expresiones en chino para obligar a su discípulo a ejercitarse en aquella lengua, aunque se daba cuenta de que su idea fija era regresar.

En todo aquel tiempo Metelo había hablado muy poco con Dan Qing; solo breves frases de cortesía en persa en el momento de pasarse las viandas durante la comida o en el primer encuentro matinal o por la noche en el momento de acostarse. Pero no había dejado en ningún momento de estudiar la lengua con Daruma, cada noche después de la cena y a veces también durante las paradas, y sus progresos eran continuados.

Durante las últimas etapas en la gran cadena montañosa el tiempo empeoró de nuevo y se encontraron en medio de una tempestad de nieve; una situación para la que no estaban preparados y que resultó muy dura. Comenzó a soplar un viento gélido y cortante como una hoja, que penetraba hasta la médula de los huesos y que ninguna indumentaria conseguía proteger. Luego comenzó a caer una densa nevisca de cristales punzantes, mientras que el viento silbaba entre las gargantas montañosas con un sonido lastimero. Metelo y sus hombres tuvieron que recurrir a toda su entereza de ánimo y a su resistencia para no dejarse vencer por el frío y la fatiga.

Varias veces Dan Qing los observó con su mirada oblicua; si alguien hubiese podido descifrar su impenetrable expresión habría visto que sentía admiración por la capacidad de resistencia que demostraban los hombres de Taqin, por aquella terca voluntad de enfrentarse a las fuerzas de la naturaleza.

Las condiciones siguieron empeorando; el frío se hizo aún más intenso, hasta congelar los miembros de los viajeros, que a duras penas conseguían moverse. De golpe, en un recodo del sendero, mientras descendían en medio de los remolinos de nieve, cayó algo delante del caballo de Dan Qing, que hizo un movimiento extraño y lanzó un relincho de terror.

El príncipe, cogido por sorpresa, cayó hacia atrás y el caballo se desplomó a su lado, mordido por un leopardo blanco.

Dan Qing estaba atrapado entre el cuerpo del caballo y el borde del precipicio. Si intentaba liberarse, podía caer al abismo. Entretanto el leopardo le había visto y, tras dejar la garganta del caballo ya agonizante, avanzó hacia la presa humana mostrando sus colmillos ensangrentados y extendiendo sus garras. Publio, que seguía a corta distancia al príncipe, se lanzó hacia delante agitando la capa contra el hocico de la fiera. El leopardo, al que el hambre había vuelto audaz, continuaba rugiendo amenazadoramente y soltando zarpazos contra aquellos que creía unos competidores dispuestos a arrebatarle su presa. Mientras Publio trataba de desenvainar la espada que, bloqueada por el hielo, no salía de la funda, Balbo y Antonino acudieron rápidamente y consiguieron poner a salvo a Dan Qing. En aquel momento, un zarpazo del leopardo hirió en el brazo a Publio, que resbaló hacia el precipicio. Metelo gritó: «¡Ayudadle!». En el instante en que el leopardo daba el salto definitivo, se volvió hacia atrás para coger la jabalina de Rufo, que venía inmediatamente después de él, y girando velozmente sobre sí mismo traspasó al leopardo justo en el momento en que le caía encima.

Publio gritaba:

—¡Ayudadme! ¡Estoy aquí, ayudadme!

Mientras Metelo se liberaba del cuerpo inerte de la fiera, Cuadrato, Balbo y Septimio formaron una cadena humana para coger la mano de Publio, abrazado a un saliente rocoso.

Septimio consiguió sostenerlo antes de que se precipitase en el abismo y ponerlo a salvo. Metelo, tras extraer la jabalina del cuerpo del leopardo, se quedó mirando a la fiera moribunda, que exhalaba nubes de vaho por los ollares y manchaba con su sangre la blancura de la nieve. Era una fiera soberbia como no había visto otra en su vida, completamente blanca; solo las manchas oscuras de su blanco pelaje permitían distinguir su forma sobre la nieve.

Marco Metelo se dio la vuelta y se encontró de frente a Dan Qing. Inmóviles como estatuas de nieve, se miraron fijamente a los ojos sin decir nada, luego Metelo se acercó a Publio, que temblaba aún de frío y de terror, y lo abrazó como a un hijo que hubiera escapado de la muerte. Retomaron el camino bajo el azote de la tempestad y llegaron agotados, tras la puesta del sol, a la siguiente parada: una cabaña hecha con troncos de árbol anexa a un establo. Hambrientos y medio congelados, consiguieron meter a los animales debajo del cobertizo y entrar en la cabaña, en la que ardía un fuego en un gran brasero situado en el centro de la estancia, debajo de un agujero que había en el techo por el que salía el humo. En el brasero hervía entre borbotones una olla. De una de las vigas del techo pendía una lucerna humeante, alimentada con la grasa de algún animal.

Una pareja de ancianos estaban sentados sobre una piel de oveja y miraban fijamente la olla, cada uno con una escudilla en la mano. Iban tocados con gorros de piel de oveja y estaban arrebujados en unas largas casacas de piel. Daruma dijo algo y el viejo hizo una seña a todos para que se acomodaran. Dan Qing fue el último en entrar y se sentó en un rincón, sobre los talones.

La anciana les ofreció escudillas, luego cogió la olla del fuego y les sirvió una mezcla de caldo con algún pedazo de carne de cordero. La comida caliente devolvió a la vida a aquellos hombres extenuados, pero también les provocó un profundo sopor. Nadie tenía ganas de hablar; en cuanto terminaron de comer, en la tibia atmósfera del lugar, los romanos se desplomaron uno tras otro sobre las pieles de oveja, vencidos casi instantáneamente por el sueño.

Más por costumbre que por recelo, Metelo salió para hacer una breve inspección. La luna despuntaba entre un manto de densos vapores e iluminaba con una luz espectral las montañas azotadas aún por la tormenta. Los caballos y las bestias de carga comían tranquilamente heno en los pesebres; en la lejanía se oía el canto quejumbroso de un ave nocturna que resonaba en el fondo del valle. Volvió hacia el refugio y se encontró de frente con Dan Qing.

—¿Por qué lo has hecho? —le preguntó el príncipe en persa.

—Me pagan para ello —respondió Metelo y, sin añadir nada más, entró.

Al día siguiente la naturaleza parecía haber cambiado por completo. El sol naciente teñía de rosa los picos nevados y hacía resplandecer los verdes prados que cubrían las pendientes inferiores de los montes. El viento se había calmado y un águila volaba en el cielo con un amplio vuelo solemne. Cuadrato fue el primero en salir para estirar los miembros entumecidos, se acercó a un abrevadero, rompió el hielo y se lavó la cara con agua helada. Al poco salieron los demás, y por último Dan Qing seguido por Daruma. Los guías prepararon las bestias mientras los dos ancianos distribuían tazas de leche caliente. Daruma pagó con moneda india y la caravana se puso nuevamente en marcha. Viajaron todo el día y el siguiente hasta una extensa zona llana, donde empezaron a cruzarse con otras caravanas más o menos grandes que avanzaban en sentido contrario con su carga de mercancías. La gente se parecía mucho a Dan Qing y Metelo pensó que la meta no debía de estar muy lejos. Calculando el tiempo empleado para llegar hasta aquel lugar desde la desembocadura del Indo, consideró que faltaba más o menos otro mes para alcanzar el punto de llegada, a partir del cual se iniciaría el camino de vuelta.

Siguieron avanzando durante veinte etapas más de unas doce millas diarias; atravesaron una tierra de estepa y luego un desierto muy árido en el que habría sido imposible moverse sin guías locales que conocían las pistas y los pozos en los que calmar la sed de hombres y animales.

Metelo estaba seguro de que estaban recorriendo tierras que ni siquiera Alejandro había conocido en su larga marcha hacia oriente, mucho más allá de Maracanda y mucho más allá de Alejandría Última. Estaba seguro de haber superado las tierras que Heródoto atribuía a los pueblos más remotos, a los isedones y a los hipomolgos; incluso el aspecto del cielo y de sus constelaciones le parecía distinto. Recordó que Antonino había servido en el ejército como agrimensor y se preguntó si sería capaz de trazar un mapa de su recorrido, pero enseguida se dio cuenta de que carecían de los instrumentos para ello, los puntos de referencia y el material para escribir y dibujar. También pensó que cuando llegaran a su destino podría construir una *groma*, disponer de material para escribir y dibujar y trazar un mapa durante el viaje de vuelta. Un mapa semejante sería un patrimonio inestimable, la descripción de un territorio que ahora desfilaba bajo el paso paciente y constante de sus soldados.

La sensación dominante en su ánimo y en el de sus hombres era que estaban atravesando un territorio sin fin y que su mundo empequeñecía a medida que se alejaban de él, igual que sucede cuando se miran los objetos y a la gente desde lo alto de una torre o desde el borde de un precipicio.

La inmensidad de Asia cortaba el aliento; la enorme extensión de los desiertos, las llanas estepas delimitadas tan solo por el horizonte, dominadas por silencios abisales o por el reclamo reiterado y monótono de unas criaturas misteriosas y ocultas. Los crepúsculos casi imprevistos lanzaban resplandores sangrientos sobre las arenas doradas y daban paso inmediatamente a miríadas de trémulas estrellas en las infinitas extensiones celestes. A veces, en plena noche, se oía de repente un breve aleteo, bandadas de fantasmas alados cruzaban las tinieblas sobre sus cabezas recorriendo senderos invisibles. La luna asomaba como un gran escudo de plata para iluminar un paisaje espectral y despertaba el largo aullido lastimero de los chacales; a veces, en forma de fina hoz, rozaba el perfil ondulado de las dunas, y, cuando finalmente se ponía, la estrella matutina se quedaba sola vigilando el umbral de la aurora.

Otros hombres, otros convoyes recorrían tanto en un sentido como en el otro el inmenso territorio; por lo general eran caravanas de camellos que avanzaban con sus característicos andares contoneantes. A menudo Metelo se preguntaba por qué nadie los asaltaba, por qué los bandidos no trataban de apoderarse de las preciadas cargas de los convoyes, y llegaba a la conclusión de que era demasiado grande el interés de todos de que las mercancías llegaran a su destino final, demasiado cuantiosos los beneficios que sacaban de esos viajes como para perturbarlos.

Durante el interminable trayecto las relaciones entre Dan Qing y Metelo no se intensificaron, siguieron siendo las que habían sido hasta aquel momento, a excepción de las primeras horas y los primeros días en que se habían conocido y encontrado en la barca de Daruma. Al principio había tratado de explicarse aquel comportamiento y había llegado a la simple conclusión de que aquel hombre era distinto; su mentalidad y su educación eran demasiado diferentes para resultar comprensibles. La distancia que había entre ellos parecía acentuarse en vez de reducirse y daba la impresión de que tampoco Daruma quería que las cosas cambiaran.

Un día se le acercó mientras subían a un puerto de montaña donde había decidido plantar el campamento, un collado entre dos modestas alturas rocosas.

—Es hora de que os pongáis las armaduras completas —dijo—. Cuanto antes mejor.

—¿Por qué? —preguntó Metelo—. Hasta ahora no hemos tenido dificultades.

—Hemos llegado a los confines de China y a partir de mañana podemos esperar cualquier cosa. En la primera parada podremos comprar todo cuanto necesitéis.

Metelo meneó la cabeza.

—No creo que necesitemos nada. Mis hombres no utilizarían jamás unas armas a las que no están acostumbrados; además, tienen una confianza absoluta en nuestro equipamiento. Descuida. Tenemos las cotas de malla y los elementos de las lorigas segmentadas que podemos volver a ensamblar. Los escudos y los yelmos tendremos que fabricárnoslos nosotros si encontramos una herrería. Pero ¿cómo sabes que hemos llegado?

—¿Ves aquellas siluetas a ambos lados del paso? —preguntó Daruma.

Metelo no tuvo tiempo de responder. Vio que Dan Qing espoleaba su caballo y salía a gran velocidad hacia el lugar indicado por el mercader; luego saltó a tierra y se inclinó varias veces delante de algo que desde donde estaban ellos no se podía distinguir.

Cuando Metelo se acercó lo suficiente consiguió ver qué era: a los lados del desfiladero había dos gigantescas esculturas de piedra talladas en los laterales de la roca en forma de monstruos alados en actitud aterradora.

Daruma le miró fijamente a los ojos y exclamó:

—¡Bienvenido al Imperio de los Dragones!

18

La primera parada en tierras chinas se produjo en una caravanera en la que se detenían los convoyes que llevaban la seda. Era una estructura cuadrada con cuatro pequeñas torres en las esquinas y un patio con columnas en el interior. En el centro había una fuente rodeada por una taza de piedra labrada. A los lados, un molino, un horno, una forja y una serrería. Al primero y a la última los alimentaba un torrente que bajaba de los montes con una impetuosa corriente de aguas cristalinas que hacía girar los engranajes a una velocidad constante. Severo y Antonino se quedaron fascinados por aquel ingenio y se acercaron para ver cómo funcionaba.

Metelo se reunió con Daruma, que estaba tratando con el funcionario encargado de la actividad de los cuatro talleres para que permitiese a los dos *fabri* romanos utilizar la forja. Compró también caballos para todos.

Publio y Rufo se encargaron de volver a ensamblar las lorigas, así como de revisar las cotas de malla. Luciano volvió a montar las jabalinas sobre sus astas y cuando Severo y Antonino regresaron de su vuelta de inspección les encargó fabricar los escudos con las tablas de madera de la serrería y forjar nuevos yelmos. Metelo fue a echar una ojeada y se detuvo a hablar con Severo, que estaba ocupado con los escudos. Los reconstruía, en madera y hierro, a su manera.

Durante los días que permanecieron en aquel lugar recuperando energías, Metelo y sus hombres tuvieron la oportunidad de hacerse una idea del mundo en el que habían entrado, de las relaciones que lo regían, de las monedas que circulaban en él, de los usos y costumbres y también de la religión.

Había un pequeño santuario de madera y pintado con vivos colores: rojo encendido, blanco, amarillo ocre y verde. Un santo varón, quizá un sacerdote o un adivino, daba oráculos a los viajeros que le consultaban. Sentado sobre los talones, en la habitual postura de aquella gente, echaba al suelo huesos sobre los que había trazados unos signos incomprensibles. Eran principalmente paletillas de animales que permitían dibujar los signos mágicos en su superficie plana.

—A esto se le llama escapulomancia —les explicó Daruma—. Lectura de las paletillas. Según como caigan, muestran una cara u otra y el vidente saca sus auspicios leyendo los signos que hay grabados en ellas. Dan Qing es experto en esta disciplina. Se la enseñó su maestro, el venerable Wangzi.

—Dan Qing… —murmuró Metelo—. Parece que haya pasado un siglo desde que saltó a nuestra barca y no sé casi nada de él. ¿Qué concepto tiene del poder esta gente si no permite que un regente mantenga una simple conversación con una persona normal y corriente?

Mientras decía esto, seguía con la mirada al príncipe, que trepaba a caballo por la ladera de una colina yesosa que dominaba la caravanera.

—Tampoco yo conozco bien su historia —dijo Daruma—, pero corren extraños rumores acerca de él; su pasado podría esconder cosas bastante desagradables, secretos inconfesables. En este país el poder supremo va asociado a menudo a formas de crueldad que no puedes ni imaginar.

—El poder es igual en todas partes, pero ya me he dado cuenta de que este es un país muy distinto del mío. ¿Qué pretendes decir exactamente? —preguntó Metelo.

Daruma sonrió.

—Cuando el gran emperador Huangdi dictó las reglas de su reinado, ordenó el cierre de todas las escuelas filosóficas y la quema de todos los libros, excepto una copia que debía conservarse en la biblioteca real. Algunos sabios, filósofos y escritores manifestaron su desacuerdo…

—¿Y qué ocurrió?

—Pues que Huangdi hizo enterrar vivos a cuatrocientos sesenta de ellos en una fosa común.

—Comprendo. Supongo que semejantes acciones pueden volver sombrío hasta al más comunicativo de los gobernantes —respondió, sarcástico, Metelo—. Me resulta difícil entender cómo una filosofía tan avanzada como esa de la que me has hablado puede conciliarse con una manera tan profundamente cruel de ejercer el poder. El mejor de nuestros emperadores fue también un filósofo. Se llamaba Marco Aurelio y fue un príncipe sabio, austero y valeroso.

—Creo que su fama ha llegado hasta China, con el nombre de An Dong —respondió Daruma.

Metelo miró de nuevo hacia la colina y vio la silueta de Dan Qing montado sobre su caballo; escrutaba el horizonte y las cordilleras montañosas cubiertas de bosques que se sucedían como olas marinas con sus perfiles descendentes hacia otras llanuras, otros ríos, otras montañas. Aquel mundo parecía no tener fin.

Daruma contrató algunos porteadores, un par de camelleros y un médico chino, tras lo cual se pusieron de nuevo en camino. Marcharon durante algunos días, hasta que se encontraron en un lugar lo suficientemente lejano y aislado, en un bosque de robles; allí los hombres se pusieron las armaduras, como cuando prestaban servicio en su unidad.

El centurión mayor Sergio Balbo se presentó a Metelo, que lo miró sorprendido. Llevaba incluso la enseña de su graduación, la cresta transversal sobre el yelmo hecha de crines de caballo y el bastón de mando.

—La fuerza está formada, comandante —proclamó.

Metelo hizo un gesto con la cabeza y pasó revista uno tras

otro, lentamente, mirándoles a los ojos y observando cada detalle de su uniforme de combate, desde el yelmo hasta el gran escudo cuadrado perfectamente reconstruido e incluso pintado, como era costumbre ante la inminencia de una batalla. En los ojos de aquellos veteranos vio orgullo y emoción; a Metelo se le hizo un nudo en la garganta.

Al final de aquel breve ritual castrense Metelo se detuvo delante de los dos *fabri*, Severo y Antonino, para felicitarles.

—Veo que no habéis olvidado el oficio.

Antonino se adelantó.

—Tenemos una cosa para ti, comandante —dijo mientras descubría la coraza de oficial superior de su comandante, disimulada bajo una capa; era una loriga anatómica, de hierro bruñido y con la imagen de la gorgona esculpida en relieve en el centro del pecho. A su lado tenía un flamante yelmo fabricado a medida en la forja de la caravanera.

Metelo se quedó sin habla. Era perfecta y resplandecía como si hubiera salido en aquel momento de las manos del armero.

—Pero ¿cómo habéis conseguido...? —empezó a decir.

—La hemos transportado debajo de la albarda de los asnos, una mitad cada uno, y luego la hemos dejado como nueva en el taller de la caravanera. Esos bárbaros se han quedado de piedra.

—Increíble —se maravilló Metelo—. Ayudadme a ponérmela.

Antonino se la apoyó sobre los hombros y Severo le ató las cinchas en los costados. En aquel instante Marco Metelo recordó la última vez que alguien le había ayudado a ponerse la armadura. Había sido en su casa de Edesa, bajo el pórtico del peristilo antes de salir para ir a la reunión del Estado Mayor con el emperador. La casa a la que no había regresado, aquella que encontraría probablemente vacía y oscura si alguna vez ponía de nuevo los pies en ella, o invadida por extraños.

Suspiró, luego se calzó el yelmo que le alargaba Severo y apareció ante su pequeño ejército con toda la dignidad e imponencia de su rango. Las largas marchas habían modelado su cuerpo; los músculos de los brazos y de las piernas estaban esculpidos tras meses de continuo esfuerzo y bronceados por el sol del océano y de las montañas altísimas del Cáucaso índico.

Cuadrato se acercó, visiblemente emocionado.

—Salve, comandante —dijo en posición de firmes al hacer el saludo militar—. Estamos a tus órdenes, como siempre... Si tuviéramos nuestra águila...

—El águila está aquí, dentro de nuestro pecho —respondió Metelo—, y sabrá infundirnos valor, como hizo en el pasado. Conseguimos huir de una cárcel que habría acabado con cualquiera, desafiamos la furia del océano, los remolinos del Indo, la tormenta de nieve entre las gargantas del Paropamiso y ahora estamos a un paso de concluir nuestra misión. En cuanto hayamos acompañado al príncipe Dan Qing a su destino, emprenderemos el viaje de vuelta. Estoy convencido de que volveremos a ver nuestra patria y estoy seguro de que nuestro regreso hará temblar a muchos y llenará de alegría a otros.

Se volvió para dejarlos desfilar en orden de marcha y se encontró de frente a Dan Qing, que le miraba directamente a los ojos.

—Lo que he visto es impresionante —dijo el príncipe.

—¿A qué te refieres? —preguntó Metelo.

—Nunca he visto a un soldado que llevara con tanto orgullo su armadura, que mostrara una fidelidad semejante a su comandante y a la vez tanto respeto.

—Ningún oficial consigue ejercer el mando si no se ha ganado la estima y el respeto de sus hombres. No puede dar órdenes si antes no ha demostrado que sabe cumplirlas, ni pedir ningún sacrificio a sus soldados si no ha dado muestras antes de ser el primero en saber afrontarlos. De todos modos, estos son los hombres a los que ha sido confiada tu persona y puedo asegurarte que no los hay mejores.

Dan Qing asintió con la cabeza y se tocó con el puño izquierdo la palma derecha, gesto de saludo que sin embargo excluía el contacto, el fuerte apretón de manos al que Metelo estaba acostumbrado. El romano respondió a su vez con una inclinación de cabeza y dio orden de ponerse en camino.

Avanzaron durante algunos días por senderos perdidos en medio de un paisaje salpicado de matojos y de arbustos bajos de pino y de espesuras de cañas de Indias, entre los que de vez en cuando se alzaban plantas más altas y majestuosas, allí donde una hondonada de fondo rocoso estaba cubierta por una capa más espesa de terreno fértil.

A medida que avanzaban, la vegetación se hizo cada vez más tupida y frondosa y aparecieron riachuelos de agua cristalina que gorgoteaban entre imponentes rocas y pulidos cantos rodados. Se empezaron a ver también animales, particularmente monos de maravillosos colores. Su pelaje rayado, que ondeaba a cada movimiento, era de color oro, y las patas eran pardas como si llevasen pantalones de un color distinto. Un macho grueso se acercó hasta casi llegar a pocos pasos de ellos y mostró durante unos instantes su rostro de viejo sabio, el morro chato y los ojillos pequeños y relucientes como puntas de alfiler.

Aquí y allá las superficies rocosas a lo largo del torrente que seguían presentaban hendiduras, figuras de animales: ciervos, toros, íbices de cornamenta curva y figuritas de cazadores persiguiendo a las presas con arco y flechas. A veces se veían también signos mágicos que, sin embargo, tampoco Daruma conseguía interpretar, de tan antiguos como eran. Aquella civilización parecía hundir sus raíces en los orígenes de la humanidad.

Al cabo de algún tiempo, Metelo notó que Daruma parecía más preocupado, miraba a su alrededor sin cesar y a veces se detenía y aguzaba el oído. También Dan Qing se volvía a menudo de golpe, cuando oía el batir de alas de un pájaro que levantaba el vuelo del bosque al aproximarse los intrusos.

La caravana de Daruma avanzaba formando una larga fila debido a la angostura del valle que recorrían, un camino ciertamente más incómodo e impracticable, pero poco frecuentado. Todo hacía pensar que se adentraban en un territorio enemigo en vez de en la patria de su compañero de viaje. De repente Rufo y Publio, que habían penetrado en el bosque tras oír un extraño ruido, gritaron asustados al toparse de frente con una criatura que resultó ser totalmente inofensiva. Era una especie de oso con el pelaje blanco y negro y una mancha en el morro que parecía una máscara.

—Tranquilos —dijo Daruma, que había acudido rápidamente al oír aquellos gritos—. Se alimenta solo de brotes de bambú.

Sin embargo, también Metelo notaba una presencia extraña; su instinto de veterano que había luchado durante años en los bosques de Germania y de Panonia le mantenía alerta y le impedía relajarse incluso en los momentos que parecían más tranquilos. El repentino vuelo de una bandada de pájaros, el ruido de ramas y hojas rotas por un animal que huía, el reclamo insistente e inquietante de un ave nocturna, todo contribuía a aumentar la tensión y los hombres tenían la orden de avanzar con las armas en la mano. Dan Qing parecía de nuevo tranquilo; sus gestos eran pausados y mesurados, pero expresaban un constante y continuo control de todos los sentidos, una capacidad de reacción que se intuía fulminante.

También él llevaba ceñida una espada ahora, un arma que parecía surgida de la nada, hasta el punto de que nadie recordaba dónde y cuándo había aparecido en el costado del príncipe. Era más larga que los gladios de los legionarios y la empuñadura estaba maravillosamente cincelada con refinado arte.

De repente, Severo, que en avanzadilla de reconocimiento junto con Marciano precedía al resto del convoy un centenar de pasos, gritó:

—¿Qué era? ¿Has visto? ¿Qué era?

Metelo espoleó a su caballo y los alcanzó.

—¿Qué pasa?

—¡Un pájaro! —gritó Severo abriendo los brazos como para indicar unas alas que se abren—. Un pájaro grande como diez águilas.

—Un monstruo —confirmó Marciano.

Metelo le reconvino:

—Vamos, hombre, es imposible que exista un animal semejante.

No había terminado de decirlo cuando se oyó de nuevo el silbido, como un soplo de viento, y una sombra enorme atravesó el cielo; parecían las alas de un gigantesco murciélago. Metelo alzó rápidamente la mirada; no vio más que una silueta confusa que volaba más allá de las espesas copas de los árboles.

Dan Qing se acercó:

—¿Qué pasa, qué habéis visto? —preguntó con cierta inquietud.

—La sombra de un pájaro gigantesco se ha cruzado en nuestro camino —respondió Metelo—. Por dos veces. Antes la han visto Severo y Marciano y luego yo mismo.

—¿Por qué decís que era un pájaro? —preguntó Dan Qing.

—¿Qué os hace pensarlo? —preguntó Daruma, que acababa de llegar espoleando a su camello.

—En el cielo hay nubes y pájaros —respondió Severo—. Y como estoy convencido de que no era la sombra de una nube, he deducido que sería la de un pájaro. La forma de la sombra así lo hacía pensar. El comandante puede confirmarlo; también él lo ha visto.

—Pero ¿existen seres de ese tamaño en este país? —preguntó Metelo a Daruma.

Daruma sonrió.

—Estamos en el Imperio de los Dragones, comandante, no hay que olvidarlo.

—Hemos oído también un leve silbido, poco más que un soplo —añadió Marciano—, pero ha sido solo un segundo. Cuando he levantado la vista al cielo, esa cosa ya había desaparecido más allá del borde del barranco.

—Mucho me temo que nuestra llegada no ha pasado inadvertida —dijo Dan Qing—. Quizá alguien nos espiaba... desde el cielo.

—¿Alguien? —preguntó Metelo, sorprendido—. ¿Qué significa «alguien»? ¿Un dios? ¿Un demonio? ¿Un dragón alado?

—Un hombre —respondió sombrío Dan Qing—. Y ahora sabe que estamos aquí.

El príncipe parecía inquieto; miraba a su alrededor espiando cada espesura, cada hoja. De pronto se oyó un ruido apenas perceptible, su espada relampagueó en el aire y una piña caída de un árbol llegó al suelo partida en dos; mientras, la ardilla responsable de aquella pequeña alarma se alejaba chillando y saltando de una rama a otra.

Todos lo miraron estupefactos mientras volvía a envainar la hoja con increíble precisión.

—A partir de este momento hemos de avanzar con la máxima precaución —dijo Dan Qing; luego volvió a montar a caballo y reanudó el camino a paso lento.

Antonino, que marchaba al lado de Rufo, le susurró:

—Tú lo has dicho, no es un hombre. Debe de ser un dios, o un demonio.

Metelo se acercó a Daruma.

—¿A qué se refería el príncipe cuando ha dicho que se trataba de un hombre? Quiero decir, ¿qué fantasma le ha pasado por la cabeza? No querrá hacernos creer que en este país existen hombres que vuelan…

—No sé a qué se refería. Corren extraños rumores últimamente. Lo que puedo decirte es que los conocimientos de este pueblo son muy avanzados. Su civilización tiene más de dos mil años de antigüedad.

—Estoy cansado de tanto misterio y de que el príncipe se comporte como si fuera un dios. No veo la hora de regresar. ¿Cuánto falta aún?

—No sabría decírtelo con exactitud. No estamos haciendo el camino acostumbrado. Seguimos en el fondo de esta garganta para no dejarnos ver, pero creo saber adónde nos hemos dirigido. Ahora tratemos de no preocuparnos más de lo necesario y sigamos adelante.

Avanzaron durante cuatro días más a lo largo del valle peñascoso y boscoso que bordeaba el torrente sin que sucediese nada extraño. La tensión se relajó y nadie volvió a pensar en la sombra misteriosa que se había cruzado en su camino. Al atardecer del quinto día, cuando ya todos parecían haber olvidado aquel episodio, un grito ahogado los alarmó de improviso mientras uno de los guías de la caravana caía al suelo traspasado por una flecha. Otro dardo silbó, pasó rozando la cabeza de Antonino y fue a clavarse en el tronco de un árbol.

—¡Poneos bajo cubierto, bajo cubierto! ¡Proteged al príncipe! —vociferó Metelo.

No había terminado de decir esto cuando una ráfaga de dardos rasgaron el aire, mataron a otros hombres de la caravana y se clavaron en los escudos de los legionarios, que los habían alzado en defensa. Inmediatamente después un grupo de hombres armados y vestidos de negro salieron del bosque y se lanzaron con grandes gritos y con las espadas desenvainadas sobre Dan Qing y sus defensores.

Los romanos estaban aún en fila en el momento del ataque y solamente habían podido situarse delante del enemigo. Corrían el riesgo de ser rodeados y eliminados uno por uno.

—¡Retroceded hacia mí, rápido! ¡Emprended la retirada! —gritó Metelo—. ¡Reagrupaos!

Pero en aquel momento, uno de los asaltantes le atacó.

La agilidad de aquellos guerreros era increíble, y la rapidez de sus gestos fulminante. El adversario le golpeaba mientras Metelo paraba las embestidas con el escudo y con la espada; empezó a retroceder tratando de situarse al lado de Dan Qing, a quien vio no lejos, a su espalda. Se lo encontró a un lado en el momento en que era atacado por otros dos enemigos. Le acometieron haciendo molinetes con espadas de deslumbrante brillo. Dan Qing respondía con la misma formidable destreza; Metelo continuaba gritando para dominar el furor de aquel frenético choque y para hacerse oír por sus hombres, que cedían terreno paso a paso oponiendo los escudos y respondiendo golpe a golpe. Vio que Rufo traspasaba con un lanzamiento de su jabalina a uno de aquellos demonios voladores, que se estampó contra las rocas con un ruido de huesos quebrados; Cuadrato le rompía el espinazo a otro con el canto del escudo; Publio y Severo, espalda contra espalda, trataban de protegerse mutuamente de la fuerza avasalladora de los enemigos.

—¡Rufo está herido! ¡Rufo está herido! —oyó que alguien gritaba. Vio que Balbo y Severo se apretaban costado contra costado en defensa del caído.

Con el rabillo del ojo vio que Dan Qing sangraba de un brazo y luego de un costado y le invadió una furia que no sentía desde hacía mucho tiempo. Notó que una formidable energía le estallaba en el pecho y daba vueltas en torno a su cabeza como una nube de fuego. Con un golpe del yelmo destrozó el rostro del guerrero que tenía delante, giró sobre sí mismo y clavó el gladio en la espalda a otro que estaba a punto de abatirse sobre Dan Qing.

—¡Hombres, a mí! —gritó entonces, tan fuerte que dominó los gritos cada vez más agudos y estridentes de los enemigos.

Como si se tratara de un prodigio, los hombres se acercaban a él; a medida que retrocedían, la distancia entre ellos disminuyó hasta que estuvieron espalda contra espalda. Tres de los guerreros enemigos luchaban aún con Metelo y Dan Qing, pero habían perdido ya contacto con sus compañeros, separados por la línea compacta de los soldados romanos. Seis de ellos formaron una barrera, y dos —Cuadrato y Balbo— retrocedieron para echar una mano a su comandante. Los tres adversarios cayeron uno tras otro, pero Dan Qing, herido, perdía fuerzas. Metelo gritó: «¡Cerrad el frente!». El pequeño ejército se estrechó alrededor del príncipe, que estaba extenuado, y lo protegieron dentro de la muralla de sus escudos. Los adversarios desenvainaron otras armas, unos largos arpones puntiagudos, y se lanzaron dando unos saltos espectaculares para golpear desde lo alto, pero los romanos cerraron el paso apoyando las viseras de los yelmos en la curvatura de los pesados escudos y reaccionaron enseguida a golpes de gladio. Ahora el bloqueo era impenetrable. La lucha siguió, pero esta vez con ventaja de los romanos. A cada orden de Metelo la barrera de escudos se abría y las jabalinas asaeteaban el exterior hiriendo con inexorable precisión. De pronto, al alzar un instante la cabeza para respirar mejor, Metelo vio que algunos de los atacantes se lanzaban desde los árboles en un salto formidable para llegar hasta Dan Qing, más allá de la línea de los defensores.

Gritó: «*Testudo!*». Los seis retrocedieron un paso y alzaron los escudos sobre sus cabezas. Los atacantes aterrizaron sobre un techo impenetrable del que asomaban, entre los escudos, espadas y puñales. Algunos, heridos en los pies y en las piernas, cayeron y enseguida los remataron. A otros dos que se habían precipitado en el interior del círculo les traspasaron con las jabalinas.

Rufo había sido puesto a salvo por los suyos, pero necesitaba cuidados urgentemente.

Daruma, que se había escondido, salió al descubierto y con él sus servidores. Sus rostros morenos eran ahora de color gris a causa del miedo y solo con mucha precaución se atrevían a andar entre los cuerpos de los enemigos caídos.

Daruma gritó:

—¡Eh, aquí! ¡Aquí hay uno que todavía está vivo!

Dan Qing se acercó apretándose con las manos unos jirones de tela sobre las heridas.

—No debe morir —dijo—. Le haremos hablar y nos lo dirá todo.

Daruma ordenó a sus hombres que atendieran al herido, pero, en cuanto un par de ellos se le acercaron, este apretó las mandíbulas, un líquido oscuro apareció en la comisura de la boca y en pocos instantes, sacudido por las convulsiones, murió.

Daruma le abrió la boca y extrajo la cáscara rota de un huevo de codorniz.

—Veneno —dijo—. Este hombre ya no nos dirá nada.

19

—¿Veneno? —preguntó Metelo.

—Así es —respondió Daruma—. No cabe ninguna duda. —Se acercó a otro caído, el que Rufo había traspasado a media altura con su jabalina, le abrió la boca y extrajo los fragmentos de otro pequeño huevo con manchas negras—. Lo llevan en la boca —dijo mientras lo mostraba a los otros—. Está sellado con cera y lleno de veneno. Basta una leve presión de la lengua para romperlo y el veneno entra enseguida en acción. Si estos hombres guardan un secreto, no hay peligro de que puedan revelarlo. Los muertos, como se sabe, no hablan.

—Zorros Voladores —dijo Dan Qing a sus espaldas.

—¿Qué significa? —preguntó Metelo.

—Ahora vayámonos de aquí lo antes posible —dijo el príncipe—. No es lugar para conversar. Hablaremos más tarde.

—Pero estás herido —replicó Metelo—. Y también uno de los míos pierde mucha sangre.

—Está bien, curadle —respondió el príncipe—, pero hagámoslo rápido. Y mandemos a alguien para que patrulle los alrededores. Podría haber otros.

Marciano empezó a curar a Rufo: recortó los bordes de la herida con las tijeras, la lavó con vino de palma y luego comenzó a coser con aguja e hilo.

—Vuestra medicina es muy primitiva —comentó Dan Qing al ver las muecas de dolor de Rufo.

—Hacemos lo que podemos —replicó Metelo, molesto—. No estamos en la situación más favorable y me parece que no hay ningún centro de socorro por las cercanías.

Entretanto Daruma había hecho una seña a uno de los suyos que, tras muchas reverencias, se había acercado al príncipe para mirar sus heridas. Eran cortes largos pero poco profundos, provocados por las espadas de los enemigos. Metelo recogió una y la observó con atención; era mucho más larga que su gladio, de dos filos, y tenía la empuñadura decorada con marfil y piedras de colores. En la hoja había grabados esos extraños signos que parecían símbolos mágicos. La calidad del acero era excelsa; las melladuras que habían dejado en los gladios y los cortes que habían hecho en los escudos eran prueba de ello. Pero cuando trató de manejarla notó que el peso de la hoja ejercía una fuerte torsión sobre la muñeca, por lo que se convenció de que traer sus propias armas había sido una buena idea; el gladio era como una extensión metálica de su brazo.

Entretanto los hombres de Daruma habían rodeado a Dan Qing formando una especie de cortina que impedía ver lo que el médico chino estaba haciendo. Cuando izaron a Rufo sobre el caballo con un brazo en cabestrillo, también Dan Qing estaba listo para reanudar el camino, aparentemente sin ninguna limitación. Solo parecía más fatigado.

Avanzaron al paso pero en perfecto orden de batalla, embrazando también los pesados escudos cuadrados.

Metelo se acercó a Severo:

—Buen trabajo, *faber*.

—Gracias, comandante.

—La *testudo* ha funcionado. Los escudos han aguantado. Una técnica que ellos no esperaban.

—No preveía un ataque tan rápido. No ha dado tiempo de poner en práctica mi idea. Pero a la primera parada nos pondremos de nuevo al trabajo.

Metelo le dio una palmada en la espalda y volvió a situarse al lado del príncipe.

A medida que avanzaban, las voces del bosque eran más numerosas y variadas: pájaros, monos, animales de toda especie, e incluso vieron una serpiente de piel manchada que se deslizaba entre las ramas de un árbol. La primera noche, tras el ataque de los Zorros Voladores, se oyó también el ronco rugir de un tigre.

Los hombres de Daruma se miraron unos a otros con expresión aterrorizada.

—¿De qué tienen miedo? —preguntó Cuadrato al verles temblar—. Un tigre no es más que un león con rayas y he visto matar a muchos.

Daruma sonrió.

—¿Nunca has oído hablar de devoradores de hombres?

La seguridad de Cuadrato pareció vacilar.

—Supongo que si un tigre tiene hambre come lo que encuentra y si encuentra a un hombre es probable que…

—No lo has comprendido. Los devoradores de hombres comen únicamente hombres. Una vez que han probado la carne humana no quieren otra cosa. En parte porque el hombre es el animal más fácil de apresar.

—Eso depende —replicó Cuadrato haciendo girar la espada delante de la nariz de Daruma.

—Mis guías han visto muchos tigres. A los devoradores de hombres los reconocen por el rezongar sordo y prolongado como el que acabas de oír hace unos instantes. Yo en tu lugar les diría a tus muchachos que estuvieran alerta esta noche; no podemos mantener fuegos encendidos si queremos que no nos localicen; es probable que otros Zorros Voladores nos estén siguiendo. Puede que…

Se interrumpió porque vio que Dan Qing se acercaba a Metelo y hablaba con él. Les estuvo observando visiblemente emocionado, como si estuviera asistiendo a un acontecimiento de excepcional importancia.

—Te debo la vida —dijo Dan Qing—. Esta vez no habría habido escapatoria.

—También tú salvaste la mía —respondió Metelo en chino.

—¿Cómo es posible? —preguntó Dan Qing.

—Te dije que mis hombres son los mejores combatientes.

—No me refiero a eso. Quiero decir que hables mi lengua.

—Me la ha enseñado Daruma, y practico con los porteadores chinos que contratamos al bajar de las montañas.

—Así que ese era el motivo de vuestras interminables conversaciones. Nunca habría creído que un bárbaro pudiera aprender nuestra lengua en tan poco tiempo.

Metelo hizo caso omiso de la provocación y Dan Qing prosiguió:

—Tú y tus hombres..., debo admitir que no os creía capaces de repeler un ataque de los Zorros Voladores.

—No eran muchos y no conocían nuestra manera de luchar. Hay muchas cosas que no habrías pensado que verías o creerías. Parece que sueles equivocarte juzgando a quien tienes alrededor.

Tampoco Dan Qing respondió a la provocación y prosiguió:

—Y eso que al principio le dije a Daruma que no os quería, que seríais un estorbo.

—Es posible que tuvieras razón.

—Estaba equivocado.

—¿Volverán?

—Mucho me temo que sí; se mueven y actúan en pequeños grupos independientes. Pero es imposible saber cuándo se producirá un nuevo ataque.

Metelo volvió a hablar en persa; aún no se sentía capaz de dominar la nueva lengua y preguntó:

—¿Cómo nos han identificado? Hemos marchado en todo momento por un valle angosto y lleno de vegetación.

—Desde el cielo. ¿Recuerdas la sombra de ese pájaro que vieron tus hombres? Pues era verdad. Esta es la razón por la que se llama a estos guerreros Zorros Voladores. Vuelan colgados de unas alas de seda tensadas mediante unas cañas de bambú y aprovechan el impulso de los vientos como hace una barca con su vela.

—Es increíble... —dijo Metelo, sorprendido—. Entre nosotros, el hombre que vuela con alas artificiales es una leyenda muy antigua y que tuvo un triste desenlace: al final el hombre se cae al mar... —Se quedó en silencio durante unos momentos y luego agregó—: Nunca he visto que nadie manejara una espada de ese modo, ni a hombres que dieran volteretas en el aire, como han hecho esos guerreros y sabes hacer tú mismo. ¿Cómo es posible?

—A vosotros, los bárbaros de Occidente, se os educa para fortalecer vuestro cuerpo, mientras que a nosotros se nos educa para fortalecer nuestra mente y la mente va donde ella quiere.

—Bonitas palabras, pero sigo sin comprender...

—Has visto cómo esos cuerpos daban volteretas en el aire —contestó Dan Qing mirando fijamente delante de sí—. Mientras realizaban esos movimientos el arriba se convertía en el abajo y el abajo en el arriba y luego de nuevo en el abajo... El secreto consiste precisamente en esto: nada tiene un valor absoluto. Lo que está a la derecha está también al mismo tiempo a la izquierda y viceversa. Si uno consigue convencerse profundamente de esta verdad, se encontrará arriba con la misma facilidad con que se apoya con los pies en el suelo... Pero tienes razón; no son más que palabras. Para encontrar la vía es necesaria una larga, intensa meditación.

Metelo reflexionaba en silencio tratando de comprender cómo aquella doctrina podía influir en el movimiento de los cuerpos. Se sentía perdido, en una dimensión incierta y confusa.

—En cualquier caso —prosiguió Dan Qing—, también yo tengo una pregunta que hacerte: ¿qué energía movía a tus hombres y a ti mismo mientras combatíais contra unos enemigos muy expertos y rápidos, que dominan un arte militar mucho más evolucionado, sin ceder al pánico y al descorazonamiento, si no conocéis la vía, si no sabéis equilibrar en vuestro interior las fuerzas naturales, las únicas que pueden vencer?

—Se llama *virtus* —respondió Metelo clavando sus ojos en él.

Dan Qing no intentó siquiera repetir esa palabra.

—¿Qué es? ¿Qué significa?

—Significa «fuerza viril», pero es difícil explicar realmente su esencia. Es una fuerza que nos empuja a dar la vida por nuestra familia y por nuestra patria, si fuera necesario, sin esperar nada a cambio, salvo el recuerdo que quedará de nuestro honor.

—Hoy habéis arriesgado la vida por mí. No soy parte de tu familia ni de tu patria.

—Te hemos dado nuestra palabra, y eso basta. También esto es *virtus*.

—¿Y es suficiente para alimentar ese valor?

—La *virtus* es una convicción, una imagen de uno mismo en la que te acostumbras a creer ciegamente, desde niño. La aprendes de tu padre, que a su vez la ha aprendido del suyo. Quien la posee sabe que ningún obstáculo es insuperable, ninguna prueba demasiado ardua, ningún sacrificio demasiado grande, ni siquiera el de la propia vida. Solo quien posee la *virtus* puede soportar el peso de la *disciplina*, el espíritu que mantiene unidos a nuestros soldados, que los convierte en un bloque único, en una roca. Esta *disciplina* hace que la fuerza de una unidad entera esté presente individualmente en cada hombre, incluso cuando está solo o rodeado, incluso cuando cualquier otro cedería ante lo ineluctable.

Dan Qing no desvió la mirada un solo instante de Metelo durante todo el tiempo que estuvo hablando. Finalmente dijo:

—Os necesito a ti y a tus hombres para reconquistar mi imperio usurpado por un impostor.

—Mucho me temo que para la conquista de un imperio hacen falta más de diez hombres, por muy valientes que sean —respondió Metelo.

—Sin embargo lo conseguiremos. Lo sé, lo presiento. Y tú debes ayudarme: no tengo a nadie en quien depositar mi confianza. He de restablecer el orden y la ley, he de traer de nuevo la paz, he de reunificar el país dividido en tres partes. Reflexiona hasta que lleguemos a la fortaleza de mi maestro, al monasterio de las Aguas Susurrantes. Piensa en ello, te lo ruego…

Metelo se quedó impresionado por aquellas palabras casi de súplica, que nunca habría pensado que oiría de boca del príncipe.

—Si haces lo que te pido, no habrá límite a tu recompensa y a la de tus hombres. Si decides ayudarme, ellos harán otro tanto, estoy convencido. Bastará con un gesto tuyo y te seguirán hasta el fin del mundo.

Metelo suspiró.

—Es precisamente por esto por lo que no suelo hacer uso de mi poder: porque soy responsable de sus vidas y de su destino y esta responsabilidad recae sobre mis espaldas a veces de un modo insoportable.

—¿Por qué? —preguntó Dan Qing—. No son más que soldados y tú eres su jefe. Es tu voluntad la que cuenta.

—No. Te equivocas, príncipe. Es su vida la que cuenta. Para un comandante la vida de sus soldados es el bien más preciado.

—No te entiendo, pero acepto tu forma de pensar. En cualquier caso, cuando lleguéis a la fortaleza de mi maestro seréis libres de volver. Si te vas, te estaré agradecido de todos modos y te recordaré durante toda mi vida. Allí volveré a ponerme en contacto con las fuerzas que me son fieles y podremos despedirnos. En cambio, si decides quedarte te obsequiaré con un nuevo destino, tan grande que no conseguirías siquiera imaginarlo.

Pensativo, Metelo inclinó la cabeza, y clavó de nuevo sus ojos color ámbar en los profundamente negros del príncipe.

—¿A qué distancia está el monasterio de tu maestro?

—A ocho días de camino. Pero serán peligrosos.

—Te escoltaremos hasta allí. Y luego, con tu permiso, nos iremos con Daruma, el único que conoce el camino de vuelta y que puede llevarnos a casa.

Dan Qing suspiró.

—Si hacéis eso, os iréis con mi bendición y con la de mis antepasados. Pero deja que durante ocho días siga haciéndome ilusiones de que cambiarás de parecer... De todos modos, por haberme protegido del asalto de los enemigos y por haber aceptado escoltarme hasta mi destino deseo nombrarte a ti y a tus hombres mi guardia personal. Desde ahora os llamaré los Demonios Rojos y tú, comandante, tendrás un nuevo nombre, en mi lengua. Esto te convertirá en parte del País del Medio, Zhong Guo, y miembro de mi familia.

—No merezco tal honor, príncipe —respondió Metelo—. Pero lo acepto con gratitud también en nombre de mis hombres.

—Dime cuál es el nombre de tu estirpe —dijo Dan Qing.

—*Aquila* —contestó Metelo en latín—. Este es el nombre de mi estirpe.

—¿Y qué significa?

—Es la mayor y más noble de las aves de presa. Para nosotros es el símbolo y la enseña de nuestras unidades de combate y el animal consagrado al rey de todos los reyes.

—Entonces —dijo solemnemente Dan Qing—, tu nombre será Xiong Ying. «Águila soberbia.»

Metelo respondió:

—Lo llevaré con orgullo mientras viva en tu tierra y lo guardaré en el corazón cuando esté de vuelta en mi patria y durante el resto de mi vida.

Dan Qing hizo una inclinación de cabeza y Marco Metelo respondió con idéntico gesto.

Reanudaron el viaje. Metelo y Dan Qing cabalgaban uno al lado del otro, Severo y Marciano a derecha e izquierda en el interior del bosque y los demás en fila precediendo a la caravana de Daruma. Avanzaron así durante tres días sin dificultad. Cada noche, Marciano hacía curas a Rufo, a pesar de que Daruma había ofrecido los servicios del médico chino, que se ocupaba en cambio, con extrema discreción y precaución, de las heridas del príncipe. La noche del tercer día llegaron a un lugar en el que el valle se abría casi de improviso mostrando a los recién llegados un paisaje de fábula: las paredes boscosas que lo flanqueaban eran empinadas y ensanchaban su perfil hacia una amplia explanada.

El agua del torrente se ramificaba en decenas de canales artificiales que llenaban amplias cuencas que se extendían a lo largo del declive del valle y estaban dispuestas en forma de anfiteatro, una encima de la otra, en una gradación de espejos centelleantes enrojecidos por la luz del ocaso. Abajo, casi al fondo, había una aldea de casas de madera recubiertas de tejas; a su alrededor pastaban manadas de búfalos y rebaños de ovejas. En el centro se alzaba un edificio más imponente que todos los demás: una especie de casa fortificada en forma de torre con varios pisos. Cada uno de ellos destacaba por una techumbre que sobresalía en sus cuatro lados y Metelo observó que las filas de tejas terminaban en un alero decorado precisamente como en los templos de los dioses de su patria.

Era una visión encantada que dejó al pequeño grupo de extranjeros sin habla. Apoyados en sus escudos contemplaban aquella imagen idílica, los colores iridiscentes de los estanques que reflejaban los rayos del sol poniente, los bosques de cañas altísimas y tan flexibles que daban la impresión de un campo de mieses que doblaba el viento. Por el cielo cruzaban cirros enrojecidos por los rayos del sol poniente; de las techumbres de las casas comenzaba a salir humo.

Dan Qing se dirigió a Metelo.

—Aquí es donde nací, Xiong Ying. Mi madre estaba de viaje para reunirse con mi padre, que mandaba una campaña militar en el confín septentrional; entonces la sorprendieron los dolores del parto y tuvo que buscar albergue en esta aldea para dar a luz. Esa casa que parece una torre fue edificada por los habitantes de la aldea, que me la obsequiaron; nadie puede entrar si yo no estoy en ella. La gente de este lugar me es fiel y leal y creo que podremos considerarnos a salvo.

Metelo hubiera querido preguntar si podía ya despedirse y que los habitantes de la aldea acompañaran al príncipe a la fortaleza de su maestro Wangzi, pero pensó que sería poco menos que un insulto, pues el príncipe le había pedido que reflexionara al menos hasta el octavo día. En el fondo sentía también que algo le disgustaba. En aquel alejado lugar se encontraba ante una situación muy parecida a la que había dejado a sus espaldas: el caos de las instituciones, los desórdenes y la precariedad del Estado que debía ser restaurada por un regente competente. De algún modo, y por un increíble azar, desempeñaba de nuevo la misma función que en su patria: ser la guardia pretoriana del emperador, el hombre en el que el soberano podía confiar a ciegas.

Dan Qing llamó a Daruma y sacó a Metelo de sus pensamientos.

—Manda a alguien para que avise que estoy llegando. La gente querrá rendirme honores.

—Así lo haré enseguida, mi príncipe —respondió Daruma, que mandó un mensajero a caballo que hablaba chino para avisar a los habitantes de la aldea de que su huésped más ilustre se disponía a honrarles con su visita.

Dan Qing hizo una indicación de que se pusieran de nuevo en camino y Metelo transmitió la orden a los hombres para que retomaran la marcha.

Si el espectáculo de aquel valle encantado había dejado admirados a los recién llegados, el aspecto de estos también había despertado un profundo asombro en los habitantes que se hallaban trabajando. Los campos eran como espejos de agua en los que cultivaban el grano de los terrenos húmedos, ayudados por búfalos de larga y plana cornamenta. Los campesinos iban cubiertos con curiosos tocados de forma cónica hechos de mimbre entrelazado o de paja. Levantaban la cabeza al paso del extraño cortejo, ya que sentían curiosidad por los uniformes de aquellos soldados, que no habían visto nunca en su vida: túnicas rojas y armaduras brillantes, grebas repujadas, yelmos con crestas. ¿De dónde llegaban aquellos poderosos guerreros, tan fuertes y de tan imponente estatura?

Algunos habían reconocido al personaje que cabalgaba erguido al lado de uno de los guerreros extranjeros —¡el príncipe Dan Qing!— y se postraban con la frente en tierra a su paso. No le pasó inadvertido a Metelo aquel respeto tan profundo que parecía casi adoración y pensó en la condescendencia que Dan Qing había mostrado con los suyos hasta ese momento.

A medida que se acercaban se advertía un hervidero de gente a las puertas de la aldea, un ir y venir de hombres y mujeres, un griterío de niños que acudían de todas partes, sin que las madres consiguieran retenerles. Comenzaron a ondear estandartes al viento, las armas refulgían bajo los últimos rayos de sol, trajes de vivos colores revestían a dignatarios que hasta hacía un momento todavía llevaban las modestas ropas de los campesinos. Era como si un dios hubiera bajado del cielo para visitar aquel lugar; Metelo se quedó impresionado al ver el entusiasmo y la emoción de aquellas gentes sencillas ante la llegada de una persona sagrada.

A la entrada de la aldea desmontaron de los caballos. Dan Qing confió las riendas a un palafrenero que había acudido rápidamente y avanzó a pie. Metelo y los suyos hicieron otro tanto, caminaban detrás de él, a cierta distancia.

Los dignatarios, aunque cogidos por sorpresa por una visita tan inesperada e imprevisible, esperaban formados en la plaza principal al huésped; vestían chillonas túnicas de seda adornadas con figuras de dragones y con motivos floreados. Cuando Dan Qing se detuvo delante de ellos, todos se postraron tocando el suelo con la frente y una vez más Metelo se sintió incómodo por no hacer lo mismo que ellos.

Dan Qing hizo una leve seña con la mano y todos se incorporaron; uno a uno se acercaron al príncipe para rendirle homenaje. Luego apareció un grupo de hombres armados a caballo que se acercaban a gran velocidad en medio de una nube de polvo rojo.

Metelo hizo un amago de desenvainar la espada, pero Daruma le indicó con un gesto de la cabeza que no lo hiciera; eran milicias locales leales al príncipe, de lo contrario no habrían podido acercarse. Llegados a cierta distancia, se detuvieron y el que parecía ser su comandante se apeó; todos los demás lo imitaron.

Sus armaduras, en líneas generales, no se diferenciaban demasiado de las de Metelo y de sus soldados: llevaban un yelmo con aletas detrás de la nuca y en las mejillas, una coraza de escamas de bronce atadas con anillas de hierro, una túnica de cuero larga hasta los pies, bombachos de tela rígida y botas de piel con la punta hacia arriba. En el cuello se habían anudado un pañuelo para protegerse del roce de la coraza.

A pocos pasos del príncipe, el comandante de la unidad se prosternó y fue imitado por sus hombres. Cuando Dan Qing le hizo seña de que podía incorporarse, miró a Metelo con expresión hostil y pronunció una frase en tono seco y duro.

El romano no entendió las palabras pero intuyó su contenido.

—¿Qué ha dicho? —preguntó a Daruma.

—¿Por qué los diablos extranjeros no se postran delante de vuestra majestad?

Dan Qing respondió al oficial articulando lentamente las palabras para que también Metelo le entendiera:

—También lo harán ellos —dijo—, ahora que han llegado a esta tierra.

Le miró fijamente a los ojos con la expresión de quien espera una respuesta de confirmación y un gesto de obediencia.

Metelo respondió a su mirada con expresión respetuosa pero firme y dijo en persa:

—Un soldado romano no se postra ante nadie, príncipe…

Mientras pronunciaba aquellas palabras una imagen acudió a la memoria de ambos: uno y otro recordaron cómo se habían mirado fijamente durante un instante en Edesa en el momento en que Valeriano se había visto obligado a doblar la rodilla ante Sapor. Aquella imagen imprevista provocó una contracción de dolor de las facciones de Metelo, que concluyó separando claramente las palabras:

—Ni siquiera ante los dioses.

Dan Qing no dijo nada.

20

Los dignatarios de la aldea acompañaron al príncipe a su residencia, donde tenían intención de dar un banquete en su honor, pero Dan Qing les disuadió de ello.

—Mis queridos amigos —dijo en cuanto estuvieron en el interior—, no quiero que os toméis ninguna molestia y que abandonéis las tareas agrícolas, en las que estáis metidos de lleno. Solamente deseo entrevistarme con vosotros, saber qué ha sucedido en mi ausencia y deliberar sobre lo que conviene hacer.

Habían llegado a la sala de audiencias. Dan Qing se sentó en el centro de la pared principal en un cojín de seda y los demás fueron tomando asiento uno tras otro a su derecha e izquierda alternativamente, según el orden jerárquico y el grado de intimidad que cada uno de ellos tenía con el príncipe. El oficial que había llegado con su destacamento de jinetes se quedó de pie cerca de la puerta de entrada hasta que el príncipe le hizo una seña para que se acercara.

—Adelante, Baj Renjie.

El oficial dio unos pasos, se postró de nuevo con la frente en el suelo y acto seguido se levantó, se acercó y se detuvo a cinco pasos de su señor.

—Como sabréis —comenzó a decir Dan Qing—, mi prolongada ausencia fue debida a una traición. Lo que ignoro es quién fue su autor. Partí hace tres años para Persia a la cabeza de una embajada con el fin de establecer relaciones directas con el emperador Sapor, pero cuando llegó el momento de volver fui retenido con una serie de pretextos que no tenían justificación alguna, a no ser porque, como imagináis, algo había cambiado en Luoyang y el poder había pasado a otras manos.

»Intenté varias veces pedir explicaciones al emperador Sapor, pero era como hablar con la pared. Las respuestas eran siempre muy corteses pero evasivas. Solicitaba mi presencia en las ceremonias oficiales e incluso en las expediciones de guerra; el trato hacia mí fue siempre digno del huésped más ilustre, pero no había ninguna posibilidad de irse de allí…

Un grupo de servidores entraron llevando bebidas y refrescos en unas mesitas de madera de color rosa y las depositaron a los pies del príncipe y de los dignatarios.

Dan Qing bebió un sorbo de la infusión de hojas que solía tomar también en la barca de Daruma y prosiguió:

—A comienzos del presente año recibí un mensaje que me anunciaba la existencia de un plan para mi liberación. Tenía que aprovechar mi limitada libertad de movimientos para ir a la cita con una caravana que me traería hasta aquí. No ha sido fácil; he arriesgado varias veces la vida, pero por fin he conseguido volver. Casi no puedo creer que esté de nuevo con vosotros, después de tanto tiempo. El mérito de todo ello es de mi fiel amigo indio Daruma y de los soldados que habéis visto a mi lado.

»Hace apenas tres días sufrimos un violento ataque de los Zorros Voladores y de no haber sido por esos soldados estaría muerto; no estaría aquí con vosotros para planificar el futuro. También ellos son supervivientes de una prisión mucho más dura y despiadada que la mía y sobrevivieron gracias a una fortaleza de ánimo de la que nosotros, quizá, tenemos algo que aprender…

Baj Renjie dominó a duras penas una mueca de desprecio, pero Dan Qing continuó, impertérrito:

—Vienen del poderoso imperio de Taqin Guo, que actualmente se halla en una situación no mucho mejor que la nuestra, y puedo aseguraros que están a la altura de la leyenda que circuló en tiempos del emperador Yuandi.

—¿Te refieres acaso a la leyenda de los trescientos Diablos Mercenarios? —preguntó uno de los dignatarios.

—Exacto —respondió Dan Qing.

—Con todo respeto —intervino Baj Renjie—, solo es una leyenda y han pasado casi trescientos años desde entonces. Si se me permite expresar mi parecer, mi señor, no me parece justo que humilles a tus fieles servidores prefiriendo a unos extranjeros a los que ni siquiera conoces y que no son sino mercenarios.

—Lo hizo el gran emperador Yuandi, por lo que no veo razón para que no pueda hacerlo yo. No es mi voluntad humillar a nadie, sino solamente honrar a estos hombres que han expuesto su vida y recibido heridas por salvarme. También tú deberías estarles agradecido. Pero quizá te ciegue la envidia, Baj Renjie.

El oficial reprimió a duras penas su indignación y guardó silencio.

—¿Cuáles son tus intenciones, mi señor? —preguntó otro dignatario.

—Llegar al refugio secreto de mi maestro Wangzi y pedirle consejo. Pero ahora quiero que me digáis qué ha pasado en mi ausencia. ¿Quién ordenó que se me retuviera en Persia como un prisionero? Algo me han contado, pero no me basta. Quizá vosotros tengáis información que es absolutamente necesario que yo conozca.

Los ancianos y los dignatarios se miraron como si ninguno de ellos se atreviera a hablar el primero.

—¿Qué sucede? ¿Qué os impide hablar? —dijo en tono apremiante Dan Qing.

Al final tomó la palabra un anciano de aspecto venerable que llevaba una larga barba blanca. Vestía una túnica de seda de un amarillo tenue y adornada con los símbolos del zodíaco. Era el guardián de la casa, cargo que le había otorgado la emperatriz en persona tras el parto. Conocía muchos secretos de la naturaleza y muchos secretos, también, del corazón humano.

—Al poco de irte —comenzó—, el estado de salud de tu padre, ya precario, se agravó. Vivía recluido, asistido por sus médicos y criados, y no se sabía casi nada de él. La regencia estaba en manos del prudente Liu Bang, pero con el paso del tiempo también él fue espaciando sus apariciones en público. Comenzó a circular el rumor de que alguien se había hecho con el poder, alguien que ciertamente era depositario de su confianza, al que él había protegido y que debía de gozar de su estima. No estoy en condiciones de decirte nada más. Esta aldea está alejada del mundo, como bien sabes, y las noticias llegan tarde y a menudo deformadas. Lo que parece indudable es que tu padre se ha reunido ya con los antepasados en la morada celeste.

Dan Qing inclinó la cabeza al oír aquellas palabras y solo al cabo de un largo silencio dijo:

—Así pues, no sabes decirme quién mandó que me retuvieran en Persia.

—Cualquier cosa que te dijera —respondió el guardián de la casa— podría no ser cierta, y ante la duda es preferible callar. Lo único cierto es que sea quien fuere es tu enemigo.

—Hace tres días, como he dicho, me atacó un grupo de Zorros Voladores, que probablemente me habrían dado muerte de no haber sido por los guerreros que me acompañan. Este acontecimiento significa lamentablemente dos cosas: primera, que el usurpador ha establecido una alianza con los Zorros Voladores o es incluso su cabecilla; segunda, que está al corriente de mi regreso.

—Alguno de los tuyos, por tanto, te ha traicionado —dijo Baj Renjie.

—No puede afirmarse tal cosa —intervino el anciano—. El príncipe tal vez haya sido visto por algún informador durante su larguísimo viaje. O quizá el emperador persa haya informado a la corte de Luoyang de su fuga, lo que explicaría que los puestos fronterizos estuvieran alerta.

—Tus celos son ridículos, Baj Renjie —dijo el príncipe—, y tu intento de inducirme a sospechar de quien me ha devuelto la libertad y me ha permitido volver es equivocado e injusto. Necesitaré a todos aquellos que quieran ayudarme y muy particularmente a ti, que me has sido siempre leal. Pero te pido que respetes a los hombres de los ojos redondos, por más que sean bárbaros y muy distintos de nosotros. ¿Entendido, Baj Renjie?

El oficial hizo una profunda inclinación.

—No tengo intención de estar aquí más de lo estrictamente necesario —dijo Dan Qing—, no quiero exponer a ningún peligro a esta aldea que tan querida me es.

—Nosotros estamos dispuestos a todo por ti, mi señor —dijo uno de los dignatarios.

—Lo sé, pero esto no hace sino aumentar más aún mi responsabilidad —respondió el príncipe.

Se miraron unos a otros sorprendidos, como si no pudieran dar crédito a las palabras que habían oído.

—Y ahora dejadme solo, he de reflexionar.

Los presentes abandonaron la estancia. Baj Renjie, antes de salir, se acercó al príncipe.

—¿Alguna orden, mi señor?

—Ninguna, por el momento.

—¿Debo vigilar a los bárbaros?

—No creo que sea necesario.

—¿Y si quisieran alejarse?

—No lo harán. No sabrían adónde ir, y su único pensamiento es volver a casa. Así pues, no tienes nada que temer. He dado las órdenes oportunas para que tengan comida y alojamiento. Ahora puedes irte.

Baj Renjie retrocedió haciendo varias reverencias, sin dar nunca la espalda al príncipe, hasta que alcanzó la salida.

Dan Qing esperó a oír que se cerraba la puerta exterior y acto seguido se acercó al hueco de la escalera y comenzó a subir.

A cada escalón le parecía volver atrás en el tiempo, a su adolescencia, luego a su niñez y a su infancia. Recordaba los años que había pasado en aquel lugar entre gentes sencillas, en medio de campesinos y pastores, con quienes su padre le había dejado durante largos períodos. Recordaba la primera vez que había visto a su hermana Yun Shan, una criatura celestial, un rostro marfileño, una frente purísima. Había sido durante mucho tiempo su compañera de juegos, su confidente, su preciosa imagen de jade. Luego había sucedido algo terrible, un acontecimiento dramático que la había herido profundamente y había creado entre ellos una barrera de resentimiento. No tenía noticias de cuándo había partido y se preguntaba dónde estaba y qué sentimientos albergaba hacia él.

Llegó así a lo alto de la casa y dejó vagar la mirada por el valle, sobre el que habían descendido las sombras del atardecer, siguió los perfiles de los montes y la sinuosa línea de las colinas, hasta un lugar señalado por un roble enorme y por un pico rocoso. Esperó absorto en sus pensamientos hasta que vio la débil luz de un hogar al pie de las peñas y un hilo de humo que subía hacia el cielo que se oscurecía. Entonces bajó, cogió su caballo y se dirigió hacia el lugar donde había visto brillar el fuego.

Atravesó la aldea entre la respetuosa discreción de los habitantes y tomó el sendero que conducía hacia la colina. Avanzó al paso siguiendo la leve reverberación del fuego que relucía entre los tallos brillantes de los grandes bambúes y los rugosos troncos de los robles. Se detuvo cuando se encontró enfrente de la figura descarnada del chamán, sentado con las piernas cruzadas delante del fuego sobre el que hervía una marmita de cobre.

—Me he enterado de tu llegada —dijo el anciano casi sin apartar la vista del fuego.

—Alguien debe de haberte avisado. Hace poco rato que he llegado.

—Nada de cuanto sucede en esta aldea puede escapar a mi conocimiento. Has estado ausente largo tiempo.

—Y ahora que he vuelto todo ha cambiado. El poder de mi padre está en manos de un usurpador. ¿Sabes quién es?

—No. Pero quizá tú lo sepas.

—He vuelto a poner los pies en mi patria hace poco tiempo. Lo ignoro todo.

—Y, sin embargo, tienes dentro de ti un presentimiento. ¿No es así?

Dan Qing no respondió. Su mirada estaba fija en las llamas del hogar que por momentos parecían dilatarse en un incendio inmenso que abrasaba la tierra entera.

—¿No es así? —repitió el chamán.

—¿Qué quieres decir? ¿Que el Cielo ha retirado el mandato a mi familia como se lo retiró a los Han hace treinta años? ¿Que lo que ha sucedido, el *geming*, ha sido por voluntad del Cielo?

—Eso lo has dicho tú, no yo. Por tanto es tu presentimiento. Lo cual es una mala señal. Por otra parte, recuerda que por tus venas corre también sangre de los Han, aunque su dinastía haya desaparecido.

—¿Qué debo hacer?

—Mira en tu interior. Descubre si hay una causa de todo esto, si hay una acción que ha roto la armonía, que ha interrumpido el flujo de energía vital y ha traído el desorden y la confusión, la violencia y la guerra.

—Soñaba con traer la prosperidad y el orden a mi pueblo. Soñaba con reunificar el país.

—Entonces, ¿por qué tienes dudas? ¿Por qué unas extrañas prisas te han empujado a venir enseguida a verme?

—Echa las suertes, chamán, dime quién es el usurpador. ¿Quién se esconde detrás de su máscara?

El chamán echó un puñado de hojas en el fuego y aspiró el denso vapor amarillento que se desprendió de las llamas, luego cogió las sagradas paletillas de su alforja y las arrojó tres veces al suelo cerca del fuego.

—¿Qué ves? —insistió Dan Qing.

—Veo muchas vidas sacrificadas y veo un odio que solo la muerte podrá apagar. Pero no consigo ver dónde caerá el golpe…, porque eres tú quien esconde el presagio. Eres tú quien no se atreve a mirar y por eso no podrá ser tuyo el golpe definitivo, no serás tú quien acabe con el enemigo. Alguien deberá hacerlo por ti. Alguien que no ha cometido ningún daño en el País del Medio. En cuanto a ti, si tienes el valor de mirar dentro de tu espíritu, verás también el rostro del usurpador. Adiós, príncipe.

Cerró los ojos y se aisló en un sopor impenetrable.

También Dan Qing se quedó inmóvil y en silencio durante un rato tratando de comprender el mensaje del chamán, pero presentía que no estaba preparado para una verdadera revelación y que solo la ayuda de su maestro, el venerable Wangzi, podría ayudarle en la búsqueda de la verdad.

El quedo relincho de su caballo le hizo volver a la realidad. Lo cogió de las bridas y desanduvo el camino hasta la aldea. La casa estaba ahora iluminada por algunos farolillos de colores en señal de fiesta por su regreso, pero no había ningún otro signo de celebración. Quizá las malas noticias oscurecían las buenas.

Cenó solo, como convenía a su rango, pero se sintió incómodo después de todos los meses que había pasado con sus compañeros de viaje, después de tantas travesías juntos. Se dio cuenta de que algo de su manera de vivir, pese a las distancias que siempre había mantenido, se le había quedado pegado en el ánimo. Y hasta algo de su lengua. Acabada la cena, abrió la puerta de la biblioteca y se quedó leyendo hasta entrada la noche un texto antiguo que había sobrevivido a la quema de la biblioteca de Luoyang. El texto contaba la historia de los Diablos Mercenarios, unos soldados extranjeros que aparecieron de repente en los confines occidentales del país trescientos catorce años atrás. Nadie sabía de dónde venían.

El emperador Yuandi, que reinaba entonces, había dado orden de expulsarlos y de recuperar el dominio de la plaza fuerte, pero sus tropas habían sido repelidas cada vez por aquellos guerreros indomables que salían a campo abierto y combatían con los escudos sobre la cabeza. Finalmente el emperador, admirado del valor de aquellos combatientes salidos de la nada, les propuso entrar a su servicio como guardias de corps. Desde aquel momento habían entrado en la leyenda por su valor y fidelidad. Muchos de ellos cayeron en combate en el curso de muchas acciones militares, hasta que quedaron solo trescientos, número con el que entraron en la leyenda. Se decía que si la dinastía se hubiera visto amenazada, habrían salido de sus tumbas para librar su última batalla.

Se acostó en el lecho en el que había dormido de adolescente, en el que había soñado con las primeras imágenes femeninas y tenido las primeras fantasías amorosas; dedicó un pensamiento a las almas de sus antepasados para que le indicasen el camino y le ayudasen en una empresa que parecía desesperada.

—¿Cómo estás hoy, Rufo? —preguntó Metelo a su soldado herido.

—Está mucho mejor, comandante —respondió por él Marciano. Rufo estaba, en efecto, profundamente dormido—. Ayer por la tarde vino uno de sus médicos. Dijo que le había mandado el príncipe para que se ocupara de nuestro compañero. Yo quería avisarte, pero luego pensé que habría sido descortés rechazar su ayuda y le di permiso para que visitara a Rufo.

—Hiciste muy bien. Por lo que sé, su medicina es probablemente más avanzada que la nuestra.

—Puedo jurarlo, comandante. Entró y vertió un líquido sobre la herida. Tras lo cual la limpió y a continuación la volvió a coser con hilo de seda con una destreza como no había visto en mi vida. De vez en cuando le preguntaba a Rufo si le dolía y él respondía: «No, casi nada. Noto la aguja que penetra, el hilo que aprieta, pero apenas siento dolor». Imagina si hubiese tenido yo un preparado así cuando debía recomponer los miembros destrozados de nuestros soldados después de una batalla. Los gritos de dolor, el suplicio… Uno no se acostumbra nunca a ello, comandante.

Metelo asintió con la cabeza, y pasó la mano sobre la frente de su soldado herido.

—Tiene fiebre, pero no mucha.

—Lleva diez horas durmiendo. Debe de ser la poción que le ha suministrado su médico; era un líquido oscuro y muy amargo, me dijo Rufo antes de dormirse, parecido al ajenjo. Y el sueño es la mejor cura para la fiebre. Ya verás como se despierta con un apetito de león y dispuesto a ponerse de nuevo en marcha.

—Eso espero. —Hizo ademán de salir.

—Comandante, ¿puedo hacerte una pregunta?

—Claro.

—¿Cuándo invertiremos el sentido de la marcha? Quiero decir, ¿cuándo tomaremos el camino a casa?

—No sabría decírtelo. Hemos de confiar en Daruma y también en el príncipe. Pero creo que no estamos muy lejos del destino final. Nos faltan algunos días más de camino.

—¿Y luego?

—Daruma tendrá que despachar sus asuntos, vender y comprar sus mercancías... llevará cierto tiempo. Y también tendremos que asegurarnos de que el príncipe Dan Qing está a buen recaudo antes de dejarle.

—Comprendo. Pero luego regresaremos, ¿verdad?

—Seguro. ¿Por qué lo dices, acaso lo dudas?

—Sí, tanto yo como los muchachos hemos echado nuestras cuentas. Nuestro temor, comandante, es llegar cuando el viento haya cambiado de nuevo y sea preciso esperar otros seis meses...

Metelo levantó una mano y Marciano guardó silencio.

—Me importa mucho más vuestra suerte que la mía, soldado. Y esto debe bastarte.

—Sí, comandante —repuso Marciano, y Metelo salió.

El sol asomaba en aquel momento por las colinas boscosas que circundaban la aldea por la parte de oriente y su prístina luz se reflejaba en los numerosos espejos de agua dispuestos escalonadamente en torno al pueblo. Grandes garzas reales de color gris alzaban el vuelo de las plácidas extensiones de agua y bandadas de blancas garcetas dejaban las copas de los árboles donde habían pasado la noche y se lanzaban en vuelo a través del valle como un alegre cortejo para saludar la luz de la mañana.

Los campesinos salían de sus casas y se internaban en los senderos que pasaban entre los campos inundados en los que plantaban el grano de los terrenos húmedos, que era su comida más habitual. Les seguían los perros y los niños, que se divertían jugando en el agua.

Se topó con Publio, Septimio y Antonino, que parecían entusiasmados.

—¡Comandante, comandante!

—¿Qué pasa, muchachos?

—Este país es increíble. ¿Sabías que aquí los peces en vez de ser grises son de color de oro?

—¿Estáis seguros? ¿No habréis bebido de buena mañana?

—¡No, ven, tú mismo podrás comprobarlo!

Le llevaron hasta una fuentecilla que vertía su agua en una gran taza de piedra. En su interior nadaban unos peces de extraordinaria belleza, de un rojo dorado con largas colas transparentes como velos, seres admirables. Metelo se quedó un rato encantado observándolos y luego dijo:

—¿Dónde está Daruma?

—Está con Cuadrato y los demás, allí, cerca de esos árboles.

—He de hablar con él —dijo, y se dirigió, seguido por los otros romanos, hacia el grupito que estaba alrededor de un bosquecillo de bellísimas plantas del que pendían grandes frutos redondos, también de color dorado.

—¿Son comestibles? —preguntó Antonino.

—Por supuesto —respondió Daruma—. Prueba uno. Están maduros.

Antonino arrancó una fruta y le hincó el diente, pero enseguida la escupió imprecando.

—¡Aaah! ¡Es amargo, pica, me has envenenado!

Daruma meneó la cabeza sonriendo burlón, luego arrancó otro fruto, lo peló y mostró su interior: una especie de enorme grano de uva dividido en gajos; separó los gajos y los repartió entre los presentes.

Metelo también probó uno.

—Es una fruta paradisíaca, la mejor que haya probado en mi vida —dijo—. ¿Qué es?

—Una naranja. Y es también un símbolo de equidad, porque la naturaleza la ha dividido en partes absolutamente iguales, de modo que cada uno tenga exactamente lo mismo que los demás.

—¿Y estos? —preguntó Septimio indicando unos frutos parecidos, pero de forma ovalada y de un brillante color amarillo—. ¿Son comestibles?

—Por supuesto —respondió de nuevo Daruma—. Prueba uno.

—Esta vez no voy a caer en la trampa —respondió Septimio mientras pelaba el fruto.

—Veo que aprendes rápido —comentó satisfecho Daruma.

Septimio se llevó a la boca dos grandes gajos y enseguida su rostro se contrajo en una mueca de desagrado.

—¡Aaah! ¡Pero si es asqueroso! —gritó escupiendo.

—Solo es distinto —respondió Daruma—. Es cuestión de acostumbrarse. —Cogió el fruto de las manos de Septimio, separó un gajo y se lo comió con gusto—. Es un limón —explicó acto seguido—. Es un poco más ácido y un poco más amargo, pero tiene muchas propiedades, como muchas otras cosas amargas.

Metelo prosiguió en su reconocimiento y encontró a Severo trabajando en la fragua de la aldea.

—¿Todo bien? —preguntó.

—Bien, comandante. Estoy preparando los escudos…, una modificación que los hará mucho más eficaces.

—¿Una modificación? ¿Y en qué consiste?

—Lo sabrás a su debido tiempo, comandante. Antes quiero estar seguro de que funciona y…

Estaba aún hablando cuando llegó a la carrera un joven de la aldea y le dijo a Metelo que el príncipe Dan Qing deseaba hablar con él.

21

—¿Me has mandado llamar?

Metelo entró en el escritorio de la biblioteca acompañado del criado. Dan Qing estaba sentado sobre una estera dándole la espalda; tenía una mesita apoyada sobre las rodillas y escribía en una hoja parecida al papiro, pero aparentemente mucho más fina y flexible.

—¿Por qué no me rendiste homenaje ayer como el resto de mis súbditos? Soy el heredero legítimo al trono de este imperio y todos los habitantes de esta tierra me deben la reverencia prescrita por un ritual milenario. Tu negativa me ha humillado delante de mis humildes súbditos y del comandante Baj Renjie.

—Estoy en esta tierra —respondió Metelo—, pero no pertenezco a ella. Mis hombres y yo no somos tus súbditos.

—¿Quieres hacerme creer que en tu país no se reverencia al emperador?

—Quemamos incienso el día de su aniversario, una vez al año, pero cuando hablamos con él permanecemos de pie y le llamamos por su nombre. Durante las campañas militares, come de nuestro rancho, bebe de nuestro vino ácido y duerme en el suelo como un soldado raso más. Lo que no significa que no estemos dispuestos a morir por él cuando sea necesario. La única relación que puedes tener conmigo, príncipe, es una relación de igual a igual, de hombre a hombre.

Dan Qing se puso en pie y se volvió hacia él.

—Entre nosotros la relación de una persona con el emperador es vista como una virtud y se llama *yi*, que significa «lo justo», mientras que la relación entre los amigos es la única que consideramos de igualdad. Se llama *xin* y significa «fidelidad». Yo puedo tratarte como amigo, Xiong Ying, pero ¿tú estás dispuesto a ser fiel?

—Creo que sí —respondió Metelo—, si también tú lo estás.

Dan Qing asintió levemente con la cabeza, luego volvió a sentarse y siguió escribiendo. Metelo se acercó lleno de curiosidad por aquello que veía en la hoja blanca.

—¿Son signos mágicos? —preguntó—. Se parecen a los que estaban grabados en los huesos que el chamán usaba para sus oráculos en la caravanera.

—No son signos mágicos —respondió el príncipe—. Es nuestra escritura.

—Complicada. No hay un signo igual a otro... Nuestro sistema es más eficaz: con veintitrés símbolos muy sencillos se pueden escribir todas las palabras.

—¿En qué lengua?

—En la nuestra, en latín.

—Y todos deben aprenderla si quieren entender lo que escribes.

—Obviamente.

—En este país se hablan más de cien lenguas distintas. Cada uno de estos signos es un concepto abstracto, como «hombre», «casa», «árbol», y es reconocible por todos, pero cada uno lo pronuncia con las palabras de su idioma natal. Nadie debe someterse a aprender términos de una lengua extranjera. Estos signos respetan la libertad de la mente, más importante aún que la de los cuerpos, que tan importante es. ¿Por qué te parece tan terrible doblar la espalda delante de un soberano?

—¿Has oído hablar de un rey de Occidente, un joven y gran conquistador llamado Alejandro?

—Sí, oí hablar de él en Persia, donde le llaman Iskandar y lo consideran un demonio; pero también hasta nosotros llegaron noticias de él en el pasado.

—Cuando Alejandro llegó a los confines de la India, después de haber heredado la corona de los persas, quiso adoptar también su manera de vestir y pretendió que sus compañeros doblasen la espalda delante de él cuando le saludaran. Pero ellos se negaron a hacerlo, lo que provocó un enfrentamiento irremediable. Llegaron a tramarse incluso conjuras para asesinarle. Con ello quiero explicarte lo fundamental que es para nosotros la dignidad de cada persona, hasta de la más humilde.

—¿Tenéis esclavos? —preguntó Dan Qing.

Metelo dudó un momento, cogido por sorpresa, luego respondió:

—Sí, los tenemos.

—La esclavitud fue abolida entre nosotros por decreto del emperador Wang Mang hace más de dos siglos —respondió Dan Qing, y no añadió nada más.

Metelo no supo qué decir y se quedó observándole mientras se ponía de nuevo a escribir.

—¿De dónde sacas un papiro tan blanco? —preguntó al cabo de un rato.

—No sé qué es un «papiro» —respondió Dan Qing—. Esto es simplemente papel.

—¿Papel? —preguntó, admirado, Metelo.

—Papel —repitió el príncipe—. Lo hacemos con trapos macerados. Los blanqueamos con lejía y a veces los perfumamos con olor a jazmín, a rosa, o a violeta.

Sacó una hoja de un cajón y se la acercó a la nariz.

Metelo aspiró su delicado perfume, luego lo cogió entre las manos y le dio vuelta hacia el sol, admirado de su maravillosa transparencia y su homogénea consistencia.

—Hojas perfumadas —dijo—. ¿Para qué?

—Para las cartas de amor. La amada sabe que es tuya por la fragancia que desprende. ¿Acaso no es hermoso?

Metelo asintió con la cabeza. Los ojos se le empañaron de emoción.

—¿Piensas en ella, Xiong Yin, verdad?

—Sí.

—¿La favorita de tus concubinas?

Durante un instante, en los ojos inescrutables del príncipe se reflejó la mirada de Metelo y el misterioso pesar evocado por aquellas palabras.

—Mi esposa, príncipe —respondió—. Nosotros, los romanos, tenemos una sola mujer, y a menudo para toda la vida.

—Me parece algo propio de bárbaros —replicó Dan Qing—, pero si a vosotros os gusta así... ¿La echas mucho de menos?

—Terriblemente.

—¿Te gustaría que ella leyese tus palabras?

Metelo inclinó la cabeza y se quedó durante unos instantes en silencio. Luego dijo:

—Daría cualquier cosa porque esto sucediese..., pero mucho me temo que es imposible; no existe ningún mensaje que pueda llegar al reino de los muertos.

—¿No te queda nadie? —preguntó Dan Qing.

—Sí, un hijo, un niño de siete años. No pude siquiera decirle adiós. Y no sé qué ha sido de él.

Dan Qing inclinó la cabeza. Según los engranajes del poder a que estaba acostumbrado, aquel niño debería de estar muerto.

Metelo suspiró y se quedó a su vez en silencio mientras Dan Qing se ponía nuevamente a escribir, trazando con un minúsculo pincel los elegantes signos de su escritura.

—¿Qué significa Zorros Voladores? —preguntó en determinado momento.

—Son unos animales que viven en los grandes bosques del sur. Se asemejan a pequeños zorros, pero tienen una membrana entre las patas delanteras y las traseras que se extiende cuando saltan de una rama a otra y les permite planear y dar volteretas en el aire como si fueran pájaros.

—Pero cuando hablabas de ellos te referías a hombres, no a animales. A los hombres que nos atacaron en el valle.

—Vestidos de negro —prosiguió Dan Qing dejando el pincel sobre un soporte de madera laqueado—, implacables, rápidos como el rayo, combatientes incomparables, fanáticamente fieles a su jefe y a su misión. Cualquiera que los tenga de su parte puede estar seguro de la victoria.

Metelo se acercó a la pared de roca de la que pendía el caparazón de una enorme tortuga, tan grande como no había visto nunca otra igual. Acarició su superficie, lisa y brillante como el ébano pulido.

—Nosotros, sin embargo, los repelimos.

—Porque no esperaban semejante resistencia..., una formación con la que no han tenido nunca que enfrentarse.

Metelo acarició de nuevo el gran caparazón.

—Nosotros la llamamos «*testudo*», tortuga. La tortuga ha derrotado a los Zorros Voladores, aunque nuestra táctica se asemeja quizá más a la del erizo... Es extraño cómo el hombre compara tan a menudo sus comportamientos con los de los animales...

—No te hagas ilusiones, Xiong Ying, en cuanto lo hayan comprendido, encontrarán la manera...

—Es posible. Pero escucha; nosotros tenemos un proverbio muy antiguo, acuñado por un gran poeta del pasado: «Muchas astucias conoce la zorra. El erizo solo una, pero la decisiva».

Dan Qing se levantó estirando las piernas cruzadas con la fluida elegancia de una serpiente o como un pez moviéndose en el agua. Se acercó a un armario empotrado en la pared, lo abrió y extrajo de él un fajo de varillas de caña atadas con unas cuerdecillas, lo desenrolló sobre el pavimento y apareció un texto escrito en ideogramas.

—Hace muchos siglos —dijo mientras recorría con la mirada aquellos antiquísimos trazos— vivió en el País del Medio un gran maestro llamado Mo. Era una época oscura, marcada por continuas luchas entre las familias más poderosas; el maestro elaboró una teoría según la cual la familia y los lazos de sangre se consideraban el comienzo de todos los males. Planificó una sociedad en la que cada hombre se sintiera miembro de una sola comunidad universal, sin distinciones de familias, en las que cada padre fuera padre de todos, cada hijo, hijo de cada uno, cada ciudad, la ciudad de todos, y cada ciudadano, miembro indistinto de cada ciudad...

—También nosotros tuvimos un maestro que elaboró una teoría parecida. La llamamos «*cosmopolitismòs*» en la lengua de nuestros grandes filósofos —no pudo dejar de observar Metelo, pero añadió rápidamente—: Continúa, por favor.

—El maestro Mo creía que la guerra era el peor de todos los males, la acción humana peor vista por el Cielo, y que los guerreros eran feroces mastines del abismo... Decidió, por tanto, oponerse a ella con todos sus medios... ¡incluida la guerra!

Metelo meneó la cabeza, sorprendido.

—También nosotros tenemos este concepto del absurdo: lo llamamos «*paradoxon*».

—Mo estaba convencido de que ninguna acción humana es mala en sí misma. Solo lo es su resultado. Organizó a sus seguidores en una secta secreta que se dividió en muchos grupos autónomos regidos por férreas leyes. Esta secta puso a punto técnicas de combate de todo tipo; algunas eran meramente defensivas, otras poseían un devastador poder ofensivo, técnicas basadas en el control de la mente y de sus energías ilimitadas...

»Si una familia era víctima de un atropello, si una comunidad, aunque fuese una aldea o incluso una ciudad, sufría un ataque injustificado, esos hombres entraban en acción. Se movían en la oscuridad, como fantasmas, atacaban a la velocidad del rayo y desaparecían entre las tinieblas. A veces aparecían de la nada, como obedeciendo a una llamada que solamente ellos podían oír, y sus unidades de combate tomaban forma como por ensalmo en los lugares más insospechados.

»Golpeaban con extrema dureza y dejaban siempre su sello para que no hubiera dudas sobre el significado y los destinatarios del castigo. Si alguno de ellos quedaba herido en combate, no se dejaba coger nunca vivo para no tener que revelar los secretos de la secta...

—Como los hombres que nos atacaron... Pero si su fin es justo, entonces, ¿por qué...?

—No hay mayor tentación que el poder; nada que haya sido creado por el hombre está exento del riesgo de peligrosas desviaciones y tú debes saberlo bien —continuó Dan Qing—. ¿Acaso podía un instrumento tan formidable permanecer inmune a las tentaciones del poder?

Metelo pensó en sus legiones, en la extraordinaria máquina militar de Roma nacida para su defensa y transformada al mismo tiempo en instrumento de sangrientas guerras de conquista, de exterminios en masa, de crueles luchas civiles.

Dan Qing continuó su historia:

—A la muerte del maestro Mo, la secta sobrevivió en la sombra, durante largos períodos pareció incluso que hubiera desaparecido, hasta el punto de que nadie sospechaba siquiera ya su existencia. En realidad, en aquellos largos intervalos de silencio los adeptos refinaban sus técnicas, hacían constantes progresos, elaboraban sistemas de comunicación cada vez más sofisticados.

»Una secta tan eficiente presupone una escala jerárquica de insondable secretismo, una coherencia interna absoluta y una ciega obediencia. El secretismo era tal que, en ciertos períodos, se llegó a creer que la existencia de la secta era fruto de la fantasía, una leyenda como tantas otras que circulan en este inmenso país. No puede excluirse que tal convicción la extendieran y alimentaran los propios seguidores de la secta. Pero en los períodos críticos sus adeptos reaparecían y golpeaban, a menudo en lugares muy distantes entre sí y en las situaciones más diversas.

»Por lo que se sabe, parece que a partir de cierto momento, unos cincuenta años atrás, hubo una grave degeneración; los jefes de la secta comenzaron a emplear su enorme poder y los secretos de sus artes de combate para apoyar o combatir a este o a aquel aspirante al poder supremo. Quizá esta fue una de las causas que condujeron a la decadencia y luego al final de la gloriosa dinastía de los Han, que había gobernado el país en los últimos cuatro siglos, y a la división del imperio en tres reinos escindidos y rivales: Wei, Shu y Wu.

Metelo tuvo nuevamente una fuerte sensación de vértigo: ¡cuatro siglos! Una sola dinastía había reinado en aquella tierra durante un tiempo más largo que todas las dinastías imperiales de Roma.

—A estos combatientes —prosiguió Dan Qing—, que habían perdido su razón de ser original, se les llamó los Zorros Voladores. Otros, en cambio, una minoría, se separaron de sus hermanos que se habían desviado y se refugiaron en un lugar secreto, cuya ubicación nadie conoce, donde fundaron una comunidad que vive según las leyes de la fraternidad: comparten la comida, los frutos de la tierra y del agua, practican la agricultura y el pastoreo, pero también la meditación, en la que destacan.

—Pero ahora —dijo Metelo— los Zorros Voladores están contra ti y quieren tu muerte. ¿Por qué?

Dan Qing enrolló el haz de varillas de caña y lo guardó en el armario, que cerró con llave.

—La respuesta podría ser muy simple —dijo—. El deseo del poder supremo...

—¿O bien?

Dan Qing clavó en él su mirada magnética.

—Te estoy contando, sin saber por qué, cosas que nunca habría dicho a nadie, y esto me inquieta.

—Nunca habría imaginado que los sentimientos pudiesen inquietarte. Nosotros no somos capaces de disimular las emociones; pueden leerse fácilmente en la expresión de nuestro rostro. Pero tú nunca te ruborizas, jamás palideces; tu rostro es una máscara de cera.

—La vuestra es una raza todavía en evolución, la materia de que está compuesta se encuentra aún en una fase de formación. La nuestra hace tiempo que alcanzó la perfección... No obstante, estamos sujetos a la voluntad del Cielo. Y el Cielo puede decidir retirar el mandato a una dinastía o a un emperador si se han manchado con la infamia o la tiranía, o con una grave corrupción. En este caso se produce el *geming*, la revocación, a lo que sigue el espíritu de rebelión que nada puede detener. Y esto genera una angustia a la que ni siquiera un Huangdi, un emperador, puede escapar... Pero ¿tú me serás fiel, Xiong Ying?

—No pude ayudar a mi emperador; lo vi morir como un miserable. Si puedo te ayudaré a ti, pero he de saber por quién estoy luchando. Háblame de tu inquietud, príncipe.

—Mi padre era un hombre bueno, un sabio regente a quien le importaba mucho la suerte de su pueblo. Y yo no sueño con otra cosa que restaurar la unidad del País del Medio. ¿Por qué había de revocar el Cielo el mandato de mi familia? Los Zorros Voladores obedecen a una fuerza oscura, estoy seguro.

—Pero ¿tú no has hecho nada de lo que debas avergonzarte? ¿Nada que encienda de inquietud tu rostro bajo esa máscara de cera?

—¡Eres demasiado atrevido, nadie puede hacerme semejantes preguntas! —exclamó Dan Qing—. ¡Cualquier otro habría pagado caro su insolencia!

—¿Nada que haya ofendido a la justicia? —insistió, implacable, Metelo acercándose a Dan Qing.

—¿Qué te mueve a hacerme preguntas de este tipo? ¿Por qué me acosas con tanta insolencia?

—Porque te noto inseguro. Hay algo que no consigo comprender. Te defiendes como si tuvieras algo que esconder.

Dan Qing le inmovilizó con la mirada y luego, lentamente, separando cada una de las palabras, dijo:

—No he hecho nada que no tuviera derecho a hacer.

Luego le dio la espalda y se encerró en un desdeñoso silencio.

Metelo hizo ademán de salir, pero se detuvo en el umbral.

—Nosotros tenemos un proverbio —dijo—. «*Summum ius, summa injuria.*»

Dan Qing no dijo nada.

—Significa: «El derecho extremo es una injusticia extrema» —concluyó Metelo.

Y salió.

22

Baj Renjie se presentó cuando el sol había salido ya, armado hasta los dientes, y solicitó ser llevado a presencia de Dan Qing.

—Mi señor —dijo—, esperar más es peligroso. Los Zorros Voladores están enterados de tu presencia en estos lugares y podrían aparecer con todas sus fuerzas en cualquier momento.

—Estoy listo —respondió el príncipe—. Reúne a tus hombres.

—No esperan más que una señal tuya para ponerse en marcha, príncipe.

Dan Qing extendió los brazos y dos criados se le acercaron para atarle la armadura y ceñirle al costado la magnífica espada.

—Ahora no necesitas ya a los bárbaros que te han acompañado hasta aquí —dijo Baj Renjie—. Puedes hacerles tomar el camino de vuelta con el mercader.

—Los Demonios Rojos nos seguirán hasta mi destino, hasta la fortaleza de mi maestro Wangzi —respondió Dan Qing.

Baj Renjie no se atrevió a replicar, pero la expresión de su rostro mostraba claramente su estado de ánimo.

Fuera, el oficial encontró a Metelo y a sus hombres igualmente armados; estaban desayunando sentados en un banco cerca del estanque de los peces. No se dignó dirigirles una mirada y se acercó a su unidad. Eran una cincuentena de hombres, la mitad de ellos montados. Llevaban la coraza de placas de bronce atadas con anillas de hierro, la túnica de cuero, las botas y un pañuelo al cuello. No tenían yelmo, pero llevaban el pelo recogido en la nuca en un tocado fijado por medio de largos alfileres de marfil y de una cinta que les colgaba por detrás, sobre los hombros. Encima llevaban un cubrecabezas redondo de fieltro oscuro. Los jinetes iban armados con arcos terciados y una aljaba, mientras que los infantes usaban espada y puñal. Metelo vio que tampoco ellos llevaban yelmos ni escudos. Se había dado cuenta de que su protección era su hábil dominio de las armas defensivas. Por eso Dan Qing debía de haberse quedado asombrado por el uso que hacían los romanos de las jabalinas, los escudos y las armas cortas.

Dan Qing, que les había reunido en la plaza, alzó la mano y Baj Renjie tocó con los talones los ijares de su caballo y lo puso al paso. Detrás de él iban sus veinticinco jinetes. Inmediatamente después echó a andar el príncipe seguido de Metelo a caballo y de sus hombres a pie. A continuación venían los infantes chinos. Por último se puso en marcha Daruma con su caravana, pero les acompañó poco tiempo.

A primera hora de la tarde del primer día, el convoy se detuvo en una encrucijada. El camino que había a mano derecha era bastante ancho y libre de obstáculos, el de la izquierda era estrecho y empinado y podía verse que unas pocas millas más adelante subía por una pendiente rocosa.

Daruma incitó a su camello y se acercó a Dan Qing.

—Príncipe —dijo haciéndole una señal para que se detuviera. Dan Qing tiró de las riendas de su caballo—. Príncipe, creo que aquí se separan nuestros caminos. Tengo entendido que piensas tomar por la izquierda, un itinerario que yo no puedo seguir.

—Lo has recorrido otras veces —repuso Dan Qing.

—No con una caravana de estas proporciones ni en esta situación de peligro. En caso de ataque nosotros solo seríamos un estorbo. Saluda de mi parte al maestro Wangzi.

—Estoy seguro de que le gustaría verte y darte las gracias por haber llevado a cabo tu misión.

—A mi vuelta le mandaré un mensaje para fijar un encuentro. Dile que ardo en deseos de hablar con él y te ruego que le presentes mis mayores respetos.

Metelo se adelantó.

—¿Has dicho que nos separamos? ¿He entendido bien?

—Has entendido perfectamente, comandante —respondió Daruma—. Tu chino mejora con el paso de los días. Pero no temas, a mi vuelta haré un alto aquí y retomaremos juntos el camino hacia Occidente.

Metelo replicó en coiné:

—Pero no tiene ningún sentido que nos separemos. El príncipe tiene su guardia y ya no nos necesita.

Dan Qing se volvió al oír aquellas palabras intuyendo que habían sido proferidas en una lengua que él no debía comprender. Metelo se sintió incómodo al adivinar sus pensamientos y por la manera en que se habían separado tras la última conversación.

Daruma le respondió en la misma lengua:

—No te dejes dominar por el pánico…

—Yo no me dejo dominar por el pánico.

—Sí que lo haces. Crees que nos perderemos de vista en este país inmenso, que no volveremos a vernos nunca más, o que yo tomaré otros derroteros y no mantendré mi palabra de acompañarte de vuelta. Pero te equivocas. Te ruego que me escuches; es evidente que yo no puedo subir por ese camino de herradura con esta caravana. En cuanto a vosotros, cuando lleguéis al monasterio el príncipe tomará sus decisiones. Probablemente su maestro le pondrá en contacto con las fuerzas que pueden prestarle apoyo en su empresa. Si vuelve a partir, vosotros podréis decidir si queréis seguirle hasta Luoyang, donde yo me quedaré por lo menos un mes. En cambio, si aguardáis en el monasterio, cosa que considero más probable, me esperarás hasta mi vuelta.

—¿Y si te pasara algo?

—Eso siempre puede ocurrir, aunque no nos separemos. Pero ten la seguridad de que el príncipe no es un ingrato. Te proporcionaría guías que te permitirían emprender el camino de regreso. Confía en mí, comandante, y verás que la palabra de un mercader indio puede ser tan digna de confianza como la de un oficial romano. Nos encontraremos en este mismo cruce dentro de un mes, o bien nos veremos en Luoyang. El príncipe sabe en todo momento adónde puede hacerme llegar mensajes. No te arrepentirás de haberle seguido también en esta última parte de su trayecto. Se siente amenazado y tiene mucha confianza en ti. No le decepciones y no lo lamentarás.

Tras decir esto se acercó a Dan Qing y le saludó con respeto:

—Te deseo un buen viaje, príncipe, la mejor suerte para tu destino futuro.

—Tengo una gran deuda contigo, Daruma —respondió el príncipe.

—Tendrás ocasión de pagarla —respondió Daruma—. Una concesión especial para el comercio de la seda podría ser una muestra de gratitud que yo apreciaría enormemente, por ejemplo, pero tendremos tiempo de hablar de ello cuando hayan quedado atrás todos los peligros y las peripecias que nos aguardan.

Hizo una respetuosa reverencia, luego puso a su camello al paso y tomó el camino de la derecha, seguido de sus criados y ayudantes.

—Puedes ir con él, si quieres —dijo Dan Qing vuelto hacia Metelo—. Eres libre.

Metelo no dijo nada; sentía sobre sí la mirada de sus hombres, perdidos en el corazón de aquel inmenso país, pero sabía también que tenía que mantenerse fiel a la palabra dada. No quería abandonar al príncipe antes de llegar a la meta, ya que estaba convencido de que serviría a una causa justa, pero tampoco quería dejar a sus hombres a merced de decisiones ajenas. Dijo:

—Te acompañaré hasta el destino final, pero para ello quiero el mando de toda la escolta, incluidas las fuerzas chinas.

Dan Qing le miró asombrado por primera vez y respondió:

—¿Por qué? Es mejor que cada comandante se responsabilice de sus propios hombres.

—Y así será. Pero cada uno de nosotros tendrá distintos objetivos, los que yo establezca.

—¿Qué tratas de decir?

—¿Puedo hablar en privado contigo?

Dan Qing asintió, desmontó e hizo un aparte con él a escasa distancia de los demás.

—Si es cierto que los Zorros Voladores nos han localizado, es muy difícil que no sepan dónde estamos. Seguramente nos han vigilado durante todo este tiempo y quizá estén en algún lugar de los alrededores. Si no nos han atacado ha sido porque no tienen efectivos suficientes.

—Es probable —respondió Dan Qing.

—Lo harán en cuanto sean lo bastante numerosos para derrotarnos o apresarnos. Mi plan es el siguiente. Recorreremos todos juntos un trecho del bosque; una vez que hayamos salido de él, uno de tus soldados vestirá tus ropas, llevará tus armas y montará tu caballo. Tú vestirás las ropas de uno de los criados que llevan los víveres. Tu sustituto irá con Baj Renjie y con las fuerzas chinas por el camino de Luoyang, es decir, hará lo que los Zorros Voladores deberían considerar más lógico y natural: hacerse escoltar por sus propios compatriotas, en quienes confía y cuya lengua habla.

»Pero tú vendrás con nosotros. Iremos vestidos de campesinos y seguiremos a pie el sendero llevando detrás los caballos como si fueran animales de carga. No iniciaremos el viaje hasta después de que caiga la noche, y nos moveremos en tres pequeños grupos a cierta distancia uno del otro. De día permaneceremos quietos y escondidos en el bosque. Mientras tanto, si mis cálculos no son erróneos, los Zorros Voladores irán detrás de Baj Renjie y de tu sustituto.

—Baj Renjie se sentirá feliz de sacrificarse por mí.

—Puedo ocupar yo su puesto, si lo prefieres. En ese caso me reuniré con Daruma junto con mis hombres y con tu doble mientras tú subes vestido de criado este sendero con tu comandante chino. Para mí no existe mucha diferencia, pero estoy seguro de que esta es la única posibilidad de que llegues sano y salvo a tu destino. Ahora espero tu respuesta.

Dan Qing permaneció en silencio meditando aparte durante un rato, luego se acercó a Metelo y le dijo:

—Haremos como tú dices. Y serás tú quien me escolte.

Llamó a su comandante chino y le puso al corriente del plan. Baj Renjie le miró con expresión incrédula y trató de oponer cierta resistencia, pero el príncipe le cortó, tajante.

—Es una decisión irrevocable, Baj Renjie. Obedece, si me eres fiel. O bien vete.

El oficial reprimió su desdén y se inclinó respetuosamente. Luego ordenó a algunos de sus hombres que se adentraran en el bosque y procedieran a disfrazarse.

Dan Qing se despidió de su oficial:

—Escúchame, Baj Renjie, sé que esta decisión es amarga para ti, pero pienso que es la más acertada para poder salvarme y preparar mi regreso a Luoyang. Que el Cielo te sea propicio. Si todo va bien, volveremos a vernos en Luoyang en la taberna del Moral Blanco.

Baj Renjie hizo una inclinación, luego montó a caballo y se puso a la cabeza de su destacamento. A su lado cabalgaba el criado que personificaba a Dan Qing.

—Recorrerán un terreno bastante descubierto —observó Metelo—. Quien quiera vigilarlos tendrá que mantenerse a cierta distancia para no hacerse notar. De este modo no podrán distinguir a tu doble del original.

También los romanos y el príncipe quedaron a cubierto gracias a la espesa vegetación y se prepararon para el viaje. Los hombres se despojaron de las armaduras y las cargaron sobre los caballos, luego se pusieron ropas de lugareños y se instalaron debajo de un gran roble para descansar en espera de la marcha que les esperaba.

Los días de prisión quedaban ya lejos; todos estaban en la plenitud de sus fuerzas y de buen humor. Acostumbrados a las largas campañas militares, se sentían a sus anchas y aquel viaje no había presentado excesivos peligros. La herida de Rufo había cicatrizado bien y apenas había supurado, prueba de que la medicina china era a todas luces superior a la romana. Cuando el príncipe se desnudó con la ayuda de dos servidores, Metelo observó que llevaba aún vendajes en los brazos y en el torso, pero que no había manchas en las vendas, señal de que también él debía de estar en vías de curación.

Antes de que se hiciera de noche cenaron: grano de los terrenos húmedos hervido, con piñones y trocitos de carne de palomo, que había sido preparado en la aldea, en las cocinas del príncipe. Todos conservaban aún las cucharas talladas por Uxal y comían con buen apetito, aunque paraban de vez en cuando para mirar a hurtadillas a Dan Qing, que se llevaba a la boca pequeñas cantidades de comida con sus palillos. Metelo había tratado alguna vez de utilizarlos, pero sin éxito, y ya se había resignado a la cuchara de madera de la dotación de sus soldados.

Una hora después de que anocheciera, Cuadrato salió con cautela hacia el sendero e hizo un reconocimiento por los alrededores a fin de cerciorarse de que no había nadie. Luego volvió a dar el parte y Metelo dio orden de ponerse en marcha; avanzaron a pie, llevando a los caballos cogidos de las bridas, como si fueran simples animales de carga.

El sendero era de tierra batida, pero había algún trecho rocoso pulido por un tránsito milenario. Un ligero viento provocaba apenas un susurro del follaje del bosque que se extendía, cada vez más espeso y sombrío, a ambos lados del camino. La luna no había asomado aún; avanzaban en la oscuridad. Los hombres hablaban en voz baja para hacerse compañía en aquella atmósfera que a cada paso se volvía más lúgubre, donde cada árbol, cada saliente rocoso adquiría un aspecto amenazador e inquietante.

—El comandante Metelo —dijo Balbo— ha decidido adoptar la misma estrategia que cuando huimos de Aus Daiwa: viajar de noche y contentarnos con cubrir distancias limitadas pero sobre seguro.

—Los Zorros Voladores deberían ver de noche como los gatos para distinguirnos en medio de esta oscuridad —añadió Cuadrato.

—En mi opinión, deben de ir detrás de los chinos que escoltan al falso príncipe.

—Es probable, pero seguro que el comandante no se hace muchas ilusiones. Sabe que este truco solo servirá para darnos un poco de ventaja.

—Cinco días más —dijo Balbo— y comenzaremos el viaje de vuelta. ¿Piensas en ello? Yo cuento cada instante que me separa de casa. ¿Has estado alguna vez en Hispania? ¿En Cesaraugusta?

—Mejor que no pienses demasiado en ello —replicó Cuadrato—. Puede ocurrir de todo antes de llegar a casa. ¿Tienes idea de a qué distancia estamos de ella? ¿Tienes idea de cuántas peripecias tendremos que afrontar aún? Además, he visto al comandante muy preocupado cuando nos hemos separado de Daruma; preocupado de que no vuelva más y nos encontremos en medio de este país inmenso sin saber hacia dónde ir.

—Eso no sucederá. El príncipe nos pondrá en manos de alguien que nos lleve de vuelta. En el fondo nos debe el haber llegado hasta aquí.

—Eso espero. Yo nunca en mi vida he tenido tanto miedo, y nunca había visto al comandante Metelo tan preocupado.

Resonó un prolongado reclamo desde las cumbres de los montes; una especie de quejumbre que saludó la lenta aparición de la luna por detrás del perfil de los montes. Un lobo, quizá, un chacal o algún otro animal desconocido de aquella tierra llena de sorpresas.

Marcharon acompañados solamente por los ruidos del bosque y por los susurros del follaje a cada soplo del viento. Lejos, sobre los perfiles de los montes, vieron durante largo rato el resplandor de los relámpagos iluminando el interior de enormes cúmulos negros contra el cielo estrellado, nubes gigantescas que incubaban la tempestad. Y el sordo rugir del trueno llegaba de vez en cuando repetido hasta el valle.

A la cabeza de la caravana el príncipe Dan Qing y el comandante Metelo avanzaron en silencio durante toda la noche, marcando sus pasos con el intenso respirar de la ascensión.

El amanecer les sorprendió en un pequeño claro salpicado de lirios manchados y de maravillosas flores azules semejantes a las gencianas. Metelo dio entonces orden de volver a entrar en el bosque y de echarse para descansar a la sombra de la espesa vegetación.

Avanzaron así durante cuatro días, descansando tan pronto como despuntaba el sol y marchando de noche a la luz cada vez más clara de la luna, que aumentaba de tamaño, en el intenso aroma del bosque poblado de extrañas flores, de pétalos carnosos y de colores chillones. Aquel tramo de montaña estaba medio desierto y raras veces encontraron a otros caminantes, solo en las horas que precedían al alba y hacia la puesta del sol: leñadores inclinados bajo la carga de enormes haces de leña recogida en el bosque o pastores que guiaban su rebaño hacia los pastos de montaña.

El monasterio apareció a la vista la mañana del quinto día, en la vertiente opuesta de una profunda quebrada, encaramado en lo alto de una cima rocosa. Era una construcción maciza con cuatro torres en los ángulos, gris como la piedra del monte. Hacia oriente, el monte declinaba en una sierra boscosa que descendía hacia la llanura. El lugar parecía un remanso de paz, de tranquilo apartamiento del mundo. La construcción se recortaba contra un cielo opalino que se decoloraba lentamente en los matices rosados de la aurora. En torno a la poderosa construcción se extendían prados muy verdes en los que destacaban plantas colosales, gigantes solitarios cuya mole podía apreciarse también desde aquella distancia. Era una fortaleza celestial, una morada del espíritu como Metelo no había visto ni imaginado. Una construcción de esas características en un lugar tan dominante habría sido en su mundo una fortaleza inexpugnable, un emplazamiento para hombres armados y máquinas de guerra.

—¿Quién vive allí, aparte de tu maestro? —preguntó al príncipe, que contemplaba absorto aquella visión sublime.

—Una comunidad de monjes que pasan el tiempo dedicados a la meditación y al estudio, educando su espíritu y su cuerpo en la búsqueda de la armonía del universo. El maestro Wangzi es su guía espiritual; goza de una veneración filial por parte de todos, de una admiración ilimitada por sus cualidades de asceta y por la suave amabilidad de su persona.

—¿Qué es un monje? —preguntó Metelo.

—Alguien que elige vivir aparte del mundo de los hombres para hacerse intermediario entre la Tierra y el Cielo, aquel que hace de la búsqueda de sí mismo y de las fuerzas supremas del cosmos el fin de su vida. Es un hombre humilde que no pretende ser el depositario de la verdad sino solo de la voluntad de buscar la vía y de recorrerla con cualquiera que desee seguirle. Este hombre, para mí y para otros como yo, es el maestro Wangzi. De no haber sido por él, yo sería aún prisionero de los persas y mi misión no habría podido llevarse a cabo.

—¿Cómo sabía que estabas prisionero?

—Pasé a despedirme de él en secreto antes de partir y le comuniqué que volvería al cabo de un año para contarle mi experiencia. Al ver que no regresaba ni al cabo de un año ni de dos, y al darse cuenta de que el poder estaba cambiando de manos en Luoyang, recurrió a todos sus contactos en China, en la India y en la misma Persia para saber qué me sucedía. Luego, tras haberme localizado, hizo llegar dos mensajes, uno a mí y otro a Daruma, para organizar el encuentro. Fue casi un milagro, y eso me ha hecho pensar que el Cielo me había destinado a devolver la paz al País del Centro y a restaurar el Estado.

Metelo no dijo nada.

—Pero ahora pongámonos de nuevo en camino —le exhortó Dan Qing—. No veo la hora de encontrarme con él.

—Es mejor que no —respondió el romano—. Hemos llegado sanos y salvos hasta aquí porque hemos seguido rigurosamente mi plan. Sería una tontería, justo ahora que casi hemos llegado, dejarse llevar por la impaciencia. Me sorprendes, príncipe: la paciencia debería ser una de las virtudes fundamentales de tu educación.

—No es una cuestión de paciencia, Xiong Ying —rebatió el príncipe—. El barranco que nos separa del castillo solo se puede atravesar por un puente colgante. Es una empresa ya difícil de por sí a la luz del día. De noche sería un suicidio.

—Hay luna —replicó Metelo.

—La luna no basta y, en cualquier caso, su escasa luz no llega hasta allí.

Metelo le miró fijamente a los ojos.

—Está bien —respondió—. ¿Cuánto hay del puente al castillo?

—Dos horas de marcha —contestó Dan Qing.

—Es un riesgo aceptable —admitió Metelo—, pero atravesaremos el puente mañana, a las primeras luces del día. Hoy el sol está ya demasiado alto en el cielo.

—Como quieras —respondió Dan Qing, y se adentró en el bosque.

Al cabo de un rato, Metello le vio absorto en la meditación, con las piernas cruzadas, la espalda erguida y las manos apoyadas la una sobre la otra formando un círculo con los brazos. Se quedó inmóvil en aquella posición durante todo el día; cuando llegó la noche apareció de improviso, como si llegara de otro mundo.

—Estoy listo —dijo—. Vamos.

—Vamos —repitió Metelo.

E hizo seña a sus hombres de que se prepararan para el viaje.

Los dos centuriones, Sergio Balbo y Helios Cuadrato, se le acercaron. Habló Cuadrato, el de mayor graduación de los dos:

—Comandante, sugiero que nos pongamos las armaduras. Cuando hayamos entrado en ese castillo estaremos en un lugar cerrado, propicio a las emboscadas.

Metelo sonrió.

—Ese lugar es un refugio del espíritu, centurión, un oasis de paz habitado por unos hombres piadosos consagrados a la meditación. Nada de mostrar armas allí. Si eso hace que te sientas mejor, puedes llevar la espada bajo la capa.

—¿Puedo decírselo también a los demás? —preguntó Cuadrato.

—Sí, con tal de que las mantengáis escondidas.

Cuadrato asintió sin demasiada convicción; le resultaba difícil creer que una fortaleza en apariencia inexpugnable fuera solo un lugar de meditación.

Reanudaron la marcha poco después del crepúsculo, un crepúsculo de fuego que había incendiado la extensión de cirros dispersos en la inmensidad, y marcharon hasta que se encontraron delante del puente colgante.

Metelo quiso comprobar si podía atravesarse rápidamente, a pesar de la oscuridad, pero estuvo a punto de caer al abismo, por lo que volvió sobre sus pasos, al lado de sus hombres, para esperar el amanecer.

23

A la salida del sol, Dan Qing fue el primero en avanzar por el puente colgante, una estructura tan frágil como atrevida, tendida sobre un abismo cubierto de vegetación del que subía un intenso aroma a flores y musgo y el rumor de un torrente invisible que corría vertiginosamente mucho más abajo, entre rocas y peñascos. Caminaba hacia atrás manteniendo a su caballo —al que había vendado los ojos— cogido de las bridas. Conseguía así mantenerlo en el centro del puente y repartir el peso del modo más adecuado.

Cuando Dan Qing estuvo al otro lado, Balbo empezó a atravesarlo imitando el ejemplo del príncipe. Severo, Publio, Rufo y los otros le seguían, uno tras otro, de la misma manera; luego Cuadrato, a cierta distancia.

Metelo fue el último en cruzarlo, junto con su caballo. A cada pequeña oscilación, el animal, por más que tuviera los ojos vendados, daba muestras de nerviosismo y de miedo; Metelo se daba cuenta de que bastaría un movimiento extraño para desequilibrar el puente y caer en el abismo aromático y húmedo que se abría debajo de él. Pero confiaba en la protección de sus antepasados, que hasta aquel momento le habían sido propicios. Estaba convencido de que no le abandonarían justo ahora que faltaba tan poco para emprender el camino de vuelta. Cuando por fin puso los pies en tierra firme pensó que había superado el último obstáculo; ni siquiera se le pasó por la mente que tendría que afrontar las mismas dificultades, si no mayores, en el camino de vuelta.

—Todo ha ido bien —dijo—. Y ahora a la fortaleza.

Dan Qing le quitó la venda a su caballo y otro tanto hicieron los demás; luego, montaron sobre sus cabalgaduras y reanudaron la marcha.

Se encontraban en una meseta muy verde, llena de flores de azafrán y de espigas de blancas flores parecidas a los asfódelos. En la lejanía, a su derecha, una manada de ciervos pastaba tranquilamente ante la mirada vigilante de un viejo macho con una gran cornamenta. Bandadas de pájaros alzaban el vuelo, a su paso, de los grandes robles que se erguían majestuosos en los márgenes del prado, entre las nieblas matutinas.

Metelo espoleó a su bayo y se acercó al príncipe.

—Todo parece tranquilo —dijo—. Creo que las cosas han ido muy bien.

—A esta hora ya nos habrán avistado —respondió Dan Qing—. Dentro de poco mi maestro saldrá a nuestro encuentro, estoy seguro.

El sol, ya en su cenit, iluminaba los glacis de la majestuosa construcción y las estatuas de dos grifos en lo alto de la torre más elevada. El portón principal comenzó a abrirse lentamente y una figura esbelta y espigada se recortó a contraluz en el centro del vano.

—¿Es él? —preguntó Metelo.

Dan Qing meneó la cabeza sin apartar la vista de la silueta oscura que se encontraba en el centro de la puerta y respondió:

—No.

—¿Sabía tu maestro que llegabas?

—No creo. No ha dado tiempo a avisarle.

—¿Crees que está en peligro?

—No lo sé. De todas formas, pronto lo sabremos.

—Iré yo por delante con un par de los míos. Me haré entender.

—No. No hay motivo para temer nada. El maestro Wangzi podría estar ocupado en su meditación o en la enseñanza de sus novicios. En cualquier caso, no serviría de nada.

No había terminado de decirlo cuando se oyó el sonido sordo y prolongado de un cuerno que salía de una de las torres y qué resonó repetidamente por las laderas de las montañas circundantes.

—¿Esto qué significa? —inquirió nuevamente Metelo.

—Nada. Es la señal de la oración. La vida del monasterio está marcada por estos sonidos.

—¿Conoces a ese hombre?

Dan Qing siguió avanzando sin responder, luego dijo:

—Hay algo que me es familiar en su aspecto, pero no consigo distinguir sus rasgos, pues está contra el sol.

Metelo observó cierta inquietud en su mirada normalmente imperturbable.

Ya estaban a un centenar de pasos de la entrada y Metelo hizo una seña a sus hombres para que se mantuvieran en guardia, pero en el mismo instante Dan Qing espoleó a su caballo y se acercó a la puerta. Metelo fue tras él seguido de los suyos y llegó a tiempo de oír que decía:

—Soy un discípulo del maestro Wangzi. Te ruego que me anuncies a él. Puedes decirle que ha llegado la persona que estaba esperando desde hace tiempo.

La alta y esbelta figura se dobló en una profunda reverencia.

—Todos los caminantes y peregrinos son bienvenidos dentro de estos muros. El maestro está ocupado en su meditación en estos momentos, pero en cuanto sea posible le anunciaré tu llegada para que te reciba cuanto antes.

Dan Qing le miró durante un instante, asombrado, como si se le escapara algo, pero el joven que había salido a recibirle hizo un gesto lleno de gracia indicando el interior del monasterio al tiempo que decía:

—Por favor, entrad.

Dan Qing echó a andar seguido de Metelo y de sus hombres, pero de vez en cuando miraba de reojo al monje que le precedía.

—¿Cómo está? —preguntó.

—Bien —respondió el otro—. Con la ayuda del Cielo. Pero ¿quiénes son estos extranjeros que te acompañan, si puedo preguntarlo?

Y señaló a Metelo y a los demás.

—Son mis servidores. Emprendí un largo viaje hacia occidente. Es de allí de donde vienen: de Taqin Guo, el gran imperio occidental.

—Taqin Guo… —respondió el monje—. Muy pocos pueden decir que han estado allí y han regresado. Parece que la distancia es inmensa…

Mientras atravesaban el gran patio empedrado de pizarra, Metelo miraba a su alrededor. Había un constante ir y venir de hombres con el cráneo rasurado y vestidos con largas túnicas de mangas anchas. Algunos llevaban fruta en cestos de mimbre; otros, instrumentos musicales. Notó que Dan Qing se volvía de vez en cuando y les seguía durante unos momentos con la mirada.

—¡Ahí tienes al maestro! —dijo de repente su guía indicando una figura hierática, vestida con una larga túnica de color ocre, en lo alto de una de las dos torres de la parte trasera de la fortaleza, cubierta por una techumbre de madera—. Dentro de poco subiré a anunciarle tu llegada y la de tus criados de ojos redondos.

Metelo notó que el monje se sentía atraído, o lleno de curiosidad, por su aspecto y por el de sus compañeros: era evidente que nunca en su vida había visto a nadie que viniera de Occidente. Habría querido seguramente hacer otras preguntas, pero era probable que se refrenara para no parecer inoportuno o descortés.

Habían llegado ya al otro lado del patio, donde se abrían algunas puertas que daban a las dependencias interiores. Dan Qing miró de nuevo a su acompañante.

—Tengo la impresión de haberte visto antes —dijo.

—Es posible, sin duda —respondió el joven—. No es la primera vez que estoy en este monasterio y, si eres discípulo del maestro Wangzi, es muy probable que nos hayamos visto hace un tiempo en este mismo lugar. Por favor, poneos cómodos, mandaré que os traigan té, si os apetece tomar una taza conmigo.

—Con mucho gusto tomaré una taza de té. Aquí en el monasterio se prepara de forma excelente, si no recuerdo mal.

El joven asintió con la cabeza para dar las gracias por el cumplido y le indicó la entrada.

Dan Qing volvió la mirada por un instante hacia Metelo y su acompañante advirtió el gesto.

—Haré que les sirvan un refrigerio también a tus criados, naturalmente. Un hermano les conducirá a las dependencias de la servidumbre —dijo.

Y señaló a un monje que se estaba acercando.

Dan Qing entró y se encontró en un salón donde ya había estado en otras visitas anteriores y se tranquilizó por el olor a madera de sándalo de los muebles y al aroma de té que llegaba de la cocina contigua. La hospitalidad de aquel lugar sagrado exigía que siempre hubiera té preparado, a cualquier hora del día, desde las primeras luces del alba hasta entrada la noche, para que los viandantes y los visitantes pudieran ser acogidos en todo momento con el calor de aquella bebida restauradora. El monje se alejó un instante y reapareció al poco rato; dejó una bandeja con dos cuencos humeantes sobre una mesita de laca roja. Su acompañante se sentó frente a él y le sirvió; luego, cogió él mismo la otra taza y se la llevó a los labios.

Dan Qing observó sus ojos por encima del borde de la finísima cerámica azul y se sintió traspasado por su mirada. Bebió un sorbo mirándole fijamente a su vez, luego dijo:

—Mi nombre es...

—Dan Qing —completó el otro con una profunda inclinación—. Mi príncipe.

—Así pues, sabes quién soy, pero aún no me has dicho tu nombre.

El joven siguió mirándole fijamente de una forma que en cualquier otra situación habría sido descarada, por dirigirse a un príncipe de sangre imperial, pero que en aquel lugar del espíritu, reino de la humildad, le estaba permitida a cualquiera.

—¿De veras no me reconoces? —preguntó con una expresión repentinamente seria—. ¿O quizá el recuerdo de tu crueldad se ha vuelto tan insoportable que lo has reprimido? —Mientras decía esto se puso en pie de golpe—. ¿He de abrir mi vestidura y mostrarte mi mutilación para que recuerdes? —vociferó.

Dan Qing se sintió profundamente impresionado por aquellas palabras.

—Wei, debes de ser Wei… —murmuró—, no es posible…

—Sí lo es, y estoy aquí para vengarme.

Metelo, Balbo y los demás pasaron por debajo del arco de la torre norte, una imponente estructura de madera tallada y pintada, siguiendo al monje que les acompañaba hacia una gran puerta de roble.

Algo cayó desde lo alto encima de la cabeza de Rufo, que cerraba la fila.

—¡Malditos pájaros! —imprecó llevándose una mano a la cabeza. La retiró manchada de rojo y, sorprendido, la mostró a su comandante—. ¡Pero si es… sangre!

Una imagen cruzó entonces por la mente de Metelo: la figura rígida e inmóvil del maestro Wangzi en lo alto de la torre, la misma que se erguía encima de ellos. Alzó la cabeza hacia la techumbre de la torrecilla y vio que la sangre caía desde lo alto a través del entarimado.

—¡Volvamos enseguida con el príncipe! —ordenó—. ¡A las armas!

En aquel instante apareció una espada en la mano del monje que le acompañaba y rasgó como un relámpago el aire. Habría decapitado a Metelo si este no hubiera estado ya en guardia, y no se hubiera agachado rápidamente. Antonino ya había sacado un cuchillo de la cintura y lo lanzó con mortífera precisión en la frente del enemigo, que se desplomó de golpe sin un lamento.

—¡Reunámonos con el príncipe, rápido! —gritó de nuevo Metelo mientras se lanzaba con la espada empuñada hacia las dependencias de los huéspedes, seguido de sus hombres. Abrió de una patada la puerta y se precipitó al interior gritando: «¡Príncipe! ¡Es una trampa!», pero se detuvo al ver a Dan Qing inmovilizado por unos hombres armados.

El que les había recibido en la puerta era evidentemente su jefe. Hizo una seña a uno de los suyos, que acercó un cuchillo muy afilado a la garganta del prisionero.

—Arrojad las armas o le mando degollar —dijo el joven. Su mirada no era menos tajante que la hoja que rozaba la garganta del príncipe.

Metelo dejó caer el gladio y otro tanto hicieron sus hombres, que habían entrado con él.

—Tus criados son muy audaces —dijo Wei con sarcasmo—. Me pregunto cómo se han dado cuenta de lo que estaba sucediendo aquí.

—Mientras pasábamos por debajo de la torre norte —dijo Metelo vuelto hacia el príncipe— ha caído una gota de sangre desde lo alto. En la torre no hay nada más que el cadáver de tu maestro.

Dan Qing gritó tratando de liberarse, pero sus guardianes le retorcieron con fuerza las manos detrás de la espalda obligándole a doblar la rodilla.

—No he tenido elección —dijo Wei, impasible—. Ese viejo loco no quería atender a razones y estaba a punto de actuar de modo irreflexivo. Sabes perfectamente que a pesar de su edad era aún muy peligroso y solo una espada podía ser más dura que sus huesudas manos.

—¡Perro rabioso! —aulló Dan Qing—. ¡Maldito seas! ¡Pagarás cara esta infamia!

—¿Más de lo que he pagado ya? —respondió Wei—. ¿No te parece que exageras, príncipe? ¿Tienes idea de qué significa la castración para un muchacho de dieciséis años? ¿Tienes idea del insoportable dolor, del horror que me atenazaron ese día?

Metelo miró fijamente a Dan Qing, sorprendido y turbado, pero el príncipe desvió la mirada.

—Ha sido únicamente el deseo de venganza lo que me ha mantenido con vida —siguió diciendo Wei—. Y ahora tendré lo que tanto he deseado. Te he despojado de tu reino, y te despojaré de todo lo demás antes de condenarte a la desaparición eterna.

No sabes cuánto he esperado este momento. —Se volvió hacia sus hombres—. Lleváoslos. —Mientras estos cumplían sus órdenes agregó—: También sus armas. Tienen otras escondidas debajo de las gualdrapas de los caballos.

Metelo y sus hombres siguieron a sus guardianes, que les llevaron hasta el centro del patio y les encadenaron al pesebre destinado a las bestias de carga. Dan Qing fue llevado en cambio al interior del monasterio. Cuando estaba a punto de traspasar el umbral volvió la cabeza para mirar a Wei y dijo:

—¿Dónde está Yun Shan?

Wei respondió con una mueca burlona.

—Está aquí. Dentro de un poco estará también en mis manos. Quién sabe, quizá aún me ama; ¿tú qué crees?

—Déjala en paz —respondió Dan Qing—. ¡Ella no tiene nada que ver en esto, es un asunto entre tú y yo!

Wei le miró fijamente con una mirada cargada de odio y de rencor.

—Yun Shan tiene que ver, y de qué manera, príncipe: fue por ella por lo que tú me infligiste la más cruel de las humillaciones.

Su voz de adolescente que trataba inútilmente de sonar más profunda en su laringe contrastaba inquietantemente con la viril ferocidad de su mirada.

Los rasgos de Wei eran de extraordinaria belleza: la piel tenía la lisura transparente de la cera, la mandíbula ligeramente pronunciada le daba una expresión dura y empecinada. Su cuello era recto y musculoso, sus hombros anchos, su cintura estrecha, sus piernas largas, sus dedos afilados como los de una muchacha pero fuertes y duros como las garras de un tigre. Dan Qing sintió que le palpitaba el corazón en el pecho mientras se lo llevaban.

Wei se quedó solo y empezó a recorrer con largos pasos la gran sala vacía. Luego apoyó un codo en la pared, la frente en un brazo y se quedó inmóvil durante unos instantes.

La voz de uno de sus hombres, un xin bei alto y enjuto de ojos rasgados como ranuras, le hizo volver a la realidad.

—Mi señor, hemos buscado por todas partes, pero no la hemos encontrado.

—¡No es posible! —gritó Wei—. No habéis mirado bien. Encontradla, ¿entendido? La encontraréis, si buscáis. ¡Sé que está aquí! ¡Estoy seguro!

El xin bei pareció no reaccionar; su rostro pétreo y grisáceo permaneció impasible mientras se inclinaba y salía. Poco después estaba de nuevo en el subterráneo del monasterio para informar a sus hombres de que la búsqueda todavía no había concluido. Bajó la escalera de caracol que llevaba a una amplia sala abierta en el subsuelo; pasó al lado de los cadáveres de los monjes, que habían opuesto una fuerte resistencia a los atacantes. Estaban diseminados a lo largo de la escalera y su sangre coagulada estriaba con negros riachuelos la piedra gris. Se encontró delante de una puerta de bronce abierta de par en par que daba a una gran estancia subterránea iluminada por unas lámparas de bronce. Frente a las paredes había una columnata de piedra oscura. En uno de los lados cortos, dos dragones de bronce flanqueaban una gradería que llevaba a una gran estatua de Buda representado en actitud de meditación. Un enorme trípode de bronce finamente repujado estaba lleno de agua lustral en la que flotaban unas flores de loto. Cinco hombres armados estaban saliendo.

—¿Adónde vais? —preguntó el xin bei—. Nuestro señor ha dicho que sigamos buscando.

—Aquí no hay nadie —respondió el jefe de la patrulla—. Hemos mirado en todos los rincones.

—Puede haber escondites secretos —replicó el xin bei—. Seguid buscando. Yo iré a inspeccionar el ala oriental. No nos iremos de aquí hasta que hayamos encontrado a esa maldita víbora.

Los cinco volvieron sobre sus pasos y empezaron a inspeccionar el pavimento y las paredes, la parte del santuario de detrás de la estatua, la estatua misma, golpeando con las astas de las lanzas cada losa de piedra, cada palmo de muro, los basamentos y los fustes de las columnas.

—Es inútil —dijo al final el jefe de la patrulla—. Aquí no hay nadie. Aunque nos pasáramos todo el día aquí no encontraríamos nada. Vamos.

Levantó la antorcha por última vez para inspeccionar las vigas del techo, luego meneó la cabeza y se dirigió hacia la puerta. Uno tras otro sus hombres le siguieron.

En ese mismo instante una esbelta figura vestida de negro asomó por uno de los grandes armazones del tejado, se arrastró hasta lo alto de una de las columnas, se dejó resbalar a lo largo de su pulido fuste y tocó el suelo sin el menor ruido. Alcanzó al último de los soldados antes de que cruzara la puerta y le cortó el gaznate con un puñal afiladísimo; con el otro brazo acompañó al cuerpo exánime hasta el suelo con la gracia y la ligereza con que habría depositado a un niño en la cuna. Inmediatamente después se puso la casaca y las botas, se calzó el yelmo y bajó sobre el rostro la celada en forma de máscara. Cogió el arco y la aljaba y se disponía a ir escaleras arriba para alcanzar a los hombres de Wei cuando una mano le aferró un tobillo y la inmovilizó durante un instante.

—Yun Shan…

La muchacha se inclinó sobre el monje moribundo.

—¡Bao Deng! Mi pobre amigo…

—Huye, ponte a salvo. Reúnete con los hombres del Loto Rojo. Solo ellos pueden protegerte.

—No me conocen… No les he visto nunca. El maestro quería ponerme en contacto con ellos, pero no le dio tiempo.

—Vete a la capital…, a la taberna del Dragón Verde. Entrega al propietario este colgante que llevo al cuello… cógelo.

Se desplomó con un leve estertor.

Yun Shan se secó una lágrima y sacó del cuello del monje la cinta de cuero de la que pendía un colgante de plata con una flor de loto de esmalte rojo en su centro. Le cerró los ojos y con ágiles saltos llegó a la cola de la pequeña fila que subía la escalera.

El oficial xin bei que llegaba en aquel momento de las dependencias orientales intuyó por la mirada de sus hombres que no habían tenido éxito y se fue inmediatamente a ver a Wei para informarle una vez más del resultado negativo de su misión.

—Hemos mirado por todas partes, señor. Hemos revisado también los cadáveres, uno por uno, para ver si había sido asesinada accidentalmente en la refriega. Nada. No hemos conseguido dar con ella. O tus informaciones no eran exactas o ha conseguido escapar en los primeros momentos de confusión después de nuestra irrupción en el monasterio.

—Eso es imposible, comandante Zhou. Me fío de mis fuentes y lo que te digo es siempre cierto. Recuérdalo, si no quieres encontrarte con desagradables consecuencias.

Salió de la sala, avanzó hacia el centro del patio y durante unos instantes se quedó observando con mal disimulada curiosidad a los diez bárbaros de Occidente atados al pesebre. A escasa distancia, algunos de sus hombres miraban con curiosidad y se pasaban el uno al otro las armas de los bárbaros.

El cielo sobre el monasterio comenzaba a encapotarse. Un inesperado y fuerte viento del norte empujaba un frente de nubes negras cargadas de lluvia. Un trueno resonó a lo lejos.

Wei se dirigió al comandante xin bei:

—Ordena que registren todas las aldeas de las proximidades, haz vigilar los caminos y senderos, puentes y vados. Quiero a esa muchacha al precio que sea. —Se volvió de nuevo para mirar a Metelo y a los otros—. Atadles a sus caballos. Nos los llevaremos con nosotros.

Uno de los miembros de la guardia los desató, otros trajeron los caballos y les hicieron montar con las manos ligadas al pomo de la silla.

Dan Qing sufrió el mismo trato mientras el resto de los hombres de Wei llegaban de todas partes a la explanada del monasterio. Entre ellos, pensó el príncipe, seguramente había miembros de los Zorros Voladores como los que les habían asaltado durante las últimas etapas de su viaje. Le parecía reconocer a aquellos formidables combatientes por sus andares ligeros, la intensidad de la mirada, la manera como descansaban la mano sobre la empuñadura de la espada. Metelo pasó por su lado sin dirigirle la palabra y Dan Qing se sintió vejado.

—No tienes derecho a juzgarme —dijo—. Tú no sabes nada.

—Quizá sé lo suficiente —respondió Metelo—. Lo que he logrado entender me basta y me sobra. Son atrocidades incomprensibles para un hombre como yo. Ni los más locos de nuestros emperadores han hecho cosas parecidas.

La columna se puso en marcha. Wei, montado en su caballo negro, iba a la cabeza, y los caballos de Dan Qing y de Metelo estaban atados al larguero trasero de uno de los últimos carros, seguidos por los de los otros romanos.

Las nubes se habían convertido ya en enormes cúmulos negros ribeteados de gris. El sordo retumbo de los truenos repercutía en mil ecos en las laderas rocosas del valle. Empezó a llover.

Dan Qing observó a Wei mientras desmontaba del caballo y se metía en el primer carro de la columna, luego dijo:

—La solidez de nuestro Estado depende también de la ejemplaridad de los castigos.

—Esto no es un castigo; es una terrible crueldad injustificable. ¿Qué había hecho ese muchacho para merecer semejante horror?

Uno de los jinetes xin bei de la escolta de Wei pasó al lado de Metelo y le miró fijamente durante un instante a los ojos con particular intensidad; una mirada que le recordó la de Dan Qing la primera vez que le había visto, delante de las murallas de Edesa. Se esforzó por apartar la vista de aquellos ojos y escuchar al príncipe.

—No di yo la orden.

—¿Ah, no? ¿Quién, entonces?

Dan Qing se sentía vejado por tener que dar explicaciones a un subordinado, algo que no había hecho nunca en su vida. Pero continuó:

—Wei estaba tratando de seducir a mi hermana, la princesa Yun Shan, pero yo ni siquiera le conocía. Me lo contó un ministro de mi padre; dijo que era muy ambicioso y que quería explotar su fascinación para unirse a la princesa y entrar así en la familia imperial. Que quizá alguien lo utilizaba para introducir una sangre distinta en nuestra estirpe.

—Un amor entre adolescentes... Por todos los dioses, estaba enamorado de tu hermana. No me parece un crimen tan grave. Entre nosotros sucede todos los días y nadie se maravilla de ello.

También la cola de la columna se puso en marcha y Metelo volvió la mirada atrás para dar ánimos a los suyos.

—¡Arriba esa moral, soldados! Con todo lo que hemos pasado no será ciertamente esto lo que nos arredre. El viaje es largo y pueden ocurrir muchas cosas. Las tropas chinas del príncipe vendrán en nuestro auxilio.

Dan Qing se tomó aquella interrupción como una nueva e intencionada falta de respeto, pero había aceptado tener una relación distinta con el romano al que llamaba Xiong Ying y se daba cuenta de que su comportamiento actual tenía la finalidad de ponerle a prueba, examinarlo antes de decidir si podía seguir concediéndole su amistad. Era una prueba que debía aceptar y prosiguió como si nada hubiera pasado:

—Mi padre había prometido a Yun Shan a un príncipe del estado de Wu, un reino que se había independizado del imperio: era una forma de reunificarlo sin verter sangre. Le dije al ministro que disuadiera a Wei de su comportamiento, pero fue en vano. El ministro pensó que era necesario un castigo ejemplar para que no volviera a ocurrir, para que en el futuro nadie se comportara de ese modo.

—¿Y él lo hizo emascular?

Dan Qing asintió.

—¡Qué vergüenza! —dijo Metelo sin siquiera mirarle a los ojos.

—Yo no di esa orden.

—Eso no cambia nada. Quien tiene el poder es responsable también de lo que hacen sus subordinados. Mis hombres, incluso en los momentos más encarnizados de la batalla, incluso en las situaciones más precarias saben que deben respetar las reglas cuyo custodio es su comandante. Y, en cualquier caso, yo soy el responsable de todas sus acciones, incluso de la más contraria a mis principios. Y eso lo llamamos «disciplina»…

Dan Qing no dijo nada más. Solo se oían los resoplidos de los caballos y el rugir del trueno en el valle envuelto en la neblina.

24

—Está viva.

Dan Qing se volvió hacia Metelo.

—¿Qué dices?

—Tu hermana está viva.

—¿Cómo lo sabes?

—Aún sé distinguir la mirada de una mujer. Una mujer disfrazada de soldado xin bei, ¿quién si no podía ser?

—Es probable. ¿Y dónde ha ido?

—No lo sé. Me ha mirado fijamente durante un instante y luego ha desaparecido. Podría estar por aquí alrededor o haberse alejado por esos bosques.

El viento arreció con rachas aún más fuertes, hasta que las nubes se abrieron y comenzó a llover a cántaros, inundando el terreno, transformando el sendero en un riachuelo fangoso. Los hombres doblaron el espinazo bajo el azote del temporal, acostumbrados a soportar en silencio las adversidades, la hostilidad de los hombres, de la naturaleza y de la intemperie. De vez en cuando Metelo se volvía para mirarles y sentía que se le encogía el corazón. Les había convencido para que le siguieran en la nueva aventura, que por desgracia había concluido en un nuevo encarcelamiento, quizá no menos cruel que aquel del que habían escapado.

Temía que esta vez el destino no les brindase una nueva oportunidad, temía no haber aprovechado debidamente la libertad reconquistada y se atormentaba buscando una vía de salida. De vez en cuando miraba de soslayo a Dan Qing y veía el furor y la humillación, la desesperación y la impotencia, pero también sabía que deseaba hablar, compartir con alguien el peso de la angustia que le oprimía.

—¿Quién crees que te ha traicionado? —le preguntó manteniendo fija la mirada delante de sí.

—No lo sé. Pero puede haber sido cualquiera. En la aldea me vio mucha gente. No se puede afirmar que todos me fuesen fieles.

—Pero el ataque de los Zorros Voladores venía de los mismos que ahora nos tienen presos, ¿no crees?

—Es posible.

—Por tanto tu enemigo sabía cuándo cruzamos la frontera... ¿Daruma?

—Imposible —respondió Dan Qing—. ¿Para qué liberarme afrontando mil peligros y traerme a la patria? Mi maestro confiaba en él y nadie conocía a los hombres como él.

—Por desgracia tu maestro está muerto.

—A estas horas el temporal ha lavado su sangre; los grumos negros se han disuelto en el agua que corre copiosamente por los glacis y las graderías de piedra... Pero quien le ha dado muerte debe morir.

—Quieres vengarte de una venganza. Es absurdo.

—No fui yo el responsable de su desgracia. No me obligues a repetirlo otra vez.

—Eso no cambia nada. Wei sufrió una herida incurable. Ahora es una máquina de guerra, un concentrado de odio y de resentimiento que solo puede encontrar alivio en el dolor ajeno, en infligir sufrimientos mayores a los que él tuvo que soportar.

—Es evidente por la manera en que hablas que también tú compartes el mismo sentimiento hacia quien dio muerte a tu mujer y apresó a tu hijo. ¿Acaso me equivoco, Xiong Ying? —Metelo guardó silencio y Dan Qing concluyó—: Por eso he de matarle. Por una u otra razón, Wei ya no es un ser humano; es una bestia, un perro rabioso que ha de ser eliminado.

El temporal pareció disminuir de intensidad después de la gran violencia con la que se había desencadenado. Las nubes se alejaron hacia la llanura dejando en el cielo un rastro de hilachas. Una densa neblina invadió el valle. La columna serpenteaba ahora a través de un gran claro cubierto de un frondoso manto de hierba.

—¿Tenemos alguna esperanza? —preguntó Metelo.

—La esperaza es lo último que se pierde, dice un antiguo refrán nuestro —respondió el príncipe.

—También nosotros tenemos uno que afirma lo mismo. Pero ¿tú qué crees?

—¿Recuerdas cuando te hablé de los Zorros Voladores?

—Como si fuese ahora.

—Los seguidores de la verdadera vía que mostró hace muchos años el maestro Mo todavía existen. Son los adversarios más irreductibles de los Zorros Voladores. Son monjes guerreros, vinculados por un juramento, capaces de cualquier hazaña, dispuestos a cualquier sacrificio. Son los hombres del Loto Rojo. Solo ellos tienen la posibilidad de sacarnos de esta situación.

Apenas había terminado de decir esto cuando un grito resonó en el valle, agudo y estridente como el de un águila. Wei se asomó del interior del carro y se volvió repetidamente escrutando las pendientes de los montes a derecha e izquierda, presa de una extraña inquietud.

—¿Qué ha sido eso? —preguntó Metelo.

—Una señal —respondió Dan Qing—. Un mensaje para darnos a entender que no estamos solos. Quizá tienes razón; Yun Shan podría estar viva y pensando en cómo liberarnos.

—Yun Shan significa... «Vestida de nubes», ¿no es así? —preguntó Metelo traduciendo al persa.

—Así es.

—¿Todas vuestras mujeres tienen nombres tan fascinantes?

—Casi todas. ¿Y tu mujer cómo se llamaba?

—Clelia.

—¿Qué significa?

—Es el nombre de una heroína de tiempos antiguos. Me confió a nuestro hijo antes de morir y yo no sé siquiera dónde se encuentra, ni si está vivo aún… y la dirección de mi marcha sigue alejándome de él.

—No para siempre…

Metelo se quedó en silencio durante unos instantes.

—No sé qué pensar de ti —dijo poco después, como si concluyera un pensamiento que había seguido mentalmente.

—Tendrás que vencer tu desconfianza —respondió Dan Qing—. De todas formas, si lo piensas, soy la única persona con la que puedes contar, te guste o no.

Metelo siguió guardando silencio.

—Ahora tenemos que unir nuestras fuerzas para tratar de sobrevivir —prosiguió Dan Qing—. Ya pensaremos más tarde en lo demás. Tendrás tiempo de saber quién soy verdaderamente.

Metelo se volvió de nuevo para mirar a sus hombres y ver cuál era su humor, si aquel segundo apresamiento había debilitado su temple. Les vio avanzar montados a caballo, hablando unos con otros en voz baja. Quizá no se daban cuenta del peligro, o no querían pensar en él, por considerar que era inútil hacerlo.

Acamparon hacia el atardecer en los aledaños de una aldea encaramada sobre una colina muy verde. Los prisioneros fueron desatados y reunidos en una sola tienda, vigilados por guardias armados. Solo Dan Qing fue llevado a otra tienda, a solas.

Metelo habló brevemente a sus hombres:

—Sé qué pensáis: que quizá hubiéramos hecho mejor esperando el monzón de primavera en la India y que es posible que esta vez no recobremos ya la libertad. Si es así, os equivocáis. La decisión que hemos tomado era en cualquier caso la mejor, aunque ahora todo parezca perdido.

—Pero ¿qué está pasando, comandante? —preguntó Balbo.

—El joven que nos recibió en la puerta del castillo es quien se hizo con el poder en ausencia de Dan Qing. Entre ellos hay un odio implacable, pero nosotros no tenemos nada que ver en este enfrentamiento a muerte. Como es un asunto entre ellos, creo que podremos sobrevivir. Solo una cosa debe estar clara: mientras esta historia no haya concluido, nosotros estamos de parte de Dan Qing, aunque arriesguemos la vida. Hemos dado nuestra palabra y la mantendremos. —Antonino meneó la cabeza, pero Metelo fingió no haberlo visto. Añadió—: Estad a punto y no os desaniméis. Os llevaré de vuelta a casa, aunque me cueste la vida.

Reanudaron el camino al día siguiente. Durante tres días recorrieron el valle hacia oriente. Viajaban con las manos atadas a la silla y las piernas a los estribos, vigilados por los guardias armados de Wei, mercenarios xin bei de terrible aspecto, armados con largas espadas curvas. A la cabeza avanzaban los hombres de negro, armados con un arco doble y flechas muy largas y pesadas. Intentar una fuga en aquellas condiciones habría sido un suicidio. Dan Qing viajó desde el primer día aparte, atado detrás del carro de Wei, un medio de transporte muy evolucionado que tenía en la parte superior las características de una lujosa silla de manos con adornos de laca y de bronce.

Después de los primeros cuatro días de viaje, el valle comenzó a abrirse en una amplia llanura ondulada que recorría un gran río de aguas limosas por el que navegaban embarcaciones de velas trapezoidales, cargadas de mercancías de todo tipo que descendían la corriente. Por todas partes se extendían campos inundados de agua para el cultivo del grano de los terrenos húmedos que ahora constituía su dieta diaria, junto con la carne de oca y los huevos. Los hombres constataron sorprendidos que el trato era extrañamente generoso; a veces incluía también una bebida fermentada parecida al vino.

—El comandante tiene razón —decía Cuadrato—. Nosotros no tenemos nada que ver con los conflictos internos de esta gente. Quizá Wei piensa hacernos servir en su ejército y no quiere que perdamos fuerzas.

—Es posible —respondía Antonino, el de más alta graduación después de los dos centuriones—. Mejor dicho, es casi seguro.

Ante la incertidumbre del futuro todos estaban dispuestos a creer en la hipótesis más tranquilizadora. En cambio, Metelo tenía malos presentimientos, pero se los guardaba para él.

Siguieron avanzando durante tres días y el paisaje continuó cambiando: se veían hileras interminables de árboles de grandes hojas de color verde oscuro en las que crecían pequeñas bayas amarillas o rojas, muy parecidas al fruto de la zarzamora. Les extrañaba que se trabajaran cultivos tan extensos de una planta que solamente producía minúsculas bayas, pero también aquella debía de ser una de las muchas cosas extrañas de aquel enorme país tan distinto del suyo.

A medida que avanzaban, las aldeas eran cada vez más numerosas y pobladas, las calles estaban empedradas y frecuentadas. Cada día encontraban una estación de posta donde se podía cambiar de caballos y donde los viajeros podían obtener comida caliente y posada. En aquellos lugares, el convoy plantaba el campamento en una explanada aparte y ya lista para recibir a huéspedes importantes. Metelo estaba convencido de que su meta era la capital. Un nombre se oía cada vez con más frecuencia: Luoyang.

Y Luoyang se les apareció una tarde hacia la puesta de sol, al cabo de muchos días de camino desde el lugar en que les habían hecho prisioneros. Para aquel pueblo, Luoyang era lo que Roma era para ellos y Metelo admiró la gran ciudad circundada por una imponente muralla, con recias torres hechas con grandes bloques de piedra tallada con excepcional pericia. Descollaban en su interior otras grandes construcciones con formas diversas: templos quizá, o palacios de aristócratas. Por todas partes había árboles de frondosas copas iluminadas por los últimos rayos del crepúsculo. El cielo estaba oscuro, el sol tapado, pero aquel disco enorme que descendía a sus espaldas tras las crestas de los montes lejanos iluminaba torres, palacios, agujas y pináculos, difundiendo una claridad sanguinolenta, provocando reflejos continuamente cambiantes de las maderas pintadas, de los bronces, de las cerámicas polícromas.

Metelo y sus hombres, a pesar de sus preocupaciones, observaron aquel espectáculo con admiración; sabían que probablemente eran los únicos de su mundo que habían visto semejante maravilla. También se preguntaban, para sus adentros, si tendrían alguna vez la posibilidad de contar la experiencia que estaban viviendo. El aislamiento, la falta de noticias, la separación de Dan Qing, el único ser humano que conocían capaz de interpretar los acontecimientos o de tratar de descifrar señales que a ellos nada les decían, hacían que se sintieran a merced del azar; sin embargo, por otra parte, el paso de los días y de las largas horas de marcha sin que sucediera nada les había proporcionado una sensación de tranquilidad y de normalidad que finalmente les había inspirado cierto optimismo.

Antes de entrar en la ciudad, la columna se detuvo y Metelo vio una breve refriega cerca del carruaje de Wei. Poco después, un jinete encapuchado avanzó entre dos hombres armados. Debía de ser Dan Qing. Le habían cubierto la cabeza con una bolsa de tela negra para que no fuera reconocido.

La columna se puso de nuevo en marcha y cabalgó al paso hasta encontrarse delante de las puertas occidentales de Luoyang, todavía abiertas y vigiladas por una unidad armada del ejército. Un correo debía de haber advertido al cuerpo de guardia de la llegada de Wei, porque enseguida se presentó en medio de una nube de polvo un escuadrón de la caballería imperial para escoltar el carruaje del joven eunuco hasta el interior de la ciudad. Aquello extrañó a Metelo: el poder del emperador en la capital no debía de estar definitivamente consolidado si necesitaba una escolta de aquellas proporciones.

Los soldados a caballo, unos cincuenta por lo menos, se colocaron a ambos lados del carruaje con las espadas empuñadas, mientras otros encendían unas antorchas para iluminar el camino. Los prisioneros se quedaron detrás con la retaguardia.

Rostros mofletudos de niños se asomaban por las ventanas que daban a la calle para observar admirados al imponente grupo, pero a sus espaldas las voces de los padres que les llamaban sonaban preocupadas. Los paseantes eran pocos y parecían apresurados; en la ciudad había un silencio irreal. Metelo intercambió una mirada inquieta con sus centuriones y estos pasaron la consigna al resto de los hombres:

—Estad atentos, podría pasar algo en cualquier momento.

—Yo he conseguido aflojar mis nudos —respondió Antonino—. Si consigo liberarme ayudaré a los demás.

—Sí —respondió Cuadrato—, pero no toméis ninguna iniciativa sin una orden del comandante.

A escasa distancia de la cabeza de la columna el camino se estrechaba porque lo atravesaba un arco que descansaba sobre dos gruesos pilares de piedra. Los jinetes tuvieron que formar una única fila, ya que no había espacio para dos caballos emparejados; el carro pasó solo. En ese mismo instante algunos hombres vestidos con túnicas y bombachos grises y un lazo rojo al brazo se descolgaron rápidamente con unas cuerdas de seda desde lo alto del arco, sobre el carruaje, y trataron de abrir una brecha en el techo con espadas y hachas. Se inició una dura lucha entre los hombres de la escolta y los agresores; los jinetes de Wei treparon al techo de la carroza y entablaron un combate encarnizado.

Metelo y los suyos permanecieron aparte mientras un grupo de mercenarios de la retaguardia con las armas apuntadas no les quitaba ojo de encima. Debían de tener una consigna estricta en lo que a los prisioneros se refería, pues no apartaron la vista un solo instante de ellos, como si a pocos pasos de distancia no estuviera sucediendo nada y no estuviese en juego incluso la vida de su jefe.

Los asaltantes se movían y golpeaban con rapidez mortífera, sus armas relampagueaban como saetas, y sus miembros realizaban movimientos secos, imprevisibles e imperceptibles solo en el instante en que daban en el blanco.

En medio de aquel estruendo de armas, en aquella encendida refriega, Metelo vio que el príncipe Dan Qing, con el rostro cubierto por la capucha negra, intentaba liberarse violentamente, como si el furor de la lucha que le rodeaba se le hubiera contagiado, pero los nudos que lo ataban se hundían cada vez más en su carne. Al mismo tiempo Metelo pudo ver, solo durante un instante, al eunuco Wei inmóvil dentro de su carruaje: o estaba paralizado por el terror, o sufría un imprevisto deseo de morir o estaba totalmente impasible, absorto en otros pensamientos.

Todo sucedió en pocos minutos, aunque parecieron eternizarse. El grupo de cabeza de la escolta, que ya había pasado más allá del arco, volvió enseguida hacia atrás y los jinetes se catapultaron de las sillas de sus caballos, pasaron por encima del arco colgante y aterrizaron sobre el techo de la carroza.

Zorros Voladores.

Los primeros defensores, en gran parte mercenarios xin bei, habían sido ya eliminados o repelidos, pero ahora el combate era en igualdad de fuerzas. El intercambio de golpes se hizo tan rápido y preciso que Metelo y los suyos olvidaron que eran prisioneros y se quedaron completamente cautivados por el espectáculo de una lucha que no parecía un enfrentamiento entre seres humanos, sino entre unos demonios animados por una energía infernal.

Los hombres con el lazo rojo saltaron del techo del carruaje a tierra para tener más libertad en su lucha, pero en poco tiempo la superioridad numérica de los Zorros Voladores se hizo evidente. Uno de ellos cayó muerto; luego siguieron otros: uno traspasado de parte a parte; el segundo decapitado de cuajo; un tercero estampado contra el muro con tal violencia que se rompió el cráneo. Un cuarto fue apresado vivo y desarmado antes de que pudiera suicidarse.

Solo entonces Wei salió de la carroza y miró a su alrededor. Los mercenarios xin bei se acercaron con las antorchas encendidas y la imagen de la matanza apareció en toda su cruda realidad. El que parecía el jefe de los Zorros Voladores se acercó al prisionero, que aún estaba vivo, y le arrancó el pañuelo del rostro; era un muchacho de quizá poco más de veinte años.

—Lamentarás no haber muerto cuando te torture personalmente —le dijo.

Metelo trató de encontrarle un sentido a la escena que se desarrollaba ante él, recortada por sombras profundas y luces sangrientas.

—Wei ha sido asaltado por alguien que no acepta su dominio, pero el resultado le ha sido favorable. Lo habéis visto también vosotros: los Zorros Voladores son invencibles.

—Pero nosotros les derrotamos —replicó Rufo.

—Porque no estaban preparados para nuestra manera de combatir y gracias a los escudos de Severo, pero…

Un grito y un coro de imprecaciones interrumpieron las palabras de Metelo; el rebelde capturado vivo había recibido en plena frente una flecha lanzada desde lo alto y se había desplomado al suelo. Alrededor del asta de la flecha la sangre brotaba copiosamente impregnando el cuerpo del joven, que se contraía en violentos espasmos, como si se negara a rendirse a la muerte.

Metelo se volvió en la dirección de la que había partido el disparo y vio claramente sobre los tejados de la casa de enfrente a una figura oscura que empuñaba un arco. Otras dos flechas volaron simultáneamente y dos miembros de la guardia del eunuco cayeron heridos de muerte.

Solo entonces la aparente impasibilidad de Wei se esfumó. Gritó:

—¡Apresadle, malditos, apresadle!

El arquero disparó otra flecha que pasó rozándole y se clavó en la pierna de uno de sus mercenarios xin bei. El hombre se desplomó al suelo retorciéndose y rugiendo de dolor. El arquero desapareció moviéndose de un tejado a otro con saltos increíbles.

En medio de la confusión que había seguido al asalto, Dan Qing, aún encapuchado, había sido obligado a retroceder y ahora se encontraba a pocos pasos de los prisioneros romanos. Metelo le susurró, tratando de hacerse oír:

—Príncipe, estamos aquí.

—¿Eres tú, Xiong Ying? ¿Qué ha sucedido? —preguntó Dan Qing—. ¿Qué ha sido ese alboroto? ¿Estáis todos bien? ¿Estáis heridos?

—Estamos bien. Los que han desencadenado el ataque no lo han hecho contra nosotros, sino contra Wei.

—¿Y qué ha sucedido?

—Les han repelido. Tres de ellos han muerto. Un par han escapado. Un superviviente ha sido eliminado por un compañero suyo que ha disparado desde el tejado de enfrente. Ahora los Zorros Voladores le dan caza; apuntan los arcos contra el tejado...

Los Zorros Voladores habían empuñado los arcos y disparaban las pesadas flechas; eran auténticos arpones con cuerdas de seda en el asta. Dispararon y las clavaron en las vigas de las cornisas; luego treparon a los tejados con gran celeridad para perseguir al arquero fugitivo.

—También él lleva un lazo rojo en el brazo, como los demás —continuó Metelo—. Ahora huye muy rápidamente, perseguido por los hombres de Wei que parecen volar... Por todos los dioses, pero ¡qué gente es esta!

—El Loto Rojo... —murmuró Dan Qing—. No todas las esperanzas están perdidas. ¿Consigues ver algo más?

En ese momento Metelo vio que el fugitivo desaparecía detrás del perfil de un tejado, reaparecía un instante después en una azotea, y luego desaparecía del todo.

Nervioso, Wei dio unas órdenes a su guardia y media docena de jinetes partieron al galope en distintas direcciones; luego hizo una seña a la escolta, que se reagrupó. Los cadáveres fueron recogidos del suelo y cargados en una carreta, luego Wei se metió de nuevo en su carruaje y el convoy se puso en marcha.

Antonino se volvió hacia Metelo.

—¿Y qué pasará ahora, comandante? —preguntó.

—No lo sé —respondió Metelo—. Pero tú trata de seguir con vida. Pase lo que pase, trata de seguir con vida.

25

La luna llena se había alzado por detrás del perfil de los montes e iluminaba los tejados de Luoyang, relucientes por el rocío de la noche. Unas siluetas oscuras corrían rápidas y ligeras como sombras detrás de otra figura que saltaba de una azotea a otra, trepaba hábilmente a los pináculos, se lanzaba sobre las ramas de los grandes árboles que sobresalían de los solitarios jardines y saltaba luego de nuevo como una ardilla hacia lo alto de otro edificio.

Los Zorros Voladores no daban tregua al fugitivo, lo acosaban a derecha e izquierda, trataban de empujarlo hacia un lugar en el que las casas de la ciudad descendían escalonadamente hacia un lugar más bajo no muy lejos de las murallas. Pero el fugitivo aparecía y desaparecía; se escondía detrás de cualquier posible refugio y reanudaba la carrera en otra dirección en cuanto sus perseguidores habían pasado de largo. En un determinado momento consiguió sacar cierta ventaja y trepar a lo alto de una torrecilla, donde, sin ser visto, espió los movimientos de sus perseguidores. En cuanto vio que uno de ellos daba un salto de un tejado a otro disparó una flecha y le traspasó al vuelo; el cuerpo, inerte, cayó en la calle. Un instante de desconcierto de sus enemigos permitió que el arquero desapareciera bajo una trampilla y bajara por la escalera hasta un atrio y de allí a la calle.

Una oscura arcada ofreció al fugitivo un refugio seguro durante el tiempo suficiente para que los Zorros Voladores desaparecieran lejos, como una jauría de sabuesos enloquecidos que han perdido el rastro de su presa.

Cuando se hizo la calma, el misterioso personaje se despojó del pañuelo que cubría su rostro revelando un delicado óvalo femenino y dos ojos muy negros que brillaron durante un instante a la claridad de la luna, como los de una joven tigresa. Abrió el portón que tenía ya a las espaldas con una ligera presión de la mano y se encontró en un pequeño interior, donde le esperaba un caballo atado por las bridas a una anilla de hierro.

Lo desató y volvió hacia el exterior. Miró a derecha e izquierda, aguzó el oído y oyó unas voces que venían del fondo de la calle que tenía delante: un lugar frecuentado, un lugar donde esconderse... Se encaminó a buen paso en aquella dirección llevando al animal cogido de las bridas, siguiendo la leve claridad que se entreveía al final de la calle. Al poco se encontró en una plazoleta delimitada, por la parte opuesta, por una caravanera. Del amplio recinto llegaban voces de personas y un sordo gruñido de camellos de Bactriana, los grandes animales de las caravanas que atravesaban inmensas distancias llevando mercancías desde la otra parte del mundo. La muchacha quiso salir al aire libre, pero esperó en la oscuridad, mientras un escuadrón de jinetes pasaba al galope con las espadas desenvainadas extendidas hacia delante. Esperó a que el eco de aquel galope furioso se hubiera desvanecido a lo lejos, se cercioró de que no llegaba nadie más, atravesó la plaza y se asomó al patio de la gran caravanera.

Miró a su alrededor mientras ataba el caballo a un pesebre. El interior del recinto estaba iluminado por muchos faroles de colores que difundían una luz cálida bajo las arcadas, sobre los fardos de mercancías, sobre los mozos que gobernaban los animales, sobre los variopintos personajes de las procedencias más diversas. Ataviados con trajes de todo tipo, conversaban en todas las lenguas mientras se disponían a sentarse a sus mesas para cenar, tras haber terminado sus negocios con otros mercaderes que frecuentaban el lugar igual que ellos.

La muchacha se dio cuenta de que llevaba todavía en el brazo la cinta roja y se la quitó en cuanto oyó una voz a sus espaldas. La escondió debajo de su cinturón y volvió la cabeza hacia otro lado para evitar un encuentro de miradas no deseado.

—¡Cuidado con esa caja! ¡Contiene cosas frágiles, demonios! —rezongó la voz con un marcado acento extranjero.

La muchacha dejó pasar al hombre que tenía detrás; un mercader corpulento, de tez aceitunada, pasó por su lado acompañado de dos mozos que arrastraban una caja de madera en una carreta tambaleante.

Un golfillo chino se le acercó.

—Muy honorable Daruma —dijo—, tu muy honorable colega Wu He te espera para cenar.

—Voy enseguida, muchacho —respondió Daruma y movió su corpachón hacia la entrada de la taberna que se abría al fondo de la caravanera.

Detrás de él la muchacha alargó con destreza la mano para coger un trapo de tela que cubría un fardo de lana, se lo echó sobre los hombros para disimular su traje y entró a su vez en la taberna. Fue a sentarse como un parroquiano más al fondo de la estancia llena de humo, en un rincón escasamente iluminado pero próximo a la mesa en que estaban tomando asiento Daruma y el mercader chino.

Un grupo de músicos mongoles sentados debajo de una arcada tocaban sus instrumentos de cuerda arrancando tonos lúgubres y continuos que acompañaban con sus voces no menos lúgubres. El solista emitía unas notas tan profundas que la muchacha sentía que vibraba con ellas.

—La añada ha sido pésima… —comenzó a decir el mercader chino.

—… la producción escasa, los parásitos han diezmado los gusanos… —continuó Daruma con aire de suficiencia—. Ya conozco el cuento, Wu He. Acabas pidiendo de un diez a un veinte por ciento más. No ha habido nunca, desde que te conozco, una añada abundante, y los precios siempre aumentan.

—¡Vamos, no te quejes! —rebatió el hombre llamado Wu He—. Quién sabe cuánto ganas tú en Occidente vendiendo nuestra seda a los diablos extranjeros. A propósito, ¿sabías que han llegado algunos a la ciudad, hace poco precisamente? Gente de aspecto extraño y con ropas extravagantes, prisioneros sin duda, en el séquito del convoy del eunuco Wei, que los dioses nos lo conserven.

Al oír aquellas palabras la muchacha aguzó el oído y trató de moverse, sin hacerse notar, para acercarse lo más posible a los dos mercaderes enfrascados en su conversación.

Aquel gesto no escapó a Daruma, que sin embargo fingió no darse cuenta y siguió hablando con Wu He.

—¿Extranjeros has dicho? ¿Y qué aspecto tenían?

—Ojos redondos, barbas cerradas y negras como cerdas de jabalí, pelos en los brazos y piernas como simios, brazaletes de metal en las muñecas. Así me los ha descrito un servidor mío. Además, iba con ellos un chino cubierto con una capucha.

La muchacha no logró contenerse.

—He oído sin querer vuestras palabras, honorables señores —dijo—, y tendría mucha curiosidad por ver a esos extranjeros, porque nunca he visto a ninguno en mi vida. Dicen que son realmente horribles... ¿Sabéis adónde los han llevado?

Wu He la observó con cierto asombro, mientras Daruma la miraba fijamente con una mirada inquisitiva; aquella repentina intervención de un desconocido que había escuchado su conversación parecía muy extraña.

Wu He comenzó, no obstante, a hablar:

—Por lo que sé, parece que se los han llevado hacia...

No le dio tiempo a terminar la frase porque un grupo de soldados del ejército imperial entró en la taberna. La muchacha bajó inmediatamente la mirada y volvió la cabeza hacia la pared; tampoco aquella actitud escapó a Daruma, que le cogió la muñeca y se acercó para hablar con ella sin hacerse oír por los demás.

—Una muñeca demasiado fina para ser la de un jovenzuelo, pero muy fuerte —observó—. Y ahora, si no me dices quién eres y por qué te interesas por esos extranjeros, podría pedirles a los soldados que hurgaran debajo de tu cinturón, donde podríamos encontrar una bonita cinta roja…

La mano libre de la muchacha resbaló bajo el vestido para buscar la empuñadura del puñal, pero las siguientes palabras de Daruma la detuvieron:

—Entre esos diablos extranjeros podría haber amigos míos, a los que aprecio mucho.

La mano de la muchacha soltó la empuñadura del puñal.

—¿Amigos? —repitió.

—Amigos —confirmó Daruma—. ¿Podemos hablar de ello?

—Podemos —respondió la muchacha.

—¿Cómo te llamas?

—Eso por el momento no puedo decírtelo.

—¿Y por qué no puedes?

—Porque no es momento para ello y porque no te conozco lo suficiente. Al fin y al cabo, eres un extranjero.

—Está bien, pero ahora harás lo que yo te diga; luego irás a la caravanera y me esperarás cerca de la arcada con la fuentecilla.

La muchacha asintió.

Daruma levantó la voz y señalando una gruesa tinaja que tenía enfrente ordenó:

—¡Invita a un poco de vino de granada a estos valerosos soldados! Estarán cansados y sedientos. ¡Tabernero, cárgalo a mi cuenta!

La muchacha obedeció. Sacó el vino de la gran tinaja, ayudada por el tabernero, y lo distribuyó entre los soldados, que se lo bebieron de un trago sin dignarse dirigirle una mirada. Cuando terminó de servir, dejó las jarras y salió con indiferencia de la taberna en dirección a la caravanera. Poco después los soldados salieron, montaron a caballo y se alejaron al galope por las calles desiertas de la ciudad. Sobre la puerta que había quedado abierta se recortó el corpachón de Daruma flanqueado por su colega, que había reanudado su monserga:

—Como decía, honorable amigo, la añada ha sido muy escasa, muchas moreras se han secado por falta de agua.

—De acuerdo —respondió Daruma—, de acuerdo. ¿Cuánto pides por toda la partida?

—Siete mil quinientos darien —respondió a secas Wu He.

Daruma le miró con expresión de desconsuelo y respondió:

—Está bien, ladrón. Es un auténtico robo, pero no tengo otra alternativa.

—Vamos, no digas eso, honorable amigo. Estoy seguro de que cargarás ese pequeño aumento que te he pedido a tus clientes, que a su vez te llamarán ladrón. Es la ley de nuestro oficio.

—Está bien, está bien, pero ahora te ruego que me disculpes: estoy muy cansado y esta noche quisiera retirarme pronto.

Wu He hizo una respetuosa inclinación y se alejó saliendo de la caravanera por una puerta. La muchacha le miró de soslayo y se acercó a su caballo como si quisiera desatar las bridas, pero oyó la voz de Daruma casi en su oído:

—Yo en tu lugar no lo haría.

Yun Shan se volvió y se quedó estupefacta al ver que Daruma estaba aún al otro lado de la caravanera, a una distancia de al menos treinta pasos, y parecía meditar apoyado contra el muro de la posada.

Su voz volvió a sonar muy próxima y con un tono absolutamente natural.

—Me has oído bien. Tenemos una conversación pendiente, ¿recuerdas?

La muchacha dejó las bridas del caballo y se acercó a él atravesando el patio.

—¿Cómo lo has hecho? —le preguntó.

—Un artilugio acústico. Si hablas en este pequeño hueco abierto en la jamba de la puerta te oyen del otro lado del soportal.

—Interesante. ¿Y de qué quieres que hablemos ahora? —preguntó Yun Shan.

—¿Por qué has preguntado por esos extranjeros? ¿Y qué haces aquí?

—¿Por qué quieres saberlo? No te conozco.

—Muy sencillo. La descripción de Wu He me ha hecho pensar que los prisioneros de los que hablaba no eran otros que el príncipe Dan Qing y su guardia; unos hombres que vienen del lejano reino de Taqin Guo, el más lejano hacia occidente. Al oír que preguntabas por ellos me he dicho que quizá los dos estamos interesados en la misma persona. Eres una muchacha disfrazada de hombre, llevabas el brazalete del Loto Rojo y huías de la guardia imperial.

—Admitamos que sea así —respondió ella—. ¿Quién me asegura que no eres un espía?

—No te he denunciado a los soldados imperiales. No habrías tenido escapatoria y yo me habría embolsado una buena recompensa; suficiente para cubrir al menos una parte del aumento de precio que Wu He ha cargado a la partida de seda que he comprado.

Yun Shan le miró de soslayo sin decir nada. Parecía estudiar a su interlocutor, que a su vez podía ahora observarla con calma: la muchacha tenía unos labios pequeños y perfectamente perfilados, unos ojos más grandes de lo normal y una arruga apenas insinuada entre la frente y la nariz.

—¿Aún no estás convencida? —preguntó Daruma.

—Mi maestro solía decirme que no hay mejor manera de engañar a una persona que ganarse su confianza.

—Exactamente. Eres una persona astuta. ¿Qué puedo hacer entonces para que confíes en mí?

—Convencerme, y en poco tiempo. Estoy a punto de irme.

—Te pareces mucho a tu hermano, el príncipe Dan Qing —dijo entonces Daruma—. Soy el hombre que lo ha traído a la patria desde Persia.

—Dame una prueba de lo que dices.

—La prueba solo puede dártela tu hermano, pero antes hemos de encontrarle. Teníamos una cita en esta taberna, pero han pasado varios días y no ha aparecido aún. Lamentablemente, las palabras de Wu me hacen pensar que el personaje con la cabeza encapuchada era él precisamente. Y no cabe duda de que los extranjeros de ojos redondos y de barba hirsuta son su guardia personal. Los recluté yo mismo en Persia. Son diez, pero valen por cien. Son unos formidables combatientes; sin ellos tu hermano no habría llegado hasta aquí, princesa Yun Shan.

Yun Shan pareció rendirse a la evidencia.

—El prisionero es él. Yo estaba presente cuando Wei lo apresó. Solo trataba de saber si Wu He estaba informado sobre su destino… ¿Cómo has sabido que soy su hermana?

—No lo sabía. Lo he adivinado por vuestro parecido. Pero ven, sentémonos en ese rincón —dijo indicando dos cojines de lana y una alfombra debajo de la arcada de la caravanera. Sopló sobre el farol para apagar la luz. La caravanera quedó iluminada tan solo por los rayos de la luna y la conversación pudo proseguir al amparo de la oscuridad.

Daruma dejó escapar un profundo suspiro.

—¿Cómo ha ocurrido?

—Weu tomó el monasterio de las Aguas Susurrantes. Mató al maestro Wangzi.

Daruma inclinó la cabeza y se llevó la mano a la frente.

—¿Lo conocías? —preguntó Yun Shan.

—Fue con él con quien organicé la fuga de tu hermano. Dan Qing y yo nos separamos precisamente al pie de la cuesta que lleva a las Aguas Susurrantes. Mi caravana no habría podido atravesar el puente del abismo. Pero lo dejé en buenas manos: su escolta y la hospitalidad del maestro Wangzi. ¿Tú estabas allí, verdad?

—Sí, estaba allí.

—Y ahora formas parte del Loto Rojo. ¿Desde cuándo?

—Desde hace un mes. No tenía a nadie en quien confiar y uno de los monjes de las Aguas Susurrantes me dijo que fuera a verles.

—¿Y por qué te perseguían los imperiales?

—Tratamos de liberar a mi hermano.

—Y habéis fracasado.

—Pero hemos estado a punto de conseguirlo. ¿Has sabido algo más por tu amigo mercader?

—No, pero obtendremos alguna información más. ¿Cuánto hace que se produjo el ataque?

—Dos *dan* después de la puesta del sol.

—¿Y tú has escapado inmediatamente después?

—Hemos tenido que retirarnos; las fuerzas enemigas eran muy superiores. Había también un grupo de Zorros Voladores. No estoy preparada aún para luchar contra ellos.

—Así pues, si Wu He tenía noticia de ello, significa que su informador debe de haberles visto no muy lejos de aquí. Y no más tarde de lo que cuesta recorrer medio *dan*. El único lugar al que pueden haberlos llevado en una zona tan próxima a la caravanera es el Palacio de los Trípodes de Bronce.

—Es posible —respondió Yun Shan—. Una deducción sensata la tuya.

—Es más que probable —replicó Daruma—. El Palacio de los Trípodes de Bronce, como sabes, es una antigua construcción de la época del emperador Wudi que tu padre hizo restaurar sustituyendo la mayor parte del recinto amurallado de adobe por piedra tallada, pero sigue habiendo un punto flaco. El problema será avisar al príncipe de que planeamos su liberación y que él esté preparado.

—Eso es algo que se puede remediar. El Loto Rojo cuenta con muchos informadores incluso en los lugares considerados más inaccesibles.

—Háblame de su escolta. Son unos hombres excepcionales y quisiera salvarlos a toda costa. Tengo contraída una deuda con ellos y un pacto que quisiera respetar. ¿Estaban todos vivos cuando les viste por última vez?

—No los conté. Pero me pareció que eran cerca de una decena.

—Su comandante es un hombre de un extraordinario temple, ha sabido ganarse la confianza, y quizá también la estima, de tu hermano. Es más bien alto, moreno, con ojos de color ámbar, mirada penetrante, musculatura poderosa... ¿Le has visto? Quiero decir, ¿has visto a un hombre con este aspecto y... vivo?

—Le he visto. Creo que sí...

Daruma soltó un suspiro.

—Espero que no te equivoques.

Yun Shan dudó un momento.

—Recuerdo una mirada… —dijo.

—Quiera el cielo que Xiong Ying siga con vida. Es un famoso guerrero en su país y también un hombre que ha sufrido mucho, ha visto morir a personas que quería y sin embargo no se ha dejado abatir nunca por el desaliento. Un hombre que confía en la palabra dada aun a costa de la vida. No merece acabar sus días torturado, ni lo merecen tampoco sus hombres.

Yun Shan volvió a ver esos ojos profundos y ambarinos que la miraban fijamente con la intensidad penetrante de una mirada de águila y sin embargo empañados de melancolía. Los ojos de Xiong Ying…

—¿Por qué tiene un nombre chino?

—Porque se lo puso tu hermano después de que le salvara la vida en un ataque de los Zorros Voladores. Su verdadero nombre no conseguiría siquiera pronunciarlo.

—¿Qué piensas hacer para liberarlos? —preguntó Yun Shan.

—Tendremos que recabar el máximo de información posible, y lo más rápido que podamos. Cada instante que pasa puede ser el último. Este lugar será mi cuartel general, puedes hacerme llegar mensajes cuando quieras.

Yun Shan se levantó para irse.

—Espera un momento —dijo Daruma.

La muchacha se detuvo.

—¿Qué hay de cierto en la historia que circula sobre ti y Wei?

Pareció que Yun Shan iba a hablar, pero la voz murió en su garganta y los ojos se le llenaron de lágrimas. Se acercó hasta su caballo y se refugió en silencio en la sombra.

Daruma se quedó solo.

—Es cierto, entonces —murmuró para sí—. Es todo cierto.

26

Yun Shan avanzó al paso, recelosa durante un rato, luego, en cuanto vio que el camino estaba libre, se cubrió el rostro y se lanzó al galope. Pasó como un fantasma a través de las calles silenciosas de Luoyang bañadas por la luz de la luna. Su caballo parecía que apenas tocara el suelo con los cascos, como si no llevara en la grupa peso alguno, como si la fuerza de la amazona se fundiera con sus miembros vibrantes, con las fulgurantes contracciones de sus músculos. Pasó volando por las plazas desiertas, salvó los muros del recinto amurallado, cruzó los solitarios jardines, los patios estriados de sombras, bajo los pórticos esculpidos, a lo largo de las avenidas con grandes trípodes alineados, entre llamas languidecientes y pálidos faroles.

Corría para escapar de sus propios pensamientos, del doloroso recuerdo del pasado, de las angustias del presente, de las sombras de los muertos, de los espectros que galopaban veloces por el cielo velando de vez en cuando la luz de la luna.

Una sombra.

La sombra de un jinete al fondo de la calle.

Se desvió tirando de las riendas hacia un lado y se lanzó en dirección contraria, sin reconocer ya los lugares ni saber adónde la conduciría el desenfrenado galope de su animal.

De nuevo una sombra.

Un jinete inmóvil debajo del arco de la puerta cerraba el paso hacia el exterior de la ciudad.

Yun Shan se volvió hacia atrás y hacia los lados convencida de que encontraría las calles cerradas por pelotones de soldados imperiales, pero estaban vacías.

Aquel jinete lanzaba un desafío solitario. Había que aceptarlo.

Tiró de las riendas del caballo, descubrió detrás de la silla el estuche que guardaba a Punta de Hielo, la espada forjada tres siglos atrás para su antepasado Xung Zhou por un maestro de Yue. Saltó a tierra y la desenvainó, la hizo brillar, azul, a la luz de la luna.

También el jinete saltó a tierra y desenvainó su acero. Vestía de negro y llevaba el rostro cubierto por una tira de seda azul oscuro.

Paso a paso se acercaron, se detuvieron a la distancia en que un golpe de espada podía traspasar a uno u a otro. Las hojas reverberaban reflejos cambiantes, irradiando relámpagos azulados, cortando el aire, primero, con unos quedos silbidos. Los cuerpos se movían en una danza que tensaba los miembros en busca del equilibrio perfecto, del punto de fuerza desde el que espera la muerte.

Luego las hojas chocaron con un destello plateado, con un nítido sonido de golpes limpios, cada vez más rápidos, cada vez más acelerados. El filo letal de las espadas rozaba las carnes, resbalaba sobre el acero enemigo, se dirigía hacia los ojos, la frente, el corazón, desviado por la esquiva imprevista de la otra mente, del otro brazo, de la otra hoja.

De pronto los dos se detuvieron, con las puntas extendidas hacia delante para preparar un nuevo, meditado, ataque.

Yun Shan sintió la fuerza del otro intacta, sintió la suya propia mermada por la larga carrera, por las muchas emociones, por la fuga, por el miedo a un enemigo cada vez más fuerte.

Debía vencer ese sentimiento que la debilitaba lanzándose hacia delante con un grito de águila, con un salto de tigre, y dando una voltereta en el aire para llegar desde arriba como un rayo, golpear con un golpe limpio, entre las costillas, alcanzar desde arriba el corazón.

«Alcanzar desde arriba el corazón.»

Supo que aquellas palabras cruzaban por la mente de su contrincante en ese mismo instante. Su adversario esquivó un golpe haciendo una pirueta sobre las puntas de los pies y desplazándose como una peonza que corre por el suelo. Punta de Hielo se clavó en el terreno y Yun Shan cayó de rodillas junto a su espada, la mano derecha apretada en la empuñadura, la izquierda apoyada en el suelo. Pero la hoja de su adversario golpeó cortando el lazo que sostenía el velo atado en torno a su cuello. El velo cayó y dejó al descubierto el rostro, que se mostró en toda su cérea perfección.

El adversario podía haber acabado con ella con un solo golpe, pero se detuvo como si la vista de aquel rostro le hubiera llegado hasta el fondo del alma.

—Princesa Yun Shan... —dijo y descubrió el rostro a su vez.

—Wei... —respondió la muchacha—. ¿Qué esperas? ¿No es lo que querías? ¡Golpea!

—Así, eras tú quien quería matarme —dijo Wei como si no hubiera oído aquellas palabras.

—Quería liberar a mi hermano.

—Tu hermano te ha hecho desgraciada y ha hecho de mí un tullido —dijo moviéndose en círculo a su alrededor—. Debe sentir en su propia carne qué es una herida que nada puede curar; tiene que sufrir cuanto un hombre es capaz de sufrir.

—Eso no te devolverá lo que has perdido.

Yun Shan desclavó Punta de Hielo del suelo sin que Wei hiciera movimiento alguno. El hombre mantenía la espada apuntada hacia el suelo, igual que su mirada, y daba vueltas en torno a Yun Shan, que seguía plantándole cara.

Yun Shan se decidió a acortar las distancias: abandonó el centro de aquel círculo ideal y alargó la espada hacia el cuello de su adversario.

—Mataste a mi maestro Wangzi. Y debo vengarle.

—No era tu maestro. Era el maestro de tu hermano. Y también él era responsable. Los malos maestros deben pagar por los malos discípulos que han esparcido por el mundo para desgracia de los demás.

Punta de Hielo estaba ya a poquísima distancia del cuello de Wei, un cuello blanco y puro como el de una muchacha.

Wei levantó la cabeza, que había mantenido agachada hasta ese momento, y mostró sus lágrimas. Caían de unos ojos impasibles, recorriendo las perfectas mejillas…

—Solo de ti podría aceptar la muerte, solo de ti podría conseguir la paz, ya que no puedo obtener tu amor. Golpea ahora, Yun Shan. No tendrás una segunda oportunidad.

Yun Shan lanzó el golpe, recto delante de sí, pero Punta de Hielo apenas hirió la frente de Wei y enseguida retrocedió. Dejó una gota roja allí donde el acero había traspasado la piel, tan diminuta como una gota de rocío, luego desapareció en la funda.

—Piensa que este es mi último acto de compasión por ti —dijo Yun Shan—. Has elegido un camino que lleva al abismo, un camino por el que solamente los malvados pueden seguirte. Libera a mi hermano y yo olvidaré lo que has hecho. Libera a mi hermano y a los hombres de su escolta. Retírate a un monasterio y nadie más te hará daño. Te doy mi palabra.

Wei se le acercó tanto que en su rostro notaba su aliento. Sus ojos brillantes de lágrimas llegaban al corazón, pero la voz era gélida y rotunda cuando dijo:

—Aniquilaré a esta estirpe maldita que el Cielo ha repudiado y fundaré una nueva. Pero si fracaso, iré al encuentro de mi último destino sin lamentarlo. —La voz pareció que se quebraba cuando añadió—: Me acompaña un recuerdo, Yun Shan, el recuerdo de un sentimiento que ni siquiera la hoja más cruel ha podido separar de mi carne martirizada. Adiós para siempre.

Volvió a envainar su espada, dio un salto inverosímil y cayó sobre la grupa de su caballo. Espoleó en dirección al campo y desapareció enseguida de la vista.

Yun Shan lo siguió durante unos momentos con la mirada, luego se dejó caer al suelo llorando.

El jinete penetró al galope por la entrada principal del palacio imperial, entre dos filas de guardias que vigilaban esperando el amanecer, y prosiguió a toda velocidad hasta el pie de la majestuosa gradería que conducía al pabellón principal. Una vez allí, dejó el caballo a los escuderos que acudieron rápidamente y subió a grandes zancadas la escalinata hasta el atrio iluminado por seis grandes braseros encendidos en monumentales trípodes de bronce.

Un viejo funcionario de palacio salió a recibirle con deferente solicitud.

—Noble señor.

—Lo sucedido hoy es inaudito. ¡He sido atacado en mi propia ciudad, he estado a punto de morir a manos del Loto Rojo!

El anciano se inclinó, confuso.

—Soy consciente de ello, honorable Wei, pero estamos haciendo todo lo posible por…

—No quiero lo posible —gritó Wei—. ¡Quiero que se elimine a esos hombres! ¿Qué hacen tus espías? ¿Dónde están tus informadores? ¡Mi vida está en peligro entre los muros de mi propio palacio!

—El Loto Rojo tiene numerosos cómplices entre la gente, mi señor, y muchos se mantienen fieles a la casa imperial. De todos modos, es una gran suerte que hayas conseguido apresar al príncipe Dan Qing.

—No es ninguna suerte. Ha sido gracias a mi destreza y a que he intervenido yo personalmente —rebatió el eunuco—. ¡Estoy rodeado de ineptos e incapaces, solo puedo fiarme de mí mismo!

El viejo funcionario siguió hablando como si no lo hubiera oído:

—El emperador ha muerto ya, aunque nadie lo sabe; el hijo está prisionero. Solo te queda una última tarea que llevar a cabo: ganarte el favor popular y, con él, el favor del Cielo.

—¿Qué quieres decir? —preguntó Wei, de repente más tranquilo.

—Debes convencer al pueblo de que tú eres el instrumento del Cielo para castigar a una dinastía indigna; entonces no habrá límites a tu poder. Tal vez consigas también reunificar los tres reinos, volver a unir nuestro país dentro de una única frontera, como es justo que sea.

—Y fundar una dinastía que morirá conmigo… —Wei sonrió sarcásticamente.

—No es cierto. Se puede crear de todos modos una descendencia. ¿Sabes cuántas veces emperatrices que no podían tener hijos han engañado a sus esposos presentando como propio el hijo de una esclava? Y si mujeres estériles han podido engendrar herederos, ¿por qué no puede hacer lo mismo un hombre? Ahora, créeme, poderoso señor, debes ganarte el favor popular.

—¿Y cómo? No me quieren. Esa es la verdad.

El silencio de la noche era tan profundo que se podía oír el ligero chisporrotear de las lucernas y los leves e intermitentes soplos del viento del norte. Durante un instante se oyeron unos pasos que recorrían el patio exterior; luego se desvanecieron.

El viejo pareció haber encontrado por fin una respuesta adecuada.

—Porque se han hecho de ti una falsa imagen que no corresponde a la realidad.

—Porque soy mucho peor de lo que ellos imaginan. También sobre esto no hay ninguna duda. Pero dime, ¿qué tienes en mente?

—Dentro de poco es la fiesta de fin de año. Desde hace años, debido a los conflictos que han afligido a nuestro país no se celebran ya las festividades a las que el pueblo estaba acostumbrado.

—Festejos, luces, comida gratuita, dragones de papel de colores que echan humo por las fauces…

—Y combates entre prisioneros.

—No hables con adivinanzas. Ve al grano.

—Dicen que esos bárbaros que has apresado junto con el príncipe son unos formidables luchadores. ¿Es cierto que provienen de Taqin Guo?

—Es posible. Su aspecto así parece confirmarlo.

—He consultado los textos secretos que escaparon a la quema de la Gran Biblioteca de Luoyang. Parece que en su país existe una costumbre bárbara pero interesante, es su espectáculo más seguido: combates entre prisioneros o entre guerreros profesionales dentro de unas grandes construcciones con gradas para el público. Hazles combatir en el gran patio de palacio, a los pies de la gradería, y abre el patio al pueblo.

Wei pareció meditar un momento, con la mirada perdida en lejanas quimeras.

—¿No te parece una buena idea?

—Sí, es posible. Hay un grupo de salvajes y feroces Xiong Nu, apresados recientemente en las cercanías de la Gran Muralla, que podrían ser dignos rivales.

—Con todo respeto, poderoso señor, creo que el combate sería mucho más espectacular si los adversarios fuesen mucho más temibles.

—¿No lo son bastante los Xiong Nu? ¿En quién estás pensando? ¿Quién debería enfrentarse a los bárbaros venidos de Taqin Guo?

El viejo puso cara seria y bajó la mirada antes de decir:

—Los Zorros Voladores.

—Sabes perfectamente que eso no es posible —respondió Wei al cabo de un instante.

—¿Por qué no, poderoso señor? ¿Qué lo impide?

—El juicio que tu edad debería haberte dado. Los Zorros Voladores deben seguir siendo seres sin cuerpo ni rostro para inspirar todo el terror. Mostrarles en un combate público a la luz del sol les haría parecer seres humanos de carne y hueso y por tanto vulnerables.

—Comprendo tu punto de vista, y aprecio tu gran sabiduría, pero verles actuar contra los más temibles guerreros de Occidente daría a entender a la gente que oponerse a una fuerza semejante es imposible.

—El espectáculo iría destinado, por tanto, a los hombres del Loto Rojo.

—Estoy seguro de que muchos de ellos estarán presentes entre la multitud.

Wei se puso a andar de un lado a otro del gran atrio; su figura se recortaba a cada paso contra la claridad espectral de la luna.

—¿Y crees que esto me aseguraría el favor popular?

—Sin duda.

Wei meneó perplejo la cabeza.

El viejo prosiguió:

—Los bárbaros deberían llevar sus armas y sus ropas para que el combate fuera aún más excitante. Y habría que prometerles la libertad en caso de victoria. Así se batirían encarnizadamente. Y hay otra razón por la que los Zorros Voladores deberían ser sus únicos y dignos adversarios...

—¿Otra razón? ¿Cuál?

—Tal vez no sepas, mi señor, que estos no son los primeros que han llegado hasta aquí desde su país.

—¿Qué dices? —preguntó Wei cogido por sorpresa.

—¿Has oído hablar alguna vez de los trescientos Diablos Mercenarios?

—Sí. Pero es una leyenda.

—No, es cierto. Los trescientos Diablos Mercenarios realmente existieron. Hace más de tres siglos aparecieron en nuestra frontera occidental como surgidos de la nada. Ocuparon un reducto fronterizo, y se establecieron allí sin dar muestras de querer irse. El jefe de la guarnición, un buen hombre cumplidor de su deber, les atacó con las fuerzas de que disponía, pero ellos demostraron ser unos adversarios tan temibles que no fue posible repelerlos de ningún modo. Cuentan las crónicas que combatían de un modo extraño: con los escudos sobre la cabeza, dispuestos en formación como las escamas de un pez...

—¿Qué historia es esta, anciano? —le interrumpió Wei—. Me parece un sinsentido. ¿Y por qué yo no sé nada de ella, pese a haber estudiado muchos textos que sobrevivieron al incendio de la Gran Biblioteca de Luoyang?

—Porque esas crónicas se consideraron secretas y solo quien ha visto la inscripción en la roca de Li Cheng conoce esa historia.

—Continúa… —dijo Wei.

Al anciano le pareció leer en sus ojos una efímera y misteriosa debilidad. Hizo una seña a un criado que esperaba inmóvil al fondo de la sala, quieto como una estatua. Este desapareció; poco después reapareció con un recipiente humeante y sirvió dos vasos de una infusión amarilla en unas tazas repujadas de oro.

Los dos se sentaron en cuclillas sobre los talones y bebieron, luego el anciano reanudó su relato:

—El emperador Yuandi tuvo conocimiento de este suceso y montó en cólera. Mandó cortarle la cabeza al comandante de la guarnición y envió a uno más joven con tropas de refresco y con la orden terminante de expulsar a los bárbaros. Pero también él fracasó. Los enemigos salieron a campo abierto arrastrando unas máquinas que lanzaban dardos con una espantosa potencia; luego, con un ataque por sorpresa, se lanzaron en formación cerrada y pusieron en fuga a los nuestros.

»Esta vez el emperador, estupefacto, preguntó cuántos eran esos combatientes y cuántos de los nuestros eran necesarios para aniquilarlos. Le respondieron que cinco mil hombres serían más que suficientes para aplastar a los bárbaros como molestos insectos, pero no fue así. Cuando el nuevo contingente atacó, se encontró frente a unas obras de fortificación que hacían inexpugnable aquel modesto reducto de barro seco. El ejército se empantanó con las lluvias otoñales y luego se agarrotó con el intenso frío invernal, sin que la avanzadilla, convertida entonces en una poderosa fortaleza, diera la menor señal de querer rendirse. ¿Debo continuar, mi señor?

—Continúa —respondió Wei.

—Nuestro comandante decidió entonces jugarse el todo por el todo; cansado de esperar una rendición por hambre, ordenó un asalto a las murallas, pero la empresa acabó en un nuevo desastre: fosos que antes no existían se abrieron bajo sus pies, muros de llamas se alzaron delante de los atacantes, cayeron piedras del cielo y dardos mortíferos abrieron huecos entre sus filas. Cuando finalmente los nuestros consiguieron abrir una brecha, se encontraron frente a un segundo muro de piedra tallada. Y unas torres laterales de las que llovían más dardos. El asalto se convirtió en una carnicería...

»El emperador comprendió que debía llevar a cabo una ofensiva con numerosas fuerzas, ingentes, pero se sintió incapaz de aniquilar a unos hombres que se habían defendido con tanta valentía, y en vez de mandar un nuevo ejército les envió un maestro.

—¿Un maestro?

—Sí, mi señor. Un maestro de chino que fue recibido con respeto y tratado bien por los bárbaros, que demostraron ser mucho menos bárbaros de lo que cabía imaginar. A finales del invierno sus jefes habían aprendido lo suficiente nuestra lengua como para poder sostener una conversación elemental; en ese momento, el maestro les hizo algunas preguntas que el mismo emperador le había sugerido: quiénes eran, de dónde venían, por qué se habían encerrado en aquel lugar y por qué combatían con tanto tesón.

»Respondieron que venían de un país lejano, que calificaron como el mayor imperio de la tierra. Un imperio con más de diez mil ciudades, defendido por un millón de guerreros; un imperio que tenía en su interior un mar aún más extenso, surcado por miles de naves... De todo ello se dedujo que se trataba del fabuloso Taqin Guo.

—La misma gente, pues —dijo Wei hablando para sí.

—La misma —confirmó el anciano—. Dijeron que habían tomado parte en una gran batalla contra los persas, que habían caído en una emboscada y que la mayoría de sus compañeros habían sido asesinados tras presentar una fuerte resistencia. Solamente su unidad había conseguido romper el cerco y abrirse paso hacia la salvación. Pero, al tener todas las vías cerradas, aparte de la de oriente, habían tomado esa dirección y tras un año de marcha habían llegado hasta nuestras fronteras. Después de haber escuchado su historia, el emperador les ofreció que entraran a su servicio como guardia personal.

»Ellos aceptaron. En las misiones que se les confiaron fue tal el valor que demostraron, que se les consideró invencibles y casi inmortales. Después de muchos años a su servicio, les concedió la licencia y les dio tierras para que las cultivaran en una aldea llamada Li Cheng, donde se dice que viven todavía sus descendientes. El emperador decretó también que fuesen ellos los únicos que le escoltasen hasta la tumba llegado el momento.

—¿Por qué me has contado esta historia? —preguntó Wei al final.

—Porque esos hombres fueron legendarios y lo siguen siendo. Solo un mito puede luchar contra otro mito: los Zorros Voladores contra los guerreros de Taqin Guo.

—¿Crees de veras que esto me haría ganar el favor popular?

—Sin duda. Ver a los Zorros Voladores en acción y darse cuenta de que unos hombres de ese increíble valor y habilidad están consagrados a tu servicio no dejará ninguna duda acerca de la legitimidad de tu poder. Y no habrá ya límites a tu ascensión; algún día unificarás los tres reinos bajo un único cetro y pasarás a la historia como el salvador de nuestro país.

—¿Y de veras crees que me importa todo eso? —preguntó Wei con una expresión casi ausente.

El anciano inclinó la frente con un ligero suspiro y no respondió.

El viento aumentó y los postigos de una ventana chirriaron; un perro aulló en la lejanía y la llama de los braseros pareció debilitarse.

—Es tarde —dijo de repente Wei—. Quisiera retirarme. Arréglatelas para que les devuelvan las armas a los guerreros de Taqin Guo, sus ropas y sus ornamentos. Se batirán dentro de siete días contra los Zorros Voladores.

—Así lo haré, mi señor. No te arrepentirás.

Se hizo de nuevo el silencio entre ellos, sentados sobre los talones el uno enfrente del otro.

Se oyó un canto en medio de la noche, o acaso era el gemido del viento. Fue el último sonido antes del impresionante silencio que precede al amanecer.

27

Marco Metelo había pasado en estado de ansiedad los días de prisión; trataba de imaginar qué suerte les esperaba a él y a sus hombres, qué ayuda podía esperar del exterior y si esta llegaría alguna vez. Aunque estuviese aislado en su celda, intentaba mantenerse en contacto con sus hombres dando de vez en cuando una voz o golpeando la puerta con los nudillos de los dedos para hacerse oír y darles ánimos y esperanza. Sabía el ascendiente que su actitud tenía sobre ellos. Había prometido que les llevaría de nuevo a casa y dedicaba las largas horas de cárcel a imaginar y planear cómo conseguirlo, pero las desnudas paredes de la celda, donde solo había un ventanuco en lo alto, cerca del techo, por el que apenas penetraba una débil luz, hacían que se desvaneciera toda esperanza.

Pensó que siempre se puede estar en una situación peor. Las condiciones de Aus Daiwa, en comparación con aquel durísimo aislamiento, con aquel absoluto vacío, le parecían casi preferibles. Allí al menos se mantenía en contacto con los compañeros; tenía la posibilidad de prestar algo de asistencia y de ayuda a quien las necesitaba. Se acordaba de Uxal, de sus rudas muestras de amistad y se preguntaba qué habría dicho o hecho de haberse encontrado en aquella cárcel con ellos.

Todas las noches, antes de dormirse, dedicaba un pensamiento a sus antepasados, a Clelia, y trataba de volver a ver su rostro, sus ojos oscuros y relucientes, sus labios suaves y bien dibujados. Los rasgos de ella, evocados por la melancolía, le traían enseguida a la memoria los de su hijo, tan lejano, tan perdido. Quizá estaba vivo, quizá había muerto, víctima indefensa de unos poderes sin control. Pensaba en Aureliano, en el amigo valeroso y leal, y esperaba que él fuese el baluarte que defendiera a la patria y a su hijo.

A veces, entre aquellas sensaciones asomaba otra inesperada y turbadora: los ojos febriles y enigmáticos de Yun Shan, la muchacha con la que había intercambiado una breve mirada en el monasterio antes de que se lo llevaran junto con Dan Qing. En esos momentos tenía una extraña sensación; de confusión y de fascinación, incluso de una misteriosa atracción.

Pero enseguida se daba cuenta de que los pensamientos únicamente daban vueltas en el vacío en aquel espacio desolado y sordo y trataba de tener la mente ocupada con alguna actividad distinta, con cálculos o palabras. Trataba de recitar de memoria los cantos de la *Eneida* de Virgilio, evocando los estudios de su juventud, o bien el capítulo inicial de la *Anábasis* de Jenofonte en griego, que tantas veces había deletreado en los bancos de la escuela elemental.

El único contacto con el exterior se producía a la hora de la comida, cuando alguien la introducía por una ventanilla, junto con el agua, y durante unos pocos instantes podía entreverse la fisonomía del carcelero, un viejo con una larga barba blanca. Un día se dio cuenta de que había perdido el contacto con sus compañeros. Ya no le respondían, por lo que dedujo que les habían trasladado a otra parte; sintió entonces un profundo descorazonamiento. Ahora le rodeaba tan solo el silencio. El edificio entero parecía vacío y la llamada de su voz se apagaba enseguida en la oscuridad.

Al cabo de algunos días de aquel sinvivir su mente comenzó a vacilar. Pensó que aquella situación podía prolongarse durante meses o años, o quizá para siempre, y que no podría soportarlo. Trató también de imaginar lo que habría hecho él en el lugar de quien le tenía prisionero, pero todas las hipótesis se le antojaban inverosímiles ya que no podía saber cómo era la mente que se escondía en aquella alma ajena. Decidió que cuando no pudiera soportar más aquel vacío se quitaría la vida, con honor, como un romano. Hasta aquel momento ejercitaría su mente y su cuerpo para mantenerlos en perfecto estado. Lo único extraño de aquella prisión era la relativa abundancia y variedad de la comida, la excelente calidad del agua y la infusión de color ámbar que de vez en cuando se servía con la comida.

Una noche, poco antes del amanecer, oyó un chirriar de puertas, ruido de cerrojos, y por último de nuevo el silencio.

Buscó la salida, pero se dio cuenta de que no estaba donde había estado siempre; poco después la encontró a tientas en otra pared. ¿Cómo podía ser? Se sintió angustiado y desorientado. ¿Acaso su mente empezaba realmente a desvariar?

Oyó de nuevo ruidos; apoyó el oído contra la puerta para escuchar mejor y, para su sorpresa, el batiente cedió a la presión y se abrió. Metelo se encontró en un corredor apenas iluminado por una lucerna de bronce y empezó a avanzar con cautela. Era más bien corto y daba a una gran habitación a la que se abrían otras celdas. No había ninguna posibilidad de escapar. ¿Qué significaba aquella absurda situación?

Se acercó a una de las puertas y tocó el cerrojo.

Una voz en latín preguntó:

—*Quis est?*

Reconoció la voz de Marciano.

—¿Eres tú? —preguntó.

—¡Soy yo, comandante! Pero ¿qué haces ahí fuera? ¿Y dónde estabas? Desde hace días no oíamos tu voz.

—No lo sé —fue su respuesta—. Mi puerta estaba abierta.

Hizo correr el cerrojo. Se lo encontró delante, incrédulo.

—Pero ¿qué está pasando?

—No lo sé —respondió Metelo—. No lo sé.

—¡Eh! —se oyó la voz de Cuadrato—. Comandante, ¿eres tú?

—¡Estamos aquí! —exclamaron otras voces.

Metelo descorrió los cerrojos uno a uno y liberó a sus hombres. Se abrazaron. Parecía imposible que estuvieran de nuevo todos juntos después de un aislamiento tan total y angustioso.

Balbo apoyó una mano sobre su hombro.

—Dichosos los ojos que te ven de nuevo. ¿Y qué pasará ahora? No veo ninguna salida.

—Creo que no la hay —respondió Metelo—, pero algo pasará. Si nos han reunido, habrá un motivo.

Luciano empezó a tantear las paredes palmo a palmo; maldijo en griego cuando se dio cuenta de que el edificio era como una caja de piedra sin entradas ni salidas.

—¿Alguno de vosotros recuerda por dónde entramos? —preguntó.

Rufo se rascó la melena pelirroja.

—Que me aspen si reconozco algo en esta pocilga.

—Era de noche cuando entramos —recordó Septimio.

Publio se acercó a Metelo.

—Comandante, ¿tú consigues explicarte esta situación? Ninguno de nosotros reconoce el lugar en el que estamos. Nadie recuerda cómo entramos, ni hay manera de ver cómo se puede salir de él. Y sin embargo alguien ha dejado abierta la puerta de tu celda. Por algún lado habrá entrado y salido, digo yo.

Metelo reflexionó durante unos instantes en silencio y luego dijo:

—Solo hay una explicación: hemos sido trasladados en sueños a un lugar distinto de aquel en el que entramos la primera vez.

—Comandante —replicó Antonino—, yo me despierto siempre al menor ruido, aunque sea un escarabajo el que ande por el suelo.

—No si te han narcotizado —rebatió Metelo—. Y no debió de ser nada difícil poner alguna droga en nuestra comida o en el agua.

No había terminado de decir esto cuando se oyó un ruido procedente de una de las celdas abiertas; una especie de crujido, como si una piedra rozara con otra piedra. Apareció un hombre ataviado con una túnica de seda verde larga hasta los pies. Parecía que hubiera tomado forma visible delante de ellos en aquel momento, como una aparición.

—¿Quién de vosotros es el comandante Xiong Ying? —preguntó.

—Soy yo —respondió Metelo adelantándose—. ¿Cómo sabes mi nombre en chino? ¿Acaso te manda el príncipe? ¿Has venido a liberarnos?

El hombre con la túnica verde no respondió a la pregunta, pero hizo seña de que le siguieran y volvió a entrar en la celda de la que había salido.

Metelo y sus hombres fueron detrás de él y se dieron cuenta de que la pared del fondo de la celda, aquella en la que habían estado encerrados Septimio y Rufo, estaba abierta; toda la pared había girado sobre un eje, igual que una puerta, y dejaba entrever otro vano. Franquearon el umbral de piedra y se quedaron inmóviles y sorprendidos ante lo que vieron: alineadas una al lado de la otra, sobre unas perchas de madera, estaban sus armaduras, en perfecto estado. El yelmo crestado de Marco Metelo destacaba entre todos por el color rojo de las crines y por el brillo del metal.

—¿Qué significa todo esto? —preguntó Metelo en chino.

—Que he venido a ofreceros la libertad —respondió el hombre silabeando las palabras para asegurarse de ser entendido.

—Explícate mejor —le pidió de nuevo Metelo—. ¿Quieres decir que podemos irnos?

—La libertad es un bien preciado —respondió el hombre— y hay que ganársela.

Metelo supo que no podía esperarse nada bueno de aquella extraña situación.

—Mañana es la fiesta de nuestro fin de año. Nuestro señor, el honorable Wei, ha decidido restablecer una antigua costumbre de los primeros años de la dinastía: prisioneros extranjeros se enfrentarán a nuestros mejores combatientes. Si vencen, ganarán la libertad. Si son derrotados, se les enterrará en el cementerio de los extranjeros con sus ropas y sus armas.

Metelo soltó un largo suspiro.

—Pero ¿qué dice? —preguntó Antonino.

—Lo que dice es que tendremos que luchar contra sus mejores guerreros si queremos reconquistar la libertad. En una especie de combate de gladiadores.

—Dile que estamos preparados —dijo Cuadrato—. No le tememos a nadie.

—Sí, mejor una buena estocada que pudrirnos en esta pocilga —confirmó Publio. Todos los demás asintieron.

—Estamos listos —dijo Metelo—. ¿Cuáles son las reglas?

—No hay ninguna regla —respondió el hombre de la túnica verde—. El combate es a vida o muerte. No habrá interrupciones hasta que el último de vosotros o de vuestros adversarios haya muerto.

Metelo tradujo lo que le había dicho y luego miró a los ojos a sus hombres, uno por uno, a los mejores hombres que había tenido nunca a sus órdenes. Les miró como si les pasara revista por primera vez: el centurión de más edad, Helios Cuadrato; el centurión Sergio Balbo; el *optio* Antonino Salustio; los legionarios Marcio, Publio, Septimio, Luciano, Rufo y Severo, hábiles con la espada y la jabalina, resistentes a la marcha y a las privaciones, amantes del vino y de las mujeres, duros de ánimo y de piel. Soldados.

No dudó cuando se dirigió al hombre de verde para responder:

—Aceptamos.

El hombre hizo un gesto con la cabeza para indicar que había tomado buena nota de su decisión y se marchó. Una puerta maciza de bronce se abrió al fondo de la sala y desapareció por ella.

—Esta es la razón de por qué nos tenían bien alimentados —dijo Marciano—. No sé si os fijasteis, pero era una dieta de combatientes la que se nos servía últimamente: grano de los terrenos húmedos, carne, verduras, pescado, huevos.

—A mí todo me parecía muy bueno, y eso no me gustaba en absoluto: a veces se alimenta bien a los que están condenados a muerte —comentó Rufo.

—Entonces, ¿qué hay que hacer? —preguntó Septimio.

—Nos prepararemos para el combate —respondió Metelo—. No nos hagamos ilusiones: nos enfrentarán a los mejores de los suyos y ya habéis comprobado lo temibles que son.

—¿Te refieres a los Zorros Voladores, comandante? —preguntó Balbo.

—Es lo que me temo —respondió Metelo—. Escuchad, si nos hacen combatir es solo porque creen que no hay esperanza para nosotros. Es probable que el número de nuestros adversarios sea muy superior, que su habilidad marcial sea mejor que la nuestra o las dos cosas a la vez. Somos soldados y la muerte no nos asusta. Evitar el combate no nos salvaría, y en el fondo no podemos excluir que haya una posibilidad de sobrevivir y de reconquistar la libertad. Así las cosas, la única alternativa que nos queda es combatir con todas nuestras fuerzas y nuestro coraje. En el peor de los casos habremos vendido cara la piel y nos habremos ganado una muerte digna de unos soldados. En el mejor de los casos, como he dicho, quizá podamos recuperar la libertad. ¿Alguien tiene algo que decir?

Balbo y Cuadrato miraron a sus hombres y respondieron:

—Creo que estamos todos de acuerdo, comandante.

—Muy bien. Entonces os toca a vosotros, centuriones, preparar a los hombres para el combate.

Cuadrato asintió y se dirigió a sus compañeros.

—Que cada uno revise su armadura, la espada, las armas arrojadizas. Todo. No me gustaría que las hubieran manipulado. Luego tendremos que establecer un plan de lucha. Mucho me temo que nos espera la prueba más dura de nuestra vida.

Severo y Antonino, los dos *fabri*, se acercaron a los escudos y los examinaron.

—Están perfectos —dijo Severo—. Parece que no se han dado cuenta de nada.

—¿A qué te refieres? —preguntó Metelo.

—Te dijimos que habíamos preparado una sorpresa cuando reconstruimos nuestras armaduras en la caravanera de la frontera. Y aquí la tienes. Un trabajo que comenzamos en la caravanera y completamos en la aldea del príncipe. ¿Ves esta palanquita detrás de la embrazadura del escudo? —preguntó dirigiéndose también a los otros soldados—. Pues bien, basta tirar de ella y ocho espuelas de acero perforan la piel del revestimiento exterior y asoman en toda la superficie. Nuestros enemigos no conocen nuestro modo de combatir y esta pequeña variante podrá reservarles alguna que otra sorpresa.

Balbo trató de tirar de la palanca, pero le detuvieron:

—No lo hagas, centurión —dijo Antonino—. Es un mecanismo de resorte y se acciona solo una vez. Si agujereas la piel de protección se verán las puntas ocultas y adiós sorpresa. Tendríamos que desmontar los escudos y retirar la superficie de cuero. Solo podemos esperar que funcione llegado el momento.

—Entendido —respondió Balbo—. Entonces, tan pronto hayáis revisado vuestras armas, venid todos aquí y empezaremos a ejercitarnos: formaremos dos escuadras que combatirán la una contra la otra. Tendremos que prepararnos para la increíble rapidez de nuestros rivales. Nuestra defensa tendrá que ser impenetrable. Pensad en las palabras de aquel poeta cuyo nombre ya no recuerdo: «Muchas astucias conoce la zorra. El erizo solo una, pero la definitiva».

—Arquíloco —apuntó Metelo.

—Ya —respondió Balbo. Y prosiguió—: Lo importante no es tanto que los golpes den perfectamente en el blanco, cada herida infligida es una ventaja para nosotros, pues invalida al enemigo, vuelve más lentos sus movimientos y su capacidad de reacción, le debilita y lo hace más vulnerable. No tenemos arcos y no creo que pudiéramos utilizarlos, pero nuestros lanzadores golpearán cada vez que el enemigo quiera sacar demasiado partido de su capacidad de salto. Rufo, tú eres el mejor con la jabalina; no debes fallar un solo golpe.

Metelo observó durante todo el día, desde un rincón de la estancia, los ejercicios de combate de sus hombres. Hacia el atardecer se abrió de nuevo el portón de bronce al fondo de la sala y entraron dos servidores con la comida. Solo entonces dio la señal de interrumpir el entrenamiento y los hombres fueron a sentarse para recuperar fuerzas.

—¿Por qué motivo, según tú, nos trasladaron de un lugar a otro después de habernos narcotizado, admitiendo que las cosas fueran así? —preguntó Marciano.

—Para evitar la mínima posibilidad de que fuéramos vistos mientras nos trasladaban. Nuestro aspecto llama mucho la atención —respondió Metelo—. Lo cual me hace pensar que temían que alguien intentase liberarnos. Quizá no se han olvidado de nosotros. No todas las esperanzas están perdidas. Tengamos valor, pues en el fondo hemos de hacer solo aquello para lo que hemos sido entrenados durante toda la vida: combatir.

El hombre de la túnica verde reapareció más tarde y los acompañó a otro lugar más allá del portón de bronce, donde les habían preparado unas camas para la noche.

Los hombres se acostaron uno tras otro y Metelo estuvo escuchando largo rato las charlas en voz queda; observó a Marciano y a Antonino mientras jugaban a la morra casi en silencio; a Cuadrato, que paseaba de un lado a otro a lo largo del perímetro de la pared, con las manos a la espalda; a Balbo, que pasaba lentamente la piedra de afilar por el filo de su gladio. La llevaba siempre al cuello, colgada de una cadenita de hierro como si de un collar se tratase.

Pensó largamente en los altibajos de la fortuna de los últimos años, en cómo la suerte le había infligido primero la derrota y la prisión, luego ofrecido la libertad, seguidamente de nuevo la prisión, y ahora una prueba más, la última quizá. Pero ¿quién podía decirlo? Pensó que entraría en combate acompañado del pensamiento de aquellos que amaba y había amado y que no había mejor consuelo. Afrontaría la suerte con la protección de los antepasados, los Aquila, que siempre se habían distinguido en las pruebas de honor y de fidelidad a aquello en lo que creían. A ellos les pedía ayuda y protección, y no a los dioses, a los que no rezaba desde que era muy joven. Eran demasiados, tantos casi como los hombres, lo que para él significaba que si Dios se escondía detrás de tantos rostros no merecía que él lo buscara. Finalmente se durmió y tuvo un sueño tranquilo hasta la salida del sol.

Un criado les trajo el desayuno y todos comieron sentados en el suelo, charlando tranquilamente, como si aquella no fuera quizá su última comida.

Metelo fue el primero en levantarse y en comenzar a ponerse la armadura. Antonino le siguió para ayudarle a atarse las hombreras y la loriga. Luego le colgó el cinturón al hombro y le ciñó la funda. Por último le alargó el gladio, un arma que había pasado de padre a hijo desde hacía siete generaciones; era de excelente acero, con la empuñadura de madera de roble. Metelo la deslizó dentro de la funda con un seco ruido metálico. Por último se calzó el yelmo y la mentonera.

También los demás se pusieron sus armaduras ayudándose mutuamente; cuando terminaron, embrazaron los pesados escudos arqueados. Marciano y Rufo tomaron las armas arrojadizas y las cargaron sobre sus hombros. Estaban listos. Septimio besó el amuleto que llevaba colgado al cuello. Severo, que en otro tiempo había sido cristiano, hizo rápidamente y casi a escondidas la señal de la cruz. Antonino apoyó la frente en la pared murmurando en voz baja unas palabras de conjuro. Luego el portón de bronce se abrió y el hombre de verde les hizo seña de que le siguieran.

Recorrieron un largo pasillo en fila de a dos detrás del comandante y los centuriones, a paso de marcha. El ruido cadencioso del calzado claveteado hacía que aumentara el valor de los hombres. Soldados romanos en marcha. ¿Quién podría detenerles?

De pronto se abrió otra puerta al fondo del pasillo y durante un instante les cegó el sol. Luego se asomaron a una plaza llena de luz. Y de hombres armados. Había dos filas de soldados montados cubiertos con sus armaduras, con los arcos terciados. Metelo reconoció a los mismos mercenarios que les habían escoltado hasta Luoyang.

A medida que recorrían aquel sendero custodiado se acercaban a una imponente entrada de tres puertas, delante de la cual se entreveía una sombra confusa y se oía un fuerte vocerío. Aún había gente que trataba de entrar, pero probablemente no había sitio en la arena. Cuando llegó cerca de la entrada, Metelo notó que un escalofrío le recorría el espinazo, como la primera vez que entró en combate. Le pareció extraño, pero inmediatamente después, escrutando a su alrededor, tuvo la sensación de haber topado con dos ojos negros y relucientes, una mirada penetrante y enigmática. La misma que le había impresionado en el monasterio antes de emprender el camino de la prisión: ¡Yun Shan!

Devolvió esa mirada con apenada intensidad, sin saber qué mensaje estaba transmitiendo, sin saber si aquella presencia era para él una esperanza o la señal del fin. Por un instante le pareció que la muchacha trataba de acercarse, pero inmediatamente después la perdió de vista.

Al contrario de lo que Metelo esperaba, no les introdujeron en la arena que se entreveía más allá de la triple puerta, sino que por una entrada lateral penetraron en una especie de garita que había al lado de la gran explanada y desde la cual podían dominarla completamente a través de algunas ventanas.

Vieron entrar a unos bailarines con coloridos trajes de seda; agitaban largos paños de colores asegurados a unas astas que hacían girar para trazar magníficos dibujos en el aire. Luego hicieron su entrada unos dragones de tela que se retorcían como si estuvieran vivos y despidieran humo por los ollares.

La explanada parecía muy grande y estaba flanqueada por unas tribunas de gradas; al fondo había un gran palco, en el que se distinguía una figura vestida de negro sentada bajo un baldaquín rojo y rodeada por unos hombres que permanecían de pie, ataviados también ellos de negro, con un traje que cubría sus piernas hasta los tobillos y una corta túnica de largas mangas.

Terminadas las evoluciones de los bailarines y de los dragones, entraron los luchadores, que se exhibieron realizando llaves y golpes muy espectaculares. Por último se vieron también duelos a espada entre guerreros chinos y bárbaros del norte, los tristemente célebres Xiong Nu. Los duelos terminaron casi todos con la muerte de los combatientes bárbaros, y Metelo y los suyos tuvieron oportunidad de observar con gran atención cómo utilizaban la espada, cómo hacían las fintas, cómo golpeaban y cómo esquivaban los cuerpos.

Una vez que hubo concluido el último combate, un mongol gigantesco cogió una maza y golpeó con fuerza una especie de campana de bronce. A aquel sonido, que resonó por toda la ciudad, el oficial que vigilaba a Metelo y a los suyos los empujó hacia la puerta que daba a la explanada interior. Metelo supo que había llegado la hora e hizo una seña a sus hombres para que le siguieran.

De repente se encontraron en el inmenso patio del palacio real, que estaba abarrotado de gente. Metelo, sorprendido, miró alrededor mientras el griterío se apaciguaba hasta convertirse en un irreal e inquietante silencio.

La voz de Sergio Balbo le devolvió a la realidad:

—Nos esperaban a nosotros, comandante —dijo el centurión.

—También yo lo creo —respondió Metelo—. Ahora ya puede empezar la fiesta.

28

Avanzaron hacia el centro del gran espacio rectangular mirando a su alrededor, sintiendo sobre ellos las miradas de la multitud. Metelo estaba en el centro; a su derecha, Antonino, Severo, Luciano y Cuadrato; a su izquierda, Publio, Marciano, Septimio, Rufo y Balbo. Los dos centuriones estaban en el exterior, como si mandaran manípulos de cientos de hombres. Eran los apoyos de aquel minúsculo ejército, las anclas de aquella pequeña nave. Antonino, el único *optio*, lugarteniente de Balbo, guardaba el interior.

Metelo solo llevaba sus dos gladios; todos los demás embrazaban los pesados escudos con la izquierda, pero los mantenían pegados al hombro por lo que, vistos de lado, parecían uno solo, mientras que apenas resultaban visibles desde el frente.

El aire era fresco y la luz diáfana; el silencio era tan profundo que parecía absurdo. Aquella atmósfera en suspenso les desorientaba; habían esperado un estruendo salvaje. Se oyó muy clara la voz del pregonero, que declamó:

—Nuestro gran benefactor, el muy honorable Wei, se complace ahora en ofreceros un espectáculo como nunca habríais podido imaginar; una antigua costumbre desde hace tiempo olvidada que servía para propiciar la prosperidad del nuevo año: una lucha ritual en la que los Hijos del Cielo se baten contra unos bárbaros feroces, enemigos del supremo orden de nuestro país. Habéis visto cómo los salvajes Xiong Nu eran aniquilados por nuestros guerreros de la guardia imperial. Ahora veréis a diez Diablos extranjeros, hombres llegados del remoto país de Taqin Guo, espantosos de ver, peludos y con los ojos redondos, provistos de sus temibles armas, tan fuertes que han subyugado a todas las naciones de Occidente, batirse contra los más valientes de nuestros combatientes, los héroes que velan por nuestro sueño y nuestra paz: ¡los Zorros Voladores!

Metelo miró a su alrededor para buscar los ojos de Yun Shan, como un consuelo para el último viaje, pero no vio más que un hormigueo confuso. Dijo a sus hombres:

—Tenemos el sol de cara, pero está ya bastante alto, no nos molestará mucho. Estad preparados.

Yu Shan no le perdía de vista un solo instante, sus ojos estaban clavados en la magnífica coraza del comandante romano, en el yelmo crestado que resplandecía al sol y en los rasgos contraídos de su rostro.

Una voz muy próxima a su oído hizo que volviera a la realidad.

—Princesa.

—Daruma.

El mercader indio estaba a sus espaldas.

—Todo listo, princesa Yun Shan. Baj Renjie, el comandante de la guardia, está de nuestra parte, por suerte. Han encontrado cinco «caballos que sudan sangre», los más veloces que existen, para poner a salvo a tu hermano. Para ti habrá lista una barca escondida en el recodo del río Guandong, inmediatamente después del vado. Durante un buen rato todos estarán ocupados viendo este combate. También mi muchacho está listo para cumplir con su deber. Di a tus amigos que tenemos que movernos: este enfrentamiento no puede durar mucho.

Yun Shan no conseguía apartar la vista del comandante Metelo. Daruma, que ahora estaba a su lado, lo advirtió:

—Olvídate de él, princesa; es hombre muerto. No puedes hacer nada por salvarlo.

Yun Shan le miró y comenzó a hacer gestos con las manos delante de su pecho; señales que alguien era capaz de descifrar, desde el otro lado de la explanada, exactamente enfrente de ella.

Una cinta roja ondeó en el aire durante un instante y la princesa se dio la vuelta hacia Daruma:

—El grupo está listo; estarán en el lugar convenido antes de que tú llegues. Puedes irte.

—¿Tú no vienes?

—Luego —respondió Yun Shan.

Daruma no dijo nada más y se alejó en dirección a la salida mientras Yun Shan se abría paso entre la multitud para acercarse lo más posible a los diez combatientes que avanzaban lentamente hombro con hombro. Un tambor comenzó a redoblar con un retumbo atronador, con un ritmo insistente y obsesivo, luego enmudeció de golpe.

Balbo chorreaba sudor bajo el yelmo.

—Asistí muchas veces a combates de gladiadores. Nunca me paré a pensar qué se les pasaba por la cabeza a esos hombres al borde de la muerte. Ahora lo sé.

—¿Ah, sí? —respondió Rufo entre dientes—. Y, dime, ¿en qué pensaban?

—Que todo parece inútil en este momento, y sin sentido.

—No es la primera vez que vemos la muerte de cara.

—Pero era distinto. Entonces luchamos para vivir. Ahora lo haremos para morir.

—Quizá lo único que quieren es divertirse, quizá al final nos dejen ir —dijo Septimio.

—¿Por qué habrían de hacerlo? —rebatió Publio—. La muerte es, a fin de cuentas, el espectáculo más excitante en cualquier parte del mundo. Y ese individuo de allí vestido de negro no parece alguien que cultive los buenos sentimientos.

—Ya basta —dijo Metelo—. Si hemos de morir, lo haremos como soldados. En este momento no hay que pensar en otra cosa que en emplear lo mejor posible nuestras fuerzas. Nadie sabe lo que nos reserva el hado. Por desgracia, tenemos pocas armas arrojadizas, nuestras espadas no son suficientemente largas. No podemos hacer otra cosa que defendernos.

Luciano extrajo una honda de debajo del cinturón.

—Yo he salvado esta —dijo. Abrió el puño mostrando algunos proyectiles de plomo—. Y estos —agregó.

—Es mejor que nada —comentó Metelo.

Publio sacó del tahalí un par de cuchillos arrojadizos hechos con dos grandes clavos de carpintería.

—Y yo tengo estos.

Metelo sonrió ante aquella maravillosa e ingenua fuerza vital.

—Muy bien, y ahora estad preparados para cerraros a una orden mía.

No había terminado de hablar cuando de la boca de uno de los dragones de bronce de debajo del palco salió un grito sobrecogedor e, inmediatamente después, saltó fuera uno de los guerreros de los Zorros Voladores, armado con una espada.

Metelo dejó escapar un largo suspiro y desenvainó los dos gladios. El silbido del acero al salir de su funda resonó cortante en el aire.

—Orden cerrado —mandó. Los hombres desenvainaron los gladios, pusieron los escudos en posición frontal formando un muro en la parte delantera y en los laterales, y dejaron asomar solo las puntas de las espadas.

—Y preparados para la *testudo* si ellos se ponen a volar.

Resonó otro grito y otro guerrero saltó de las fauces del segundo dragón. Luego un tercero, un cuarto, un quinto y así hasta que el número fue parejo: diez contra diez.

—Mejor así —dijo Metelo—. Estaremos exactamente a la par.

Los adversarios estaban ahora a muy escasa distancia y blandían las espadas haciéndolas silbar en el aire con tal rapidez que eran casi invisibles. Luego, uno de ellos dio de improviso un salto increíble; mientras aterrizaba rompió con los pies una de las astas laterales que sostenían los estandartes imperiales.

Metelo intuyó y gritó: «*¡Testudo!*», justo a tiempo. El palo se desplomó sobre el grupo; habría acabado con ellos si el techo de los escudos no lo hubiera desviado.

—¡Atentos! —gritó Metelo—. Sus pies, sus manos y su mismo cuerpo son las armas más temibles. Estad preparados para cuando salten de nuevo.

Luciano volvió al interior de la línea de sus compañeros; en cuanto Metelo ordenó que se cerraran, apoyó el escudo en tierra y empezó a hacer girar su honda. Rufo, de rodillas, sopesaba su jabalina.

El círculo de los adversarios comenzaba a estrecharse, sus golpes llovían de todas partes, inesperados, imprevisibles; solo el cierre total del cuadrado romano podía proporcionar protección.

—¡Ahora tratarán de entrar! —gritó Metelo—. ¡Atentos, atentos!

Estaba gritando aún cuando uno de los Zorros Voladores saltó como impulsado por un resorte, rebotó contra uno de sus compañeros y dio una voltereta en el aire, inmediatamente seguido por un compañero.

—¡Abrid! —gritó Metelo en ese mismo instante.

El proyectil de Luciano rasgó el aire y dio en plena frente del guerrero chino, que cayó inerte en el suelo. El lanzamiento de Rufo, en cambio, obligó a su adversario a esquivar el golpe.

La reacción de los Zorros Voladores fue inmediata y rabiosa: dos de ellos dieron una voltereta en el aire haciendo girar las espadas para catapultarse en el interior del círculo de los adversarios, pero antes de que aterrizasen la *testudo* se cerró, mientras Severo gritaba una orden. Ocho espolones de acero asomaron del cuero del revestimiento de los escudos y traspasaron los pies de los guerreros volantes en el mismo momento en que aterrizaban. Cayeron al suelo entre gritos; Luciano y Septimio los remataron inmediatamente, traspasándolos con las espadas.

Luego el cuadrado se cerró, hermético.

—¡Podemos conseguirlo, soldados! —dijo Metelo—. Somos ya diez contra siete. ¡No aflojéis la tensión, hombro con hombro! ¡Los pies bien plantados en el suelo!

Wei, pálido de rabia en el trono, se volvió hacia su consejero.

—Si esto continúa así nacerá una nueva leyenda de los diablos extranjeros. Deben morir enseguida, pero no todos.

Hizo una seña y otros cuatro guerreros salieron de las fauces de los dragones con unas armas nunca vistas: unas hachas articuladas que giraban en el aire con un agudo silbido. En un instante estuvieron al lado de los otros siete.

—¡Han admitido ya su derrota! —gritó Metelo tratando de dar ánimos a sus hombres exhaustos—. Catorce de ellos por diez de nosotros. No cedamos. ¡Podemos derrotarlos de nuevo!

Los Zorros Voladores intercambiaron un signo de entendimiento. Breves sonidos guturales volaron entre ellos y, antes de que los romanos pudieran reaccionar, los cuatro hombres armados giraban ya sobre sus cabezas. Un nuevo lanzamiento de Rufo y uno de los cuchillos de Publio abatieron a uno e hirieron a otro, pero los otros dos entraron en contacto con la *testudo*, resquebrajando con las hachas los escudos levantados como protección. Tras ellos, los demás se catapultaron dentro del círculo haciendo molinetes con las espadas, rompiendo por fin la tenaz resistencia del pequeño contingente adversario y desarticulando la cohesión en combates individuales.

Los que se habían quedado en el exterior empezaron a avanzar en semicírculo haciendo girar las espadas, cada vez más rápidamente, hasta que el silbido se convirtió en una especie de sordo fragor en el silencio espectral de la inmensa arena. Pero cuando estaban ya a escasa distancia de los romanos, resonó un grito agudo, como el de un halcón, y el hombre de negro sentado en el palco entre los dos dragones de bronce se puso en pie, dejó caer la larga sobreveste y voló sobre la arena vestido solo con un ligero traje de seda negra, blandiendo una espada afiladísima que emitía reflejos azulados.

Yun Shan, en su puesto de observación, se estremeció. ¡Wei aceptaba el desafío de mandar el asalto de los Zorros Voladores! Apretó debajo de la capa la empuñadura de Punta de Hielo, pero se contuvo: sabía perfectamente que si se exponía sería su final.

La aparición de Wei pareció la descarga de un relámpago. El asalto se transformó en un crepitar convulso de golpes; los escudos cedieron uno tras otro a las armas mortíferas, las corazas cayeron hechas pedazos. Los Zorros Voladores coordinaban sus fulminantes movimientos como si obedecieran a un único cerebro;

una única mente hacía vibrar sus miembros en contracciones infligiendo heridas de punta y de filo.

Esta vez la multitud gritó, estalló en un estruendo como si liberase una energía largo tiempo contenida, como si un arcano temor, una extraña indecisión la hubiera oprimido hasta aquel momento.

Metelo se batía como un león, chorreando sangre por todas partes, apretado contra el costado de sus hombres; paraba y respondía golpe a golpe con los dos gladios, pero era como combatir contra una hidra monstruosa de mil brazos y mil espadas. Vio caer a Luciano, audaz hondero, y a Publio, después de que hubiera clavado con un formidable lanzamiento uno de sus cuchillos en la espalda de un Zorro Volador. Vio que Rufo, el siciliano pelirrojo, atravesado por una estocada, se desplomaba de rodillas mientras se sostenía las entrañas con las manos, defendido en vano por Antonino, al que inmediatamente traspasó una estocada; luego Septimio, el rubio Septimio, el gran cazador y audaz hondero, mutilado de un brazo, continuaba batiéndose mientras gritaba como una fiera herida, echando sangre con el muñón a la cara de su atacante antes de que le traspasaran simultáneamente tres espadas. Antonino, ya desarmado, se ciñó a su adversario mordiéndole en un hombro como un lobo antes de ser traspasado en el vientre y en el cuello. Marciano dejó caer la espada, reducida a un pedazo, para coger el puñal, pero fue herido primero por unas manos y unos pies duros como piedras y el ruido de sus huesos rotos acompañó su estertor de muerte. Cuadrato y Balbo fueron los últimos en caer: Balbo, sorprendido de lleno en pleno pecho por una patada de una potencia demoledora e inmediatamente clavado en el suelo por una puñalada; luego Cuadrato, al que golpearon por detrás y en los costados cuatro adversarios mientras trataba de escudar a su compañero caído. Se desplomó en el suelo como un toro descuartizado.

Luego se hizo de nuevo el silencio.

Metelo se tambaleaba sobre las piernas ya sin fuerzas. La sangre fluía copiosamente por muchas heridas: su cuerpo era una mancha roja.

Sentía que la muerte llegaría en unos instantes, pero el tiempo en aquella dolorosa soledad parecía dilatarse hasta el infinito. Moriría, pero no comprendía por qué no llegaba el golpe. Se aflojó el yelmo, lo arrojó lejos, y luego la coraza, que cayó al suelo a sus pies.

Wei, a su vez, dejó caer la espada.

Metelo jadeó. Se secó la sangre de los ojos y consiguió entrever la muerte negra que le amenazaba: el bello joven de cabellos negros como ala de cuervo y de mirada cruel daba vueltas a su alrededor, de derecha a izquierda y de izquierda a derecha, como si quisiera hacerle caer con la simple fuerza de su mirada.

Yun Shan, muy cerca, presentía cómo le llegaría la muerte al guerrero de Taqin Guo: el golpe del tigre, el golpe secreto transmitido de generación en generación y que se remontaba en línea directa al maestro Mozi. Un golpe tan rápido que resultaba invisible. Sintió que tenía que pararlo, absorber en parte su mortífera potencia. Yun Shan concentró toda su energía en el pecho del guerrero herido que seguía empuñando su espada. Y sí, lo levantó de golpe para golpear, pero Wei se le anticipó; su mano izquierda cayó de refilón para cortar el brazo del adversario, que dejó caer la espada con un mugido de dolor. Al mismo tiempo partió el golpe, invisible, de la derecha. Yun Shan se quedó rígida en una contracción dolorosa, sus ojos quedaron durante un instante en blanco, su corazón dejó de latir.

Cuando estuvo de nuevo en condiciones de ver, Metelo estaba extendido exánime en el suelo y la multitud aclamaba en pleno delirio al vencedor, que subía la gradería entre los dos dragones de bronce con las fauces abiertas de par en par. Solamente un instante Wei se volvió para buscar algo con la mirada y Yun Shan vio que miraba exactamente hacia el lado en que estaba ella, aunque a aquella distancia no podía reconocer ninguna fisonomía. Sentía un fuerte dolor en el pecho, pero intentó ser fuerte y se alejó con esfuerzo tratando de abrirse paso entre la apretada multitud.

Wei, en el palco, saboreaba su triunfo mientras un grupo de sirvientes retiraban los cuerpos de los caídos y los cargaban en una carreta.

—Como ves, mi señor —dijo el anciano consejero—, no me equivocaba. Ahora el pueblo está contigo.

Wei asintió.

—Está bien —respondió—. Ya sabes qué debes hacer.

El consejero hizo una indicación a un oficial de los mercenarios xin bei para que se acercara, le susurró algo al oído y el otro se fue a toda prisa.

El gigantesco elefante cargó furiosamente empujado hacia delante por el *mahut* indio, mientras Daruma observaba atentamente desde detrás de la esquina de la casa. El animal se abatió con la cabeza y las patas blindadas de hierro contra el muro de ladrillos que tenía delante y abrió en él una amplia brecha. Inmediatamente después algunos hombres del Loto Rojo se lanzaron a través de ella y se encontraron de frente con Dan Qing, atónito. Ataron dos cuerdas a las anillas de hierro a las que estaba encadenado e incitaron de nuevo al elefante, que retrocedió y las arrancó de la pared.

Un instante después, Dan Qing estaba montado sobre su veloz caballo y se lanzaba al galope seguido por los compañeros que le habían liberado. Entretanto, Baj Renjie y algunos de sus soldados se enfrentaban a los miembros de la guardia que habían acudido lanzando gritos para dar la alarma. Daruma vio desde su puesto de observación que un grupo de jinetes xin bei llegaba al galope por la parte opuesta, proveniente de la parte del palacio donde tenía lugar el combate, y se dio cuenta de que había visto huir a Dan Qing. Debía detenerlos como fuera, aun a costa de cortar toda posibilidad de escapatoria a Baj Renjie y a sus compañeros, que todavía hacían frente a los guardias para cubrir la fuga del príncipe. Se puso dos dedos en la boca y silbó. Inmediatamente después, una manada de camellos, asnos y mulos se situó en medio de la calle bloqueándola completamente. Los mercenarios xin bei a caballo trataron por todos los modos de abrirse paso, pero llegaron otros animales para obstruir más aún el paso.

Dan Qing y sus compañeros del Loto Rojo se perdieron al fondo de la calle. Baj Renjie, tras quedar atrapado junto con algunos de sus soldados, fue apresado y desarmado. Daruma, oculto en su escondite, suspiró. No había tenido elección, pero había actuado justo a tiempo. Un instante de duda más y el plan para liberar a Dan Qing habría fracasado.

Un ave rapaz nocturna posada en un tronco esquelético lanzó un reclamo quejumbroso, luego se alzó de pronto espantada por un carro que se aproximaba. Desapareció en la oscuridad con un aleteo silencioso.

Los dos hombres sentados en el pescante tiraron de las riendas de los mulos y estos se detuvieron. Se apearon y abrieron la cancela desgoznada que delimitaba el cementerio de los extranjeros, donde una ancha fosa recientemente abierta esperaba los cadáveres de los Diablos extranjeros. Colgaron la linterna de una rama del árbol, luego les cogieron por los pies y los hombros y los arrastraron hasta el borde de la fosa amontonándolos uno sobre otro. Pararon para recobrar el aliento; mientras estiraban sus cansados miembros, una aparición espectral les dejó sin respiración. Un guerrero con el rostro tapado y un lazo rojo en un brazo estaba erguido delante de ellos y empuñaba una espada. Intercambiaron una mirada de inteligencia y volvieron la espalda para darse a la fuga, pero sus cabezas, arrancadas del busto, rodaron hacia atrás dentro de la fosa, mientras los cuerpos se movían aún hacia delante por la inercia de la carrera que habían iniciado.

El guerrero descubrió su rostro, revelando unos delicados rasgos femeninos, y dejó escapar un largo suspiro; se inclinó sobre los cuerpos inertes de los romanos, les dio la vuelta y los puso boca arriba uno tras otro; luego, se detuvo a observar a aquel que los había mandado en la arena en una lucha espantosa y desesperada. Posó una de sus manos sobre el corazón, luego sobre la yugular y dejó caer la cabeza sobre el pecho en un gesto de desconsuelo.

Se quedó unos instantes inmóvil, pero le respondió otro aliento y una voz apenas perceptible:

—Yun Shan…

La muchacha levantó de golpe la cabeza y vio que el extranjero volvía los ojos a su alrededor para mirar los cuerpos martirizados de sus compañeros caídos.

—Mis soldados, mis hermanos…, había jurado que les llevaría de vuelta a casa y a donde les he llevado es a la muerte…

Yun Shan sintió que las lágrimas asomaban a sus ojos.

—Estás vivo… —dijo pasándole una mano por el rostro tumefacto—. Estás vivo…

Metelo la abrazó y durante un instante se dejó impregnar por el calor de su cuerpo.

Yun Shan le miró a los ojos.

—No hay un instante que perder. Vamos, trata de levantarte: tenemos que irnos.

Le ayudó a incorporarse y lo sostuvo casi a pulso durante los pocos pasos que le separaban del carro. Lo acomodó en él; hizo que se tumbara cuan largo era y lo ocultó con el trapo ensangrentado con que había recubierto los cadáveres.

En aquel momento llegaba el sepulturero encargado de enterrar a los muertos; para no ser descubierto, se agazapó detrás de un matojo temblando de miedo.

Durante un instante ella creyó advertir una presencia; cogió la linterna y miró a su alrededor blandiendo con la otra mano la espada, pero no vio nada. Recogió entonces el sombrero de uno de los carreteros, se echó su capa sobre los hombros y arreó a los mulos.

La carreta se puso en movimiento haciendo eses y chirriando y desapareció al poco tragada por la oscuridad.

El sepulturero, que finalmente podía respirar, corrió hasta quedarse sin aliento a contar que una muchacha con una espada había matado a dos vivos para llevarse a un muerto. No faltó quien lo tomó por loco. Algún otro, en cambio, lo tomó en serio.

29

A la caída de la tarde, Baj Renjie fue conducido en presencia del regente Wei por una docena de mercenarios xin bei. Lo primero que vio fueron los instrumentos de tortura; pensar en la atrocidad de aquellas artes ideadas para infligir dolor le hizo temblar. Saber que estaba completamente a merced de un enemigo extraordinariamente inteligente y capaz de una crueldad insusitada, de un hombre que aborrecía el mundo por lo que había sufrido, despertaba en el fondo de su ánimo oleadas de pánico que debía reprimir a cada instante para no caer de rodillas e implorar piedad.

—¿Adónde se han dirigido? —preguntó el eunuco.

Baj Renjie soltó un largo suspiro y luego dijo de un tirón:

—No puedo decirte nada que no sepas.

—Entonces, se han dirigido a Li Cheng.

Baj Renjie no respondió.

—¿Y cómo se llega a Li Cheng? —preguntó el eunuco, imperturbable.

Baj Renjie podía imaginar perfectamente qué monstruos se agazapaban en el fondo del estanque aparentemente inmóvil de su alma. Cobró ánimos y respondió:

—Eso no lo sé y aunque mandases que me torturaran no podría decirte lo que no sé. Nadie que no sea un miembro iniciado del Loto Rojo sabe dónde se encuentra Li Cheng.

—No me tomes el pelo —replicó Wei—. Aunque no sepas

dónde está Li Cheng, estoy seguro de que conoces a alguien del Loto Rojo.

—Por supuesto. Pero ninguno de ellos ha hablado nunca de su escondite. Al igual que no hablan tus Zorros Voladores si son capturados.

Wei inclinó la cabeza y el solo hecho de que escondiese el rostro inquietó profundamente a Baj Renjie. Trataba de imaginar la expresión de su rostro cuando lo alzase. Pero en aquel momento entró uno de los guardias de Wei y, tras haberse postrado, le susurró algo al oído.

Wei alzó la cabeza y fijó sus ojos en los del oficial de Dan Qing con una mirada gélida.

—El cuerpo del adversario al que vencí en la arena ha sido sustraído y dos fieles servidores del país han sido vilmente decapitados mientras daban piadosa sepultura a esos valerosos bárbaros... ¿Sabes explicarme por qué?

Baj Renjie le miró asustado mientras el verdugo se le acercaba un paso a cada frase que pronunciaba Wei.

—Significa, con toda probabilidad, que no estaba muerto. ¿Se lo habrían llevado si no? —Baj Renjie no consiguió dominar un gesto de desaliento.

—Te comprendo —prosiguió el eunuco—. Tu príncipe prefiere al extranjero que a ti; un bárbaro venido de lejos, un extraño. ¿No es así? Pero me han dicho que le mirabas con envidia cuando cabalgaba a la derecha de Dan Qing, en el puesto de honor. Y he oído incluso decir que le fue concedido no inclinarse en presencia del príncipe; un privilegio casi impensable.

—Te equivocas, estas cosas no tienen nada que ver conmigo. Yo no...

—Es comprensible. Tú siempre le has sido fiel. Quién sabe..., quizá has acariciado incluso una idea, un sueño en el fondo de tu corazón de viejo soldado fiel. El sueño de que él pudiera concederte a Yun Shan... ¿Por qué no? ¿Quién no desearía esa rosa perfumada, esa estrella matutina? En el fondo eres el único con quien él podía contar. No me digas que no esperabas... Y luego llega ese demonio extranjero y se hace con tu puesto. ¿No es así? Y ella, porque debía de ser ella, va en busca de su cuerpo y se enfrenta a un peligro mortal para salvarle la vida. No se puede decir que no vaya a conseguirlo… —El verdugo se había detenido y lo miraba sin ninguna expresión, como un autómata—. Yo, en cambio, si quisieras ayudarme sabría apreciarlo. Mírame, Baj Renjie, mírame a los ojos y dime que esta idea te deja indiferente.

Baj Renjie le miró y le pareció que clavaba los ojos en los de una cobra; se sentía envuelto por aquella mirada, subyugado, casi vaciado de toda voluntad.

—¿Cómo se llega a Li Cheng? —repitió el eunuco.

Baj Renjie dudó de nuevo y luego respondió:

—Solo puedo contarte rumores; se dice que es un lugar inaccesible, al que parece que solo se puede llegar siguiendo la corriente del río Liao Ho, pero las barcas que se han aventurado allí han desaparecido en la nada en plena noche. Se dice que solo los pájaros pueden posarse sobre los tejados de Li Cheng.

Wei entornó los ojos:

—Solo los pájaros. Quizá tengas razón. Quizá sea esa la manera.

Hizo un gesto con la mano y el verdugo retrocedió silenciosamente, junto con sus acólitos, hasta desaparecer en las zonas oscuras de la sala. El eunuco se quedó tieso, como si le hubiera atravesado un dolor repentino o una idea, o bien un demonio. En la gran sala, inmensa en la penumbra, se notó una extraña vibración que se intensificó en un quedo tintineo argentino, débil y apenas perceptible; luego, a ratos, se hacía más claro, como si estuviera sujeto a las rachas de viento del oeste que pasaba por debajo de los arcos del soportal exterior.

Yun Shan miraba los pequeños amuletos de bronce que colgaban de una cuerdecilla tendida sobre la puerta de entrada. Tintineaban a cada ráfaga, liberando su sonido al viento, que se lo llevaba lejos.

Sonó una voz a sus espaldas.

—Ven dentro, niña, ponte a cubierto…, está lloviendo.

Yun Shan, sentada sobre los escalones del umbral, respondió sin volverse:

—Pero ¿qué dices, nodriza? Si hay luna y el cielo está claro.

La vieja se asomó; su rostro era de color terroso, sus ojos eran como rendijas, llevaba el cabello gris recogido en un moño en la nuca.

—Llueve un aura maligna —dijo—. La siento. ¡Rápido, te digo, rápido!

Yun Shan pasó por debajo de los amuletos y fue a sentarse junto al brasero de cobre que difundía en el interior una agradable tibieza y un débil reflejo luminoso. Se sentó sobre los talones y miró a los ojos a la anciana.

—¿Vivirá? —preguntó.

—He hecho lo que he podido —respondió.

—Ayúdame, Shi Wanli, no quiero que muera.

—Ha luchado contra los Zorros Voladores y contra el eunuco Wei en la arena, sin tener ninguna experiencia —respondió la vieja. La suya pareció una sentencia de muerte—. Es difícil sobrevivir a una prueba semejante. Tiene muchos huesos rotos. Aunque salga de esta quedará hecho una piltrafa, no un hombre.

Los ojos de Yun Shan se pusieron brillantes.

—He visto cómo se batía con un coraje desesperado, cómo protegía a sus compañeros de todas las formas posibles… Yo…, yo he recibido parte de los golpes que iban destinados a él.

Y mientras hablaba se descubrió el pecho mostrando una pálida mancha entre sus inmaculados senos.

La vieja abrió mucho los ojos.

—Has usado con él la energía del corazón oculto… ¿Lo has hecho, no es así?

Yun Shan asintió.

—No debiste hacerlo —respondió Shi Wanli—. Esa energía te fue concedida para salvar tu vida cuando no tuvieras otra elección. Pasarán años antes de que puedas acumularla de nuevo. Años de largas meditaciones y de dura disciplina.

—No me importa. No podemos dejarle morir.

—Es un bárbaro extranjero. Ten cuidado.

—¿Por qué?

—Porque se irá y te destrozará el corazón. Si se curara, se iría.

—Puede ser, o quizá no. Tú me has visto, nodriza. ¿Te parezco acaso despreciable?

La vieja suspiró.

—Cualquier pretendiente daría todas sus riquezas con tal de poder contemplarte a escondidas sin ningún velo, hija..., pero el pasado de un hombre que no conoces puede ser un abismo sin fondo...

Se oyó un lamento. Yun Shan se levantó y se apresuró hacia el cuarto vecino, donde Metelo yacía sobre una estera extendida sobre el suelo. Se había despertado y su respirar era un estertor de dolor. Estaba desnudo, con un brazo y una pierna entablillados con varillas de bambú. Tenía el cuerpo cubierto de heridas, que Shi Wanli había cosido una por una con hilo de seda. Sus labios estaban rotos y cubiertos de grumos de sangre. Los ojos hinchados y casi cerrados, el pómulo derecho espantosamente tumefacto. Los miembros parecían desarticulados. Era un amasijo de carne dolorida, casi irreconocible.

—¿Eres tú? —murmuró.

La muchacha se le acercó buscando sus ojos.

—Estoy aquí —respondió—. Soy Yun Shan.

—Vestida de nubes..., *sicut luna* —dijo Metelo en un soplo.

—¿Qué has dicho?

—He hablado en mi lengua —respondió.

—¿Y tú? ¿Cuál es tu nombre?

—Marco... Metelo... Aquila. En tu lengua me llaman Xiong Ying —consiguió decir, y se desplomó medio inconsciente.

—Águila soberbia... —suspiró Yun Shan rozándole el brazo con los dedos—, pero con las alas rotas.

A medida que pasaban los días, Shi Wanli se mostraba cada vez más inquieta y preocupada. De vez en cuando bajaba a la aldea cercana para comprar provisiones y esperar un mensaje, o una señal, siempre al amparo de las tinieblas para que nadie la descubriera. Una noche regresó a toda prisa, antes de lo acostumbrado.

—Por fin —dijo apenas entró en casa— ha llegado la persona que esperaba. Partiréis esta misma noche. Démonos prisa, el aura maligna está subiendo de intensidad, lo noto.

Yun Shan se quedó algunos instantes en silencio, luego dijo:

—Ayúdame a llevarlo al carro. Arrastraremos la estera hasta la entrada y de allí al tablado. Serás tú quien guíe el carro hasta el vado. Yo iré delante para asegurarme de que el camino está despejado; además, debo encontrarme con mi amigo; espero que ya haya llegado.

—Entonces, hagámoslo rápido —dijo Shi Wanli—. Cada instante perdido podría ser fatal.

Yun Shan asintió y se acercaron juntas al herido. Entre las dos arrastraron por el suelo la estera sobre la que yacía Metelo, hasta el porche de la entrada; Yun Shan enganchó el mulo al carro y lo hizo retroceder hasta que el entablado estuvo al mismo nivel del suelo del porche. Hicieron que la estera se deslizara sobre el entablado y envolvieron a Metelo, aún exánime, en una manta de lana. Shi Wanli montó en el pescante. Yun Shan saltó sobre el caballo, lo espoleó y se adentró en el robledal que se extendía frente a la casa y que más adelante daba paso a una extensión de sauces que llegaban hasta la orilla del río. Yun Shan detuvo el caballo cuando vio el centelleo argentino de las aguas entre las hojas de los sauces.

Desmontó y esperó, escrutando de vez en cuando la otra orilla. Al cabo de un rato se oyó un ruido de follaje desde el margen opuesto y luego el canto del autillo. Una, dos, tres veces. Saltó sobre el caballo y atravesó el vado en medio de una lluvia de salpicaduras plateadas.

—Yun Shan… —le acogió una voz conocida.

—¡Daruma!

—Gracias al cielo estás bien. ¿Y el extranjero?

—Está vivo. No puedo decir más.

—Ya es mucho. Nunca ha sobrevivido nadie a los golpes de Wei.

—¿Me has traído lo que me prometiste?

—A esta hora la barca debería estar anclada allí, detrás del recodo. Amigos de confianza se han encargado de esta tarea. Esperaré el tiempo que sea necesario. Si no vuelves, querrá decir que todo ha ido bien y que estás navegando.

—Bien. Te lo agradezco. Así quizá tenga una posibilidad de salvarse. Las sacudidas de un viaje por tierra habrían acabado con él.

—No debes darme las gracias. Conozco a Xiong Ying desde hace mucho más tiempo que tú.

—¿Cómo podré recompensarte?

—Salvándole la vida.

—Así lo haré. ¿Nada más?

—Y llevando de mi parte saludos al príncipe Dan Qing, tu hermano.

—No me será fácil. Mi hermano me ha causado, a mí, y no solo a mí, profundas heridas.

—Pero esta será la ocasión para un acercamiento. Ha pasado mucho tiempo. Él mismo ha sufrido prisión y el alejamiento de su país. Te necesita, y necesita amigos. Pero ahora apresuraos, antes de que os descubran. Los hombres de Wei están tras de vuestros pasos.

Shi Wanli llegó poco después. Yun Shan ató su caballo a un sauce y luego subió al pescante al lado de la nodriza. Su caballo relinchó tratando de liberarse.

—Perdóname, Aliento de Fuego —dijo Yun Shan y fustigó al mulo que tiraba del carro.

Remontaron el río hasta el recodo donde encontraron anclada la barca. Acomodaron a Metelo en el fondo de la pequeña embarcación, añadieron una jarra de agua de manantial y una bolsa con provisiones.

Yun Shan dio la señal a Daruma de que todo iba bien, luego se fundió en un abrazo con su nodriza.

—Ocúpate de Aliento de Fuego —le dijo.

—Así lo haré. Descuida —respondió Shi Wanli, y tiró de las riendas del mulo para retomar el camino.

Yun Shan se disponía a soltar las amarras pero oyó pasos a su espalda; desenvainó rápidamente la espada. Se encontró de frente con un hombre inerme que sostenía una jaula en la mano.

—Daruma había olvidado darte esto —dijo—. Un regalo para el príncipe.

Le alargó la jaula, que contenía una paloma.

Yun Shan la cogió, luego subió a bordo y comenzó a remar.

Desde donde estaba, Daruma pudo ver que la barca, tras dejar la escondida ensenada, alcanzaba el centro de la corriente y se alejaba lentamente siguiendo la estela plateada que dibujaba la luna.

Al romper el día, Yun Shan pudo observar mejor al segundo pasajero: la paloma encerrada en una jaula de plata de deliciosa factura. Un cartelito atado en lo alto decía que era un regalo para Dan Qing. Sonrió. Al menos aquella criatura le distraería de sus preocupaciones.

Mientras tanto, el paisaje que se ofrecía a su vista parecía encantado; estaba atravesando la superficie de un lago del que emergían muchas pequeñas islas. Algunas eran bajas y estaban a flor de agua, otras eran más altas y escarpadas, pero todas estaban cubiertas de una espesa y frondosa vegetación. Cada una de ellas se reflejaba en el agua cristalina creando un juego de imágenes que se multiplicaban en mil perspectivas distintas a medida que la barca avanzaba por las tranquilas aguas, llevada por la corriente apenas perceptible. Una fina niebla se alzaba en aquel momento del lago envolviendo las formas y los contornos en un velo fluctuante.

La embarcación se deslizaba silenciosamente; cada vez que pasaba junto a una de las islas la saludaban los gritos de los cormoranes que alzaban el vuelo en busca de comida.

Yun Shan seguía la corriente con el movimiento de los remos y de vez en cuando volvía la cabeza para mirar a su compañero de viaje, que yacía exánime y con fiebre en el fondo de la embarcación. En ocasiones empapaba un pañuelo en el agua y le mojaba la frente y las sienes. A veces Metelo abría los ojos y le dirigía algunas palabras, pero su mirada estaba llena de angustia; quizá entre los reflejos cambiantes del agua veía los rostros ensangrentados de sus compañeros asesinados.

Seguían largos silencios acompañados del lento gorgoteo del remar y del tranquilo zurear de la paloma en su jaula de plata.

Navegaron así durante tres días; atravesaron primero el lago y de nuevo descendieron la corriente del río, que se ensanchaba porque desembocaban en él algunos afluentes. De vez en cuando se cruzaban con otras barcas, de pescadores o quizá de mercaderes, pero a partir de determinado punto no encontraron a nadie más. El río se volvió extrañamente desierto y varias veces Yun Shan tuvo la clara sensación de ser observada por miradas ocultas en el espeso boscaje que cubría las riberas. Metelo se despertó solamente alguna que otra vez y siempre para pedir agua.

La tarde del cuarto día se detuvieron al pie de una altísima peña cubierta de una vegetación en cascada que recorrían sutiles veneros de agua que surcaban la superficie de la roca y caían en el río produciendo distintos sonidos, según el alcance de cada uno de los riachuelos: quedos murmullos, gorgoteos, crujidos, y el ruido confuso del agua que golpeaba las ramas y las hojas de distintas plantas.

A occidente, donde la línea de las aguas alcanzaba el horizonte, se ponía el sol incendiando el río y las nubes del cielo que pasaban lentamente hacia su lejano destino. Yun Shan se dirigió al abrigo de la peña, donde la corriente era casi imperceptible; sacó de debajo del vestido un largo rollo de seda roja y lo desplegó sobre el agua creando una especie de estela bermeja que se fue estirando en la superficie del río como un hilo de sangre.

Metelo abrió los ojos y la observó mientras llevaba a cabo aquella extraña operación. Tuvo fuerzas para preguntar:

—¿Qué hacemos ahora?

—Nada —respondió Yun Shan—. Esperar.

Esperaron hasta que vieron surgir, entre una cortina de vapores azulados, la luna llena, enorme, que lentamente se alzaba como una linterna mágica sobre aquel paisaje irreal.

Luego una nube que avanzaba desde oriente tapó el astro y la superficie del río se transformó en una extensión plúmbea. El grito de un ave rapaz nocturna sonó de improviso sobre sus cabezas; la paloma, asustada, golpeó sus alas contra las paredes de la jaula. En el mismo instante se oyó un chapoteo; cuatro espectros salieron del agua y aterrizaron sobre la barca, dos en la proa y dos en la popa. Metelo solamente consiguió distinguir unas formas chorreantes, unos miembros de acero que se movían con extraordinaria ligereza, unos cuerpos ingrávidos que parecían rozar la superficie. Llevaban una faja roja ceñida a la cintura, que parecía de sangre, y en la mano una hoja afiladísima que reflejaba el brillo del agua con relámpagos argentinos.

Yun Shan juntó las manos sobre el pecho y se inclinó ante ellos en señal de respeto. Nadie habló.

Metelo oyó unos ruidos de hierro contra la roca; luego, unos chasquidos metálicos. Notó que la embarcación se movía y luego oyó un goteo inconfundible: la barca había dejado la superficie del agua, levantada por unas cuerdas aseguradas a las barandillas y atadas en lo alto de la peña a una torrecilla metálica, y oscilaba en el aire. La luna reapareció iluminando la escena, y Metelo vio que la pared rocosa, cubierta de matojos, de plantas trepadoras y de árboles que se extendían en el vacío, se deslizaba delante de él a medida que la barca subía. Vio, u oyó, que algunos pájaros, molestados en su descanso, emprendían el vuelo con un batir de alas y dejaban el nido al paso de aquel objeto extrañamente suspendido fuera de su elemento.

De pronto la barca se detuvo, giró de lado y recaló en seco en lo alto de la peña. Los cuatro guerreros saltaron a tierra, otros se acercaron con unas angarillas hechas de cañas de bambú y acomodaron en ellas al extranjero herido. La escena estaba iluminada por unas teas encendidas entre las que apareció el príncipe Dan Qing.

—Hermana —dijo en cuanto vio a Yun Shan.

La muchacha inclinó la cabeza y permaneció callada ante él.

—He esperado mucho este momento. Durante todos estos años he soñado con el instante en que te arrojarías en mis brazos..., pero... lo entiendo. Por favor, no cierres tu corazón y tómate tiempo para comprender. Te darás cuenta de que, si me equivoqué, fue pensando que tomaba la decisión más acertada. Debe de haber un motivo para que el Cielo nos haya reunido en este lugar después de años de separación.

Volvió la mirada hacia Metelo.

—¡Xiong Ying! —exclamó.

—Príncipe —consiguió responder Metelo y trató instintivamente de incorporarse sobre el codo, pero volvió a caer sobre la espalda con una mueca de dolor.

Yun Shan cogió la jaula de plata y se la entregó a su hermano.

—Es un regalo de parte de Daruma.

—Un regalo... —Dan Qing sonrió—. Como si no hubiera hecho ya bastante. Ese hombre me liberó de la prisión cuando no tenía ya ninguna esperanza.

—Al precio de la vida de muchos hombres —dijo Yun Shan.

El hermano no respondió. Dio órdenes a los porteadores para que Metelo fuera inmediatamente trasladado donde alguien cuidara de él. Mientras se lo llevaban, vio el charco de sangre que había dejado en el fondo de la barca y luego la mirada con la que su hermana le seguía hasta que desapareció en la oscuridad.

Llegó al lugar al que habían llevado a Metelo y entró. Un grupo de monjes se había reunido en torno a él. Uno calentaba agua, otro diluía una sustancia de color oscuro dentro de un cuenco de bronce, en el fuego. Otros preparaban vendas, instrumentos quirúrgicos, varillas de bambú.

Retiraron la manta en que estaba envuelto Metelo, y que en muchas partes se había pegado a la sangre coagulada; algunas heridas empezaron de nuevo a sangrar. En el rostro de Dan Qing apareció una expresión de consternación al ver el cuerpo martirizado de Xiong Ying. Dirigió a los cirujanos una mirada interrogativa.

—Quien le ha cosido las heridas ha aumentado ciertamente sus posibilidades de que pueda salvarse —dijo uno de ellos—, pero debe afrontar aún pruebas muy duras, esta misma noche, en unas condiciones de debilidad extrema. Por otra parte, no tenemos elección. Esperar más significaría condenarle a una muerte segura.

—Entonces, proceded.

Uno de ellos se acercó a un armario y sacó un estuche de plata, lo abrió y mostró una gran cantidad de finas agujas. Metelo las vio y contrajo la mandíbula preparándose para soportar más dolores. Sabía por experiencia cómo actuaban los cirujanos militares, pero Dan Qing le sonreía, como un amigo que quiere infundir valor.

—Procedamos —dijo el cirujano—. Lo primero que hay que hacer es aislar los centros del dolor.

Cogió las agujas, una tras otra, y comenzó a clavarlas en diversos puntos de aquel cuerpo malherido. Las insertaba apenas en la piel, con gestos precisos y seguros; pronto hubo un bosque de agujas plateadas que trazaban misteriosos recorridos.

En cierto momento el cirujano hizo una indicación y uno de sus asistentes acercó la llama de una lucerna al pie de Metelo, que no reaccionó en absoluto. El cirujano asintió, cogió el cuenco de las manos de otro asistente y lo acercó a los labios del paciente.

—Toma, bebe —dijo Dan Qing—. Es muy amargo, pero te ayudará a sumirte en un sopor inconsciente. No sentirás dolor.

Metelo bebió lentamente la infusión, más amarga que un veneno, y se abandonó sobre la estera. Durante unos instantes vio los rostros de aquellos hombres inclinados sobre él y luego ya nada.

30

Metelo entró a partir de aquel momento en un estado mental que no había experimentado nunca. Una dimensión suspendida, vaga, parecida al sueño pero más profunda, a ratos consciente, a ratos desvinculada de la realidad. Pensó que estaba muerto y que aquella especie de tenue alma que conseguía percibir era el más allá. Tal como habían descrito los poetas: un Hades sin divinidad, pero poblado de espectros.

Los primeros en aparecer fueron sus compañeros, caídos en el encarnizado combate contra unos adversarios invencibles. Venían a su encuentro con el rostro ensangrentado y desfigurado por los golpes, con los miembros mutilados y con las vísceras horriblemente expuestas; luego se desvanecían como niebla en el viento sin decir nada y sin responder a sus invocaciones. Pero sabía que pedían venganza, por eso se asomaban a su conciencia fluctuante, y sin embargo viva. Sombras inquietantes de hombres ante los que había incumplido la promesa del regreso, e incluso las mismas exequias.

Luego, la sombra de Clelia, un fantasma delicado, más pequeño que el natural, casi una niña, que le miraba al pasar, le acariciaba con esa mirada suya de esposa fiel y amorosa. Parecía que quisiera decirle algo; a veces su boca se movía, pero no salía de ella sonido alguno. Y él gritaba, invocaba su nombre llorando. En vano.

Ella se desvanecía.

A veces le parecía que estaba a punto de comprender, que estaba a un paso de la revelación. Pero ¿de qué? Del sentido de la vida, quizá, o del sentido de la muerte, pero aquella sensación se enroscaba sobre sí misma en una espiral cada vez más rápida, hasta crear un torbellino que lo arrastraba hacia lo alto como una hoja a merced del viento del otoño.

Habría querido oír sonidos que echaba de menos. La voz de su hijo, que imaginaba distinta al cabo de todo aquel tiempo. Pero no lo conseguía..., ¡no lo conseguía! Pensó que quizá era una buena señal: Tito estaba vivo y por tanto no podía aparecérsele en el Hades. Lamentaba igualmente su ausencia y se daba cuenta de que no le vería y no le oiría nunca más. Sabía que aquellas intensas y profundas sensaciones que hacían que se sintiera padre le estarían negadas para siempre.

En ese estado, el tiempo no tenía ya ningún sentido; no había luz ni sombra, ni día ni noche, nada permitía advertir el transcurso de ningún acontecimiento, percibir una duración o un fin o una interrupción. La única sensación que le recordaba la existencia era cierto perfume: ligero, casi constante. A veces parecía desvanecerse, pero luego volvía. Como no podía asociarlo a ninguna criatura, imagen o concepto, acabó pensando que aquel era el perfume del más allá.

¿El prado de asfódelos? Le parecía verlo: largos tallos esbeltos con una espiga de flores blancas en lo alto, hasta donde se perdía la vista en todas direcciones, sin horizonte, sin límite, atravesados por un pálpito misterioso, de viento quizá o de una luz interior, que vibraba absurdamente en aquella vaga sombra, en aquella atmósfera carente de todo.

Así su ser se convirtió en perfume, y con el paso de las horas aquel perfume se convirtió también en calor; ambas cosas a la vez. Le parecía flotar, experimentaba sensaciones que le recordaban la vida. Sabía que recordaba... Luego, hubo un hecho singular que no habría sabido situar en ningún momento concreto: una caricia.

Una caricia.

Pensó que era uno de los ciclos de su existencia incorpórea, ¿qué más podía ser? Y sin embargo nunca había tenido una sensación tan súbita, repentina y concreta sin lo verdadero. Y la sensación siguiente fue de luminosidad.

Tenue.

Sin colores. Sin contornos, pero en un aumento continuo, con palpitaciones repentinas, con ritmos cada vez más impetuosos. Hasta que sintió que tenía ojos.

Y lágrimas.

—Xiong Ying…

Las lágrimas caían por sus mejillas hasta los labios y podía sentir su sabor. Vio unos ojos negros y brillantes, y olió el perfume, ahora ligado a una mirada, a un cuerpo, a una expresión.

—Yun Shan.

—Has vuelto.

—Y… estoy vivo.

—Lo estás, pero…

—¿Cuánto tiempo?

—Muchos días y muchas noches.

—¿Y tú has estado en todo momento conmigo?

—No hables.

—¿Por qué?

—Porque no tienes fuerzas.

Le trajo una bebida de extraño sabor, ligeramente amargo, después de una comida casi líquida. Las fuerzas volvieron día tras día, y con ellas el dolor. Agudo; en los brazos, en las piernas, en el pecho.

—Sentirás dolor —había dicho Yun Shan.

—El dolor… al menos es vida. Una vida que te debo a ti.

—A los médicos.

—Sin embargo, siento que eres tú quien me ha salvado de una muerte segura. Y no sé por qué.

—Cada uno siente lo que el corazón le dicta.

—¿Qué me han hecho? ¿Por qué no recuerdo nada?

—Han impedido que el dolor alcanzara tu mente mientras abrían tus carnes y recomponían tus huesos. Es en ellos donde notas el dolor, no en las manos, o en los brazos. Han cerrado tu mente dentro de un recinto de finas agujas.

—No comprendo.

—Y luego te has dormido.

—¿Volveré a ser el que era antes?

—Sí. Pero tendrá que pasar algún tiempo.

—¿Días? ¿Meses?

—Lo que sea necesario.

Metelo calló, absorto de nuevo en sus pensamientos.

—¿Y cuando estés curado qué harás, Xiong Ying? ¿Volverás a tu país, con tu familia?

—Mi país, Taqin Guo... No tengo noticias de él desde hace mucho tiempo. Vi morir a mi emperador en prisión, igual que un esclavo. Abandoné mi ciudad cercada por el enemigo... Vi a mi mujer caer traspasada y expirar ante mis ojos, y a mi hijo... lo dejé a merced de mis adversarios.

—Y estas son las razones por las que querrás volver... Es justo.

—No sé ya qué es justo. No sé ya qué mundo me espera... Y mis compañeros asesinados indignamente... Sus sombras esperan justicia y el cumplimiento de una promesa no mantenida.

—¿Es esto lo que te importa?

Metelo buscó sus ojos.

—No. Mientras te miro mis pensamientos son otros. Mi vida parece marcada por los latidos de tu corazón.

Yun Shan inclinó la frente.

—Últimamente tengo un sueño recurrente: estoy en el gran patio del palacio imperial. Los cuerpos de mis compañeros yacen a mi alrededor sin vida y tengo enfrente a mi enemigo que se dispone a dar el golpe mortal. Pero cuando su mano rasga el aire, tú te interpones entre él y yo y recibes el golpe en mi lugar... justo aquí, en el corazón.

—Xiong Ying... —murmuró la muchacha—, los sueños son solo sueños.

—Justo aquí… —Y acercó la mano a su pecho—. Es como si tú hubieras dado una parte de tu vida para salvar la mía. ¿No es así? No sé cómo, pero siento que es así.

Yun Shan no dijo nada. Seguía con la mirada baja.

—¿Por qué lo hiciste? Te estaré agradecido el resto de mi vida. Pero te ruego que me digas por qué lo hiciste.

Ella levantó la cabeza y lo miró. Ningún lenguaje habría podido expresar lo que aquella mirada dijo en un instante, una respuesta que le llegó directamente al corazón; un sentimiento que ardía con una fuerza arcana, con una pasión ardiente.

Vio que sus ojos brillaban, llenos de lágrimas, mientras el rostro permanecía compuesto en una dignidad suprema, en una armonía sublime. Todo ocurrió en cuestión de un parpadeo. Yun Shan se levantó, hizo una inclinación apenas perceptible con la cabeza y salió. Metelo se desplomó sobre la estera y cerró los ojos como si quisiera conservar aquella mirada dentro de sí y sellarla en su corazón.

No volvió a verla durante muchos días, pero en cambio recibió la visita de Dan Qing, que le enseñó el regalo que le había enviado Daruma. La parte superior de la jaula se accionaba por medio de un mecanismo que hacía que rodara como un pequeño firmamento; el círculo de la base señalaba los meses, las estaciones y el zodíaco, que en chino tenía extraños nombres: el mono, el ratón, el conejo. Los movimientos de la paloma volvían a cargar el mecanismo.

Metelo se levantó, por fin, de su yacija y comenzó a andar; luego, poco a poco, al cabo de algunos días empezó a correr. No sabía exactamente dónde se encontraba, solo que estaba en alguna parte de la ciudadela de Li Cheng. La dependencia destinada a su rehabilitación era una amplia sala cubierta con armazones hechos de enormes troncos de roble, con el suelo de madera de pino pulimentada y las paredes de ladrillo encalado de blanco.

A veces se le permitía moverse por el jardín, un lugar de divina perfección en el que debía caminar por senderos marcados y no hacer nunca ningún movimiento brusco que pudiera romper una rama o hacer caer una hoja. Estaba lleno de plantas que nunca había visto, de los colores del sueño, de ramas y hojas dispuestas en formas fantásticas. Había una, sobre todo, que se reflejaba en el pequeño lago artificial, cubierto de flores muy grandes, carnosas, de color rosado, matizado de blanco. Una planta celestial digna de los Campos Elíseos, de tal armoniosa belleza y noble aspecto que extasiaba. Las flores eran tan numerosas que creaban una verdadera nube; ni una sola hoja se abrió antes de que todos los pétalos hubieran caído.

En el pequeño lago se abrían las flores del loto rojo, símbolo y escudo de armas de la secta de monjes que habitaba aquel lugar, y en el fondo, en las cantos rodados mezclados artísticamente con guijarros blancos y grises, nadaban peces de maravillosos colores: rojos, azules, verdes iridiscentes.

Aquella perfección natural, fruto del más refinado artificio, le transmitía, por una parte una profunda paz, y por otra una extraña excitación, un estremecimiento de energía que sentía hormiguear bajo su piel. Desde aquella especie de terraza natural que lindaba con la pared que caía a plomo desde la peña, la mirada podía abarcar el recodo del río y, más allá, una extensión de bosques y de aguazales de los que se alzaban bandadas de aves, que emprendían el vuelo al amanecer pasando por delante del disco del sol inmerso en la densa nube de vapores que emanaba de los aguazales y de la floresta.

A veces, mientras estaba en su habitación, veía que Yun Shan paseaba por aquel jardín encantado, envuelta en una sobreveste de seda azul que le ceñía el cuerpo con una gracia y elegancia encantadoras. La veía pasar a través de las ramas floridas como si fuera incorpórea, ligera y vaporosa como una nube.

Habría querido dirigirle la palabra, mirarla a los ojos para ver si ardía aún en ellos la luz que le había robado el alma el día en que la sintió tan increíblemente cerca. Pero sabía que aquel jardín era un lugar del espíritu que pertenecía solamente a quien, en soledad, paseaba por allí y estaba inmerso en él. Era como un minúsculo más allá, en el que los seres extraordinarios ejercitaban el alma para una felicidad sin nubes, para la vida eterna.

Y llegó el día en que comenzó a aprender los secretos de las antiguas artes de combate, las que el maestro Mozi había enseñado a sus adeptos, tanto a los se habían mantenido en el recto camino como a los que se habían desviado de él.

—Podrás moverte como me has visto hacer muchas veces —le dijo Dan Qing—, como los Zorros Voladores e incluso mejor, si estás convencido de ello, si estás seguro del camino que debes recorrer.

—El tao… —dijo Metelo.

—Es más una filosofía que una disciplina física, un convencimiento profundo, un impulso de la mente. Nosotros la llamamos Go Ti. Deberás moverte en sintonía con la naturaleza, notar su aliento, dejar que recorra tu cuerpo. No hay nada que no puedas conseguir. Pero no debes ir con vehemencia hacia el objetivo; debes dejarte llevar por el flujo de la vida, por la energía del cosmos, que se encuentra tanto en una brizna de hierba como en tu cuerpo, lo mismo en un granito de arena que en las estrellas que laten en la eternidad del cielo. Deberás aprender la meditación tal como me la enseñó el maestro Wangzi; deberás olvidar todo cuanto has aprendido en tu país porque te ha llevado a la derrota y a la matanza de tus hombres.

—Todo salvo una cosa —respondió Metelo—. Mi contribución a la causa es la fuerza que ha movido a mis hombres más allá de todo límite posible, el equilibrio que puede llevar al sacrificio extremo solamente por la fe en los valores transmitidos.

—Si así lo quieres, sea. Si recuerdas el sacrificio de tus compañeros quizá puedas luchar contra el demonio que los ha matado y esperar vencer. Podrás unir tu destino al nuestro, conocer una vida distinta, un mundo que jamás has siquiera imaginado, una civilización hecha de una inalcanzable intensidad de pensamiento. No para llegar a la verdad, que siempre se aleja de nosotros como el horizonte delante del caminante, sino para vivir la vida con la máxima intensidad de la que un ser humano puede ser capaz. ¿Quieres aprender todo esto, Xiong Ying? ¿Quieres unirte a nosotros y luchar en nuestra batalla?

—Sí, quiero —respondió Marco Metelo.

—Así será. Pero con una condición. Deberás prometerme por tu honor que este saber no saldrá nunca de nuestro país.

—Lo prometo —respondió Metelo—, pero ¿cómo me convencerás de que has sido menos culpable que tu enemigo? ¿De que su crueldad no es la consecuencia de la tuya, de tu desmedido apego al poder? En tu busca de la perfecta armonía entre la fuerza del cuerpo y la del espíritu has olvidado que todo esto no tiene sentido sin la virtud. Si me das una explicación, la aceptaré porque soy tu amigo, y la amistad, como el amor, no entiende de conveniencias.

Dan Qing le miró fijamente a los ojos y sonrió.

—Piensas y hablas ya como un chino, Xiong Ying, pero por desgracia no hay palabra que yo pueda decirte en este momento que sea capaz de convencerte. En aquel tiempo yo era demasiado joven para resistir a la fuerza corruptora del poder. Reaccioné a lo que yo creí una amenaza de forma desmedida y excesiva, pero que en las instancias de la suprema autoridad parecía completamente normal. Una prudente medida para proteger a la dinastía del desorden y de las fuerzas disgregadoras.

»Solamente ahora me doy cuenta de las consecuencias que causé destruyendo de manera brutal el amor de dos adolescentes, rompiendo con excesiva violencia la armonía de un sentimiento cósmico. A veces pienso si no será por esto por lo que nuestro país está herido de muerte, desarticulado en tres cuerpos escindidos y enemigos. Pero todo lo que puedo hacer ahora es tratar de reparar el daño causado, recomponer el país luchando sin ahorrar esfuerzos y sin huir frente a ningún peligro, y curar la herida que yo mismo infligí al corazón de Yun Shan. Yo creo que ella te ama.

—Pero ¿qué dices, Dan Qing?

—Sí, lo creo. Por eso se muestra distante de ti, porque te teme. Teme entregarse de nuevo a un sentimiento que le será negado. Será ella quien te instruya; ella será tu adversario implacable en la lucha y en la esgrima. Ten cuidado, porque podría golpearte más duramente de lo necesario. Por otra parte, no tenemos elección. Ni yo ni Yun Shan podemos derrotar a Wei, porque no somos realmente capaces de odiarlo. Como tú has dicho, parte de su crueldad, de su repugnante ferocidad es culpa mía. En cuanto a Yun Shan, ella le amó con un amor candoroso de muchacha, quizá inconsciente, y no podría darle muerte convencida de lo que hace y con mano firme. Solo tú estás en condiciones de hacerlo y de restablecer la armonía en este país.

—También en Occidente, en Taqin Guo, en mi país, se rompió la armonía a causa de unos atroces delitos que me han destrozado el corazón. ¿Quién salvará a mi lejano país?

—No pienses ahora en ello, Xiong Ying; ahora debes mantener la promesa que me hiciste a mí y a tus compañeros asesinados sin piedad por esos monstruos. Yo trataré de conseguir que tengas noticias de tu país. Te lo juro. Solo entonces podrás tomar tu decisión.

—Que sea como dices, Dan Qing —respondió Metelo—. Comencemos enseguida. No puedo esperar más.

Pasaron así la primavera y el verano en continuos y extenuantes entrenamientos en los que se alternaban maestros cada vez más expertos y rápidos, que cada vez asestaban golpes más duros. Solo cuando consiguieron transformarlo profundamente y era capaz de adivinar la intención del adversario antes de que sus miembros se dispusieran a golpear, lo llevaron a la gran palestra de los duelos. Era la primera mañana de invierno del año del Dragón, el tercer día del segundo mes.

El redoble obsesivo de un tambor que llenaba la enorme estancia, inmersa en la penumbra, calló y un grito desgarrador sonó de pronto desde lo alto. Una patada le dio en pleno hombro izquierdo y lo tiró al suelo, haciéndole rodar varias veces por el pavimento.

—¡Defiéndete! —gritó Yun Shan—. ¡Si hubiese querido te habría matado! ¡Defiéndete! —siguió vociferando mientras su pie rasgaba el aire. Lo mandó de nuevo rodando al suelo entre los pies de Dan Qing.

—Debes olvidar que es una mujer —le dijo—. No es una mujer, es un contrincante que puede matarte. ¿Recuerdas cuando luchabas con las dos espadas? Debes utilizar tus dos manos tal como usabas las espadas, ¿entendido? Será así como podrás vencerla.

—Ahora practiquemos en serio —dijo Yun Shan, y se lanzó hacia delante con las manos extendidas y rígidas para golpear.

Pero Metelo estaba ya en pie y había comprendido. Tenía que poner en práctica el arte que le había enseñado un santo monje para evitar las heridas con el uso de las espadas, y que consistía en la utilización de las manos desnudas. Ahora las suyas se movían en el aire cada vez más rápidamente: paraban, caían, golpeaban con la punta y de canto.

Pero Yun Shan tenía guardadas otras sorpresas. Se agachó de repente y le zancadilleó con un pie. Metelo estaba otra vez por los suelos.

Dan Qing se hallaba muy cerca.

—Luchas aún como un bárbaro. La fuerza del espíritu es inmensamente más poderosa que la del cuerpo. ¡Mira!

Y ante los ojos estupefactos de Metelo, Dan Qing se apoyó sobre las manos cabeza abajo y levantó las piernas. Su cuerpo estaba recto como un palo. Luego retiró una mano del suelo y se quedó apoyado solamente con la otra. Metelo no daba crédito a lo que veían sus ojos, pero Dan Qing comenzó a retirar del suelo los dedos de la mano sobre la que se apoyaba, uno tras otro, hasta que quedó solamente el índice, tenso y duro como una barra de hierro.

—Enséñame —dijo—. Enséñame el Go Ti.

Dan Qing recobró su posición normal.

—Esta es nuestra arma más poderosa, nuestro secreto más

preciado. Ningún bárbaro ha sido nunca instruido hasta este nivel de conocimiento. Dime por qué motivo debo hacerlo.

—Porque soy tu amigo —respondió Metelo—. Porque uniendo mi destino al tuyo he perdido a todos mis compañeros. Porque quiero vengarlos y llevar la paz a sus almas dando muerte a Wei con mis propias manos.

—¿Y no seguirás juzgándome? —preguntó Dan Qing.

—No, no lo haré.

—¿Tampoco tú, hermana?

Yun Shan inclinó la cabeza jadeando y contestó:

—Tampoco yo, hermano.

—Recuerda —dijo entonces Metelo—, ahora parece que solo debo aprender, pero llegará el momento, cuando quieras reconquistar tu trono, que tendré muchas cosas que enseñarte a ti y a tus hombres, cosas que ignoráis y que quizá puedan también decidir la suerte del combate.

Dan Qing sonrió.

—¿Por qué no salvaste entonces a tu emperador? Yo le vi de rodillas ante su enemigo. ¿Acaso lo has olvidado?

—¡Fue el engaño el que nos venció, no el valor! —gritó Metelo casi fuera de sí—. No os necesito ni a ti ni a tus secretos. Volveré a encontrar mi fuerza, me enfrentaré a ese demonio y le mataré como a un perro. Y si he de morir, moriré.

En sus ojos ardía una pasión indomable.

Yun Shan se le acercó. Dan Qing le miraba fijamente en silencio. En la fuerza de aquella mirada vio, y quizá también comprendió, en qué consistía la virtud de aquel bárbaro.

—Sígueme —le dijo.

31

Un rayo de luz dibujaba sus perfiles mientras estaban sentados sobre sus talones uno enfrente del otro. Metelo ya no se sentía incómodo en aquella postura, como cuando lo hizo en la tienda de Daruma en el oasis del Khaboras. Permanecieron así en silencio durante largo rato; luego, la luz comenzó a disminuir lentamente hasta apagarse del todo. Hasta las tinieblas.

Pasó aún un rato, sin ningún sonido, en medio de la oscuridad. Metelo no necesitaba ya referencias, le parecía que era un ser completo en sí mismo. También sabía que estaba solo y no necesitaba alargar la mano para darse cuenta de que el espacio que tenía enfrente estaba vacío.

Se oyó, en otra parte, la voz de Dan Qing:

—¿Dónde está tu espíritu, Xiong Ying?

—Aquí, dentro de mí —respondió.

—¿Dónde? —resonó de nuevo la voz. Una voz distinta, que se parecía mucho a la de Yun Shan. En ese mismo instante cayó un rayo de luz desde lo alto y dentro del cono iluminado había un monje con una túnica negra y un brazalete rojo, que se desplazó de forma fulminante y le golpeó en un costado.

—¡No! —resonó la voz de Dan Qing—. Está en tu costado, allí donde llega el golpe. ¡Atento! ¡Atento!

El rayo se apagó. La figura desapareció.

—¿Dónde está tu espíritu, Xiong Ying? —gritó de nuevo Dan Qing.

—Me dijiste que sería Yun Shan quien me prepararía —gritó a modo de réplica Metelo.

—¡Es ella, en efecto! Ella es quien lo mueve todo. Tú no la ves, pero es ella quien te lanza contra los adversarios. O quizá era ella el adversario. ¡Atento!

Metelo extendió los brazos hacia delante para desbaratar la trampa, de cualquier lado que pudiera llegar. Otro rayo atravesó la oscuridad, apareció otra figura de improviso y le golpeó duramente en un hombro.

Metelo cayó al suelo.

El rayo se apagó.

—¡Recuerda, Xiong Ying! Es de noche, tú eres un joven recluta, eres un centinela. ¿De dónde llega la flecha del enemigo? ¡Atento! ¡Atento! Es tu instinto el que debe decírtelo. ¡Sigue tu tao, eso es!

Un tercer rayo iluminó la forma de otro atacante.

—¡Recuerda, Xiong Ying! —resonó de nuevo la voz de Dan Qing—. Recuerda: ¡la arcilla se modela para hacer con ella un jarrón y en su vacío está la utilidad del jarrón!

Las manos rasgaron como garras, pero los brazos de Metelo pararon el golpe, fulminantes. El adversario desapareció.

Un silbido, dos sordas caídas. Dos gladios se clavaron en el suelo a escasa distancia uno del otro. Casi no se veía el brillo de las hojas. Metelo apenas tuvo tiempo de cogerlos cuando aparecieron dos adversarios, mientras una tenue claridad iluminaba la exigua zona del combate, sin que apareciera su fuente. Iban armados con espadas, largas espadas chinas decoradas con finísimas incisiones.

El tambor volvió a dejar oír su sonido martilleante y los atacantes le agredieron con una lluvia de mandobles.

Metelo giró sobre sí mismo con un salto increíble, los gladios dejaron caer sus golpes. Su ruda potencia contrastaba con la ágil flexibilidad de las espadas chinas, sinuosas, envolventes como sierpes de acero. De golpe, las cuatro hojas se entrecruzaron sobre las cabezas de los combatientes en un encaje inextricable; se mantenían unas contra otras por la fuerza invencible de los brazos que las blandían. Un relámpago de luz más intenso iluminó sus cúspides.

Los dos contrincantes se separaron de golpe haciendo chirriar sus hojas y desaparecieron en la oscuridad.

La luz se apagó y enseguida volvió a encenderse en otra parte: un cono de blanca luz iluminó el suelo y en el centro del rayo apareció Yun Shan blandiendo Punta de Hielo. La luz comenzó a relampaguear intermitentemente como si un mecanismo desconocido la protegiera y la liberase a un ritmo creciente para descomponer la imagen, para fragmentarla en formas sin contorno. Yun Shan salió de aquel torbellino luminoso y brincó hacia él con un salto de tigre, con la hoja por delante, y se entabló el combate. Las espadas eran lenguas de fuego, chirriando la una contra la otra, acero que mordía acero, relámpagos en las hojas y relámpagos en los ojos de los combatientes, fulgores súbitos de salvaje energía. Las espadas fulguraron en aquella claridad como ardientes meteoros, centellas; un fragor de aceros desgarró la atmósfera de la inmensa habitación desnuda que ahora había empezado de nuevo a palpitar de luces.

De repente Yun Shan dio un salto hacia atrás, rebotó y se precipitó de nuevo sobre su contrincante dejando caer un mandoble con enorme potencia. Los dos gladios de Metelo aparecieron desde abajo, se cruzaron sobre su cabeza y bloquearon a Punta de Hielo en una férrea mordaza.

Se miraron a los ojos, entre jadeos.

—¿Me habrías matado? —preguntó Metelo.

Yun Shan no respondió.

Metelo se le acercó.

—¿Me habrías matado?

—Sí —respondió Yun Shan—. Porque la muerte que te dará Wei será mil veces más dolorosa.

Metelo dejó caer los gladios.

Punta de Hielo cayó inexorable, pero se detuvo a un milímetro de su cabeza.

Metelo apartó el brazo de ella y se le acercó aún más. Podía sentir el ardor de su respiración.

—Pero no has podido —dijo.

Yun Shan volvió a envainar Punta de Hielo.

Metelo la estrechó contra sí y la besó. Fue un largo beso apasionado mientras el último destello de luz se apagaba.

Habían combatido durante toda la jornada, hasta la puesta de sol.

En aquel momento, Dan Qing entraba en su alojamiento y cerraba la puerta tras de sí. Oyó un sonido familiar: el tictac del mecanismo que hacía rodar la parte superior de la jaula de plata que le había enviado Daruma. Luego oyó un chasquido, tan nítido que hizo que se diera la vuelta. La puerta de la jaula se había abierto y la paloma volaba fuera. Dan Qing vio cómo pasaba por encima del patio, atravesaba el cielo, que se ensombrecía, y se movía en círculos, perdida. Él esperó a que volviera, como hacen a menudo los animales domésticos cuando llega la oscuridad, pues le había tomado cariño, pero la paloma tomó la dirección del bosque que revestía las colinas circundantes y en poco rato desapareció de la vista.

El día siguiente uno de los monjes despertó a Metelo; le avisó de que la princesa Yun Shan le esperaba en el patio de la palestra y que se presentara con traje de montar. Metelo se lavó, se vistió y bajó lo más rápidamente posible al patio. Estaba ansioso por ver qué sucedería. Si realmente salían a caballo, aquella sería la primera vez que dejaría las dependencias desde que había llegado a Li Cheng.

Yun Shan no esperó siquiera a que él la saludara, saltó sobre el caballo y lo espoleó. Metelo hizo otro tanto y los dos pasaron al galope por el portón abierto que daba al poblado.

Era una pequeña aldea que se extendía a lo largo de la falda de una colina; las casas estaban reagrupadas en torno a la calle principal, empedrada de piedra gris. Al pasar, solo pudo fijarse en que no había monjes por allí, por lo que dedujo que debían de estar todos alrededor de la fortaleza. También vio que las personas que pasaban por la calle tenían un aspecto particular, y eran muy distintas de los hombres de ojos rasgados.

Poco después franquearon también la puerta de la aldea y se encontraron dentro de un espeso bosque de cañas gigantes que se extendía hacia el sur por la cima de unas colinas rocosas que descendían de forma escalonada hacia campo abierto. Atravesado el bosque, se ofreció a su vista un paisaje vastísimo y ondulado, con una extensión de colinas verdeantes entre las que corría un río estrecho, flanqueado por árboles gigantescos sin duda muy antiguos. Hacia occidente se alzaba de la campiña un grupo de rocas grises de imponente aspecto. El color y la forma, que contrastaban con la ondulación verdeante del terreno, les daban una apariencia casi de monumento natural.

Metelo vio que Yun Shan se dirigía hacia allí y se le acercó cabalgando a su lado hasta que la muchacha tiró de las riendas de su caballo y saltó a tierra, dejándolo libre para que pastara. Metelo la imitó, pero prefirió atar el suyo, que no conocía, a un arbusto. Cuando se volvió, Yun Shan estaba apoyada en un gran árbol que había crecido en una hendidura de las enormes rocas. Se le acercó y buscó sus ojos.

—¿Cómo te sientes? —le preguntó Yun Shan.

—Como alguien que ha resucitado de entre los muertos. Como un hombre nuevo —respondió Metelo.

—Imagino que es una sensación agradable.

—En parte lo es, aunque es difícil olvidar la vida anterior... ¿Por qué has estado tanto tiempo lejos de mí?

—Quería que te enfrentaras a tus recuerdos mientras yo luchaba con los míos. Ahora creo que podemos mirarnos a los ojos sin herirnos.

—¿Sigues pensando que mi adversario me vencerá?

—Conoce los secretos de un arte secular...

—Y yo tengo pocos meses de iniciación.

—Sin embargo, has sido adiestrado en la palestra diseñada personalmente por Mozi. Son pocos los que han tenido este privilegio.

—¿Cómo se producían esos rayos, cómo aparecían tan de repente mis contrincantes?

—No lo sé exactamente. Lo único que sé es que es una máquina.

—¿Y quién lo sabe? ¿Dan Qing?

—No. No creo. Lo sabe el jefe de esos monjes, un venerable anciano de quien fue discípulo Wangzi, mi maestro.

—Tendré que emplear las artes que me has enseñado para derrotar a Wei..., pero él mismo es una víctima.

Yun Shan bajó la cabeza.

—Es cierto —dijo en un soplo—. Pero Wei ha elegido un camino que solo lleva a la destrucción, a un poder cruel y sin límites. Los Zorros Voladores son una secta de fanáticos sanguinarios, autómatas que le obedecen ciegamente. Quizá hay algo aún más inquietante...

—Sé a qué te refieres —repuso Metelo—. Hubo un momento, durante el combate que nos enfrentó, en que tuve la sensación muy clara de que los Zorros Voladores se movían como miembros de un mismo cuerpo, mandados por una misma mente.

—Creo que tu apreciación es correcta. Pienso que esta es la verdad. Pero para llegar a ello es preciso perder el respeto por la condición humana.

—Hay heridas imposibles de curar —replicó Metelo.

Yun Shan le miró fijamente a los ojos y Metelo los vio llenos de una atormentada, insondable melancolía. Le acarició los cabellos.

Yun Shan le dio la espalda, empezó a caminar hacia una cueva que se abría al pie de las grandes rocas grises y entró.

Metelo pensó que si también entraba en aquella cueva su vida cambiaría y nada sería ya como antes, pero sintió también que deseaba a Yun Shan más que a su propia vida. El perfume de ella, que le había llamado desde el más allá, era en aquel momento más fuerte que cualquier otro recuerdo. Entró lentamente y miró a su alrededor. Era una gran cavidad natural y las paredes veteadas de blanca caliza estaban llenas de incisiones con escenas de caza, manadas de animales en fuga, jinetes al galope que lanzaban flechas; imágenes de una antigüedad abisal en un país ya muy antiguo.

El fondo estaba cubierto de arena pulida de color dorado y sobre la arena había huellas de pies descalzos.

Se la encontró de frente con sus negrísimos cabellos sueltos sobre los hombros, mirándole fijamente con una mirada febril, tan ardiente que sentía que le abrasaba el alma y el cuerpo. Lo olvidó todo cuando ella le estrechó en su abrazo, cuando sus cabellos le acariciaron cuello y hombros. Se dejaron caer, enlazados, en su lecho de arena, se tumbaron sobre sus vestidos, se abrazaron con frenesí, se buscaron con el temblor estremecido de las manos. Metelo sintió de nuevo ese intenso perfume, sintió que emanaba de los cabellos de ella, de sus labios, de su vientre suave y encendido por el deseo. La besó por todas partes, mientras ella abría su cuerpo intacto a la pasión, al espasmo tumultuoso de su deseo.

Se amaron largo rato con ardor y luego más dulcemente, con extenuada languidez. Finalmente se abandonaron, exhaustos, y escucharon la voz del viento, que soplaba entre los bosques de cañas gigantes.

—¿Te quedarás conmigo, Xiong Ying?

—Me quedaré contigo —respondió Metelo.

Y era sincero cuando pronunciaba aquellas palabras. Una profunda calma había reemplazado a la tempestad de los sentidos y del espíritu, una consciencia melancólica de que su destino estaba ya trazado en aquella tierra inmensa, en aquel territorio vigilado por dragones invisibles de los que no era posible escapar.

—Olvidarás —dijo Yun Shan—. Cuando hayas vencido, olvidarás. Aprenderás a renacer con el sol cada mañana.

Regresaron antes de la puesta del sol y se detuvieron a contemplar las murallas de la ciudadela iluminadas por el sol que se ponía tras los montes. En aquel lugar, el camino empedrado era liso como el mármol y resbaladizo. Reanudaron el camino a pie llevando a los caballos de las riendas.

—Li Cheng es el único centro de resistencia contra Wei —le explicó Yun Shan—. Hasta ahora ha sido inexpugnable porque nadie conoce su acceso. Por la parte del río no hay más que una pared escarpada y de este lado el espeso bosque de bambúes que la rodea la oculta de la vista cuando no se está en sus inmediaciones.

Metelo vio una paloma que describía amplios círculos en el cielo que se descoloría.

—Solamente un pájaro —dijo— puede verla toda y contar sus casas una por una.

—Sí —respondió Yun Shan—, pero no puede hablar. Y por tanto no puede contárselo a nadie.

Pasó un muchacho con dos cubos de agua colgados de los extremos de una pértiga y se detuvo, lleno de curiosidad, a mirar al extranjero.

Metelo le miró a su vez, asombrado; tenía la nariz recta, los ojos grandes y oscuros. Se le acercó para observar mejor, pero el niño, asustado, dejó caer los cubos y salió corriendo.

—¡Espera! —gritó el romano—. Espera, por favor, no quiero hacerte ningún daño.

El niño se dio la vuelta, vio a Yun Shan que le sonreía tranquilizadoramente y volvió sobre sus pasos. Metelo se acercó a él, luego se inclinó doblando las piernas hasta que su mirada estuvo a la altura de los ojos del niño. ¡Sus facciones no eran las de un oriental! Una extraña, inconsciente emoción asaltó a ambos mientras se miraban a los ojos reconociéndose, misteriosamente semejantes y próximos. Metelo le rozó la mejilla con una caricia.

—¿Te recuerda a alguien, no es así? —pregunto Yun Shan.

—Sí —respondió Metelo con los ojos brillantes—. Sí.

El niño, intimidado, retrocedió, cogió de nuevo sobre sus hombros la pértiga con los cubos de agua y se fue.

—¿Cómo es posible? —preguntó Metelo—. ¿Cómo es posible? Los rasgos, ese color de ojos…

No había terminado de decirlo cuando un hombre salió al encuentro del niño y cogió los dos cubos de agua. El padre, probablemente. Un hombre más alto de lo normal, con una espesa barba hirsuta, la mandíbula cuadrada y la nariz aquilina. Le recordaba a Sergio Balbo, su fiel centurión.

Metelo le siguió con la mirada mientras decía:

—¿Cómo es posible? Pero si también ese hombre tiene...

—¿Esos rasgos? ¿Esos ojos y esa barba...?

Montaron a caballo de nuevo y avanzaron al paso, uno al lado del otro; Yun Shan comenzó a contar:

—Circula por estos lugares una vieja historia...

—¿Qué historia? —le acosó Metelo.

—La de los trescientos Diablos Mercenarios... En la época del emperador Yuandi sucedió una cosa extraña en nuestra frontera occidental. En aquel tiempo, hará cerca de trescientos años, sufríamos continuas incursiones de los bárbaros del norte, que nosotros llamamos Xiong Un; el emperador consiguió imponerse tras sembrar la discordia entre ellos y apoyar a una facción tribal contra la otra...

—*Divide et impera* —murmuró Metelo entre sí.

—¿Qué has dicho?

—Divide y vencerás —respondió—. También nosotros lo hacemos. Está claro que todos los imperios recurren a los mismos métodos. Pero continúa, te lo ruego.

—Sucedió entonces que uno de sus mariscales, que había llegado hacia el oeste para hacer más segura la Ruta de la Seda, tuvo noticia por sus exploradores enviados de avanzadilla que un grupo de soldados extranjeros había tomado posesión de una fortaleza fronteriza.

»Dio orden inmediatamente de desalojarlos de allí y envió a un nutrido destacamento de soldados de infantería y de caballería para cortarles el paso, pero estos volvieron maltrechos tras haber sufrido numerosas bajas. El gran mariscal mandó pasar por las armas al inepto comandante que se había dejado derrotar por un puñado de bárbaros y envió un segundo destacamento más aguerrido y numeroso con la orden de no volver antes de haber llevado a cabo la misión.

»El segundo destacamento atacó, pero fue de nuevo repelido por aquellos irreductibles. Los exploradores volvieron y describieron a los Diablos extranjeros: eran peludos, con los ojos redondos y el mentón cuadrado. Horribles de ver…

Metelo sonrió mirándose los pelos negros de sus brazos y pasando una mano por su barbilla.

—Combatían dispuestos en escamas de pez y, a veces, poniéndose los escudos sobre la cabeza.

Yun Shan pronunció la última frase con particular énfasis y no sin emoción: tenía ante los ojos en aquel momento la desesperada resistencia de Metelo y de sus hombres en el combate contra los Zorros Voladores.

Metelo percibió aquella sensación, que en aquel mismo instante recorría también su espíritu, pero trató de ahuyentarla de él por demasiado dolorosa.

—Continúa —dijo.

—El gran mariscal, enfurecido, decidió poner sitio a la fortaleza, pero desde dentro de las murallas llovían pedruscos y también flechas lanzadas por manos y arcos gigantes invisibles.

«Balistas y catapultas», pensó Metelo cada vez más atraído por aquella historia.

—Cundió el terror entre las tropas —continuó Yun Shan—, que no conseguían combatir con su habitual ardor. Aquello llegó a oídos del emperador Yuandi, que quiso ir hasta la avanzadilla y ver personalmente a los extranjeros.

»Impresionado y conmovido por su extraordinario valor, pidió verse con su comandante, pero no fue posible dar con una lengua en común que les permitiera mantener una conversación. Entonces el emperador mandó a un maestro que les enseñó el chino; cuando estuvieron en condiciones de comprenderse, negociaron.

»Yuandi les permitió quedarse en la fortaleza que habían ocupado a condición de que defendieran aquel tramo de frontera contra eventuales invasores. Y así fue. Pero trescientos de ellos aceptaron convertirse en su guardia personal y le sirvieron fielmente en numerosas ocasiones. Antes de morir, el emperador concedió a los hombres de su guardia el permiso de fundar un *tituan*, una colonia, y vivir como hombres libres precisamente aquí, en Li Cheng. Esta es la razón por la que los habitantes de la aldea tienen ese aspecto. En cierto modo se parecen a ti, ahora que lo pienso… —concluyó mirándole como si lo viese por primera vez.

Metelo tenía casi lágrimas en los ojos.

—¿Qué te pasa, Xiong Ying? —preguntó la muchacha.

—¿Cuándo has dicho que sucedió ese episodio?

—Si no recuerdo mal, era el año 22 del reinado de Yuandi y por tanto… hace trescientos quince o trescientos dieciséis años, año más o menos.

—Eran Taqin como yo, ¿verdad?

—Es posible —respondió Yun Shan—. Cuando hablaba de su modo de combatir, con los escudos sobre la cabeza, he pensado en vosotros, ese día en la arena.

—Trescientos quince años atrás…, he de traducirlo a nuestro tiempo… Significa siete siglos desde la fundación de nuestra urbe…, de la capital de Taqin Guo. ¡Oh, por todos los dioses del cielo! ¡Es la Legión Perdida!

—¿Qué quieres decir? —preguntó Yun Shan, que no conseguía entender.

—Dos años antes de los hechos que me has contado, nuestro ejército fue vencido en una gran batalla contra los persas. Una sola unidad de nuestro ejército, una sola legión, consiguió romper el cerco y salvarse, pero desapareció. Nadie supo nunca qué fin había tenido…

El sol se ponía tras los tejados cubiertos de tejas rojas de Li Cheng, las nubes pasaban del rojo encendido al naranja, hasta el gris azulado, y el sonido de los cuernos que invitaba a la meditación resonaba en el valle inferior.

—En el resto del país —prosiguió Yun Shan— esos hombres son una leyenda. Se dice que eran invencibles. También que reaparecerían, saliendo de nuevo de sus tumbas, siempre que un miembro de la dinastía de Han se viera amenazado…

Metelo la miró a los ojos.

—¿Y no dejaron ninguna huella de su presencia? ¿Has advertido algo especial en la aldea o en sus alrededores?

Yun Shan inclinó la cabeza, como si aquellas palabras la hubieran hecho reaccionar de repente, luego dijo:

—Sígueme. Quizá la gran piedra verde…

—¿Qué es?

—Sígueme —repitió ella— y, si es como creo, quizá tú puedas entenderlo.

Espoleó al caballo para que girara a la derecha, por una cuesta empedrada que llevaba hacia la parte alta de la aldea; Metelo la siguió.

Llegaron en poco rato ante una gran pared rocosa, a la que se accedía por una ancha gradería y que en su parte inferior parecía cortada por la mano del hombre. Yun Shan saltó a tierra y se acercó a una parte de la pared completamente cubierta por plantas trepadoras. Se volvió para asegurarse de que Metelo la hubiese alcanzado, luego apartó la vegetación y descubrió una inscripción grabada en la piedra, erosionada por el tiempo.

¡Estaba escrita en latín!

Metelo sintió que las lágrimas asomaban a sus ojos, incontenibles, y las disimuló acercándose a la roca. Tocó aquellos signos gastados, le pareció sentirlos aún calientes de las manos que los habían grabado. ¡Las manos de los hombres que habían escapado a la matanza de Carre, los hombres de la mítica Legión Perdida!

—¿Son ellos? —preguntó Yun Shan, ansiosa—. ¿De veras venían de tu patria?

Metelo asintió con expresión grave sin apartar la mano de la pared.

—Trescientos quince años atrás. Ninguno de ellos regresó. Ninguno de ellos volvió a ver a su esposa e hijos. Grabaron esta inscripción y luego optaron por no volver a hablar la lengua materna, ni siquiera entre ellos, para olvidar…, para no sufrir. Así está escrito aquí —concluyó apoyando el índice sobre las últimas líneas de la inscripción.

ITAQUE LINGVAE MAIORVM ELEGIMVS OBLIVISCI
NE POENA AMISSAE PATRIAE INTOLERABILIS FIERET

»"Y así elegimos olvidar la lengua de nuestros padres a fin de que la nostalgia de la patria perdida no se volviera insoportable"… La escribieron para mí —dijo apoyando la cabeza contra la pared—. Nadie antes que yo ha podido leerla.

32

La paloma entró por el ventanuco de la torrecilla que miraba hacia oriente en el palacio imperial de Luoyang y fue a posarse sobre un trípode donde había agua limpia y pienso. El criado encargado del palomar reparó en ella enseguida, pero no se movió. Dejó que bebiera y comiera, luego, cuando oyó que arrullaba tranquila, se acercó y la cogió con destreza entre las manos.

Bajó a toda prisa hacia las estancias de la planta baja, se presentó a la entrada de la sala de audiencias y habló con los miembros de la guardia. Uno de ellos desapareció en el interior; poco después volvía para llevarlo ante el eunuco.

Wei tomó enseguida la paloma entre sus manos y se la acercó a una de las mejillas susurrándole al oído quedas palabras:

—Has vuelto, por fin. Ahora nos llevarás a donde has estado durante todo este tiempo. Ahora nos conducirás hasta Li Cheng, ¿verdad, pequeña?

El criado se despidió retrocediendo hacia la salida, convencido de que aquel hombre podía hacerse entender por los animales y de que comprendía su lenguaje.

Wei asestó un golpe al disco de bronce que colgaba entre dos columnas y al cabo de poco apareció uno de sus fieles: uno de los jefes de los Zorros Voladores.

—Mi señor —dijo inclinándose.

—¿Ves esta paloma? Acaba de llegar de un largo viaje y está muy cansada, pero cuando haya descansado y recuperado las fuerzas estará en condiciones de conducirnos a la fortaleza del Loto Rojo, a Li Cheng. Acabaremos con ellos, como ya hicimos con los discípulos de Wangzi en el monasterio de las Aguas Susurrantes. Forma enseguida a tus compañeros, a todos los que tengamos disponibles, en el gran patio interior. Me reuniré con vosotros dentro de poco. Cuando salgas, mándame al superintendente de las fuerzas de vigilancia.

El hombre salió.

Wei, tras quedarse a solas, inclinó la cabeza para mirar a la paloma que tenía en el regazo y empezó a acariciarla lentamente pasándole sus céreas manos por el dorso, con gracia y ligereza; podría decirse que con una especie de afecto vehemente. Luego se la acercó al rostro. La sostenía con el vientre apoyado en la mano derecha, con las patitas metidas entre el dedo índice y el medio. Con la izquierda le sostenía la cabeza entre el pulgar y el índice de modo que el ojo del animalito estaba a un palmo de la punta de su nariz.

Entró el superintendente Zhong Wu, se detuvo a veinte pasos del asiento de Wei, e hizo una profunda reverencia.

—Por fin tenemos la posibilidad de encontrar el camino hacia Li Cheng y destruir el refugio del Loto Rojo —dijo el eunuco acariciando a la paloma y sin ninguna excitación en la voz, como si hablase de un acontecimiento absolutamente normal.

Zhong Wu inclinó la cabeza como para honrar a quien había logrado dicho resultado, pero en realidad escondía una mueca de decepción. Un importante descubrimiento hecho por su señor representaba una humillación para él, porque se le habían adelantado.

—A partir de ahora vigila bien a todas las personas de las que no te fíes; al menor movimiento sospechoso debes tomar medidas de inmediato: detiene y encarcela a los espías, simplemente elimínalos, o síguelos discretamente a distancia para descubrir sus contactos. No es preciso que te enseñe tu trabajo, supongo.

El superintendente se inclinó nuevamente.

—Tus consejos son siempre inestimables y yo estoy dispuesto a aprender de ellos, mi señor.

Wei asintió sin comentar aquella expresión de servil adulación, mientras seguía acariciando a la paloma. Era tan medida la prensión de sus manos sobre las alas y sobre las patas del animalito que este solo podía mover la cabeza. Y lo hacía ininterrumpidamente, presa de una fuerte agitación.

Zhong Wu reanudó la conversación:

—Una vez eliminada la corrupta progenie imperial, y cuando hayas quitado de en medio al último heredero, podrás declarar destronada para siempre a la dinastía reinante. Podrás ser proclamado Hijo del Cielo.

Wei suspiró y luego dijo:

—Te había confiado otro encargo.

—Lo sé, señor.

—¿Y bien?

—He reducido la elección a unos pocos individuos: niños muy pequeños que se han quedado huérfanos o cuyos padres están dispuestos a cederlos por una elevada suma de dinero, o a cambio de favores. Estamos valorando sus aptitudes e inclinaciones naturales, su inteligencia, su perspicacia, su audacia. Cualidades todas ellas no fáciles de apreciar en niños tan pequeños como tú los quieres.

—El elegido deberá considerarme y reconocerme como su padre a todos los efectos. Cuando hayamos tomado Li Cheng, el pequeño tendrá también una madre. Ahora puedes irte. Haz lo que te he dicho.

El superintendente se despidió y salió. Wei se levantó de su silla, al lado del trono imperial, sobre el que todavía no se había decidido a sentarse, y se dirigió hacia la puerta que daba al patio interior del primer pabellón; llevaba en todo momento la paloma pegada al pecho.

Al verlo, el comandante del piquete de guardia acudió dispuesto a recibir las órdenes, si consideraba oportuno dar alguna.

—Manda llamar a un grupo de jinetes —ordenó—. Los más veloces de que dispongamos. Ahora mismo.

El oficial se fue corriendo al cuerpo de guardia y dio órdenes a sus subordinados. Al cabo de poco rato, una partida de jinetes, auxiliares de las regiones del noroeste, se presentaron, montados en sus caballos, unos infatigables animales de la estepa, más caros que los cachorros de tigre procedentes de Siam que recibían como regalo los soberanos. Se les llamaba los «caballos que sudan sangre», por su extraordinaria rapidez y resistencia.

—Tenéis que seguir el vuelo de esta paloma —les explicó Wei—. A diferencia de cualquier otro animal de su especie, ha sido instruida de modo que sabe volver a un lugar donde ha permanecido al menos seis meses. Cuidado con perderla de vista; se os castigaría de forma ejemplar. Y ya sabéis qué quiero decir.

Los jinetes escuchaban inmóviles en sus peludas cabalgaduras, cubiertos con las pesadas casacas de cuero cruzadas en la pechera.

—Cada tarde —prosiguió Wei— uno de vosotros volverá a la guarnición de Luoyang para comunicar la posición de vuestro destacamento. El último mensajero nos comunicará la posición de Li Cheng. En ese momento estará lista la expedición para conquistar la ciudad y la fortaleza. No temáis: no será una misión difícil. Esta criatura os hará de guía y os aseguro que no perderéis el contacto.

Abrió las manos y liberó a la paloma. Se quedó inmóvil con los ojos fijos en su rostro, primero titubeante, luego satisfecho, mirando hacia el luminoso cielo de mediodía. Los jinetes salieron al galope uno tras otro, siguiendo a su guía alada.

Wei regresó a la gran sala silenciosa y se sumió en una profunda meditación. Buscaba el lugar perdido donde se escondían sus enemigos implacables, donde —estaba seguro— se escondía Yun Shan con el bárbaro extranjero; presentía que seguía con vida, que había sobrevivido a sus heridas y a la matanza de todos sus compañeros. ¿Le amaba Yun Shan? La fuerza de semejante pensamiento le causaba un intolerable dolor, una duda que le roía como un gusano. Dentro de sí sentía que Yun Shan había olvidado el sentimiento que les había unido cuando todavía eran unos muchachos y la angustia que había tenido que sufrir. Recordaba las últimas palabras de ella, tras el duelo que les había enfrentado en plena noche cerca de las murallas de Luoyang.

La fuerza de su pensamiento y del odio que se liberaba de su mente como un veneno no era, sin embargo, suficiente para desvelarle lo que estaba sucediendo en el lugar en que Yun Shan se dedicaba a otro hombre y quizá le estaba abriendo su corazón. Le parecía ver imágenes, escenas de miradas y caricias, de deseos secretos. Ansiaba con toda la intensidad de que era capaz la muerte de su adversario; le parecía imposible que el golpe que le había infligido no le hubiera destrozado el corazón.

Durante días permaneció en aquel estado, ayunando y bebiendo solo una infusión de hierbas amargas. A veces su postración era tal que la mente creaba ante sus ojos una escena idílica: una familia en la que él y Yin Shan tenían un niño, una criatura que él había elegido criar en palacio para dar comienzo a una nueva dinastía. Se veía a sí mismo enseñándole los fundamentos del saber y a su madre los ritos que acercan al hombre al cielo. Pero aquellas escenas al final no le dejaban más que una sensación de decepción y de furiosa ira que solamente la sangre podría satisfacer.

Interrumpía su meditación cuando llegaba un correo que informaba sobre la paloma, las etapas del viaje que realizaría para el descubrimiento de Li Cheng. Aquello despertaba siempre en su corazón una inquietud casi infantil.

A veces, para calmar los tormentos del odio, se ejercitaba en la caligrafía sobre unos finos tejidos de seda color marfil, el soporte en el que se habían redactado los textos clásicos que sobrevivieron a la quema de la Gran Biblioteca de Luoyang: los ideogramas de una antiquísima versión del *I Ching*, el libro de los oráculos. Su mano parecía sentirse atraída inexorablemente a trazar las líneas cambiantes del hexagrama doble que le recordaba con obsesiva insistencia la imagen de una estela funeraria. Buscaba entonces una respuesta en los oráculos grabados en las paletillas de toros y arietes, que arrojaba furiosamente sobre el suelo de la sala del trono.

La estela funeraria. Un presagio de muerte. Pero ¿de quién?

Una tarde uno de sus servidores entró en sus dependencias y supo por su actitud que traía malas noticias.

—Un hombre espera en la sala de audiencias, mi señor —dijo, y se retiró precipitadamente.

Wei se levantó, se dirigió hacia la sala de audiencias y tuvo la confirmación de lo que había imaginado. Era uno de los correos de la caballería imperial y su expresión era la de un hombre asustado.

—Hemos perdido el contacto con la paloma, mi señor —dijo, y se podía leer el terror en su semblante. El rostro de Wei se contrajo en una mueca de disgusto y de cólera—. Hemos buscado por todas partes, nos hemos dividido siguiendo todas las direcciones, pero su vuelo se había dirigido sobre un terreno intransitable por donde nuestros caballos no podían avanzar. Ha sido una eventualidad que nadie había previsto, mi señor, una eventualidad que…

No le dio tiempo a terminar la frase; el brazo de Wei rasgó el aire y su mano le golpeó en la base del cuello. El hombre se desplomó en el suelo sin un gemido. Luego el eunuco se dio la vuelta y regresó a sus habitaciones. Se sentó, cogió el pincel y volvió a trazar sobre la seda un antiquísimo oráculo.

Su mano se movía con gracia, con gestos mesurados y elegantes, y los ideogramas adquirían forma como por arte de magia, brotando igual que las flores en un prado. El brazo estaba casi inmóvil y suspendido y solo la muñeca se movía dirigiendo la mano y el pincel. La tinta parecía brotar directamente de su cuerpo sobre la tela, en una negra hemorragia de humores malignos. Finalmente dejó el pincel sobre un soporte de madera de palisandro y se recogió en sí mismo, como adormecido. Los rasgos de su rostro se distendieron, los miembros se relajaron, los párpados cayeron sobre los ojos hasta casi cerrarse.

Se quedó en este estado de aparente inconsciencia largo rato, sin moverse, y el palacio entero pareció sumirse en el silencio.

Una de las siervas que estaba a su servicio entraba de vez en cuando en sus habitaciones para llevarle en una bandeja una taza humeante: la infusión que solía tomar a media mañana y a media tarde. Permanecía durante un instante a una respetuosa distancia, inmóvil, mirándole de soslayo con una expresión de miedo y sorpresa a la vez, quizá subyugada por la terrible belleza del rostro de su señor. Luego dejaba en una mesa la bandeja y se iba silenciosamente. Desaparecía entre los cortinajes de seda color índigo que se mecían en la leve brisa que siempre soplaba en palacio, sabio juego arquitectónico de conductos secretos y de superficies pulimentadas.

Finalmente, un día se anunció a otro mensajero; Wei se levantó, saliendo de su sopor, y se dirigió hacia la sala de audiencias. Reconoció de inmediato en el hombre a uno de los Zorros Voladores.

—Mi señor —dijo—, nuestro jefe me encarga que te informe de que ha osado tomarse la libertad de hacer avanzar a la caballería con algunos de los nuestros provistos de los instrumentos adecuados para marchar por unos terrenos intransitables, cuando ello ha sido necesario. Espera que disculpes esta iniciativa que ha tomado sin previo aviso, ya que ha dado un resultado positivo. Seguimos a la paloma en su vuelo allí donde los caballos no podían aventurarse, y ahora sabemos exactamente dónde se encuentra Li Cheng. También los jinetes han sido informados de ello y ahora están acampados, escondidos y silenciosos, a una prudente distancia de la fortaleza. Desde allí pueden enviarnos la información necesaria para que nosotros podamos tomar las decisiones oportunas y hacer los movimientos adecuados.

Wei estaba exultante, pero no lo demostró.

—Comunica a tus hermanos que estén listos para salir lo más pronto posible. Partiremos cuanto antes con el equipo de guerra. Vendrán con nosotros las mejores unidades del ejército, en número suficiente para garantizar el éxito de nuestra misión.

Al cabo de tres días, el ejército estuvo listo. Lo mandaba Wei en persona a la cabeza de los Zorros Voladores. Montaba un caballo del Xixia, negro y reluciente como ala de cuervo, regalo de unos de sus mariscales del sudoeste.

El largo convoy de jinetes, infantes, carros y bestias de carga desfiló a las primeras luces del día a través de las calles silenciosas de la ciudad; no pasaron inadvertidos.

El pisoteo de muchos cascos sobre el empedrado despertó a Daruma, que dormía con un sueño no del todo tranquilo en su habitación de la caravanera, donde se había establecido desde hacía tiempo. Se vistió deprisa, bajó al patio y lo atravesó hasta llegar al sector donde tenía su almacén y las bestias de carga.

Oyó una voz a sus espaldas:

—¿Cómo tan madrugador, Daruma?

33

El sol declinaba sobre el valle iluminando las peñas que dominaban desde oriente la aldea de Li Cheng y, por la parte opuesta, los tejados del monasterio de los monjes guerreros del Loto Rojo, encaramado sobre la meseta rocosa que caía a pico sobre el recodo del río.

Dan Qing miraba la fachada de la tumba del emperador Yuandi, que vigilaban unos dragones alados con las fauces abiertas y precedidos por una majestuosa gradería. Desde aquella posición dominante también podía ver el sendero que subía hacia la rampa de acceso a la puerta sur; una pequeña nube de polvo que se movía rápidamente en dirección a la ciudadela atrajo su atención. No pasó mucho tiempo antes de que pudiera distinguir a un jinete lanzado a rienda suelta que espoleaba sin descanso a su caballo.

Vio que atravesaba la puerta, saltaba a tierra e intercambiaba algunas palabras con los hombres de guardia. Estos le indicaron la calle empedrada que subía hacia la gran tumba imperial y en pocos instantes estuvo en presencia del príncipe. Estaba cubierto de polvo y de sudor.

—Príncipe, ha llegado una señal de nuestros observadores: Wei está de camino y se dirige hacia Li Cheng.

El semblante de Dan Qing se ensombreció.

—¿Cómo pueden afirmarlo? ¿A qué distancia está de nosotros?

—A unas dos semanas de marcha, pero ha enviado grupos de exploradores a caballo hasta casi el pie de la meseta. No creemos en la posibilidad de que se dirija hacia otro lugar. Si estamos equivocados, tanto mejor, pero nos ha parecido que era nuestro deber avisarte.

—Habéis hecho bien. ¿Sabéis cuántos son?

—Cerca de tres mil hombres, además de los Zorros Voladores, doscientos por lo menos. Wei cabalga a la cabeza.

—Entonces, mucho me temo que no cabe duda de hacia dónde se dirigen. Que te den un puesto para tu caballo en el establo y una habitación para dormir esta noche.

Metelo y Yun Shan se presentaron casi enseguida; era evidente que habían sido informados por el cuerpo de guardia de que había una emergencia.

—¿Malas noticias? —preguntó Metelo.

—El usurpador marcha hacia Li Cheng. Está a dos semanas de camino. Lleva consigo a muchos hombres y a los Zorros Voladores. No tenemos muchas posibilidades de sobrevivir. Quizá deberías irte, Xiong Ying.

—¿Irme? —preguntó Metelo con una amarga sonrisa—. ¿Y adónde?

Dan Qing volvió la mirada atrás hacia la gradería monumental y le preguntó:

—¿Estás preparado?

Metelo asintió e hizo una seña a Yun Shan de que le siguiera.

—No —respondió la princesa—. Tú solo.

Dan Qing sacó una antorcha del soporte de la pared del recinto amurallado y comenzó a subir los peldaños que llevaban a la tumba del emperador.

—Yun Shan me ha dicho que has visto la piedra verde esculpida.

—Sí, la he visto —respondió Metelo.

—¿De veras eran originarios de tu país?

—No cabe duda. La piedra está escrita en mi lengua.

—¿Y te ha hablado de la leyenda?

—Me la ha contado —respondió.

Dan Qing se detuvo y le miró fijamente a los ojos.

—¿Querrías… verlos?

Metelo le miró turbado.

—¿Te burlas de mí?

—¡En absoluto! —respondió Dan Qing—. El emperador Yuandi quiso que le enterraran aquí en Li Cheng y quiso que los trescientos Diablos Mercenarios montasen guardia en su tumba toda la eternidad. De ahí debió de nacer la leyenda.

—No entiendo.

—Sígueme, entonces. Si decides quedarte en este lugar y arriesgar tu vida, es justo que conozcas a quienes te precedieron.

Habían llegado a lo alto de la gradería y Dan Qing encendió la antorcha de uno de los trípodes votivos que ardían delante de la entrada, luego le indicó a Metelo uno de los dragones que hacían guardia en el mausoleo y dijo:

—Haz rodar esa estatua hacia la izquierda mientras yo hago rodar la otra en sentido contrario.

Metelo hizo lo que se le había pedido y lo que parecía una pared de roca pulimentada retrocedió revelando un corredor en su interior.

El sol había desaparecido tras los montes y Dan Qing, después de haber alzado durante un instante los ojos al cielo, que ya oscurecía, entró seguido de su compañero.

Avanzaron una treintena de pasos entre dos paredes de sólida roca grabadas con textos de antiguos oráculos hasta que encontraron una abertura a la izquierda y una gradería de una veintena de escalones que descendían a una cripta. Dan Qing alzó la antorcha para iluminar un vasto hipogeo y una visión fantasmagórica apareció ante los ojos incrédulos de Metelo. El sarcófago del emperador Yuandi estaba esculpido en un único bloque de jade de reflejos cambiantes que iban del verde al amarillo dorado y estaba vigilado por trescientas estatuas. Aunque realizadas según el estilo chino, representaban inconfundiblemente a unos legionarios romanos de la época republicana, recubiertos con sus auténticas armaduras. Los yelmos y las lorigas estaban aún en buenas condiciones a pesar del paso del tiempo, y reflejaban aquí y allá la luz de la antorcha con destellos metálicos.

—Por todos los dioses... Poderosos dioses..., no puedo creerlo —murmuró Metelo mientras daba vueltas entre aquellas filas de guerreros inmóviles en la atmósfera intemporal del gran hipogeo.

Del pecho de cada uno de ellos colgaba el *titulus*, la plaquita identificativa de plomo sobre la que Metelo podía leer con voz emocionada los nombres de cada uno de ellos, con la graduación, la unidad a la que pertenecían y sus condecoraciones al valor. Caminaba a lo largo de las filas de aquellas inquietantes efigies como si pasara revista a un ejército de fantasmas.

Luego, de repente, la luz de la antorcha hizo resaltar de la sombra una figura distinta de todas las demás. No era un soldado: estaba sentado, iba vestido con una larga túnica y una capa, y sostenía un estuche apoyado sobre sus rodillas; era un objeto auténtico, no modelado en arcilla como el resto de la estatua. Sobre el estuche había escrito:

CORNELIUS AGRICOLA, PRAEFECTUS FABRORUM

—¿Tú entiendes qué significa? —preguntó Dan Qing—. Muchos de nuestros más sabios monjes han tratado en vano de descifrar... esto.

Abrió la caja; en el interior había una serie de rollos.

Metelo abrió cuidadosamente uno de ellos y lo acercó a la antorcha; vio signos, fórmulas, gráficos, planos de construcción, instrucciones de ensamblaje en latín y griego.

—Es increíble —seguía diciendo, asombrado por lo que veía, mientras abría los rollos uno tras otro.

—¿Qué son? —preguntó Dan Qing—. ¿De qué se trata? Parecen máquinas, pero nuestros técnicos no han conseguido encontrarles ningún sentido.

—Porque las instrucciones están escritas en un antiguo código del ejército y los dibujos están dispuestos en sentido inverso. Este hombre era el mayor proyectista de máquinas de guerra de su tiempo. Desapareció de improviso y no quedó ni rastro de su labor... Lo cual significa que quizá podemos encontrar en estos documentos la manera de ganar nuestra batalla, aunque seamos inferiores en número. Te darás cuenta así que cada civilización, hasta la más avanzada, siempre tiene algo que aprender de las demás. Ahora dime una cosa: ¿hay otras salidas en esta tumba que lleven a la superficie?

—Sí, más de una.

—He de saber dónde están exactamente y adónde conducen.

—¿Qué quieres hacer?

Metelo dirigió la mirada alrededor para mirar las armaduras de hierro, las espadas colgadas de los cinturones.

—No tardarás en saberlo. —Fue la respuesta—. Y ahora vámonos; no tenemos un instante que perder.

Cuando volvieron a aparecer en lo alto de la gradería exterior, bajo un cielo estrellado, Metelo se dirigió al príncipe:

—Debes autorizarme a enrolar y adiestrar tanto a hombres de aquí de Li Cheng como de los campos vecinos.

Dan Qing asintió; en los ojos de Xiong Ying brillaba la luz imperiosa de un comandante de ejército. Estaba de nuevo dispuesto a luchar.

—Está bien —respondió Dan Qing—, te proporcionaré a uno de mis ayudantes de campo. Pero recuerda que tu adiestramiento no puede interrumpirse ni siquiera un día. Yun Shan te está esperando en la palestra, incluso ahora.

—Lo sé —respondió Metelo—. Adiós.

—Xiong Ying…

—Sí, príncipe.

—Escúchame, lo que está a punto de suceder no estaba previsto y he de ser sincero contigo: desgraciadamente no hay muchas posibilidades de sobrevivir. Las fuerzas de Wei son aplastantes y nuestras murallas no podrán resistir mucho tiempo. Además, tiene consigo a los Zorros Voladores. Sabes qué significa eso, ¿verdad?

—Lo sé —respondió Metelo.

—Entonces, piénsatelo bien, mientras estés a tiempo. Esta no es tu guerra: has hecho todo cuanto podías y has pagado un precio muy alto. Puedes irte, si quieres. Lo único que te pido es que me des tu palabra de soldado de que no revelarás nunca a nadie lo que has aprendido aquí. Confío en ti.

Metelo sonrió.

—Yo, en cambio, creo que ya es demasiado tarde. Hay un pedazo de mi corazón en Li Cheng, ¿no crees? Y, además, ¿por qué te preocupas? La leyenda dice que, si la dinastía está en peligro, los trescientos Diablos Mercenarios resurgirán de la tumba y pondrán en fuga al enemigo. Pasa una buena noche, príncipe.

—Lo mismo te digo, Xiong Ying.

Metelo desapareció en la oscuridad.

Durante dos semanas en el barrio sur de Li Cheng resonaron de día y de noche extraños ruidos, incesantes mazazos, resoplar de fuelles, gritos que alentaban el esfuerzo común y coordinado de muchos hombres. Pero no podía verse nada; al extranjero que todos conocían como Xiong Ying le había sido concedido permiso para utilizar un gran almacén destinado a la trilla del grano de los terrenos húmedos y había establecido su base en él.

Los hombres que se habían puesto a sus órdenes no salían nunca ni se dejaban ver en ningún momento del día, abandonaban el lugar ya de noche cerrada y antes de la salida del sol estaban de nuevo trabajando en el viejo almacén.

Luego, un buen día, las puertas de la gran construcción se abrieron y se sacaron al exterior unas extrañas máquinas montadas sobre ruedas, cuya forma, oculta debajo de unas amplias lonas, solo podía intuirse vagamente.

Dan Qing y Yun Shan las vieron más tarde. Las observaron con asombro y admiración por su gran tamaño y maravillosa concepción.

—Son unas máquinas extraordinarias —dijo Dan Qing—. Pero ¿qué lanzan?

—Piedras, dardos, vasijas de pez ardiente —respondió Metelo.

—Creo que nuestros monjes conocen algo más eficaz que la pez. Me las arreglaré para que se ocupen de la preparación de tus municiones.

Metelo hizo arrastrar las máquinas, entre dos alas de gente apretujada, hacia el sector de las murallas que daba al sur del lado de la meseta, el único lugar desde el cual la ciudadela era accesible.

Las máquinas fueron arrastradas sobre unas rampas de madera preparadas al efecto hasta lo alto de las atalayas de las murallas y disimuladas con tableros de madera. Los proyectos futuristas de otro tiempo del *praefectus fabrorum* Cornelio Agrícola habían tomado cuerpo, en madera y en hierro, y estaban preparados para funcionar.

Pero Marco Metelo tenía otra arma guardada, más secreta aún, que ponía a punto cada día, tras la puesta de sol, en un claro del bosque, a occidente, detrás de las grandes peñas grises que se alzaban solitarias sobre la meseta. No se admitía a nadie en aquellas operaciones, ni siquiera a Dan Qing y Yun Shan, pero todos respetaban el secretismo al que los mismos hombres de Metelo se habían comprometido con un solemne juramento.

Una noche, cuando faltaban pocas horas para el amanecer, Yun Shan se reunió en la atalaya de las murallas con Metelo, que estaba escudriñando las tinieblas.

—Las águilas no pueden ver de noche —le dijo Yun Shan.

—Lamentablemente no; sin embargo, en las muchas noches de vela en la gran muralla de los confines de nuestro imperio, desarrollé una especie de sentido secreto. Aprendí a sentir que se acercaban los enemigos antes de verlos.

—¿También vosotros tenéis una muralla defensiva en las fronteras?

—Sí, por supuesto. Al norte controlamos una isla muy extensa llamada Britania. En su parte más expuesta construimos una muralla que la atraviesa totalmente, de mar a mar; para recorrerla hacen falta nueve noches de marcha.

Yun Shan sonrió.

—La nuestra protege toda la frontera norte y hacen falta seis meses de marcha para recorrerla. Es tan larga que tiene en lo alto un camino por el que pueden transitar carros y ejércitos enteros en ambas direcciones.

—Debe de ser un espectáculo extraordinario —dijo Metelo—. Me gustaría verla algún día.

—La verás. Conseguiremos sobrevivir.

—Eso espero. Por ti…

Hubo un largo silencio y luego Metelo preguntó:

—¿Qué aconsejan vuestros sabios para ahuyentar el miedo a la muerte?

—«Cuando llegue la muerte aceptémosla indiferentes y dejémonos llevar por el misterio» —respondió Yun Shan—. ¿Y los vuestros?

—Uno de nuestros emperadores escribió: «Cuando llegue tu hora, vete en paz porque hay paz en aquel que te llama». Ideas parecidas, como puedes ver. Uno de nuestros poetas, en cambio, escribió: «Ahuyenta el miedo a la muerte con el amor».

Yun Shan se estrechó contra su pecho y lo abrazó. Metelo aspiró el perfume que había hecho que se sintiera vivo en el momento en que estaba inconsciente y sintió que una intensa emoción le llenaba el pecho. La besó y la suavidad y el calor de sus labios le hicieron pensar que estaba besando a una diosa. Le cogió las manos y se las llevó al rostro.

—Me parece imposible que unas manos como estas puedan acariciar y matar con la misma maravillosa ligereza.

Yun Shan se separó de él y buscó sus ojos en la oscuridad.

—No me dejaré coger viva, Xiong Ying, lo sabes, ¿verdad?

—Lo sé, Yun Shan, y solo de pensarlo se me hiela el corazón. ¿Cómo es posible que nos reencontráramos, que tú me reclamaras desde el más allá para ir luego de nuevo al encuentro de la muerte? ¿Por qué quiere el Loto Rojo defender este lugar a toda costa? ¿No hay ningún otro lugar adonde ir?

—No. Wei daría con nosotros en cualquier parte, y no hay más remedio que hacerle frente. Ha elegido aliviar su sufrimiento con el sufrimiento y la muerte ajenos y no hay nada que pueda apartarle de este camino.

—¿Ni siquiera tú?

—Lo he pensado. Si entregándome pudiera salvar a Li Cheng lo haría, pero no sería suficiente, estoy segura. El suyo es un deseo que no puede verse satisfecho; es un amor no consumado que abrasa más que cualquier posible amor porque solo vive en la imaginación, engendra fantasmas sangrientos, monstruos que infestan sus noches y se infiltran en sus meditaciones. No hay paz posible para Wei. Quiere convertirse él mismo en pesadilla, en uno de los monstruos que evoca cada noche cuando cierra los ojos.

Metelo la estrechó contra sí hasta que sintió que el latido de su corazón se fundía con el suyo. Ella le echó los brazos al cuello y le besó de nuevo.

—Quisiera que esta noche no tuviese nunca fin —dijo—. Quisiera que la oscuridad nos cubriese y ocultase, quisiera que el tiempo se detuviera, que te arrebatase todo los recuerdos excepto los del tiempo en que hemos vividos juntos.

—Mis recuerdos solo vuelven más profundo e intenso lo que siento por ti, Yun Shan, porque son los recuerdos de un hombre que no tiene nada que ocultar… —Se interrumpió—. Escucha, ya llegan.

Yun Shan aguzó el oído.

—Caballos e infantes…, muchos…, miles y miles.

El viento traía consigo un zumbido apenas perceptible, que se desvanecía cuando el soplo disminuía de intensidad.

—Tienes el oído de un zorro.

—Ya te he dicho que pasé muchas horas de guardia en la frontera y vi caer a muchos compañeros porque no habían sabido que un enemigo se arrastraba en la oscuridad con un puñal entre los dientes. Mira, ahora —dijo señalando el horizonte.

Había innumerables luces, miles de pequeñas llamas que palpitaban en la oscuridad, ondeando como movidas por las mismas ráfagas de viento que pasaban entre los callejones silenciosos de

Li Cheng. Primero se veía un frente estrecho; luego fue desplegándose poco a poco en una línea cada vez más amplia, hasta que en toda la extensión de la meseta se vio un tremolar de luces.

Los hombres aparecieron a la vista cuando el amanecer hizo descolorirse el cielo, cuando pocas estrellas de prístina luz quedaron engastadas como diamantes en una cúpula de cobalto. Luego la aurora fue una hoja de luz entre los collados y una fina franja de nubes.

El ejército de Wei se hizo visible.

Había infantes que avanzaban a pie con largos paños amarillos atados a las astas de sus picas, guerreros de las estepas con cascos de cuero y largas crines de caballo, jinetes xin bei con corazas de bronce y lanzas adornadas con crines de onagro, y la caballería imperial con largas bandas de seda roja sobre las que había bordado también el monograma de oro de los Han, corazas de cuero y bronce y yelmos del mismo metal reluciente.

En el centro, el corazón negro del ejército: los Zorros Voladores. Negros sobre caballos negros, daban pavor incluso a gran distancia.

Metelo oyó un batir de alas sobre su cabeza; vio que una paloma volaba sobre los tejados y se introducía por una de las ventanas del monasterio, el alojamiento de Dan Qing.

—Qué extraño —dijo—. ¿Has visto? Ha vuelto la paloma de tu hermano que se había escapado. Normalmente las palomas vuelven después de que las hayan llevado lejos expresamente, pero no sucede nunca lo contrario. Avisa a tu hermano de que están llegando. Yo me quedo aquí.

Yun Shan corrió hacia el monasterio y poco después volvió con su hermano ya armado con el arco, la maza y la espada.

Dan Qing paseó la mirada por el ejército desplegado en perfecto orden de batalla, inmóvil en la llanura. Solamente los estandartes ondeaban en la brisa matutina, recorridos por estremecimientos de luz.

—¿A qué esperan? —preguntó Metelo.

—No lo sé. Quizá a que alguien abra la puerta.

—Eso no es posible —respondió Metelo.

—Tampoco lo era que un ejército llegase hasta aquí. Nunca ha ocurrido.

—Quizá alguien nos ha traicionado —dijo Yun Shan.

—¿Habéis tenido más noticias de Baj Renjie? —preguntó Metelo.

—Tomó parte en mi liberación, pero luego no llegó al lugar de la cita. Mucho me temo que fue capturado. Probablemente esté muerto.

—¿Sabe cómo llegar aquí? —preguntó Metelo.

A sus espaldas se oía el ruido de los hombres armados que acudían a los glacis para prepararse para la defensa y el chirrido de las máquinas que los armeros colocaban en su sitio y luego liberaban de las lonas revelando unos grandes brazos de lanzamiento, poderosas balistas de múltiples arcos.

—No —respondió Dan Qing.

—Nadie que no forme parte del Loto Rojo conoce la ubicación de esta fortaleza. Y nadie que pertenezca al Loto Rojo ha cometido nunca traición —añadió Yun Shan.

—¿Y si hubiera sido tu paloma? —preguntó de nuevo Metelo. Yun Shan le miró, asombrada—. Esa jaula tenía una especie de mecanismo que al cabo de cierto número de ciclos liberaba a su ocupante. Tiene que haber habido una razón… ¿De dónde sacaste esa jaula, Yun Shan?

—Ya se lo dije a Dan Qing; me la dio Daruma, era un regalo para el príncipe.

—Daruma… —murmuró para sí Metelo—. Daruma…, ¿es posible?

—Daruma organizó mi liberación —dijo Dan Qing —¿Por qué iba a…?

—¡Atentos! —gritó una voz—. Atentos, se acercan.

Una sección de arqueros enemigos avanzó a la carrera hacia las murallas; se situó casi al comienzo de la rampa y se colocó en posición.

—¡Al refugio! —gritó Metelo—. ¡Todos al refugio, disparan!

Una nube de dardos rasgó el aire, describió una amplia parábola y cayó dentro del recinto amurallado. Uno de los hombres armados que no había conseguido ponerse a cubierto se desplomó traspasado por muchas flechas, al igual que todos los animales domésticos que andaban por la plaza: tres perros y una mona amaestrada.

Metelo se volvió hacia Dan Qing.

—Nadie ataca una fortaleza con arqueros: quieren tenernos ocupados en este lado, para poder atacarnos por otro. ¡Atentos! —gritó—. ¡Atentos!

Una segunda salva de dardos llovió sobre los tejados, sobre las torrecillas y sobre la atalaya de las murallas.

Hubo un silencio, algunos interminables instantes de profundo silencio.

Luego un silbido atravesó el cielo.

34

—¡Zorros Voladores! —gritó alguien—. ¡Alarma, alarma!

Metelo alzó los ojos al cielo y vio, lleno de asombro, lo que no había conseguido ver nunca con claridad en el pasado: una bandada de hombres voladores, colgados de grandes alas de seda, que se movían con el viento pasando a ras de las copas de los árboles.

—Arqueros —gritó Dan Qing—. ¡Disparad!

Los arqueros desviaron la mira del exterior, apuntaron hacia el interior y dispararon sin dar en sus blancos, que eran demasiado móviles y estaban demasiado distantes aún. Partió una segunda salva, pero muchas de las flechas fueron interceptadas por las ramas del bosque y resultaron inofensivas. Dos de los incursores voladores, heridos, se estrellaron contra el suelo, otros dos fueron heridos, los demás aterrizaron sanos y salvos y entablaron inmediatamente un furioso combate con los monjes que habían acudido a cercarlos.

Metelo vio que el ejército se lanzaba desde el exterior hacia las murallas e hizo armar las máquinas, una formidable panoplia de artillería de campo: catapultas de brazos múltiples, balistas de varios arcos que disparaban arpones de acero, balistas que lanzaban vasijas de pez incendiada a la que Metelo había hecho añadir la misteriosa mezcla preparada por los monjes, uno de sus secretos más celosamente guardados.

—¡Disparad, ahora! —vociferó.

Las balistas múltiples lanzaron en un breve intervalo cuatro pesados pedruscos; cada uno de ellos abrió grandes vacíos entre las filas de los jinetes xin bei. Inmediatamente después, salieron disparados los dardos y las vasijas de pez en llamas. Volaron como meteoros flamígeros más allá de las murallas y luego, para gran asombro del mismo Metelo, estallaron a media altura con terribles detonaciones esparciendo una lluvia de fuego sobre las tropas que había debajo. Muchos trataron de darse a la fuga, pero los Zorros Voladores, que ocupaban los flancos, los fulminaban con los disparos mortíferos de sus arcos: el castigo reservado a los cobardes. Se dejó oír el grito de Wei, agudo como el del halcón: las tropas se reagruparon y repitieron el ataque, gritando y lanzando salvas de miles de flechas contra los sitiados y contra el emplazamiento de las máquinas de guerra. Muchos de los arqueros de los glacis fueron heridos y quedaron fuera de combate.

Los supervivientes se rearmaron y dispararon de nuevo repetidamente: la primera, la segunda, la tercera, la cuarta posición. Los dardos partieron silbando y cayeron entre los infantes y arqueros enemigos; abatieron a muchos de ellos. Otros meteoros surcaron el cielo esparciendo globos de fuego que estallaron esta vez en tierra, en medio de los infantes; segaban decenas de vidas a cada explosión. Wei cabalgaba hacia el enemigo como si nada pudiera hacer que se detuviera, como si el aura feroz que le rodeaba desviara los dardos. Gritaba, con ese grito estridente y penetrante propio de él, casi inhumano, y nadie trataba ya de retirarse, los enemigos seguían avanzando bajo la lluvia de disparos mientras corrían a lo largo de la rampa de acceso a la puerta sur. A sus espaldas, Metelo oía los gritos de los combatientes y el reclutamiento de la batalla; imaginaba que Yun Shan se había lanzado a la refriega, ya que no la veía a su lado, y se sentía atormentado por la ansiedad, pero seguía manteniendo su posición y coordinando los continuos y mortíferos disparos de sus máquinas.

Wei, en el exterior, se dio cuenta de que sus hombres no alcanzarían nunca la puerta mientras esas máquinas permanecieran en su emplazamiento e hizo que sus arqueros lanzaran salvas de flechas incendiarias. Las faláricas se clavaron en la madera de las estructuras y les prendieron fuego. Muchos de los arqueros se vieron obligados a abandonar sus puestos para tratar de apagarlas.

Una segunda y tercera oleada de Zorros Voladores se introdujeron en la ciudadela, echaron una mano a sus compañeros ya rodeados y cambiaron las tornas del enfrentamiento. Dan Qing y Yun Shan, flanqueados por sus mejores combatientes, contraatacaron con energía lanzándose a la refriega. Desde lo alto de la atalaya, Metelo, dándose cuenta de que los Zorros Voladores querían abrir la puerta desde el interior, mandó a algunos de los arqueros que dirigieran el tiro hacia aquella parte y abatieran al mayor número posible de ellos. Algunos cayeron traspasados, pero muchos otros lo evitaron haciendo molinetes con las espadas con impresionante rapidez, con saltos vertiginosos, con una energía bestial. Parecían animados por un ardor inagotable, coordinados por una sola mente. Metelo había visto ya aquel modo de combatir en el gran patio del palacio de Luoyang y se sintió invadido por el pánico; su frente chorreaba sudor frío. Ahora un grupo numeroso de atacantes corría gradería arriba, hacia la atalaya, desparramándose a lo largo del perímetro. Metelo acudió con los suyos blandiendo dos gladios y luchando cuerpo a cuerpo.

No había experimentado nunca su nueva capacidad de combatiente en un verdadero escenario de guerra y sentir el escalonamiento increíblemente rápido de los golpes, el crepitar del acero muy cerca del rostro, de la cabeza y del corazón le producía un impulso que no había experimentado ni siquiera en lo más encarnizado de los combates. Se concentraba en los movimientos de sus adversarios con tal intensidad que los descomponía en el tiempo y en el espacio intuyendo su dirección como si fuesen tres veces más lentos de lo que en realidad eran. Los dos gladios asaeteaban y golpeaban con contundente potencia, se cruzaban arriba y abajo para parar y desviar; luego golpeaban con la punta, con una de las caras de la hoja, con el filo.

En medio de la vorágine de la lucha los combatientes buscaban a un solo adversario y la batalla se iba fragmentando en mil combates individuales que tenían casi a cada instante un vencido y un vencedor. Metelo decía a voz en grito: «Yun Shan, ¿dónde estás?» y rechazaba a los adversarios escalera abajo haciéndolos caer a puñados. Él mismo parecía una imparable máquina de guerra. Un golpe le hirió de refilón en el hombro derecho, otro en el muslo izquierdo, pero siguió avanzando sin preocuparse del dolor. Una nueva oleada de Zorros Voladores descendió a escasa distancia de la puerta y, antes de que los combatientes del Loto Rojo tuvieran tiempo de reaccionar, consiguieron abrirla.

Wei y los suyos se lanzaron hacia delante a toda velocidad, pero desde los glacis, a una orden de Metelo, la artillería orientó el tiro hacia dentro y reaccionó con salvas de disparos rabiosos: arpones de acero, pedruscos, vasijas de pez en llamas se derramaron sobre los atacantes causando grandes estragos. Pero Wei era su alma; de negro, sobre su tenebroso animal, seguía avanzando sin descanso, yendo detrás de los demás, que parecían poseídos y ni siquiera reparaban en los caídos que pisoteaban en su marcha furiosa. Por la puerta abierta a los asaltantes, estos llegaban continuamente a oleadas, como un río en crecida que ha roto los diques de contención.

Desde su elevado punto de observación Metelo supo que no había escapatoria. Gritó a sus hombres:

—¡Resistid como sea, cubridme las espaldas! —Y corrió a lo largo de la atalaya a toda velocidad en dirección a la gradería de acceso al mausoleo del emperador Yuandi. De repente desapareció como si la tierra se lo hubiese tragado.

En el gran patio, los guerreros de Wei estaban estrechando el cerco a los monjes del Loto Rojo mandados por Dan Qing y Yun Shan, que se batía con el valor de la desesperación. Wei, tras apearse del caballo, combatía con la espada, segando la vida de todos aquellos que trataban de cerrarle el paso, y se acercaba cada vez más al centro de las filas de los enemigos. Había visto a Yun Shan y parecía que nada pudiera detenerlo.

Pero cuando todo parecía perdido para el Loto Rojo resonó un trueno de bronce, luego otro y otro. Detonó una explosión desde la gran terraza del mausoleo, en lo alto, a su espalda, luego una segunda y otra más. Desconcertados, muchos se volvieron para mirar; se oyó el poderoso redoble de un tambor que marcaba un paso invisible.

Hubo otras explosiones y una espesa cortina de humo se extendió por todo el frente del mausoleo descendiendo lentamente a lo largo de la escalinata. El redoble del tambor se hizo cada vez más fuerte y martilleante en tanto la nube comenzaba a aclararse revelando una visión espectral: ciento cincuenta guerreros de arcilla cubiertos de armaduras romanas descendían a paso cadencioso por aquella gradería, hombro con hombro, escudo con escudo, un impenetrable muro de hierro. Marco Metelo Aquila en persona los mandaba, ¡Xiong Ying, el Águila soberbia!

Una voz pareció tronar desde las entrañas de la tierra:

—¡Los Diablos Mercenarios! ¡Han salido de su tumba!

El pánico cundió entre las tropas de Wei, que comenzaron a retroceder. El ejército de espectros pareció detenerse. Se oyó otro trueno de bronce y una salva de dardos partió de la muralla de escudos; se abatió como una granizada sobre las filas de los guerreros de Wei y mató a muchos de ellos. El ejército siguió avanzando y lanzó una segunda salva y una tercera, abriendo otros vacíos entre las filas enemigas.

Dan Qing Gritó:

—¡Los Diablos Mercenarios han salido de la tumba para prestarnos su ayuda! ¡Se ha cumplido la profecía! ¡Adelante, adelante, la victoria es nuestra!

Tras oír aquellas palabras y ver aquello los monjes guerreros sintieron que sus fuerzas se multiplicaban y se lanzaron al ataque contra las tropas de Wei, desconcertadas y confusas, rechazándolas hacia abajo.

El fragor del tambor se hizo ensordecedor, la vista de los espectros de arcilla que avanzaban con extraños movimientos, casi de autómatas, infundía pánico, los mismos Zorros Voladores parecía que ya no escuchaban los gritos de Wei, que les incitaba al combate.

Se oyó un ruido espantoso, como un temblor de tierra, luego de nuevo un retumbo y una cortina de humo. Otros cien guerreros, cubiertos de hierro, salieron del más allá y empezaron a avanzar con las armas extendidas por el flanco derecho e indefenso de las tropas del eunuco.

Uno de los enemigos gritó:

—¡Son los Diablos Mercenarios! ¡Nos mandarán a la tumba!

Wei le seccionó limpiamente la cabeza de un mandoble, pero las tropas xin bei, aterrorizadas, huían hacia el exterior por la puerta aún abierta; pronto, les siguieron un gran número de infantes puestos en fuga por el ejército espectral de Metelo.

Se oyó de nuevo el trueno, una densa bruma cubrió la ladera de la colina y otro manípulo de guerreros de arcilla surgió de la tierra. El terreno retumbó por su pesado paso herrado, avanzaban, terroríficos, cubiertos de armaduras impenetrables. Atacados también por aquella parte, los hombres de Wei, diezmados y aterrados, se dieron a la fuga detrás de sus compañeros que ya corrían extramuros.

Solamente Wei con un puñado de Zorros Voladores continuaban luchando con una salvaje energía, contenidos a duras penas por Dan Qing y por sus monjes guerreros.

Metelo vio de repente que Yun Shan estaba en peligro y gritó su nombre. Wei se volvió hacia aquella voz, lo vio, comprendió y se lanzó contra él haciendo molinetes con la espada reluciente de sangre.

Metelo se defendió devolviendo golpe con golpe, uniendo el formidable uso de sus dos espadas a los secretos del arte de combate aprendido en Li Cheng. Pero su adversario, tras la sorpresa inicial, reaccionó con espantosa violencia. Dio un salto espectacular y aterrizó en la espalda de su adversario al tiempo que le asestaba una estocada en los riñones. Metelo giró sobre sí mismo, esquivándolo, pero no pudo evitar un largo corte en el costado, del que comenzó a salir sangre. Wei le golpeó en las piernas con el pie y le hizo caer de rodillas. En aquel instante Metelo volvió a ver cómo sus compañeros caían uno tras otro y la mueca sarcástica de Wei que le amenazaba ahora igual que entonces.

—¡Tus compañeros fueron devorados por los perros! —gritó—. Y lo mismo harán contigo.

Al oír aquellas palabras Metelo sintió como si una hoja candente lo traspasara y se proyectó hacia atrás con un formidable golpe de riñones; luego atacó con toda la potencia de que era capaz. El eunuco vaciló y retrocedió delante de aquel asalto inesperado y se encontró al borde de la abertura por la que había salido el último manípulo de los Diablos Mercenarios.

Metelo trató de hacer que se precipitara por ella, pero Wei desplazó el cuerpo hacia un lado y fue el romano quien cayó por la boca.

Yun Shan, que no había perdido de vista aquel duelo mortal, creyó que Metelo había caído muerto; lanzó un grito y acudió lo más rápidamente posible hacia el lugar en el que lo había visto desaparecer. Wei se arrojó sin dudarlo detrás de su enemigo. Bajó en pocos saltos una gradería que llevaba al subsuelo, recorrió en una exhalación un largo corredor, bajó de nuevo una escalera y se encontró delante de un grandioso portal. Frente a él estaba el enorme hipogeo del emperador Yuandi, vigilado por un pueblo de mudos fantasmas.

Metelo, escondido detrás del sarcófago, vio que se recortaba su figura en el vano del portal de entrada con su negra vestidura y la espada ensangrentada en la mano. Oyó que se acercaba y retrocedió hacia la parte oscura del mausoleo, allí donde podía situarse al acecho. Daba vueltas, cauto, entre los espectros de la Legión Perdida, inmóviles y atónitos en su inmutable sonrisa de piedra.

Yun Shan llegó poco después y empezó a bajar sigilosamente la escalera sin hacer el menor ruido. Al final se encontró también ella delante de la arcada del mausoleo casi totalmente sumido en la oscuridad. Soltó un largo suspiro, luego se arrastró hasta el interior; enseguida se encontró en una zona de sombra. Ahora solo alguna lucerna que colgaba de las paredes difundía una débil y trémula claridad. Las otras humeaban después de que se hubiera agotado el aceite.

Otra lámpara se apagó. Metelo se dio cuenta de que era Wei quien las apagaba. Pasaba a lo largo del muro y soplaba sobre las que todavía ardían. En la gran sala se hizo la oscuridad. Solo un reflejo luminoso muy pálido entraba por el portal por medio de un complejo juego de refracción de la luz de la superficie. Metelo se movía entre las estatuas con los sentidos tensos hasta el espasmo, con el corazón que le latía furioso. Sentía que la amenaza podía llegar de cualquier dirección.

Oyó en su interior la voz de Dan Qing: «¡Atento Xiong Ying! ¡Eres un centinela en la oscuridad! ¿De dónde llega la flecha del enemigo? ¿De dónde llega el puñal?». Aquellas palabras hicieron que su brazo saliera como un rayo hacia la sombra que se había materializado delante. La punta del gladio relampagueó hacia la garganta de…

—¡Yun Shan!

Pero, en ese mismo instante, a sus espaldas Wei había saltado en la oscuridad, hundiendo inexorablemente la espada hacia delante.

Yun Shan consiguió decir:

—¡Xiong Ying, no…!

Pero el romano se volvió, lentamente, hacia el enemigo, que estaba inmóvil detrás de él con su otro gladio clavado en el pecho hasta la empuñadura.

Metelo extrajo la espada mientras Wei dejaba caer la suya, que resonó sobre el pavimento y las paredes del hipogeo; luego se desplomó en el suelo, con los ojos aún abiertos en una expresión de incredulidad. Yun Shan se arrodilló cerca de él y recogió, en la oscuridad, su última mirada. Luego le cerró los ojos murmurando:

—Ahora descansa, por fin, joven Wei, que el olvido pueda descender sobre tu alma…

Metelo se arrodilló, levantó el cuerpo sobre los brazos y lo llevó al aire libre.

Los combatientes le vieron bajar la escalinata con el cuerpo del joven entre los brazos, de una palidez extrema, con las largas y delgadas manos balanceándose a cada paso, ya sin vida.

El combate cesó, los supervivientes se dieron a la fuga a través de la puerta y corrieron hacia el campamento.

Metelo depositó el cuerpo de Wei al pie de la escalinata y se reunió con Dan Qing llevando de la mano a Yun Shan. No hubo exultación, ni gritos de victoria. El suelo estaba sembrado de cuerpos inertes, enlazados unos a otros en medio de los atroces dolores de la violencia final; todos los supervivientes buscaban a sus compañeros y los separaban con cuidado de los enemigos.

Dan Qing mandó que le trajeran su caballo y se puso a la cabeza de los suyos para perseguir a los fugitivos hasta el campamento. También Metelo y Yun Shan saltaron sobre la silla y corrieron detrás al galope. El campamento fue completamente rodeado y los soldados del ejército imperial se arrodillaron delante del príncipe haciendo acto de sumisión y pidiendo clemencia.

Los guerreros de arcilla desaparecieron, tras haber ganado la batalla, igual que habían aparecido.

Yun Shan no se detuvo, recorrió a gran velocidad todo el campamento, como si estuviera buscando a alguien, hasta que llegó al recinto de los animales y encontró a Daruma, que trataba de subir a un camello. Le aferró por un brazo y se lo llevó a estirones, sin hacer caso de sus protestas, hasta Dan Qing.

—Es él quien nos ha traicionado, él quien hizo meter en la barca la paloma.

Daruma la miró, sorprendido.

—¿Paloma? ¿De qué paloma hablas?

—¡No finjas que no sabes nada! Me refiero a la paloma que ha guiado a Wei hasta las murallas de Li Cheng y que tú hiciste introducir en mi barca como regalo para Dan Qing.

Daruma abrió mucho los ojos, pero Yun Shan siguió acosándole:

—Hubiera tenido que saber que era una trampa; solo tú sabías adónde me dirigía.

Metelo se adelantó y le miró fijamente con una mirada serena, pero la voz era dura cuando le preguntó:

—¿Por qué?

Daruma le miró con ojos acuosos, con una expresión patéticamente indefensa.

—Soy un mercader, Metelo, mi naturaleza es comprar y vender de todo, a veces también… a mí mismo. Pero no te he traicionado. No lo habría hecho jamás. La verdad es que no sé de qué estáis hablando, pero en cualquier caso fue Baj Renjie quien preparó la barca.

—¿Por qué no me dijiste que había sido Baj Renjie? —le acosó Yun Shan.

—No había tiempo para tantas explicaciones. Te dije que eran amigos de confianza, ¿recuerdas? Baj Renjie se reunió conmigo una noche en la caravanera. Estaba destrozado, trastornado, me dijo que había conseguido escapar. Me preguntó por ti y yo le respondí que era absolutamente necesario encontrar una barca para hacerte llegar a un lugar seguro juntamente con Metelo, pero que no sabía cómo hacerlo. Se ofreció a ayudarme. Me garantizó que haría llegar una barca, con todo lo necesario, al recodo del vado en el río Liao Ho. Le di las gracias, ¿qué debía hacer?

—Pero fue uno de tus hombres quien me dio la jaula con la paloma —replicó Yun Shan.

—¿Uno de los míos? —replicó Daruma—. Es imposible. Estaba solo.

Yun Shan dudó un momento y luego insistió de nuevo:

—Entonces, si no tienes nada que ver con toda esta historia, ¿por qué escapabas cuando te he alcanzado hace poco?

—Porque no quería que me encontraran en el sitio equivocado en el momento equivocado; temí que esto levantara sospechas, como ha ocurrido. Pero no es lo que piensas, créeme. Estoy aquí en contra de mi voluntad. Me disponía a dejar la caravanera, quince días atrás, cuando la guardia de Wei me paró y me detuvo. Fue entonces cuando me convencí de que había sido Baj Renjie quien me había traicionado, el único que sabía, el único a quien me había confiado. Además, en cuanto a la jaula, aunque la hubiera visto no habría sospechado nada. ¿Cómo habría podido una paloma expugnar Li Cheng?

—Tal vez porque, por lo que se dice, nadie que haya tratado de llegar en barca a Li Cheng ha vuelto para contarlo. Siguiendo su barca habría apresado sin duda a Yun Shan y a Metelo, pero no habría sabido nunca dónde se encontraba Li Cheng, su verdadera obsesión.

Dan Qing inclinó la cabeza, dubitativo.

—Yo le creo —dijo Metelo.

—Yo quisiera creerle, pero no puedo —replicó el príncipe—. ¿Quién avisó a Wei de nuestro regreso a la patria? ¿Por qué los Zorros Voladores nos atacaron al poco de cruzar la frontera? Solo Daruma sabía adónde nos dirigíamos.

Daruma, que hasta aquel momento se había mostrado más alterado que preocupado, comenzó a cambiar de expresión.

—No puedes creer en serio algo así, príncipe. ¿Por qué te habría primero liberado para luego entregarte al enemigo? ¡No tiene sentido!

—En cambio, lo tiene —replicó Dan Qing— y responde a un plan diabólicamente astuto: solo si yo volvía de prisión podría aglutinar en torno a mí a todos los resistentes, a todos aquellos que se oponían a la tiranía, pero que trabajaban dispersos en muchos puntos del país. Wei podría entonces barrerlos a todos de un plumazo. Eso era lo que estaba a punto de ocurrir gracias a alguien de quien era imposible sospechar. Solo tú sabías cuándo atravesaríamos la frontera, y cuando subí al monasterio de las Aguas Susurrantes nos abandonaste porque sabías lo que nos esperaba. Luego, en Luoyang, me liberaste de nuevo para volver a ganar mi credibilidad y confianza. Utilizaste a mi hermana para localizar este refugio y conducir hasta aquí al ejército de Wei. Y tu presencia en este campamento es la prueba de todo.

—¡Pero…, pero si es solo una coincidencia de acontecimientos! —protestó Daruma.

—Puede ser —replicó Dan Qing—, pero no puedo arriesgarme. —Se volvió hacia sus hombres—. Lleváoslo.

Metelo se acercó.

—Te ruego que reflexiones, que no te dejes llevar por el demonio de la sospecha. Ya una vez cometiste una atrocidad de la que has tenido que arrepentirte.

Dan Qing le dio la espalda sin responder y se dirigió hacia su caballo.

Daruma gritó a Metelo:

—¡Ayúdame!

Yun Shan se le acercó.

—Mucho me temo, por desgracia, que mi hermano tiene razón. Cuando me encontré con Daruma, estaba subiendo a un camello para irse,

—También él lo ha admitido —respondió Metelo—. Y yo habría hecho lo mismo. No podía dejar que le encontraran en este lugar.

En aquel momento uno de los monjes se acercó jadeando.

—Rápido, venid.

Metelo y Yun Shan le siguieron hasta el interior de una tienda en la que Baj Renjie se bamboleaba colgado del palo central de sostén. Metelo le miró, consternado.

—Creo que esto es suficiente para disculpar a Daruma —dijo—. Vamos a avisar a tu hermano.

—Sí —respondió Yun Shan—. Voy corriendo a informarle.

—¡Señor! —se oyó otra voz a escasa distancia de él—. ¡Mira, le hemos cogido mientras intentaba escapar!

Cuatro de los suyos arrastraban a un hombre vestido con ropas de estilo persa.

—¿Quién eres? —preguntó Metelo en persa.

El hombre no respondió.

—Soy el comandante romano que se evadió con nueve de los suyos del campamento de Aus Daiwa. ¿Sabes qué te haré si no hablas?

Pronunció algunas palabras en un tono que no dejaba margen a la duda.

—Fui enviado por el gran rey Sapor después de la fuga del hombre de los ojos rasgados para avisar a Wei. Nunca habría imaginado que hubieseis huido juntos.

—En realidad no fue así. —La voz de Dan Qing resonó a sus espaldas—. Fue el azar el que hizo que nos encontráramos.

—¿Estás convencido ahora? —preguntó Metelo.

Dan Qing inclinó la cabeza.

—¿Dónde está Daruma?

—Está a salvo —dijo Yun Shan volviendo a la carrera a la tienda—. Justo a tiempo.

—Justo a tiempo… —repitió Metelo—. Siempre hay que tomarse tiempo antes de juzgar culpable a un hombre. Y antes de quitarle la vida.

Dan Qing se le acercó.

—Ven, volvamos a Li Cheng. Ha sido una larga y difícil jornada. Mañana todo se verá bajo una luz distinta.

Montaron a caballo y se encaminaron al paso en dirección a Li Cheng avanzando en silencio durante un largo trecho. Atravesaron la puerta de la ciudadela y Dan Qing volvió la mirada hacia el mausoleo de Yuandi y luego hacia Metelo.

—¿Cómo te las has arreglado? —le preguntó.

—Nada provoca más terror que lo desconocido —respondió Metelo—. Hasta los hombres más valientes tienen miedo a lo desconocido. He hecho realidad una antigua leyenda. En esta ciudad son muchos los hombres que se parecen a los romanos. Elegí a aquellos que tenían los rasgos más occidentales, les adiestré en nuestra técnica de combate y en el momento preciso les hice aparecer con las armaduras de las estatuas, con el rostro y las manos cubiertos de arcilla. Tras lograr lo que quería, les hice desaparecer. Por breve tiempo la leyenda se ha convertido en realidad, en historia, luego la historia se ha desvanecido de nuevo en el mito. Este día no será nunca olvidado.

35

Metelo observaba, asomado al balcón del monasterio, el espectáculo del sol poniéndose tras los montes boscosos entre nubes flamígeras, que cambiaban paulatinamente del rojo encendido al azul y luego al azul intenso de occidente, donde resplandecía ya la primera estrella de la noche. Del jardín, donde había visto a Yun Shan pasar como una aparición durante su larga convalecencia, llegaba el canto del ruiseñor. Aquel canto que le conmovía le traía recuerdos lejanos y sentimientos presentes no menos intensos. En aquel momento la mano se dirigió instintivamente al cinturón para buscar un elefantito de madera con la trompa extendida, el juguete que había esperado llevar a su hijo después de la cárcel…

Sintió el paso de ella que se acercaba. Se la encontró de frente.

—¿Sabes qué detuvo la punta de mi espada a un milímetro de tu cuello, en el mausoleo de Yuandi? —le preguntó—. Tu perfume… El perfume de tus cabellos, la única sensación que recuerdo de mi larga inconsciencia cuando me curaban. Ese perfume ahora es parte de mi alma y de mis sentidos.

—Y tu corazón es parte de mi corazón, Xiong Ying.

—Lo sé, el corazón secreto de la fuerza invencible que me salvó en la arena y quizá también allí, en el mausoleo de Yuandi, un instante antes de que Wei me traspasara con su espada.

—No, eso no —respondió Yun Shan—. Mi energía no podía ciertamente detenerle.

—Entonces fue tu presencia. Yo no habría podido ser más rápido que él. Él te percibió incluso en las tinieblas; te sintió cerca y dudó…

La muchacha inclinó la cabeza para ocultar las lágrimas.

Siguió un largo silencio; cuando Yun Shan alzó los ojos vio que Metelo daba vueltas a un pequeño objeto entre las manos.

—¿Puedo preguntarte en qué piensas, Xiong Ying?

Metelo la miró fijamente con los ojos llenos de tristeza.

—¿En qué piensas, Xiong Ying? —repitió ella quedamente.

Metelo abrió la mano mostrando el elefantito de madera.

—Lo tenía escondido en mi cinturón desde hace mucho tiempo, me había olvidado de él… Lo compré para mi hijo… Yo… tengo que volver, Yun Shan.

—¿Volver? Pero ¿por qué? Aquí tienes el amor… de todos.

Metelo respondió:

—Te amo, princesa, más que a mi propia vida, pero he de partir. Desde que leí esa inscripción en la piedra verde sentí dentro de mí la necesidad de volver.

»Eran las palabras de unos hombres que renunciaron a hablar su lengua para poder olvidar la tierra de sus padres y a aquellos que habían dejado, pero sin conseguirlo… Hice una promesa, a mi emperador moribundo, de que volvería para impedir la ruina de mi mundo, y a mi hijo, de que no le dejaría solo. No podría vivir así, Yun Shan, ¿comprendes? Me verías día tras día bajo el peso de unas promesas no mantenidas, del pensamiento de un hijo que sigue creyendo que volveré sin saber que eso no sucederá nunca. Perdóname, adorada mía, sueño mío, alma mía…

Yun Shan se alejó bañada en lágrimas.

Dan Qing la vio pasar mientras salía de su alojamiento y se acercó donde estaba Metelo.

—«Cuando una mujer llora, un hombre pierde una parte de su corazón», dice un antiguo proverbio.

—Es cierto, Dan Qing.

—El amor que mi hermana siente por ti ha curado también parte de mis culpas. Me entristece mucho pensar que pueda terminar.

—No terminará nunca, príncipe: amaré a Yun Shan mientras me quede aliento, y ninguna mujer podrá nunca sustituirla en mi corazón.

—Hablas como alguien que está a punto de irse.

—Así es. He de partir. Ha pasado demasiado tiempo. Le prometí a mi emperador que volvería para impedir la ruina de mi país. Se lo prometí a un hombre moribundo...

Dan Qing le miró con una sonrisa amarga.

—¿Recuerdas cuando te dije que mandaría pedir noticias sobre Taqin Guo, tu país? Pues bien, las noticias han llegado. Son malas noticias, por desgracia. Los correos han reventado a sus caballos a través de toda Asia para informar que Taqin Guo ya no existe. La rivalidad de los jefes del ejército lo han desmembrado en muchas partes que van a la deriva como los restos de un navío destruido por la tempestad. Precisamente como le sucedió a nuestro país. Volverás a la nada, Xiong Ying. Aquí, en cambio, lo tienes todo: serás el comandante de mis ejércitos, tendrás títulos y honores y te convertirás en mi hermano casándote con Yun Shan. Juntos reconstruiremos la unidad de esta tierra, le devolveremos la paz y la prosperidad.

Metelo le respondió con una sonrisa melancólica:

—El Cielo sabe cuánto me gustaría ser parte de ese futuro, pero no puedo..., no puedo. Lo he intentado. Pensé que el amor de Yun Shan haría que lo olvidara todo, incluso a mi hijo... —Las lágrimas caían por sus mejillas—. Pero no lo he conseguido, Dan Qing, lo he intentado pero no lo he conseguido.

Dan Qing le miró fijamente, emocionado a su vez.

—No te vayas, Xiong Ying..., nosotros te queremos. No te vayas, te lo ruego.

El príncipe de sangre imperial de los Han, el legítimo señor del País del Medio, le imploraba llorando.

Metelo agachó la cabeza en silencio.

Desde lo alto de una colina, Dan Qing, rodeado de su guardia, y Yun Shan miraban con el corazón en un puño las formas oscuras de Daruma con su caravana y de Metelo a caballo que se recortaban contra un sol rojo, enorme, que descendía sobre la extensa estepa velado por unas nubes lejanas.

—No nos olvides, Xiong Ying —gritó de repente Dan Qing, vencido por la emoción—. ¡Te llevaremos siempre en el corazón!

El viento llevó aquellas palabras hasta el oído de Metelo, que agitó el brazo en el aire gritando:

—¡No os olvidaré!

Dan Qing se volvió para mirar a su hermana; su rostro estaba bañado en lágrimas que no conseguía contener.

—No creo que puedas nunca hacer feliz a un hombre aquí en mi reino o en los reinos limítrofes. Haz lo que el corazón te ordene, hermana…

Yun Shan inclinó respetuosamente la cabeza y luego volvió los ojos hacia su hermano como no lo hacía desde mucho tiempo atrás, con una mirada de amor intenso, apenado.

—Entonces, adiós, hermano, que el Cielo te conceda todo cuanto deseas. Te llevaré siempre en mi corazón.

—Y yo a ti en el mío, hermana. Y ahora vete, antes de que rompa a llorar como un niño.

Yun Shan espoleó al caballo y lo lanzó por las faldas de las colinas que bordeaban el camino caravanero.

—Mira —dijo Daruma—. ¡Mira, allí!

Metelo se dio la vuelta; vio cómo la pequeña amazona volaba sobre la cresta de la colina en medio de una nube de polvo rojo y le dio un vuelco el corazón. Espoleó a su caballo y fue a su encuentro. Los dos amantes saltaron a tierra y corrieron uno a los brazos del otro mientras el viento del desierto que se arremolinaba a su alrededor enredaba sus cabellos y sus ropas formando un único cuerpo.

—¿Sabes qué nos espera, princesa? —le decía Metelo al oído—. Dolores, fatigas, peligros mortales. Piénsatelo, te lo ruego, mientras estás a tiempo.

Yun Shan se separó de él y tocó su pecho con la punta del dedo índice.

—Aquí está la mitad de mi energía vital, ¿lo has olvidado? Lejos de ti la otra mitad se apagaría. ¿Es eso lo que quieres? Si me amas, llévame contigo, Xiong Ying.

Metelo la estrechó contra sí en un largo abrazo, luego montaron a caballo.

A Dan Qing se le veía aún en lontananza. Había encabritado a su caballo y agitaba la mano en un último saludo.

Durante meses y meses viajaron en plena canícula y con el reflejo deslumbrante de las nieves, siguiendo ríos serpenteantes, a través de estepas desoladas, a lo largo de las orillas de inmensos lagos salados, circundados de blancas extensiones estériles y cegadoras, hasta que llegó el momento de separarse también de Daruma: su caravana giraba a la izquierda, hacia el desfiladero que ya Alejandro había atravesado cinco siglos atrás para invadir la India.

—Prefiero poneros en manos de unos guías de fiar que de una nave de desconocidos hijos de perra dispuestos a venderos en el mercado más próximo en la costa de los piratas. Pero daré noticias de vosotros a la primera nave que parta para Occidente y me aseguraré de que llegue sin falta. Tengo corresponsales hasta en Alejandría y en Antioquía dispuestos a hacerme un favor cuando se lo pido. —Apoyó las manos sobre los hombros de Metelo mirándole intensamente a los ojos—. Has salvado un gran reino, pero sobre todo has rescatado a un hombre de la corrupción que le amenazaba y le has devuelto el respeto por sí mismo y el sentido de la virtud. En cierta ocasión te dije que me parecías uno de esos romanos de una pieza y también un poco estúpidos.

—Lo recuerdo como si fuera ahora mismo —respondió Metelo con una sonrisa.

—Pues bien, estaba equivocado. Que tus dioses te protejan, comandante Águila.

—Y a ti también, Daruma, amigo mío. Pensaré en ti cada vez que oiga el susurro de un traje de seda.

Daruma le abrazó y le besó en ambas mejillas, y partió.

Metelo y Yun Shan permanecieron erguidos en sus sillas de montar mirando cómo la caravana trepaba por el sendero serpenteante que subía hacia el paso, en el majestuoso escenario de las cumbres inmaculadas del Paropamiso, hasta que desapareció entre los colosales plegamientos de aquella tierra titánica.

La etapa siguiente fue Aus Daiwa, tres meses después. Metelo consiguió plantar las tiendas no lejos del campamento y en una posición suficientemente a la vista para no despertar sospechas y curiosidades extrañas; como si fuera una caravana más de mercaderes que se dirigían a Occidente, al oasis del Khaboras.

Hacia el atardecer del segundo día, vio a un pequeño grupo de soldados persas que se acercaron hasta unas pocas decenas de pasos y levantó un brazo para saludarles. Mandó a un criado para que les ofreciera de beber. Los otros se lo agradecieron con un gesto de la mano y volvieron al galope hacia su campamento. Hablarían de la pequeña caravana de un pacífico mercader.

Aquella noche Metelo le contó a Yun Shan lo mucho que había sufrido en aquel campamento y el nerviosismo que le dominaba solo de pensar que estaba libre y a tan poca distancia de quienes hubieran dado cualquier cosa por echarle la zarpa. Se quedó algunos días, hasta que se aseguró de que nadie estaba pendiente de él, y fue al lugar señalado con una piedra donde había escondido las cenizas de Valeriano. Extrajo sin dificultad la vasija de barro enterrada bajo unos pocos palmos de arena y la escondió entre las cosas que llevaba consigo. Pensó en la aventura de su evasión, en la esperanza que había alimentado con sus compañeros de poder volver todos juntos.

Regresaba solo con un puñado de cenizas, pero mantenía su promesa, lo cual le daba la confianza de mantener también las demás. De vez en cuando miraba a Yun Shan; entonces sentía que había encontrado un tesoro inestimable.

Llegaron a Nisibi, en la Alta Siria, seis meses después, quemados por el sol, con los labios agrietados y la piel reseca a causa de los interminables desiertos, pero los ojos de Metelo ardían con una luz mágica que parecía emanar directamente de su ánimo.

—Esta es mi tierra, Yun Shan —dijo—. Esta es la tierra de Roma que vosotros llamáis Taqin Guo.

—Soy feliz por ti, Xiong Ying, la tierra no desilusiona nunca, la tierra no desaparece como las construcciones de los hombres. ¿Crees que tu país existe aún?

—Pronto lo sabremos, mañana mismo, cuando lleguemos a las puertas de mi ciudad, donde tienen su sede los comandantes del ejército de Oriente.

—¿Y si te encuentras frente a unos extranjeros, o peor aún, frente a enemigos?

—Ya pensaré entonces en ello. Cada día tiene su afán.

Despidieron a los guías y prosiguieron solos hasta la caída de la tarde y luego durante todo el día siguiente, hasta que llegaron, hacia la puesta del sol, a la vista de Edesa.

Metelo se detuvo para contemplar el recinto de sus imponentes murallas, de sus torres soberbias y dedicó un pensamiento a la memoria de Clelia, esposa dulcísima que quizá descansaba a la sombra de aquellas murallas. Luego espoleó en dirección al gran arco de la entrada de piedra, con una inscripción de Trajano que señalaba el cuerpo de guardia de la guarnición.

Dos legionarios cruzaron las lanzas para cerrar el paso.

—*Consiste!* —ordenó el más joven obligando al desconocido a detenerse.

Metelo cayó en la cuenta de su aspecto descuidado, de sus ropas polvorientas, del turbante con que iba tocado y que le envolvía el rostro dejando a la vista solamente los ojos, y de la apariencia misteriosa de su compañera. Se apeó del caballo, se descubrió el rostro y se acercó hablando latín después de tanto tiempo.

—¿Quién es la autoridad en estas tierras, soldado?

—Lucio Domicio Aureliano, emperador de los romanos.

—Lucio Domicio… era un excelente oficial y un gran soldado cuando partí, hace ya mucho tiempo. —Advirtió que había perdido la cuenta—. ¿Y qué ha sido de Galieno?

—Debes de haber estado ausente realmente mucho tiempo, amigo. Lucio Domicio le castigó con la muerte por haber abandonado a su padre en manos de los bárbaros. Ahora Aureliano se prepara para marchar contra los últimos bárbaros rebeldes atrincherados en Palmira con el fin de restaurar definitivamente la unidad del imperio. Pero ¿quién eres tú, que no sabe estas cosas?

Metelo se quitó el turbante y mostró una pequeña urna de terracota que sujetaba contra su pecho bajo la capa, descubriendo así el *titulus* que colgaba de su cuello con el nombre, graduación y unidad.

—Soy aquel que compartió la amarga prisión del emperador Valeriano hasta su muerte y que trae ahora a la patria sus cenizas, como había jurado. Soy Marco Metelo Aquila, legado de la Legión Segunda Augusta, comandante del ejército de Siria.

Los dos legionarios le miraron demudados, se hicieron a un lado y poniéndose firmes hicieron el saludo militar.

—Bievenido, comandante Águila —dijo el mayor de ellos—. Nunca te olvidamos. El emperador se sentirá feliz de volver a abrazarte y de confiarte de nuevo el alto mando que te corresponde para la reconquista de la unidad del imperio. Y no menos feliz se sentirá tu hijo.

Metelo respondió al saludo montando a caballo y reanudó el camino en dirección a la ciudad. Yun Shan se colocó a su lado.

Metelo le sonrió, luego miró al sol que se ponía ya en la extensa estepa de la meseta.

—Apresurémonos —dijo—. Le prometí a mi hijo que volvería antes de la noche.

Y se lanzó al galope.

Nota del autor

Esta novela es fruto de la imaginación; también lo son sus personajes principales, aparte de los grandes protagonistas históricos de la época en que está ambientada —el emperador Licinio Valeriano, Sapor I de Persia, Galieno—, pero se inspira en la hipótesis, recientemente debatida en varias ocasiones, de la presencia de soldados romanos en China.

El problema lo planteó oficialmente por primera vez Homer Dubs en una publicación de 1842, en la que comentaba un pasaje de los Anales de los Han en el que se hacía referencia a una batalla librada en una localidad a orillas del río Talas, en las proximidades de la ciudad de Zhizhi, en el Gansu (hoy Dushanbe, en el Tayikistán), entre tropas chinas y las fuerzas del jefe local que se había rebelado. Entre las fuerzas de los rebeldes luchaban unos soldados extranjeros, probablemente mercenarios, que utilizaban una táctica muy particular, con escudos ovalados dispuestos en forma de escamas de pez. Lo cual hizo pensar a Dubs que se trataba de romanos que ponían en práctica su tradicional táctica de la *testudo*. Además, estos soldados, estaban al principio atrincherados en un campamento construido con maderos, una especie de *castrum*.

La batalla la ganaron las tropas Han, y los soldados extranjeros fueron hechos prisioneros, pero el emperador Yuandi les mandó que se establecieran en China, en el distrito de Fanmu (la actual Yongchang). A la ciudad a la que fueron deportados aquellos extranjeros el emperador le puso el nombre de Lijian, que en aquella época indicaría en general las tierras de Occidente y también Roma. La explicación más comúnmente aceptada es que el topónimo Lijian deriva en realidad de Alexandreia, es decir, indicaba genéricamente con el nombre de las antiguas fundaciones de Alejandro Magno en Bactriana y en Asia Central cualquier asentamiento de occidentales. Sea como fuere, a partir de las fuentes chinas cabría deducir que Lijian permaneció independiente durante seiscientos doce años, un hecho muy extraño y absolutamente singular.

Pero si ello responde a la verdad, ¿quiénes podían ser esos romanos? Son muchos los que han pensado, por una correspondencia cronológica, que podía tratarse de prisioneros romanos escapados a la matanza de la batalla de Carre de 53 a.C. y deportados por los partos a las extremas regiones orientales de su imperio. Estos hombres habrían dado origen a la tradición de la mítica Legión Perdida. Se sabe, en efecto, que cuando Augusto negoció la paz con los partos, en 20 a.C., exigió la devolución de las enseñas y de los prisioneros; las primeras fueron restituidas, de los segundos no se encontró ni rastro. ¿Dónde habían acabado?

La respuesta de Homer Dubs, y posteriormente de no pocos estudiosos, tanto chinos como de otras nacionalidades, es que llegaron, tras un largo peregrinaje, a los confines de China y fundaron allí su asentamiento.

Recientes exploraciones en la localidad de Zhelaizhai y excavaciones arqueológicas habrían convencido a los investigadores de que estaban frente a la mítica fundación romana en China e incluso habrían reconocido los cargos de los antiguos romanos en la población local.

Hay que decir que en general los argumentos que apoyan esta tesis son más bien endebles y que la posibilidad de una llegada de soldados romanos a un lugar tan distante no puede excluirse a priori, pero debe apoyarse en elementos documentales más consistentes.

Ello no quita que los romanos tuvieran noticia de los chinos y viceversa: no solo Horacio, Plinio y otros autores, sino también el mayor monumento cartográfico de la Antigüedad, la *Tabula peutingeriana*, indica en el extremo oriental del mundo la Sera Maior, o sea, La Tierra de la Seda, China. Hay que recordar al respecto un episodio extraordinario acaecido entre 97 y 98 d.C., en la época del emperador Hedi, cuando el mariscal chino Ban Chao, enviado a Occidente para restablecer el orden y la seguridad a lo largo de la vital Ruta de la Seda, llegó hasta el mar Caspio. Ban Chao era hermano de un famoso historiador, Ban Gu, y quizá fue por inspiración suya por lo que decidió enviar una delegación encabezada por su ayudante, Gan Ying, para ir al encuentro del soberano de Taqin, el mítico imperio del extremo Occidente, el Imperio romano. Gan Ying llegó a escasa distancia de la frontera, no sabemos a qué zona exactamente, si en el área mesopotámica o siria o caucásica; el hecho es que los guías partos, cuando se dieron cuenta de sus intenciones, le desaconsejaron por todos los medios que siguiera, aduciendo tales y tantas dificultades que el oficial chino optó por desistir de su empeño. Los partos sacaban enormes beneficios de los aranceles que imponían a los cargamentos de seda que atravesaban su territorio y no podían ciertamente permitir que el Imperio romano y el Imperio Han entrasen en contacto, establecieran relaciones directas y les dejaran al margen. De haber tenido éxito la misión de Gan Ying, las consecuencias habrían sido impensables. Los dos grandes imperios del planeta habrían podido intercambiar conocimientos preciosos, quizá incluso crear una alianza, tanto más cuanto que en Roma en aquel período estaba en el poder un hombre prudente, inteligente y honesto, el emperador Nerva. La distancia entre los dos imperios era tal que no había peligro de competencia sino solamente interés en colaborar. ¡Tal vez la historia habría tomado un rumbo completamente distinto si Roma y Luoyang hubiesen podido hablar!

Quizá porque en el fondo todos los grandes imperios se parecen, tanto Roma como China tenían muchas cosas en común: la organización de las fuerzas armadas, el sistema de comunicaciones, la costumbre de crear colonias militares, la manera de medir y dividir la tierra, la idea de frontera y de amurallamiento, la costumbre de establecer a los bárbaros dentro de un recinto fortificado para naturalizarlos y utilizarlos posteriormente para defender el territorio contra los otros bárbaros. Tuvieron en común incluso a sus enemigos, de ser cierto que los Xiong Nu de los documentos chinos son los hunos de las fuentes romanas.

Al final China sobrevivió y transmitió intactas su tradición, su civilización y su cohesión estatal a través de más de cuatro milenios de historia hasta nuestros días, mientras que Roma se hundió, hace mucho tiempo. Esta historia quiere contar, como en un sueño, esa maravillosa experiencia que habría podido vivir un hombre de Occidente, como el comandante de esta novela, Marco Metelo Aquila, si hubiera podido alcanzar aquel remoto planeta que llamaban Sera Maior, un acontecimiento quizá no imposible, uno de los muchos que la historia ha olvidado o perdido en las turbulentas vicisitudes que caracterizan la historia de la humanidad.

VALERIO MASSIMO MANFREDI

CHINA EN LA ÉPOCA DE LOS TRES REINOS (220 d.C.)